HEYNE <

JOHANNA

MO

NEBELSTUNDE

KRIMINALROMAN

AUS DEM SCHWEDISCHEN
VON ULRIKE BRAUNS

WILHELM HEYNE VERLAG
MÜNCHEN

Die Originalausgabe *Darrgräset*
erschien erstmals 2023
bei Romanus & Selling, Stockholm.

MIX
Papier | Fördert gute Waldnutzung
FSC® C014496

Penguin Random House Verlagsgruppe FSC® N001967

Deutsche Erstausgabe 02/2024

in der Penguin Random House Verlagsgruppe GmbH,
Neumarkter Str. 28, 81673 München
Redaktion: Sibylle Klöcker
Umschlaggestaltung: www.buerosued.de
unter Verwendung von Plainpicture/Pierre Rosberg; www.buerosued.de
Satz: satz-bau Leingärtner, Nabburg
Druck und Bindung: GGP Media GmbH, Pößneck
Printed in Germany
ISBN: 978-3-453-42857-7

www.heyne.de

Der letzte Tag

Die Müdigkeit legt sich ihm wie eine nasse Decke um den Kopf. Wenn er als Kind Fieber hatte, versuchte seine Mutter, die Temperatur mit kalten Tüchern zu senken. Vielleicht hat er ja Fieber? Er legt sich die Handfläche an die Stirn, doch sie fühlt sich kühl an. Was hatte Mutter immer gesagt? Irgendwas mit Gras. Nein, das kann nicht sein. Sein Kopf ist so verdammt langsam, die Gedanken flüchtig. Er schaut zu dem leeren Platz auf dem Sofa neben sich. Gerade hat dort noch jemand gesessen, bloß wer?

Morgen muss er es unbedingt ruhiger angehen lassen. Nicht wieder rumrennen wie ein Idiot. Der Kopf kommt nicht mehr mit. Der Gedanke ans Mittagessen schmerzt ihn am meisten. Er hätte nichts sagen sollen. Nicht so. Aus ihnen beiden wird nichts mehr werden, aber er will auch nicht, dass sie wütend auf ihn ist. Das Einzige, was er gerade zuverlässig schafft: andere enttäuschen. Wobei das eigentlich auch nichts Neues ist.

Ihm sackt das Kinn auf die Brust. Ein Rumsen lässt ihn wieder hochschrecken. War das die Kühlschranktür? Er sollte in die Küche gehen und nachsehen, ob die Milch umgekippt ist, denn neulich hat er den Verschluss nicht richtig aufgeschraubt, aber er kann sich nicht aufraffen. Der leere Platz neben ihm zieht wieder seinen Blick an. Wie schön das wäre, sich jetzt einfach hinzulegen, den Schlaf willkommen zu heißen. Sich um nichts von alldem mehr kümmern zu müssen.

Ein Cognacglas wird vor ihm auf den Couchtisch gestellt. Sein Blick folgt der Hand den Arm hinauf zum Gesicht. Verzweiflung schnürt ihm die Luft ab. Er will allein sein, erinnert sich aber nicht an die Wörter, um das auszudrücken.

»Prost«, sagt die Stimme.

Wie ferngesteuert greift er nach dem Glas und führt es zum Mund, nippt am Cognac. Der sonderbare Beigeschmack veranlasst ihn, das Glas wieder auf den Tisch zu stellen.

»Ich möchte, dass du gehst«, bringt er hervor.

»Noch nicht«, sagt die Person und trinkt selbst einen großen Schluck Cognac.

Ohne dass er es wirklich will, ahmt sein Körper die Bewegung nach. Er verzieht das Gesicht, wieder der sonderbare Beigeschmack und dazu dieses Gefühl, das sich im Brustkorb ausbreitet. Er verträgt so Hochprozentiges nicht mehr. Mittlerweile hält er sich an Bier. Mit einem Seufzer steht er vom Sofa auf.

»Wohin willst du?«, fragt die Stimme.

»Zum Kühlschrank«, antwortet er.

»Setz dich.«

Die Stimme klingt plötzlich hart, also sinkt er zurück aufs Sofa, will heute nicht mehr streiten.

»Trink«, hört er. »Trink aus, dann gehe ich.«

Er glaubt nicht daran, trinkt trotzdem. Irgendwas an dieser Situation ist verdammt falsch. Er schaut zu dem aus Holz geschnitzten Kästchen im Regal. Braucht den Halt, den es ihm immer spendet. Doch es steht nicht da. Alle seine Erinnerungen sind fort.

MONTAG, 16. MÄRZ

1

Ihre Hand suchte ihren Bauch. Das Kind darin lebte, aber obwohl Hanna Duncker den Herzschlag gehört hatte, fiel es ihr schwer, das wirklich zu glauben. Nichts wünschte sie sich mehr, als endlich die ersten Tritte zu spüren. Sie war in der achtzehnten Woche und hatte gelesen, dass sie jetzt bald mit den ersten Kindsbewegungen rechnen konnte. Nächste Woche stand endlich der erste große Ultraschall an. Vielleicht war sie danach beruhigt.

Beweg dich, ermunterte sie das Baby, aber es gehorchte nicht. *Beweg dich, du musst machen, was deine Mama dir sagt.* Nach wie vor rührte sich nichts.

Sie hob den Blick und schaute durch die Glaswand, die den Zuschauerbereich vom übrigen Gerichtssaal trennte. Auf der anderen Seite hatte der Gerichtsvorsitzende damit begonnen, die Anwesenheit zu prüfen. Plexiglasscheiben waren zwischen dem Vorsitzenden, dem Protokollanten und den drei Schöffen aufgestellt worden, von denen einer außerdem einen Mundschutz trug. Jeder Tisch war mit einer Flasche Handdesinfektionsmittel ausgestattet. Spätwinterlicht fiel durch die hoch eingebauten Fenster in den weiß gestrichenen Gerichtssaal. Das einzige dunkle Element waren die schwarzen Stühle.

Sie ließ die Fingerspitzen über die beiden Narben gleiten, wusste genau, wo sie sich unter der gepunkteten Bluse befanden. Der erste Stich hatte sie in die Seite getroffen und alle wichtigen Organe verfehlt, doch der zweite hatte ihren Darm perforiert. Die daraus resultierende Infektion hatten sie und ihr Kind beinahe das Leben gekostet. Zweimal war sie operiert worden, und das erste Antibiotikum schlug nicht an. Drei Wochen lang hatte sie im Krankenhaus bleiben müssen. Aber sie und das Kind hatten tatsächlich überlebt.

Hanna zwang sich, die Hand von ihrem Bauch zu nehmen, und sah sich im Zuschauerraum um. Wenn man bedachte, wie viel in letzter Zeit über Ester Jensens Tod berichtet worden war, hatten wesentlich weniger Menschen den Weg hierher gefunden, als sie angenommen hatte. Gerade mal zehn, aber vermutlich hielten sich viele aus Angst vor Ansteckung fern. Auch durften sie weder ihr Bruder Kristoffer noch ihre Freundin Rebecka begleiten, weil sie beide als Zeugen im Prozess aussagten.

Beruflich hatte sie zwangsläufig schon an vielen Verhandlungen teilgenommen, hatte also geglaubt, gut vorbereitet zu sein. Erst jetzt wurde ihr bewusst, wie wenig das zutraf. Ihr klebte die Zunge am Gaumen, und die Angst flatterte in ihrem Brustkorb wie ein eingesperrter Vogel. Sie wohnte hier einem neuen Prozess zum Mord an Ester Jensen bei. Einem Prozess, der hoffentlich ihren Vater rehabilitieren würde. Vom ersten Strafprozess hatte sie sich damals ferngehalten. Wie hätte Vater auf den neuen Prozess reagiert, wäre er noch am Leben?

Isak hatte angeboten, sie zu begleiten, doch Hanna hatte abgelehnt. Was sie jetzt bereute. Die Kinder in der Schule brauchten ihn, aber Hanna eben auch. Wie viel es ihr bedeutet hätte, ihn bei sich zu haben, einfach die Hand nach ihm ausstrecken zu können. Sie selbst hatte sich eine Woche freigenommen, damit sie die Gerichtsverhandlung verfolgen konnte.

Ihr Blick wanderte zu Henning Larsson, der den Prozess für die Lokalzeitung *Barometern* begleitete. Er war der einzige Anwesende, mit dem sie so etwas wie Freundschaft verband. Vielleicht spürte er ihren Blick, denn er schaute zu ihr und grüßte sie mit einem Nicken. Schräg vor Hanna saß ihre Kollegin Carina Hansson, die stark abgenommen hatte. Vermutlich eher aus Stress als wegen sportlicher Betätigung. Carina war die Cousine von Ester Jensens Tochter Maria, und die beiden standen einander sehr nah. Als Hanna bei der Polizei in Kalmar anfing, hatte Carina keinen Hehl aus ihrer Ablehnung gemacht. Für sie war Hanna die Tochter des Mörders gewesen, doch nun würde vielleicht ein anderer schuldig gesprochen werden. Ester Jensens Ex-Mann Sven-Otto – einer der Angeklagten – war Carinas Onkel.

Gibt Carina mir daran jetzt die Schuld? Hanna vertrieb den Gedanken. Allerdings wäre es ohne Hanna sicher nicht zu diesem Prozess gekommen. Schließlich hatte sie angefangen, in der Vergangenheit zu graben, um zutage zu fördern, wie Ester Jensen eigentlich gestorben war. Trotz allem kamen sie und Carina jetzt besser miteinander aus, obwohl sie noch immer nicht sonderlich viel miteinander sprachen.

Der Gerichtsvorsitzende übergab das Wort an den Staatsanwalt, dem Hanna sich nun ebenfalls zuwandte.

»Zur Einleitung will ich den Tathergang so beschreiben, wie wir von der Staatsanwaltschaft ihn rekonstruiert haben: Am Abend des 4. Juni 2003 brachen Axel Sandsten, Kristoffer Baxter – der damals noch den Nachnamen Duncker trug – und Robin Svensson gegen neunzehn Uhr bei Ester Jensen in Åby ein. Axel Sandsten verletzte Ester Jensen körperlich so schwer, dass sie starb. Ich fordere deshalb, dass er wegen Mordes zu einer Gefängnisstrafe von mindestens zwölf Jahren verurteilt wird.«

Der Staatsanwalt trug einen dunkelgrauen Anzug und eine ordentliche Kurzhaarfrisur. Er konnte nicht älter als dreißig sein, und Hanna hoffte, dass er so kompetent war, wie er klang. Neben dem Staatsanwalt saßen Maria Jensen und ihre Anwältin. Maria trug schwarz und hielt den Blick auf ihre Hände gerichtet. Sie hätte genauso gut bei einer Beerdigung sein können. Vielleicht fühlte es sich für sie ja so an. Ihre Mutter war ermordet worden, und höchstwahrscheinlich steckte ihr Vater dahinter.

Hanna schaute zu den Angeklagten. Sie saßen mit den Rücken zu den Zuschauern. Axel Sandsten war sehr aufrecht, sein Kopf fast reglos, als hätte er nicht den geringsten Grund, sich zu schämen. Der Mistkerl glaubte sicher, er würde ungeschoren davonkommen. Sven-Otto krümmte sich, seine Hände waren permanent in Bewegung.

»Des Weiteren geht die Staatsanwaltschaft davon aus, dass Sven-Otto Jensen den ebenfalls angeklagten Axel Sandsten für den Mord an seiner Ex-Frau bezahlt hat. Dies ist Anstiftung zum Mord, und dafür fordere ich eine lebenslange Haftstrafe.«

Als der Staatsanwalt verstummt war, wandte sich der Gerichtsvorsitzende an die Strafverteidiger. Hanna wusste schon, was Axel Sandstens Anwältin sagen würde, noch ehe sie den Mund aufgetan hatte. Und das, obwohl sie die Frau mit dem feinen Kostüm und dem strammen Dutt nur von hinten sah.

»Mein Mandant bestreitet, dass er überhaupt vor Ort war, somit trägt er keinerlei Verantwortung für das Geschehene.«

Auch Sven-Otto Jensen wies die Tat von sich. Sein Anwalt war etwa fünfzig Jahre alt und trug einen dunklen Nadelstreifenanzug, der ungefähr so locker saß, wie er sich gab. Die Staatsanwaltschaft hatte keine Anklage gegen Kristoffer erhoben, obwohl er darum gebeten und gebettelt hatte. Doch das einzige Vergehen, das man ihm vorwerfen konnte, war, einen Verbrecher zu schützen, und eine solche Tat verjährte nach zwei Jahren.

Hanna schloss bekümmert die Augen. Ihr Leben hatte sich an jenem Tag verändert, an dem ihr Vater von der Polizei abgeholt worden war. Kristoffer hatte nicht nur Axel Sandstens Tat verschwiegen, sondern außerdem ihren Vater an den Tatort gerufen und dazu gebracht, die Schuld auf sich zu nehmen, indem er behauptete, er selbst sei der Täter. Ihr Vater Lars hatte das Haus in Brand gesetzt, in dem die bereits tote Ester Jensen lag, und dann gestanden, sie ermordet zu haben. Dafür hatte er fast zehn Jahre im Gefängnis gesessen. Nach seiner Entlassung hatte er sich zu Tode gesoffen.

Und wenn Axel Sandsten nun nicht verurteilt wurde? Wie würde es dann mit ihr und Kristoffer weitergehen? Hanna war davon überzeugt, dass nur eine Verurteilung ihrer Beziehung ein neues Fundament geben konnte. Wenn möglich stand Kristoffer wegen der Verhandlung sogar noch mehr unter Stress als sie. Er war am Samstag in Schweden gelandet, und sie hatten ihn im Gästezimmer von Isaks Haus in Södra Näsby untergebracht. Sie nannte es noch immer Isaks Haus, obwohl sie nun schon drei Monate zusammen dort lebten. Erst morgen würde Kristoffer in den Zeugenstand gerufen.

Ein Urteil würde hoffentlich all den Drohungen und Angriffen ein Ende setzen. Der blonde Mann, der Hanna kurz vor Weihnachten niedergestochen hatte, war im darauffolgenden blutigen Chaos entkommen. Sie wusste nicht mal, wer er war, aber sie zweifelte keine Sekunde daran, dass Axel Sandsten ihn geschickt hatte.

Der Staatsanwalt richtete seinen Schlips und begann damit, den Tathergang zu schildern. An dieser Stelle legte er auch die Ergebnisse der kriminaltechnischen Untersuchung vor, doch da seit der Tat bereits viele Jahre verstrichen waren, war ihr Umfang eher gering. Überwiegend handelte es sich um Erkenntnisse der Ursprungsermittlungen, um die Untersuchung des abgebrannten Hauses und das Obduktionsprotokoll von Ester Jensens verkohltem Leichnam. Aber es gab auch neue: DNA-Spuren aus dem Haus waren Axel Sandsten zugeordnet worden, außerdem hatte Sven-Otto Jensen eine Woche nach dem Mord über fünfzigtausend Kronen auf ein Konto überwiesen, das Axel Sandsten gehörte. Ein entsprechender Kontoauszug war bei der Durchsuchung von Axels Haus gefunden worden. Wieso hatte er ihn wohl aufbewahrt? Vielleicht damit er etwas gegen Sven-Otto in der Hand hatte? Mehrere Jahre später waren weitere Überweisungen getätigt worden.

Weder Axel Sandstens noch Sven-Otto Jensens Verteidigung hatten viel hinzuzufügen. Hanna wand sich, während sie ihren Ausführungen lauschte. Laut ihrer Aussage handelte es sich bei diesem Prozess um nichts als eine Farce, angeleiert vom eigentlichen Täter, der die Nerven verloren hatte. Offenbar hatten sie sich abgesprochen, Kristoffer die Schuld in die Schuhe zu schieben. Die DNA-Spuren wurden abgetan, angeblich hatte Axels Vater eine Kommode an Ester verkauft, und Axel hatte beim Tragen geholfen.

Hanna schaute zu den schmalen Fenstern unterhalb der Decke hinauf, brauchte eine Erinnerung daran, dass es die Welt draußen noch gab. Sehen konnte sie nur Bäume, deren Äste kahl waren. Sie standen zu weit entfernt, als dass Hanna hätte sehen können, ob schon erste Blätter austrieben.

»Wir machen eine Pause«, verkündete der Gerichtsvorsitzende.

Nach der Pause würde die Klägerin Maria Jensen gehört werden. Danach die Angeklagten. Hanna bekam Magenschmerzen bei der Vorstellung, Axel Sandsten dabei zuhören zu müssen, wie er ihren Bruder in den Dreck zog.

2

Ingrid Mattsson schlug das *Barometern* zu und legte die Zeitung auf den Küchentisch. Schob sie weit von sich weg. *Zwei neue Coronafälle im Bezirk Kalmar bestätigt,* verkündete die größte Schlagzeile. Sicher, die neue Krankheit, die sich verbreitete, war beunruhigend. Ingrid hatte keine einzige von Anders Tegnells Pressekonferenzen verpasst, gerade wog nur die Sorge um Vidar schwerer. Sie hatte ihn wie jeden Sonntag der vergangenen Monate angerufen, doch diesmal war er nicht wie sonst immer an den Apparat gegangen. Und zurückgerufen hatte er auch nicht.

»Guck mal, Oma«, sagte Olivia und hielt hoch, was sie gerade gezeichnet hatte.

Olivia war zwölf Jahre alt und ihr jüngstes Enkelkind.

»Wie schön«, sagte Ingrid und lächelte. »Ist das Rufus?«

Rufus war der Hund der Familie.

»Nein«, kicherte Olivia. »Das ist eine Kuh, du Dummerchen.«

Mit dem Zeigefinger schob sie die Brille hoch, die ihr permanent die Nase hinunterrutschte. Olivias ältere Geschwister waren dreiundzwanzig und einundzwanzig, und obwohl die eine gerade ihr Studium abgebrochen und die andere mit ständigen Beziehungsproblemen kämpfte, machte Ingrid sich weniger Sorgen um sie. Egal, was Ingrids Sohn auch sagte, die beiden waren gewieft und würden sicher gute Jobs und Lebenspartner finden. Für Olivia sah das etwas anders aus, denn sie hatte Trisomie 21. Nach ein paar anstrengenden Jahren, in denen sie immer wieder von zu Hause ausgebüxt war, schien sie nun etwas ruhiger geworden zu sein. Da die Schule heute geschlossen blieb, hatte Ingrid ihrem Sohn Jakob angeboten, auf Olivia aufzupassen, damit er arbeiten konnte. Jakob hatte den Hof übernommen, der einst Ingrids ganzes Leben bestimmt hatte. An der Zahl der Milchkühe hatte sich nicht viel geändert, es waren auch heute noch ungefähr hundert. Allerdings hatte Ingrids Schwiegertochter eine kleine Molkerei aufgebaut, wo sie eigenen Käse herstellte.

»Woran denkst du?«, fragte Olivia.

Was für ein fantastischer kleiner Mensch sie doch war.

»Wie froh ich bin, bei dir zu sein.«

Wieder kicherte Olivia und stand auf.

»Ich möchte nach draußen, ich will spielen.«

»Noch nicht«, sagte Ingrid und reichte ihr ein weißes Blatt. »Kannst du erst noch Rufus zeichnen?«

Olivia nahm den braunen Buntstift und fing an zu malen. Fast augenblicklich zeigte sich die Zunge im Mundwinkel, wie immer, wenn sie sich konzentrierte. Rufus war ein schwarz-weißer Border Collie, aber Ingrid kommentierte die Farbwahl nicht. Darauf kam es für Olivia nicht an. Sie griff lieber zu ihrem Handy und versuchte es noch einmal bei Vidar, doch der ging immer noch nicht ans Telefon, was Ingrid nur weiter in ihrer Befürchtung bestärkte, dass etwas vorgefallen war. Frustriert drückte sie auf den roten Hörer und suchte dann nach Hannas Nummer – ihre ehemalige Nachbarin war schließlich Polizistin. Doch dann fiel ihr der Prozess ein, Hanna war gerade sicher anderweitig beschäftigt, also legte Ingrid das Handy wieder beiseite. Vielleicht konnte sie ja jemanden in Borgholm bitten, einmal bei Vidar vorbeizugehen und nach dem Rechten zu sehen? Sie hatte dort noch ein paar alte Bekannte, sogar ein paar neue, aber es fühlte sich falsch an, darum zu bitten. Das würde die Gerüchteküche nur unnötig befeuern. Ingrids Wangen nahmen einen leichten Rotton an, als sie an ihr letztes Treffen dachte. Nein, sie konnte nicht länger hier rumsitzen und sich Gedanken machen. Sie berührte Olivia und wartete ab, bis das Mädchen ihre Aufmerksamkeit auf sie richtete.

»Hast du Lust auf einen Ausflug?«, fragte Ingrid.

»Ja!«

Olivia riss die Arme in die Luft. Rufus' braune Augen schauten neugierig vom Blatt. Ohren hatte er auch welche bekommen, und eine sehr lange Nase. Man konnte den Hund tatsächlich erkennen.

Schnell packten sie einen Proviantkorb mit Käsebroten, Saft und einer Packung Zimtschnecken aus dem Tiefkühler. Von Kleva brauchte man etwa vierzig Minuten mit dem Auto nach Borgholm, und Olivia fuhr gern mit, solange man lustige Spiele spielte. Fünfzehn Minuten und einen obligatorischen Toilettenbesuch später saßen die beiden in Ingrids altem Volvo. Olivia öffnete sofort das Handschuhfach und holte ein Kartenspiel heraus.

»Sind wir bald da?«, sagte sie und zog die erste Karte.

Das war keine Frage, sondern der Name des Spiels. Die Karte zeigte eine Kuh.

»Ja!«, rief Olivia und schaute aufgeregt aus dem Fenster.

Die Sonne strahlte von einem überwiegend blauen Himmel, aber das Thermometer zeigte jetzt, Mitte März, noch nicht mehr als sieben Grad. Ingrid bezweifelte, dass schon jemand Kühe auf die Weide gelassen hatte. Nachdem sie mehrere Minuten lang vergeblich Ausschau gehalten hatte, zog Olivia eine neue Karte.

»Schild!«, jubelte sie.

Ingrid ignorierte geflissentlich das Geschwindigkeitsschild und überließ es Olivia, aufgeregt auf das Schild hinzuweisen, das sich ein Stück weiter auf ihrer Straßenseite befand und Auskunft darüber gab, wo der Runenstein von Karlevi zu finden war. Das Spiel lief problemlos bis Rälla, wo Olivia gern Rast machen wollte, doch Ingrid schaffte es, sie gerade noch rechtzeitig damit abzulenken, rote Autos zu zählen. Das Gefühl der Eile wuchs unaufhörlich in ihr. Was, wenn Vidar gestürzt war und nun mit gebrochenem Bein in seiner Wohnung lag? Dann war es natürlich nicht sonderlich klug, dass sie Olivia mitgenommen hatte. Sie bereute, dass sie nicht gleich gestern nach Borgholm gefahren war, aber das hätte vielleicht ein bisschen übertrieben gewirkt. Vielleicht stimmte ja nur irgendwas mit dem Telefon nicht, oder er hatte es schlicht verlegt. Oder aber er bereute, wie ihr letztes Treffen zu Ende gegangen war.

»Ich hab Hunger«, klagte Olivia.

»Wir sind fast da«, sagte Ingrid. »Guck mal, da ist die Schlossruine.«

Schloss Borgholm war sie getauft worden, aber Ingrid bezweifelte, sich an diesen Namen gewöhnen zu können.

»Essen wir hier?«, fragte Olivia.

»Nein, wir besuchen einen Freund von mir. Er freut sich bestimmt auch über eine Zimtschnecke.«

Bei der Tankstelle bog Ingrid in die Storgatan, und nach wenigen Metern parkte sie vor Vidars Wohnung. Ein Nachbar kam gerade zur Tür heraus, weshalb Ingrid hastig zu ihm eilte. Sie war nämlich nicht sicher, ob sie den Türcode noch richtig in Erinnerung hatte.

»Wir haben den Proviant vergessen«, sagte Olivia, als die Tür hinter ihnen zufiel.

»Oh, stimmt. Dann müssen wir den eben gleich noch holen.«

Diese Antwort fand Olivia nicht zufriedenstellend, trotzdem folgte sie Ingrid die Treppe hinauf. Vor knapp einer Woche hatte Vidar sie endlich zu sich zum Essen eingeladen. Die Lasagne war ihm ein bisschen angebrannt, aber er hatte das weggelacht und behauptet, er habe die Zeit vergessen, weil er so intensiv an sie gedacht habe. Er hatte über den Tisch hinweg ihre Hand genommen, und so hatten sie ein paar Minuten lang dagesessen und einander einfach nur angesehen. Als sie schlussendlich hatte aufbrechen müssen, hatte er sie an sich gezogen und geküsst. Sie hatte den Kuss nur zu gern erwidert. Wie groß das Verlangen gewesen war, das der Kuss in ihr geweckt hatte, überraschte sie noch immer. Natürlich hatte sie in den vergangenen Monaten oft über das nachgedacht, was zwischen ihnen gewesen war und was vielleicht noch werden konnte. Vergangenen Herbst waren sie sich zufällig in Färjestaden über den Weg gelaufen, und es war herrlich gewesen, ihn nach so vielen Jahren wiederzusehen. Ihre ersten Gedanken an ihn waren nur von ein paar Schmetterlingen begleitet gewesen. Aber seit dem Abendessen vor knapp einer Woche hatte sie kaum an etwas anderes denken können als an Vidar – und daran, wie sehr sie ihn wollte.

Vidar wohnte im zweiten Stock. Ingrid bat Olivia zu klingeln und legte selbst das Ohr an die Tür. In der Wohnung regte sich nichts. Hätte Vidar mit gebrochenem Bein am Boden gelegen, hätte er sich bemerkbar gemacht. Ingrid zückte ihr Handy und wählte seine Nummer. Es klingelte auf der anderen Seite der Tür. Trotzdem kam er nicht, um ihnen zu öffnen. Ingrid drückte auf die Klinke, und zu ihrer großen Verwunderung war nicht abgeschlossen. Sie traten in den Flur.

»Vidar!«, rief sie.

Keine Reaktion.

»Warte hier«, sagte sie zu Olivia und schloss sicherheitshalber die Haustür von innen ab.

Der nächstgelegene Raum war die Küche, die sie gar nicht erst betreten musste, um zu wissen, dass niemand darin war. Langsam näherte sie sich dem Wohnzimmer, aber auch dort war er nicht. Schon stand sie vor der Schlafzimmertür und öffnete sie. Vidar lag auf dem Rücken im Bett, das Gesicht zu ihr gedreht. Seine Augen waren aufgerissen und glasig. Mund und Kissen waren voll mit Erbrochenem. Sie konnte ein Keuchen nicht verhindern. *Oh, Vidar.*

»Ist er krank?«, fragte Olivia hinter ihr.

3

Handys waren im Gerichtssaal nicht erlaubt, weshalb Hanna ihres schnell in der Jackentasche verschwinden ließ, als der Wachmann sie ansah. Die Vernehmung von Maria Jensen dauerte nun schon fast eine halbe Stunde. Sie beantwortete die Fragen des Staatsanwalts einsilbig. Die Erinnerungen an den Tag von Esters Tod waren ihr am deutlichsten im Gedächtnis geblieben. Maria hatte geschlafen, als ein Nachbar bei ihr klingelte und sagte, dass es bei ihrer Mutter brannte. Der Nachbar hatte sie nach Åby gefahren, wo die Flammen bereits ihre gesamte Existenz verschlangen. Die folgenden Tage glichen eher Fragmenten: ein Polizist, der ihr mitteilte, dass ihre Mutter tot war, dass sie umgebracht worden war, dass Lars Duncker festgenommen worden war, dass er der Schuldige war. *Es besteht kein Zweifel*, hatte die Polizei gesagt. Vermutlich Ove Hultmark. Genau diesen Satz hatte Hanna auch von ihm zu hören bekommen. Damals hatte er nur die Ermittlungen geleitet, die zur Verurteilung ihres Vaters geführt hatten, jetzt war er außerdem ihr Chef. Ove hatte ihr geholfen, den Job bei der Kalmarer Polizei zu bekommen, als sie nach sechzehn Jahren in Stockholm beschlossen hatte, nach Öland zurückzukehren.

»Würden Sie uns etwas über das Verhältnis zwischen Ihrer Mutter und Ihrem Vater erzählen?«, bat der Staatsanwalt.

»Sie haben einander gehasst«, sagte Maria eher zum Tisch als zum Staatsanwalt.

»Sie müssten etwas lauter sprechen«, bat der Gerichtsvorsitzende sanft.

»Sie haben einander gehasst«, wiederholte Maria etwas bestimmter.

»Wie äußerte sich das?«, fragte der Staatsanwalt.

»Ich war vielleicht acht, als ich es zum ersten Mal bewusst mitbekam«, sagte Maria. »Sie haben sich angeschrien und damit auch nicht aufgehört, als ich aus meinem Zimmer kam und sie anflehte, sich zu beruhigen. Mein Vater hatte das Sparkonto leer geräumt. Deshalb war meine Mutter so wütend. Sie haben sich wenige Jahre später scheiden lassen.«

»Wie verhielten sie sich nach der Scheidung?«

»Sie sind sich aus dem Weg gegangen«, sagte Maria. »Meine Mutter hat nie wieder von ihm gesprochen, mein Vater hingegen hat oft über den Verlust des Hauses geklagt.«

»Was genau hat Ihr Vater über das Haus gesagt?«, hakte der Staatsanwalt nach.

»Dass Mama es ihm gestohlen hat.«

»Hat sich ihr Verhältnis je wieder entspannt?«

»Ja, eine Weile lang ging es dann doch gut. Aber dann wurde meinem Vater gekündigt, und meine Mutter lernte einen neuen Mann kennen. Das hat mein Vater nicht verkraftet.«

»Wie äußerte sich das?«

»Er verhielt sich noch gemeiner. Er sagte, dass Mama sein Leben zerstört hat.«

Als der Staatsanwalt keine weiteren Fragen mehr hatte, übergab der Gerichtsvorsitzende das Wort an die Verteidigung.

»Ich habe nur eine Frage«, sagte Sven-Otto Jensens Anwalt. »Glauben Sie, dass Ihr Vater Axel Sandsten angeheuert hat, um Ihre Mutter zu töten?«

»Nein, ich weigere mich, das zu glauben«, sagte Maria so leise, dass der Gerichtsvorsitzende sie erneut bitten musste, lauter zu sprechen.

Nach einem Blick auf die Uhr entschied der Gerichtsvorsitzende, mit der nächsten Vernehmung fortzufahren. Der Staatsanwalt hatte erwirkt, dass Axel Sandsten vor Sven-Otto Jensen in den Zeugenstand kam.

»Würden Sie uns bitte erzählen, was Sie am 4. Juni 2003 gemacht haben?«, bat der Staatsanwalt.

»Das ist siebzehn Jahre her«, sagte Axel Sandsten. »Das weiß ich nicht mehr.«

Seine Stimme ließ Hanna erschaudern. Er klang so gelangweilt, fast höhnisch. Sie sah sich um. Merkte das sonst wirklich niemand?

»Wann haben Sie Ester Jensen zum ersten Mal getroffen?«, fuhr der Staatsanwalt fort.

»Zum ersten und einzigen Mal im April oder Mai 2003«, sagte Axel. »Mein Vater hatte ihr eine Kommode verkauft, und ich habe dabei geholfen, sie ins Haus zu tragen.«

»Ihre DNA befand sich auf dem Treppengeländer vorm Haus«, sagte der Staatsanwalt. »Können Sie erklären, wie sie dorthin gekommen ist, wenn Sie eine Kommode hineingetragen haben?«

»Vermutlich habe ich mich dort festgehalten, als ich weggegangen bin«, antwortete Axel. »Wie gesagt, das ist siebzehn Jahre her. Das weiß ich nicht mehr.«

Das weiß ich nicht mehr war Axels Standardreplik. Sven-Otto Jensen habe er erst nach dem Mord an Ester kennengelernt,

Sven-Otto hatte ihm verschiedene Gelegenheitsjobs angeboten. Aber Hanna wusste, dass er log. Rebecka war bei Axel gewesen, als dieser Besuch von Sven-Otto bekommen hatte. So erst hatte sie ja begriffen, dass Esters Ex-Mann in den Mord verwickelt war. Als der Staatsanwalt anfing, Fragen zu Kristoffer zu stellen, wurden Axels Antworten plötzlich ausführlicher.

»Kristoffer war schon immer eifersüchtig auf mich«, sagte Axel Sandsten. »Auf meine Familie, auf mein Aussehen, auf mein Geld. Als wir noch zusammen aufs Gymnasium gingen, klebte er förmlich an mir, und ich habe ihn oft mitgenommen, aber es hat ihm doch nie gereicht. Die ganze Sache hier hat er nur angeleiert, um mich in den Knast zu bringen.«

Hanna schob sich die Hände unter die Oberschenkel. Eigentlich hätte sie sich viel lieber die Ohren zugehalten oder auf die Lehne vor sich eingetrommelt. Wie konnte Axel so schamlos lügen? In der Oberstufe hatte Kristoffer alles Mögliche für Axel erledigt, Alkohol besorgt und ihn überall hinkutschiert. Vermutlich hatte Kristoffer dafür Geld bekommen, anders konnte Hanna sich das gar nicht erklären.

»Wollen Sie damit sagen, dass Kristoffer Baxter Ester Jensen mit der klaren Absicht getötet hat, Sie ins Gefängnis zu bringen?«, fragte der Staatsanwalt.

»Nein, will ich nicht. Sein Motiv müssen Sie von ihm selbst erfragen, aber ich schätze mal, dass es um Geld ging. Ich wollte nur betonen, dass er lügt, wenn er behauptet, dass ich dort war, dass ich sie zu Tode misshandelt habe.«

Hanna starrte den Wirbel in Axels weißblonder Mähne an. Viele ihrer Mitschülerinnen hatten ihn attraktiv gefunden, sie hatte nie dazugezählt.

»Und das ist die einzig mögliche Erklärung, die Ihnen einfällt?«

»Wenn ich spekulieren müsste, was in seinem kranken Hirn sonst noch so vorgegangen sein könnte, würde ich vielleicht sagen, dass es um ein Mädchen ging.«

»Welches Mädchen?«, hakte der Staatsanwalt nach.

»In der Oberstufe war ich mit einem Mädchen zusammen, in das er verliebt war, und ich glaube, darüber ist er einfach nicht hinweggekommen. Wir waren über mehrere Jahre ein Paar und hatten sogar ein Kind zusammen.«

Hanna wäre am liebsten aufgestanden und hätte ihn angeschrien. Das Mädchen, von dem er sprach, war Rebecka Forslund, eine langjährige Freundin von Hanna. Die einzige Freundin, die Hanna während ihrer Kindheit und Jugend in Gårdby gehabt hatte. Wie konnte Axel es wagen, Rebecka in diese Sache reinzuziehen? Rebecka hatte sich tatsächlich mal für Kristoffer interessiert, aber Hanna war ziemlich sicher, dass ihr Bruder diese Zuneigung nicht erwidert hatte. Vielleicht wollte Axel sie mit Kristoffers mutmaßlichem Motiv verflechten, ihre Zeugenaussage schon entkräften, bevor sie überhaupt getätigt wurde.

Der Staatsanwalt hatte keine weiteren Fragen mehr, und der Gerichtsvorsitzende übertrug das Wort an Axels Verteidigerin. Hanna fand, dass er zu schnell aufgegeben hatte. Er hätte Axel noch mehr unter Druck setzen müssen. Aber dazu würde es im weiteren Prozessverlauf ja noch eine Menge Gelegenheiten geben.

»Was ist mit Ihrem Kind passiert?«, fragte die Anwältin.

»Er wurde vor einem Jahr ermordet. Er wurde nur fünfzehn.«

Axel schluchzte, und Hanna war wieder kurz davor aufzuspringen. Die Nachfrage war doch nur ein billiger Versuch, Mitleidspunkte zu sammeln, und das hätte sie gern in den Saal gebrüllt. Und dass sie alle doch bitte Axels zahllosen Lügen nicht auf den Leim gehen sollten. Seiner unfassbaren Hinterhältigkeit.

»Das tut mir sehr leid«, sagte die Anwältin. »Das muss schrecklich gewesen sein. Ich habe keine weiteren Fragen. Vielen Dank.«

»Es ist fast halb zwölf«, sagte der Gerichtsvorsitzende. »Wir machen eine Mittagspause. Die Verhandlung wird um ein Uhr fortgesetzt, und zwar mit der Vernehmung Sven-Otto Jensens. Ich hoffe, wir können im Laufe des Tages auch noch Ove Hultmark und Per-Olof Hansson hören.«

Hanna verließ Saal vierzehn und eilte in die Toiletten direkt nebenan. Gerade konnte sie einfach mit niemandem sprechen. Axel Sandsten war ein unfassbarer Lügner, aber auch ein wahrer Meister darin, die Leute von sich zu überzeugen. Was, wenn sich die Richterin und die Schöffen von ihm einwickeln ließen und die Lügen glaubten, die er über ihren Bruder verbreitete?

Nachdem sie sich kurz erleichtert hatte, wusch Hanna sich sorgfältig die Hände und schöpfte sich kaltes Wasser ins Gesicht. Dann trocknete sie sich mit einem der Papiertücher ab. Auf dem Waschbecken stand eine Flasche mit Desinfektionsmittel, Hanna drückte sich etwas davon in die Handfläche und massierte es sorgfältig ein. Der Geruch biss ihr in die ohnehin überempfindliche Nase. Als sie in den Flur kam, entdeckte sie Kristoffer zwischen den wenigen Zuhörerinnen und Zuhörern.

»Was machst du denn hier?«, fragte sie.

Niemandem konnte entgehen, dass sie Geschwister waren, wenn sie nebeneinanderstanden. Er war ein paar Zentimeter größer als sie mit ihren einsfünfundachtzig, aber ansonsten waren sie gleich gebaut und hatten die gleichen blonden Haare. Zwischen ihnen lag nur ein Jahr, und als sie jünger waren, wurden sie oft für Zwillinge gehalten. Gerade hatten sie beide kurze Haare, nur ihr Pony war länger.

»Ich habe das Warten einfach nicht mehr ausgehalten.«

Kristoffer schob die Hände in die Hosentaschen. Vermutlich hatte er gestern noch allein weitergetrunken, nachdem sie und Isak schlafen gegangen waren. Natürlich hatte sie Verständnis für ihn, sie wünschte nur, er fände einen anderen Weg, seine Angst zu beherrschen.

»Was hat Axel gesagt?«, fragte er.

»Du weißt, dass ich dir das nicht beantworten darf.«

Dabei *wollte* sie es ihm ehrlicherweise nicht sagen. Kristoffer würde es keinen Deut helfen, wenn er wüsste, dass Axel ihm die ganze Schuld gab, aber vermutlich ahnte er das sowieso schon. Ove hatte die Ergebnisse der Voruntersuchung vorschriftsmäßig für sich behalten, also wusste Hanna frustrierend wenig über das, was im Prozess passieren würde. Nur ein paar Namen der geladenen Zeuginnen und Zeugen waren ihr bekannt: Ove selbst, Kristoffer, Rebecka und Sven-Otto Jensens Bruder. Kristoffers Blick wanderte zu jemandem hinter ihr, also drehte sie sich um. Auf einer der Bänke saß ein Paar über sechzig. Der Mann war groß und hatte graues Haar. Die Frau war deutlich kleiner und rothaarig – aber das wirkte gefärbt.

»Sind das Axels Eltern?«, fragte sie.

»Ja«, antwortete Kristoffer. »Ich wünschte, das alles wäre schon vorbei.«

»Ich auch«, sagte sie, dabei war sie sich gar nicht so sicher.

Denn sofort meldete sich wieder dieser nagende Gedanke: Was würde passieren, wenn Axel Sandsten nicht verurteilt wurde? Aber nein, der Frage wollte sie gar keinen Raum geben.

»Hast du heute mit Beth gesprochen?«, fuhr sie fort.

Sie bereute die Frage schon, während sie sie stellte. Kristoffer schüttelte den Kopf. Seine Frau und seine Tochter Ella, die in ein paar Monaten vier werden würde, waren noch in London. Hanna ahnte, dass zwischen ihm und Beth nicht alles rosig war.

Am Samstag hatte sie die beiden am Telefon streiten hören. Sie hatte versucht, später mit ihm darüber zu sprechen, doch es war nur deutlich geworden, dass er seine Probleme nicht mit ihr teilen wollte.

Henning Larsson gesellte sich zu ihnen. Der Journalist war im Winter eine große Hilfe gewesen. Die kritische Berichterstattung im *Barometern* über Axel Sandstens Bauvorhaben in Grönhögen war in gewisser Weise der Auslöser gewesen, der schlussendlich zu diesem Prozess geführt hatte. Die Ermittlungen waren zwar aus Mangel an Beweisen eingestellt worden, aber der Bau war dennoch bis auf Weiteres gestoppt. Beim Durchleuchten von Axels Finanzen waren jedenfalls mehrere Überweisungen von Sven-Otto Jensen entdeckt worden.

»Wie sieht es mit dem Interview aus?«

Die Frage war nicht ernst gemeint, deshalb lächelte sie ihn an.

»Gern, du kannst dich jederzeit melden, sobald ich im Altersheim bin.«

Dann entdeckte Henning jemanden, der etwas zu seinem Artikel über den Prozess beitragen konnte, und war schon wieder weg.

»Gut, den los zu sein«, sagte Kristoffer.

An den vergangenen Tagen hatten sie mehr Zeit miteinander verbracht als in all den Jahren, seit Kristoffer nach London gezogen war.

»Wieso sagst du das?«

»Ich mag den nicht«, sagte Kristoffer.

»Ja, das ist klar, ich verstehe nur den Grund nicht …«

Ihr Handy vibrierte, und sie zog es aus der Tasche. Oves Name leuchtete ihr entgegen. Er wusste, dass sie bei Gericht war, also musste es wichtig sein. Sie ging in dem Moment dran, als ein Zeuge in Saal zehn gebeten wurde.

»Tut mir leid, dich zu stören«, sagte Ove. »Aber in Borgholm wurde ein Toter aufgefunden.«

»Und wieso teilst du mir das mit?«, fragte Hanna.

»Die Frau, die uns verständigt hat, kennt dich. Ihr wart Nachbarn in Kleva.«

»Ingrid«, sagte Hanna. »Ich mache mich sofort auf den Weg.«

Sie legte auf, doch Ove rief sofort wieder an.

»Jetzt hör bitte erst mal zu«, sagte er. »Ingrid hatte ihre Enkelin dabei. Das Mädchen ist zwar schon zwölf, hat aber das Downsyndrom, und jetzt ist sie verschwunden.«

»Verschwunden?«, wiederholte Hanna.

»Ich weiß nicht, was passiert ist«, sagte Ove. »Ingrid sprach sehr unzusammenhängend, als sie anrief. Und du fährst nicht allein. Erik holt dich vom Gericht ab.«

Der letzte Tag

Der schweißnasse Schlafanzug klebt ihm am Körper, frustriert schlägt Vidar die Decke zurück. Kurz darauf bekommt er vor Kälte extreme Gänsehaut. Dass es so höllisch schwer sein konnte einzuschlafen. Er liegt schon seit Stunden wach. Wütend reißt er die Decke wieder an sich, zieht sie bis unters Kinn.

Seit Millas Besuch ist er sehr schlecht gelaunt. Anfangs war sie immer so nett gewesen, aber jetzt führte sie sich plötzlich auf wie eine streitsüchtige Rechthaberin. Er hat es gewagt, sie zu verbessern, woraufhin es nur so Flüche gehagelt hatte. Also hat er ihr geraten, sich einen Job zu suchen, bei dem sie es nicht mit Menschen zu tun hatte, so rotzfrech, wie sie ist. Außerdem geht sie immer ziemlich rabiat zur Sache. Trotzdem hätte er nicht schlecht über ihre neue Haarfarbe oder die laxen Regeln der Kommune reden sollen, die sich offenbar nicht darum scherten, wie ihre Angestellten aussahen. Ihm gefällt es schließlich, dass sie sich ständig die Haare färbt. Heute waren sie hellblau.

Als ihn erneut eine Schweißschicht überzieht, kapituliert Vidar. Mit einem Stöhnen setzt er sich auf und schwingt die Beine über die Bettkante. Steckt die Füße in die Lammfellschuhe. Er trägt zwar einen Schlafanzug, greift aber trotzdem zu dem bedeutend dickeren Morgenmantel. Sonst fängt er doch wieder nur an zu frieren. Aber er knotet ihn nicht zu. Vielleicht sollte er jemanden wegen der Heizung kommen lassen. Die Temperatur sollte nicht so extrem schwanken.

Vidar geht in die Küche und nimmt ein Glas aus dem Schrank über der Spüle. Mit dem Glas in der Hand verharrt er kurz, bevor er zum Kühlschrank tritt. Nach dem muss er auch mal sehen lassen, die Tür schließt nicht mehr gut, und mehr als einmal hat er sie versehentlich offen gelassen.

Er füllt Milch ins Glas, das er dann in die Mikrowelle stellt. Lässt sie vierzig Sekunden laufen. Sie schmeckt nicht wie sonst. Er riecht am Paket, aber sie scheint nicht sauer zu sein. Da fällt ihm auf, dass er den Honig vergessen hat. Einen Teelöffel voll rührt er hinein, und schon schmeckt die Milch, wie sie soll.

Der Ärger über Milla will sich einfach nicht legen. Er hat sie nicht wiedererkannt. Vielleicht hat sie ihn ja auch vorher einfach mit aufgesetzter Nettigkeit getäuscht?

Als Vidar ausgetrunken hat, geht er ins Wohnzimmer und schaut in das Holzkästchen. Für gewöhnlich beruhigt es ihn, die Uhr zu berühren, die zuoberst liegt. Die Uhr, die er von seinem ersten Lohn gekauft hat. Die ihm noch immer dabei hilft, die Zeit im Blick zu behalten.

Lange steht Vidar da, den Blick in das Kästchen gerichtet. Ingrids Foto liegt zuoberst. Langsam begreift er: Die Uhr ist weg. Milla musste sie ihm geklaut haben. Die Einsicht, dass sie eine Diebin ist, tut ihm in der Seele weh, trotzdem muss er zuerst mit ihr sprechen, bevor er zur Polizei geht.

Der Diebstahl seiner geliebten Uhr hat ihn so aufgeregt, dass an Schlaf gar nicht mehr zu denken ist. Nachdem er kurz auf der Toilette war, blättert Vidar in seiner Schallplattensammlung und wählt eins von Pugh Rogefeldts Alben aus. Seit fünfzig

Jahren wird keine gute Musik mehr gemacht. Er setzt die Nadel sofort auf Titel vier. Die ersten Töne von »Små lätta moln« reichen, um ihm ein Lächeln aufs Gesicht zu zaubern, das sich durch seinen gesamten Körper fortsetzt. Er dreht die Lautstärke weiter auf und wagt ein paar Tanzschritte, doch sofort meldet sich sein Knie. Aber nein, er wird sich von seinem Körper nicht unterkriegen lassen. Er dreht die Musik noch lauter – ein Freund hat ihm geholfen, einen Verstärker an den Plattenspieler anzuschließen – und setzt sich aufs Sofa.

Erinnerungen spülen über ihn hinweg. Die Platte ist 1969 erschienen, da war er gerade mal achtundzwanzig und von einer Südamerikareise zurückgekehrt. Er suchte etwas Schwedisches, nachdem er sich auf See fast ausschließlich mit Englisch hatte durchhangeln müssen. Der Mann im Plattenladen sprach in den höchsten Tönen von dem Debütanten, der schwedische Rockmusik machte. Eigentlich hatte Vidar nach dieser Reise an Land bleiben wollen, doch es dauerte nur wenige Monate, bis die Sehnsucht nach der See zu stark wurde.

Ein Klopfen an der Tür reißt ihn aus den Erinnerungen. *Was ist denn nun schon wieder?* Er steht auf und geht zur Tür.

4

Erik Lindgren bog in die Smålandsgatan ein, in der sich das Gerichtsgebäude befand. Ein paar Gymnasiasten kreuzten über die Straße, ohne mitzubekommen, dass er ihretwegen bremsen musste. Direkt gegenüber vom Gericht lag die Jenny-Nyström-Schule. Als die Jugendlichen den Bürgersteig auf der anderen Straßenseite erreicht hatten, entdeckte er Hanna. Sie kam um den Wagen herum und riss die Beifahrertür auf.

»Hast du schon was Neues gehört?«, fragte sie und nahm das eingeschweißte Sandwich vom Sitz.

»Ich dachte mir, dass du sicher noch nicht zum Essen gekommen bist«, sagte er.

»Was? Ach, das ist für mich? Das rührt mich jetzt«, sagte Hanna und riss die Verpackung auf. »Gibt es denn was Neues?«

»Leider nicht.«

Erik wendete und gab Gas.

»Ich habe es schon mehrfach bei Ingrid versucht«, sagte Hanna, »aber es ist immer besetzt.«

Erik hatte Ingrid noch nicht persönlich getroffen, aber Hanna sprach viel von ihr – obwohl sie nun ja keine Nachbarinnen mehr waren. Ingrid wohnte in Kleva direkt neben Hannas letztes Jahr am Luciatag abgebranntem Haus.

»Sie spricht bestimmt noch mit den Kollegen«, vermutete er.

»Nein, laut Ove hat sie sofort aufgelegt, als ihr aufgefallen ist, dass Olivia fort ist.«

Vermisste Kinder machten ihn immer besonders betroffen. Unmöglich, dabei nicht sofort an seine Tochter Nila zu denken. Sich vorzustellen, wie er reagieren würde, wäre sie verschwunden. Im Herbst wurde Nila neun, und bisher war ihm dieser Horror erspart geblieben.

»Wer ist der Tote?«, fuhr Hanna fort.

»Vidar Johansson, neunundsiebzig Jahre. Weißt du, wer das ist?«

»Nein, ich kann mich nicht erinnern, dass Ingrid ihn je erwähnt hätte. Hat er Familie?«

»Eigene Kinder jedenfalls keine. Der nächste Verwandte scheint ein Neffe zu sein.«

Erik verließ die Autobahn und bog in den Ölandsleden. Über ihnen spannte sich ein strahlend blauer Himmel, obwohl es nicht sonderlich warm war. Trotzdem bekam er richtig Lust, mal wieder etwas an der frischen Luft zu unternehmen.

»Ich hab am Samstag mal Discgolf ausprobiert«, sagte er. »Hast du Bock, mal mitzumachen?«

»Discgolf? Nein, ich glaube nicht.«

»Man spielt mit Frisbees, nicht mit Schlägern und Bällen. Der Platz in Skälby ist echt schön.«

Hanna schüttelte lachend den Kopf.

»Schon gut, aber war ja ’nen Versuch wert«, sagte Erik.

Einer seiner Nachbarn aus Varvsholmen hatte ihn mitgenommen. Sie hatten in letzter Zeit viel zusammen unternommen. Der Mann war frisch geschieden, seine Ex-Frau war mit den Kindern in eine andere Stadt gezogen. Er wollte ihnen folgen, aber musste dort erst mal einen neuen Job finden. Dieser Tage vermutlich nicht das einfachste Unterfangen.

»Hast du eigentlich Klopapier gehamstert?«, fragte Hanna. »Du hast ja schon so leichte Prepper-Tendenzen.«

Vergangenes Jahr hatte Erik das Buch *The Knowledge – How to Rebuild Our World After an Apocalypse* gelesen. Eine Weile lang hatte er nämlich vorgehabt, sich eine Kate auf Öland zu kaufen und dort selbst Gemüse anzubauen. Allerdings hatte er schon seit Monaten nicht mehr darüber nachgedacht.

»Nein, das nicht«, sagte er. »Aber Supriya hat einen Haufen angeschleppt.«

Sie unterhielten sich darüber, wie verrückt es war, die leeren Regale in den Supermärkten zu sehen. Es war fünf Tage her, seit die WHO Corona zur Pandemie erklärt hatte. Die Menschen waren in heller Aufregung und kauften, was sie konnten. Er selbst wusste nicht, was er denken sollte. Irgendwie herrschte eine sonderbare Untergangsstimmung, als würden manche damit rechnen, dass wirklich bald Zombies durch die Straßen zögen. Eigentlich hätte er lieber über Axel Sandstens Prozess gesprochen, aber mittlerweile kannte er Hanna gut genug, um zu wissen, dass sie das Thema selbst anschneiden würde, wenn ihr danach war.

Hannas Handy klingelte, und sie ging schnell dran.

»Ich bin nicht bei Gericht. Erik und ich sind unterwegs nach Borgholm.«

Mit anderen Worten: Das war nicht Ingrid. Dem Tonfall nach zu urteilen, schätzte er Isak.

»Ich weiß«, war ihre Antwort auf etwas, was Isak gesagt hatte. »Aber Ingrid hat einen Freund tot aufgefunden, und jetzt ist ihre Enkelin Olivia verschwunden. Ich muss noch mal versuchen, sie zu erreichen. Melde mich später.«

Stille, während Isak sprach. Erik versuchte, mitzuhören, aber es war unmöglich. Hanna schaute ihn irritiert an, woraufhin er ihr ein besonders breites Grinsen schenkte. Seine Neugierde war reflexartig und hatte nichts zu bedeuten.

»Mach ich«, sagte sie. »Ich dich auch.«

Kaum war das Gespräch beendet, versuchte sie es erneut bei Ingrid.

»Noch immer besetzt«, sagte sie.

Die restliche Fahrt über schwiegen sie.

»Wo müssen wir denn hin?«, fragte Hanna schließlich, als sie an der Schlossruine von Borgholm vorbeikamen.

»Storgatan«, antwortete Erik.

Mit einem Mal wurde ihm bewusst, dass er die Schlossruine noch nie besichtigt hatte. Vielleicht konnte er ja sogar Supriya und Nila dafür begeistern. Das Schloss in Kalmar hatten sie schließlich schon mehrfach besucht. Er musste die Gelegenheit nutzen, denn in wenigen Jahren würde Nila wahrscheinlich lieber etwas mit ihren Freundinnen unternehmen als mit ihren Eltern. Letzte Woche hatte sie alle Barbies aus ihrem Zimmer verbannt und plötzlich von einer Jeansjacke gesprochen, die sie in einem Video gesehen hatte. Dabei war es noch nicht mal Jeansjackenwetter.

»Da vorn musst du abbiegen.«

»Danke, das wusste ich sogar.«

In etwa hundert Metern Entfernung entdeckte er eine Frau, die Ingrid sein musste. Sie trug eine grüne Outdoorjacke von Fjällräven und marschierte zackigen Schritts auf dem Bürgersteig hin und her, das Handy ans Ohr gepresst. Erik nahm die nächstbeste Parklücke vor einem Elektrofachhandel, und noch ehe der Wagen wirklich zum Stehen gekommen war, hatte Hanna schon die Tür aufgerissen.

Ingrid eilte herbei. »Habt ihr Olivia gefunden?«

»Leider nicht«, sagte Hanna. »Aber das werden wir. Was ist passiert?«

»Ich bin rausgegangen, um die Polizei zu verständigen, und als ich mich umgedreht habe, war sie weg. Mein Gott! Ich hätte bei ihr in der Wohnung bleiben sollen. Oder im Treppenhaus. Aber ich habe es keine Sekunde länger ausgehalten, es war so entsetzlich …«

Hanna stieg aus und schloss Ingrid in die Arme.

»Wir werden sie finden«, versicherte sie ihr. »Erik und ich müssen schnell einen Blick in die Wohnung werfen, aber ich bin gleich wieder bei dir, okay?«

Ingrid nickte, wirkte aber, als würde sie gleich in Tränen ausbrechen. Eine ältere Frau mit langem grauem Mantel bewegte sich mithilfe eines Rollators auf die Haustür zu, in ihrem Blick lag eine Mischung aus Besorgnis und Neugierde. Ihre Haare waren so schwarz, sie mussten gefärbt sein. Erik lächelte sie an und hielt ihr die Tür auf, nachdem sie aufgeschlossen hatte. Das Haus hatte drei Stockwerke, eine gelbe Fassade und war schätzungsweise in den Fünfzigern gebaut worden.

»Sind Sie von der Polizei?«, fragte die ältere Dame.

Erik nickte. Die Hausbewohnerin ließ den Rollator im Flur stehen und ging, aufs Geländer gestützt, die halbe Treppe hinauf.

»Brauchen Sie Hilfe?«, fragte Erik.

»Danke, ich komme zurecht. Ich wohne gleich hier im Parterre.«

Nachdem die Tür hinter ihr ins Schloss gefallen war, gingen Erik und Hanna weiter hinauf. Da es keinen Aufzug gab, würde die Frau vermutlich nicht mehr lange hier wohnen können. Vidar Johanssons Wohnung lag im zweiten Stock, die Tür war angelehnt.

Allein auf dem Weg zum Schlafzimmer konnte Erik drei orientalische Teppiche ausmachen. Die Möbel waren zum Großteil aus dunklem Holz, aber trotzdem nicht klobig. Auch die

Schlafzimmertür war angelehnt. Erik drückte sie mit dem Ellbogen auf. Vorsichtig trat er ein, Hanna direkt hinter ihm.

Vidar Johanssons Gesicht war ihnen zugewandt, er hatte erbrochen. Erik schaute sich um. Die blauen Samtvorhänge waren nicht zugezogen. Selbst hier lag ein Orientteppich. Abgesehen von Bett und Nachttisch gab es noch einen Wandschrank. Auf dem Nachttisch stand ein leeres Tablettenglas, darunter steckte ein Zettel. Erik ging näher und beugte sich vor, um die handgeschriebenen Wörter lesen zu können:

Ich kann nicht mehr

5

Selbstmord, dachte Hanna und betrachtete den im Bett liegenden Mann. Den Mann, über den sie verschwindend wenig wusste: nur seinen Namen, sein Alter und dass er ein Freund von Ingrid war, dem es gelungen war, sich ein auf den ersten Blick gemütliches Zuhause einzurichten. Wieso hatte er das alles zurücklassen wollen? Die offenen Augen lieferten keine Antwort. Die starren Gesichtszüge ließen Hanna darauf schließen, dass er einen oder zwei Tage lang tot war, denn danach ließ die Leichenstarre nach. Selbstmorde verursachten immer ein gewisses Unwohlsein bei ihr, aber immerhin war er nicht lange unentdeckt geblieben. Während ihrer Zeit als Polizistin in Stockholm hatten sie einmal einen älteren Mann gefunden, der mehrere Wochen lang in seiner Fünfzimmerwohnung gelegen hatte, bis er vermisst wurde. Sie seufzte beim Gedanken an das, was sie nun tun musste.

»Ich gehe runter und spreche mit Ingrid.«

»Mach das«, sagte Erik. »Ich sehe mich noch etwas um.«

Ingrid lief wieder vor dem Haus auf und ab. Mit der Hand hielt sie fest das Handy umschlossen.

»Hast du mit deinem Sohn gesprochen?«, fragte Hanna.

»Ja, ich hab ihn sofort angerufen, als ich bemerkt habe, dass

Olivia weg ist«, sagte Ingrid. »Er hat sich direkt auf den Weg gemacht, eigentlich müsste er jeden Moment hier sein.«

Eine helle Kinderstimme ließ Ingrid herumfahren, aber es war nur eine vielleicht Vierjährige, die in Begleitung ihrer Mutter näherkam. Die Mutter war hochschwanger, und Hannas Herz setzte kurz aus. Fast hätte sie sich automatisch an den Bauch gefasst. Mutter und Tochter verschwanden im Nebenhaus.

»Ich bin schon durch die Straße gelaufen und habe nach ihr gerufen«, fuhr Ingrid fort. »Ich weiß nicht, wo sie sein könnte. Wir sollten bei allen Nachbarn klingeln. Einmal hat Olivia sich davongeschlichen und saß dann beim Nachbarn vorm Fernseher.«

»Wir werden sie finden«, sagte Hanna. »Gleich ist die erste Streife da, und noch eine weitere ist unterwegs. Es ist sicher so, wie du vermutest. Sie sitzt irgendwo und hat es nett. Was könnte sie denn hier in Borgholm machen?«

»Keine Ahnung!« Ingrid schrie fast. »Ich kann jetzt nicht denken.«

»Wir werden sie finden«, wiederholte Hanna.

Sie legte ihr eine Hand auf den Arm, bis Ingrid sich etwas beruhigt hatte.

»Woher kanntest du Vidar?«

Ingrid lächelte traurig.

»Vidar war meine erste große Liebe. Wir sind im Sommer 1959 zusammengekommen, und unsere Beziehung hielt fast vier Jahre. Aber er war drei Jahre jünger als ich und ziemlich wild. Als er mir einen Heiratsantrag machte, trennte ich mich.« Ingrid fing an zu schluchzen und fuhr dann mit zitternder Stimme fort: »Er ging zur See, weshalb wir den Kontakt verloren. Letzten Herbst sind wir uns zufällig in Färjestaden über den Weg gelaufen und haben uns seitdem regelmäßig getroffen.

Ich rufe ihn immer sonntags an, und weil er gestern nicht ans Telefon ging, war ich beunruhigt. Deshalb bin ich hergefahren. Hätte ich bloß nicht …«

Wieder brach sie ab, als ein Passant sich näherte. Diesmal war es ein Mann, der mit seinem Jämthund sprach, als wäre er ein Kind. Aufgeregt erklärte er dem Hund, dass sie im Schlosspark spazieren gehen würden. Er lächelte sie an, als er an ihnen vorbeikam. Hanna erwiderte sein Lächeln, Ingrid wandte das Gesicht ab.

»Das konntest du ja nicht ahnen«, sagte Hanna.

»Nein, an und für sich nicht. Aber Olivia hat ihn gesehen. Ich hatte ihr gesagt, sie soll im Flur warten, aber sie …«

»Höchstwahrscheinlich gab es etwas, was sie abgelenkt hat, und sie ist einfach losgewandert«, unterbrach Hanna sie. »Das wäre ja nun auch nicht das erste Mal.«

Ingrid hatte ihr bereits häufiger erzählt, dass Olivia abgehauen war. Dass sie bei einem Nachbarn vorm Fernseher gesessen hatte, war Hanna zwar neu, aber sie wusste noch, dass Ingrid sie einmal unten am Strand in Kleva gefunden hatte. Olivia hatte auf dem Steg gestanden und ins Wasser springen wollen, obwohl schon Oktober war. Ein andermal war sie bis zur Landstraße gelaufen, weil sie die Pferde gesucht hatte – es gab einen Hof am Rand von Kleva.

»Hatte Vidar Depressionen?«, fragte Hanna.

»Wie kommst du darauf?«

»Was genau hast du in seinem Schlafzimmer gesehen?«, fragte Hanna zurück.

»Nur Vidar«, sagte Ingrid. »Als ich ihn gerade entdeckt hatte, kam Olivia ins Zimmer, und da wollte ich einfach nur noch weg. Wenn ihr meint, er hat sich das Leben genommen, dann irrt ihr euch.«

»Wieso bist du dir so sicher?«

Depressionen sah man niemandem an. Hanna hatte mit vielen Angehörigen gesprochen, die nicht mal gewusst hatten, wie schlecht es dem Verstorbenen gegangen war.

»Vidar ist der lebenslustigste Mensch, den ich kenne«, sagte Ingrid. »Ich habe seit dem Herbst oft und lange mit ihm telefoniert und nicht den Eindruck, dass sich an seinem Naturell irgendwas geändert hat.«

»Wie oft habt ihr euch gesehen?«, fragte Hanna.

»Ein paar Mal im Monat. Sowohl bei mir in Kleva als auch hier bei ihm in Borgholm.«

Hanna zögerte. Ingrid und sie hatten viel über Beziehungen gesprochen, aber fast ausschließlich über ihre und Isaks, niemals über Ingrids. Wieso eigentlich nicht? Die Menschen hörten ja nicht auf, sich nach Liebe zu sehnen, nur weil sie älter wurden.

»Wir waren nur befreundet«, sagte Ingrid. »Falls du dich das gerade fragst.«

»Danke, ja, das habe ich mich in der Tat gefragt«, sagte Hanna. »Was weißt du sonst über Vidars Alltag?«

Ingrid öffnete den Mund, aber da klingelte ihr Handy, und sie riss es sofort ans Ohr. Ihre Gesichtszüge entspannten sich sogleich, und sie schloss die Augen.

»Vielen Dank, ich komme sofort.« Sie legte auf. »Das war die Buchhandlung«, sagte sie zu Hanna. »Olivia ist hingelaufen, um den Hund zu streicheln.«

6

Die Hüfte meldete sich lautstark, doch Ingrid ignorierte den Schmerz. Bis zur Buchhandlung waren es nur wenige hundert Meter, und Ingrid ärgerte sich, dass sie nicht von selbst darauf gekommen war, dort nachzufragen. Schließlich wusste sie doch, wie vernarrt Olivia in deren Hund war. Stattdessen war sie wie ein kopfloses Huhn vor Vidars Haus rumgerannt. Die Frau vom Notruf hatte ihr gesagt, sie solle nicht weggehen, hätte sie nur nicht darauf gehört! Im Gehen wählte sie Jakobs Nummer.

Sie meldete sich nicht, sagte nur: »Olivia ist in der Buchhandlung.«

»Gut«, erwiderte ihr Sohn. »Ich bin gleich da.«

Ingrid wollte noch einmal wiederholen, wie schrecklich sie sich fühlte, weil sie dies hatte geschehen lassen, aber Jakob hatte schon aufgelegt. Hanna beendete gerade ebenfalls ein Telefonat. Vermutlich hatte sie mit ihren Kollegen gesprochen.

»Tut mir leid, dass du jetzt extra meinetwegen hergekommen bist«, sagte Ingrid. »Ich weiß ja, dass du eigentlich beim Prozess sein willst, aber es war einfach so furchtbar, Vidar so zu sehen, und dann Olivia …«

Hanna legte ihr schnell die Hand auf die Schulter, während sie weitereilten.

»Du musst dich absolut nicht entschuldigen«, beruhigte sie ihre Freundin. »Ehrlich gesagt ist es ganz schön, mal eine Pause von Axels Lügen zu bekommen.«

Ein paar junge Frauen, die Ingrid nicht kannte, verließen gerade die Buchhandlung. Sie sprachen mit starkem Kalmarer Akzent. Eine von ihnen betrachtete Ingrid irritiert, die sich an ihnen vorbeizwängte. Ingrid vermutete, dass es an Corona und ihrem Alter lag. Eine so alte Frau sollte doch bitteschön zu Hause bleiben. Insgesamt wurde viel darüber geredet, die Alten schützen zu müssen.

Olivia saß auf dem Boden, und der Buchhandlungshund ließ sich nur zu bereitwillig von ihren eifrigen Händen streicheln. Schnell riss Ingrid das Absperrgitter auf, das verhindern sollte, dass der Hund sich davonstahl. Gerade war es sowieso überflüssig, weil der Hund sich kein Stück für das interessierte, was vor der Tür vonstattenging. Ingrid wusste, dass sie das nicht tun sollte, aber sie konnte einfach nicht anders. Sie beugte sich so tief runter, wie die Hüfte es zuließ, und schloss Olivia in die Arme. Ausschimpfen hatte ja doch keinen Zweck.

»Ich wollte Tolstoi streicheln«, erklärte Olivia.

»Das verstehe ich gut«, sagte Ingrid und wandte sich an die Buchhändlerin. »Vielen, vielen Dank, dass Sie angerufen haben.«

Ingrid war schon mehrmals mit Olivia hier gewesen. Es war nicht leicht, Bücher für sie zu finden, weshalb sie meist etwas zum Basteln kauften. Ingrid selbst kam so oft her, wie sie konnte. Eigentlich wäre die Buchhandlung in Kalmar näher, aber Ingrid fuhr nur über die Brücke, wenn es sich nicht vermeiden ließ.

»Selbstverständlich«, sagte die Buchhändlerin. »Zuerst dachte ich, sie ist vielleicht nur vorgelaufen, aber als Sie nicht kamen, habe ich nach Ihnen gefragt. Da erzählte sie, dass Sie sich um den kranken Mann kümmern müssen.«

Beim Gedanken an Vidar, der im Bett lag, und Olivia, die ihr gefolgt war, verzog Ingrid das Gesicht.

»Vidar Johansson ist tot«, flüsterte sie.

»O nein, das ist ja schrecklich!«

Hanna, die sich schweigend im Hintergrund gehalten hatte, trat nun vor.

»Das klingt so, als hätten Sie ihn gekannt?«

»Ja, er kommt recht oft her. Nicht mehr ganz so häufig wie früher, aber immer noch oft. Er war Samstag noch hier.«

»Wie hat er sich da verhalten?«

»Ehrlich gesagt wirkte er ziemlich gestresst. Ich habe gefragt, ob er Hilfe braucht, aber er hat nur abgewunken.«

»Hat er etwas gekauft?«, wollte Hanna wissen.

»Nein, er ist sicher zehn Minuten hier rumgestreift, dann aber wieder gegangen.«

»Wissen Sie noch, wie spät es war?«

»Kurz nach elf. Das weiß ich, weil ich gerade Hunger bekommen habe.«

Eine Silhouette vorm Fenster erregte Ingrids Aufmerksamkeit. Jakob kam angelaufen. Er kletterte über das Türgitter, hob Olivia hoch und schloss sie fest in die Arme. Ein recht anstrengendes Unterfangen, schließlich war sie ziemlich groß geworden. Sie zappelte sich frei und widmete sich wieder dem Hund. Erst da wandte er sich an Ingrid.

»Wie zur Hölle konnte das passieren?«, zischte er.

Olivia schaute verwundert auf.

»Nicht fluchen«, sagte sie.

»Stimmt, mein Schatz. Ich habe mir bloß solche Sorgen gemacht, weil ich nicht wusste, wo du warst.«

»Ich war hier. Ich wollte zum Hund.«

Jakob streichelte seiner Tochter über den Kopf, und Ingrid spürte einen Moment lang nichts als Erleichterung, die sich in einem Schluchzer äußerte. Olivia ging es gut. Sie war nicht vor ein fahrendes Auto gelaufen oder von einem Verrückten entführt worden. Aber Vidar war tot. Erst jetzt sickerte die Erkenntnis durch, dass sie nie wieder seine Stimme hören, nie wieder das Funkeln in seinen Augen sehen würde, wenn er lächelte. Nie wieder seine Zunge an ihrer spüren, sie würden nie wieder ein Paar sein. Liebend gern hätte sie ihre Verzweiflung herausgebrüllt, doch wegen Olivia riss sie sich zusammen.

Hanna suchte ihren Blick. »Kann ich noch irgendwas für dich tun?«

»Nein.«

»Dann gehe ich zurück in die Wohnung, aber wahrscheinlich müssen wir nachher noch offiziell deine Aussage aufnehmen.«

Ingrid nickte, und als sie weg war, warf Jakob ihr einen finsteren Blick zu. Die Wut ihres Sohnes war nachvollziehbar, sie steigerte ihre Selbstverachtung noch. Trotzdem tat es weh, dass es ihn gar nicht zu kümmern schien, wie es ihr ging.

»Wir sprechen uns noch«, sagte Jakob. »Jetzt bringe ich Olivia erst mal nach Hause.«

»Nein, Papa. Oma und ich wollten doch Zimtschnecken essen.«

7

Erik zog Überschuhe und Einmalhandschuhe an, bevor er in die Wohnung zurückkehrte. Zwar deutete alles auf Selbstmord hin, aber bis sie dies mit Sicherheit wussten, musste er die Wohnung wie einen Tatort behandeln. Auf keinen Fall wollte er hier herumtrampeln wie ein blutiger Anfänger und eventuelle Spuren unbrauchbar machen.

Irgendwo im Treppenhaus klimperten Schlüssel in einem Schloss, weshalb er schnell die Tür hinter sich zuzog. Der Arzt, der den Tod feststellen sollte, war unterwegs, aber da er aus Kalmar kam, würde er sicher noch dreißig Minuten auf sich warten lassen.

Erik fing im Wohnzimmer an. Boden, Wände und Regale waren übersät mit Erinnerungsstücken an Vidars Reisen. Neben einem einfachen, aus Holz geschnitzten Vogel stand ein Elefant mit goldener Decke. Davon hatte er einige auf Märkten in Indien gesehen. An den Wänden hingen Gemälde von stilisierten Landschaften mit chinesischen und japanischen Schriftzeichen und hinter dem Sofa ein großes Bild, das eine schwedische Sommerwiese zeigte. Erik fragte sich, was Vidar wohl von Beruf gewesen war. Die vorhandenen Fotos gaben ihm keine Hinweise. Auf ihnen waren überwiegend Männer zu sehen, die an unterschiedlichen Orten der Welt posierten. Er trat vor eins der Regale. Was für eine wilde Mischung: Ernest Hemingways *Der alte Mann und das Meer* stand zwischen Jan Guillous *Die Brückenbauer* und einem Vogellexikon.

Im Regal daneben befand sich ein alter Plattenspieler und in den Fächern darunter eine Menge Schallplatten. Die Sammlung umfasste mehrere Jahrzehnte, die jüngste Platte, die er auf den ersten Blick entdeckte, war Mitte der Siebziger rausgekommen: *Black and Blue* von den Rolling Stones. Erik fuhr mit dem Schreibtisch am Fenster fort. Auf der kleinen Grasfläche direkt vorm Haus spielte ein Junge im Grundschulalter Fußball. Er trug ein sicher drei Nummern zu großes, blau-weiß gestreiftes Trikot, hinten prangte groß der Name *Messi*.

Erik zog die einzige Schublade auf und nahm den zuoberst liegenden Schnellhefter heraus. Darin befanden sich Zeitungsausschnitte, aber auch Kopien von Briefen, die Vidar geschrieben hatte. Die Ausschnitte stammten aus dem *Ölandsbladet* und dem *Barometern* und waren ausnahmslos Leserbriefe, in denen er sich über alles Mögliche beklagte – von Bauplänen bis hin zum Lärmpegel. Die Briefkopien richteten sich an die Kommune und hatten einen sehr ähnlichen Inhalt. Vidar schien nicht nur ein Weltenbummler, sondern auch ziemlich rechthaberisch gewesen zu sein. Für Erik passte das nicht zusammen.

Er fand nur einen einzigen persönlichen Brief an jemand namens Albert. Am Anfang äußerte Vidar sein Bedauern darüber, wie angespannt das Verhältnis zwischen ihnen gewesen war, dann flehte er um ein Treffen, damit sie sich als Erwachsene begegnen könnten, gefolgt von einer recht gefühlskalten Abschiedsfloskel. Da der Brief handgeschrieben war und in der Schublade gelegen hatte, bezweifelte Erik, dass er abgeschickt worden war. Aber vielleicht hatte Vidar sich ja entschlossen, Albert anzurufen.

Erik nahm den Brief mit ins Schlafzimmer. Den Zettel, der unter dem Tablettenglas lag, wollte er nicht berühren, aber er hielt den Brief so, dass er beide gleichzeitig sehen konnte. Er war zwar kein Experte für Handschriften, aber selbst ihm schien es unwahrscheinlich, dass Brief und Zettel von derselben Person geschrieben worden waren. Im selben Moment fiel ihm auf, dass auf dem Glas kein Etikett war. Das sah nicht aus wie ein handelsübliches Medikament.

Er betrachtete Vidar. Die Augen waren offen, und obwohl Erik wusste, dass er sich das einbildete, empfand er den Blick als vorwurfsvoll. Außer nach Erbrochenem roch es leicht nach Urin, aber noch nicht nach Verwesung. Vidar konnte noch nicht lange tot sein.

Nachdem er den Brief wieder in den Schnellhefter und diesen in die Schublade gelegt hatte, ging Erik in die Küche. Sein Misstrauen war geweckt, jetzt suchte er weitere Anhaltspunkte dafür, dass Vidars Tod nicht selbst verschuldet war. Als Erstes warf er einen Blick in den Mülleimer. Ganz oben lag eine Menge Küchenkrepp, das nach Urin roch. Darunter verbargen sich die Reste eines Glases. Erik schaute sich um und entdeckte eine Scherbe, die wohl übersehen worden war. Eine Cognacflasche stand auf der Spüle, ein Glas im Spülbecken. Erik öffnete die Tür des kleinen Tischgeschirrspülers. Darin standen zwei weitere Cognacgläser, außerdem ein tiefer Teller und ein gewöhnliches Wasserglas.

Entweder trank Vidar viel Cognac, oder aber er hatte Besuch gehabt. Erik öffnete den Kühlschrank. Ein saurer Geruch schlug ihm entgegen, aber die Milch war noch nicht abgelaufen. Es befand sich nichts Spannendes darin, nur ganz alltägliche Lebensmittel: Milch, Eier, Butter, Hering, Salami, Marmelade und Ketchup. Im unteren Teil des daneben befindlichen Schranks stapelten sich die Küchengeräte. Bei etwa der Hälfte wusste Erik nicht, wofür sie wohl benutzt wurden, aber er konnte eine Nudelmaschine und einen Mixer identifizieren. Irgendwann war Vidar offenbar mal ein leidenschaftlicher Koch gewesen. In dem Fach darüber standen sicher zwanzig Thunfischdosen. Erik rief seinen Chef Ove Hultmark an.

»Ich bin nicht ganz davon überzeugt, dass es sich um einen Selbstmord handelt.«

»Ich höre«, sagte Ove.

»Ich habe einen Brief gefunden und mit dem Zettel auf dem Nachttisch verglichen. Ich glaube nicht, dass die Botschaft auf dem Zettel von Vidar Johansson geschrieben wurde. Außerdem ist das Tablettenglas auffällig, und Vidar scheint Besuch gehabt zu haben, kurz bevor er starb.«

»Besuch kann er ja so oder so gehabt haben«, wandte Ove ein. »Aber ich schicke die Kriminaltechnik, dann wissen wir mehr. Ist der Arzt schon eingetroffen?«

»Nein.«

»Warte auf ihn, und sobald er da ist, kannst du mit Hanna mal die Nachbarn abklappern.«

8

Den Weg zu Vidar Johanssons Wohnung legte Hanna in ruhigerem Tempo zurück. Die Hebamme hatte ihr eine Standpauke zum Thema Stress gehalten, und jetzt versuchte Hanna, eventuelle Pausen auszunutzen, doch das war nicht immer leicht. Erik hatte ihr eine Nachricht geschickt und gefragt, ob sie unterwegs sei, und egal wie sehr sie sich auch bemühte, sich auf den blauen Himmel und das Zwitschern der Buchfinken zu konzentrieren, sie sah doch nur Vidar vor sich. Erik ging mittlerweile davon aus, dass Vidar ermordet worden war.

»Moment!«, rief eine Männerstimme, und Hanna drehte sich um.

Es war der Rechtsmediziner, ein sehniger Sechzigjähriger, der aufgrund einer Krankheit alle Haare verloren hatte. Hanna hielt ihm die Tür auf und ließ ihn gleich durch. Sie nannten ihn den Rechtsmediziner, weil er viele Jahre lang beim Institut für Rechtsmedizin in Stockholm gearbeitet hatte. Mittlerweile wohnte er in Färjestaden und arbeitete als Pathologe beim Kalmarer Krankenhaus. Obwohl sein Fokus mittlerweile eher auf natürlichen Todesfällen lag, half er doch hin und wieder bei Ermittlungen aus.

»Zweiter Stock«, sagte Hanna.

Der Rechtsmediziner hatte bereits mehrere Marathons und Ironmans absolviert, weshalb er die Treppen schnellen Schritts erklomm. Hanna musste sich anstrengen, um mitzuhalten.

»Erik, wie schön«, sagte der Rechtsmediziner. »Hast du dich schon für den nächsten Ironman angemeldet?«

»Nein, der eine reicht mir.«

»Aktuell ist Discgolf angesagt«, erklärte Hanna.

»Discgolf?«, wiederholte der Rechtsmediziner mit ziemlich genau dem Ton, den Hanna kurz zuvor angewandt hatte.

»Ja«, erwiderte Erik. »Willst du mal mitkommen?«

»Da sage ich nicht Nein. Wo liegt denn der Tote?«

»Im Schlafzimmer.«

»Danke, dann weiß ich Bescheid.«

»Die Kriminaltechnik ist unterwegs«, sagte Erik.

»Dann sollte ich wohl mal besser anfangen.«

Erik entledigte sich der Handschuhe und Schuhüberzieher, während er Hanna erklärte, warum Ove sich darauf eingelassen hatte, die Kriminaltechnik zu schicken. Hanna überzeugten seine Beobachtungen zu dem Zettel nicht wirklich. Der war schließlich unter gänzlich anderen Bedingungen geschrieben worden als der Brief, und wenn man den Cognac und die vielen Gläser bedachte, war Vidar vermutlich sehr betrunken gewesen. Das allein könnte erklären, warum die Handschrift so anders aussah. Aber es war natürlich gut, dass sie so gründlich vorgingen, nicht zuletzt wegen Ingrid. Hanna trat vor die direkt gegenüberliegende Wohnungstür, an der *D. Bergmark* stand, und klingelte. Erst nach dem zweiten Klingeln öffnete eine Frau um die achtzig. Sie trug ein rotes Brillengestell, eine bunte Tunika und eine lange Strickjacke.

»Ich bin schwerhörig«, erklärte sie. »Ich wollte nur noch schnell die Hörgeräte einsetzen, ehe ich öffne.«

»Wir haben ein paar Fragen zu Ihrem Nachbarn Vidar Johansson«, sagte Hanna.

»Dann kommen Sie besser mal herein, damit die Katze nicht wegläuft. Ich heiße Danuta. Ungewöhnlicher Name, ich weiß. Meine Eltern sind im Zweiten Weltkrieg aus Polen hergekommen.«

Sie folgten Danuta ins Wohnzimmer. Eine braun gesprenkelte Katze lag zusammengerollt im Sessel und schien nicht das geringste Interesse daran zu haben wegzulaufen. Nur höchst widerwillig ließ sie sich aus dem Sessel vertreiben und sprang auf den Boden. Dort setzte sie sich hin und starrte ihr Frauchen an.

»Was hat Vidar denn diesmal angestellt?« Danuta machte sich nicht mal die Mühe, ihre Sensationslust zu verbergen.

»Wieso fragen Sie?«, wollte Hanna wissen.

»Der Kerl war schon immer eine Plage. Hat unheimlich viel Lärm um nichts gemacht.«

»Das klingt, als würden Sie ihn schon lange kennen.«

»Das würde ich so nicht sagen, aber meine kleine Schwester war sechs Jahre lang mit ihm in einer Klasse. Vidar sind die Mädchen nur so nachgelaufen. War mir immer schon unbegreiflich.«

»Vidar Johansson ist leider tot«, sagte Erik.

»Ach du je«, entfuhr es Danuta. Eine Sekunde lang fror ihr Grinsen ein, dann wurden ihre Gesichtszüge wieder weicher. »Wieso haben Sie das nicht gleich gesagt?«

Sie schaute zu der Katze, die sich keinen Millimeter bewegt hatte. Jetzt stand sie auf und streifte der Frau um die Beine.

»Du hast den Sessel gleich wieder für dich«, sagte sie und fuhr fort, ohne den Blick von der Katze zu nehmen. »Kann ich Ihnen etwas anbieten? Kaffee oder so?«

»Nein danke«, sagte Hanna. »Wann haben Sie Vidar Johansson zuletzt gesehen?«

»Am Samstag. Da ist er vormittags irgendwo hingegangen. Das war so gegen zehn. Aber wohin und wann er zurückgekommen ist, das weiß ich nicht.«

»Haben Sie danach noch etwas gehört oder gesehen?«

»Nein, ich bin ja, wie gesagt, auf Hörgeräte angewiesen, und die trage ich selten zu Hause. Wieso wollen Sie das wissen? Wurde er etwa ermordet?«

»Das wissen wir noch nicht«, sagte Hanna. »Diese Fragen sind reine Routine.«

»Das würde mich nämlich nicht wundern«, fuhr Danuta fort, und in ihren Augen zeigte sich gleich wieder ein sensationslüsternes Funkeln. »Er wird sich über die Jahre ziemlich viele Feinde gemacht haben.«

»Fällt Ihnen jemand ein, den Sie uns nennen können?«, fragte Erik.

Danuta lehnte sich vor und kraulte die Katze zwischen den Ohren, worauf diese zu schnurren begann. Nach einer Weile lehnte sie sich wieder zurück.

»Nein. Aber so, wie er sich verhält, würde es mich nicht wundern. Verhielt, Entschuldigung.«

»Und wie hat er sich verhalten?«, fragte Hanna, allmählich frustriert von Danutas vagen Aussagen.

»Er hat selten nachgedacht, bevor er den Mund aufmachte. Und er war sehr aufbrausend. Vor ein paar Wochen hat er Lillemor angebrüllt, weil ihr Rollator vor der Eingangstür im Weg stand. Aber den musste wer anders dort hingeschoben haben, sie ist da sehr gewissenhaft.«

»Fällt Ihnen sonst noch etwas ein?«

»Im Moment nicht.«

Sie notierten, was Danuta ihnen erzählt hatte, und verabschiedeten sich. Kaum hatte sie sich erhoben, um die beiden zur Tür zu bringen, sprang die Katze wieder auf den Sessel. Hanna hatte das starke Gefühl, dass Danuta ihnen etwas verheimlichte, deshalb lächelte sie sie aufmunternd an.

»Sie wissen ja, jedes noch so kleine Detail könnte wichtig sein für die Ermittlungen.«

»Das ist mir bewusst«, sagte sie. »Aber da müssen Sie sich an die wenden, die ihn besser kannten.«

»Das werden wir«, sagte Erik. »Melden Sie sich bitte bei uns, falls Ihnen noch etwas einfällt.«

Danuta nickte und zog die Tür zu. Hanna schätzte, dass sie gleich wieder zur Katze eilen würde. Eine Etage tiefer waren ebenfalls zwei Wohnungen. In der einen reagierte niemand auf ihr mehrfaches Klingeln, in der anderen öffnete eine Frau mit einem Baby auf dem Arm. Hanna schätzte es auf etwa drei Monate. Es trug ein gemustertes Lätzchen um den Hals und hatte sich die kleine Faust in den Mund gesteckt, über die der Sabber nur so troff.

Nicht mehr lange, dann bin ich das, dachte sie und ertappte sich dabei, wie sie lächelte. Das Baby drückte sein Gesicht gegen die Brust seiner Mutter.

»Kennen Sie Vidar Johansson?«, fragte Erik.

»Ja, der wohnt schräg über mir.«

»Wann haben Sie ihn zuletzt gesehen?«

»Das weiß ich nicht mehr ganz genau, aber ich meine, ich habe ihn letzte Woche auf der Treppe getroffen. Oder vorletzte. Die Wochen fließen gerade irgendwie ineinander.« Die Frau schaute zu ihrem Baby und lächelte dann müde. »Aber ich habe ihn Freitag noch gehört. Oder Samstag früh, richtiger gesagt, es war ja zwei Uhr morgens.«

»Was ist denn passiert?«, fragte Erik.

»Er hat mit jemandem gestritten.«

»Worum ging es?«

»Keine Ahnung. Aber es hat mich und das Baby geweckt, da hatte ich erst mal genug damit zu tun, die Kleine zu beruhigen.«

Das Baby hatte noch immer die Faust im Mund, den Kopf noch immer gegen seine Mutter gelehnt, doch jetzt drehte sie ihn, um die beiden ansehen zu können.

»Wie lang ging der Streit?«, fragte Hanna.

»Ein paar Minuten vielleicht. Dann wurde die Wohnungstür zugeknallt.«

»Und konnten Sie hören, ob er mit einem Mann oder einer Frau gestritten hat?«

»Definitiv mit einem Mann.«

Der letzte Tag

Das Klopfen wird lauter, es ist fast ein Trommeln, und Vidar wird wütend.

»Ich komme ja schon.«

Er reißt die Tür auf. Davor steht der Nachbar, der direkt unter ihm wohnt. Er trägt eine dreckige graue Jogginghose und ein dünnes weißes Unterhemd. So würde Vidar niemals die Wohnung verlassen. Er sieht grotesk aus. Besonders mit diesen Armmuskeln. Venen ziehen sich darüber, so prall, dass es aussieht, als könnten sie jederzeit platzen. Vidar bezweifelt, dass dieser Mann einer geregelten Arbeit nachgeht, denn um so auszusehen, muss man sicher den ganzen Tag im Fitnessstudio verbringen.

»Mach die Musik leiser!«, brüllt der Nachbar.

Speicheltropfen fliegen ihm dabei aus dem Mund, und Vidar wischt sich demonstrativ übers Gesicht.

»Der Einzige, der hier Lärm macht, bist du.«

Er will die Tür zuziehen, doch der Nachbar streckt rechtzeitig ein Bein und einen Arm aus. Der Kampf um die Tür dauert nur wenige Sekunden, dann zwängt der Nachbar sich an ihm vorbei in die Wohnung.

»Was soll das?«, zischt Vidar.

Sein Herz schlägt so beunruhigend schnell, dass er den Puls bis in die Schläfen spürt, dabei hatte der Arzt bei der letzten Kontrolle noch sein leistungsstarkes Herz gelobt. Es hat Vidar gefreut, dass immerhin etwas an ihm noch funktioniert, wie es sollte. Der Nachbar stürzt ins Wohnzimmer und reißt die Nadel von der Platte.

»Vorsicht«, keucht Vidar. »Du machst ihn kaputt!«

Den Plattenspieler hat er vor fast fünfzig Jahren in den USA gekauft, und er hat bisher keiner Reparatur bedurft.

»Es ist zwei Uhr nachts!«, brüllt der Nachbar, als müsse er noch immer die Musik übertönen. »Ich muss morgen früh raus zur Arbeit.«

»Dann hast du also doch Arbeit.«

»Was soll das denn heißen?«

Nach wenigen schnellen Schritten steht der Nachbar direkt vor ihm. Rein körperlich ist er ihm überlegen, aber Vidar bezweifelt, dass er dies auch geistig ist. Vidar selbst war nur sechs Jahre in der Schule, aber das hat er wettgemacht. Das Wichtigste lernt man schließlich nicht aus Büchern, sondern auf der Straße. In Bangkok hat er mal zwei Typen überlistet, die ihn ausrauben wollten, und in Sydney hat er sich mal erfolgreich aus einem Strafzettel wegen zu schnellen Fahrens herausgeredet. Es gilt, das Hirn sprechen zu lassen, nicht die Muskeln.

»Komm mir nicht zu nah«, sagt Vidar und hustet. »Ich fühle mich nicht gut, deshalb kann ich auch nicht schlafen. Vielleicht stecke ich dich ja mit dieser neuen Krankheit an.«

»Du bist ja völlig verrückt«, sagt der Nachbar, macht aber trotzdem ein paar Schritte rückwärts. Dann verlässt er das Wohnzimmer, dreht sich in der Tür aber noch einmal um. »Wenn du noch einmal Musik anmachst, sorg ich dafür, dass das das letzte Mal war.«

Dann rauscht er davon und knallt die Wohnungstür so fest zu, dass die Wände wackeln. Vidar bleibt erst mal stehen. Sicher, eingangs hat er Angst gehabt, aber die verging schnell. Diesen Stutzer kann doch niemand ernst nehmen. Nach kurzem Zögern tritt er zum Plattenspieler und testet, ob er noch funktioniert, stellt aber die Musik sicherheitshalber leiser.

9

Die Tür im Hochparterre wurde auch nach mehrmaligem Klopfen nicht geöffnet, dabei war Hanna davon überzeugt, dass die Frau, die dort wohnte, zu Hause war. Bei ihrem ersten Eintreffen waren sie gleichzeitig durch die Eingangstür gekommen, und die Frau hatte nicht gerade den Eindruck gemacht, als würde sie sich mehr bewegen als nötig. Hanna ging ein paar Stufen hinunter, sodass sie den gesamten Eingangsbereich überblicken konnte.

»Der Rollator steht da«, sagte sie.

Erik klopfte noch mal an.

»Machen Sie doch bitte auf, wir möchten Ihnen nur ein paar Fragen stellen.«

Die Klinke bewegte sich, und schon tauchte ein blasses Gesicht im Türspalt auf.

»Ich habe geschlafen«, sagte die Bewohnerin.

Hanna war ziemlich sicher, dass das gelogen war. Die Frau hatte das schwarze Haar zu einem strengen Knoten zusammengefasst, und sowohl die Bluse als auch die dunkelbraune Hose sahen aus wie frisch gebügelt.

»Dürfen wir reinkommen?«, fragte Erik.

»Ungern. Ich habe ein schlechtes Immunsystem.«

Sie war ein schmales Persönchen, vermutlich die Hälfte von Danuta.

»Vidar Johansson aus dem zweiten Obergeschoss wurde tot aufgefunden«, erklärte Hanna.

Sie hatte gehofft, diese Information würde dazu führen, dass die Frau sie hereinließ. Stattdessen drückte sie die Tür ein Stück zu.

»Wofür steht das L?«, fragte Hanna.

»Welches L meinen Sie?«

»Das vor Nyman. Wie heißen Sie mit Vornamen?«

Danuta aus dem zweiten Stock hatte bereits erwähnt, dass die Frau mit dem Rollator Lillemor hieß, aber sie dazu zu bringen, ihren Namen selbst zu sagen, könnte Vertrauen schaffen.

»Lillemor.«

»Was für ein schöner Name«, sagte Erik. »So hieß die Mutter meines Vaters. Lillemor, würden Sie uns verraten, wann Sie Vidar zuletzt gesehen haben?«

»Vergangenen Donnerstag. Ich halte mich die meiste Zeit zu Hause auf, weil ich mich nicht anstecken will. Ist er an Corona gestorben?«

»Nein«, sagte Hanna. »Ist Ihnen am Freitag oder Samstag etwas Außergewöhnliches aufgefallen?«

»Vidar hat Freitagnacht sehr laut Musik gehört. Das macht er manchmal, wenn er nicht schlafen kann. Einem Nachbarn war das wohl zu viel, der ging klingeln und dann haben die schlimm gestritten.«

»Wissen Sie, welcher Nachbar das war?«

»Ja, der direkt über mir. Hat er Vidar etwa getötet? Lieber Gott, dann bleibe ich hier nicht wohnen.«

»Vidar hat Samstag noch gelebt«, sagte Hanna. »Das wissen wir mit Sicherheit.«

»Ich muss mich wieder hinlegen«, sagte Lillemor, der Türspalt wurde noch schmaler.

»Einen Augenblick«, sagte Erik. »Was können Sie uns über Vidar Johansson erzählen?«

»Nicht viel. Er hatte oft Besuch. Überwiegend Frauen. Aber es wäre sicher besser, wenn Sie mit jemandem sprechen, der ihn kannte. Wenn Sie denn wen finden.«

»Offenbar hatten Sie Streit wegen Ihres Rollators.«

»Wer hat das behauptet?« Weil sie keine Antwort bekam, fuhr Lillemor fort: »Sicher Danuta. Ja, das stimmt. Aber ich hatte den Rollator nicht vor der Tür stehen lassen, und das habe ich ihm gesagt. Damit war die Sache erledigt.«

Lillemor schloss die Tür. Hanna überlegte kurz, ob sie noch einmal klingeln sollte, aber wozu? Sie kehrten zurück in den ersten Stock, doch der Nachbar, mit dem Vidar gestritten hatte, öffnete noch immer nicht. Erik klopfte laut an und sagte, sie seien von der Polizei.

»Sollen wir eine Nachricht hinterlassen?«, fragte er.

»Nein, das lassen wir besser bleiben«, sagte Hanna.

Kaum hatten sie das Haus verlassen, rief sie ihren Kollegen Daniel an und bat ihn, den Nachbarn zu überprüfen, den sie nicht angetroffen hatten. Auf dem Namensschild stand B. Engvall. Außerdem mussten sie herausfinden, ob jemand in der anderen Wohnung im Hochparterre wohnte. Dort war kein Name an der Tür. Ein Volvo verließ gerade den Parkplatz, und Hanna dachte schon, es wäre Ingrids, doch die müsste ja längst wieder zu Hause sein.

»Ist es okay, wenn du auch zurückfährst?«, bat Hanna.

Sie mussten wieder nach Kalmar, um eine erste Lagebesprechung zu machen, und sie wollte die Zeit nutzen, Kristoffer anzurufen.

»Klar«, antwortete Erik. »Dann setze ich dich wieder bei Gericht ab?«

»Nein, gerade erscheint es mir wesentlich sinnvoller zu arbeiten.«

Hanna konnte ja doch keinen Einfluss auf den Prozess nehmen, und der Vormittag bei Gericht war noch nervenaufreibender gewesen, als sie angenommen hatte. Gerade ging es ihr genau wie Kristoffer: Nichts wäre ihr lieber, als dass der Prozess schon vorbei wäre und das Urteil verkündet würde. Auf dem Revier konnte sie Axel Sandsten erst mal ausklammern. Zwar hatte sie nie ein Problem, sich zum Arbeiten zu motivieren, trotzdem spielte es auch eine Rolle, dass der Tote ein Freund von Ingrid war. Für Ingrid wollte Hanna noch einmal mehr herausfinden, wie und warum Vidar hatte sterben müssen.

Mit steigender Frustration lauschte Hanna, wie es Mal um Mal tutete, ohne dass Kristoffer sich meldete. Hoffentlich hatte er das Handy einfach nur auf lautlos gestellt. Sie bat ihn um Rückruf und schickte sicherheitshalber noch eine SMS, weil sie bezweifelte, dass er die Mailbox abhörte.

Es zog in ihrem Bauch. Erst dachte sie, das sei das Kind, aber dann musste sie sich doch eingestehen, dass es der Stress war. *Immer schön tief in den Bauch atmen*, hörte sie die Stimme der Hebamme im Kopf, also atmete sie ein paar Mal bis in die Lungenspitzen ein. Sie betrachtete dabei die Bäume, die draußen vorbeizischten, versuchte, Einzelheiten auszumachen, aber alles verschwamm vor ihren Augen. Obwohl es nicht leicht gewesen war, vorhin im Gerichtssaal zu sitzen, so war es nicht weniger schwer, nicht zu wissen, was dort vorging. Sie schaute zu Erik. Obwohl das Radio ausgeschaltet war, trommelte er aufs Lenkrad und wippte mit dem Kopf. Hanna schickte Carina eine SMS:

Wie läuft der Prozess? Ich musste in der Pause weg, weil die Arbeit gerufen hat.

Prompt klingelte das Telefon, Carina meldete sich:

»Was ist passiert?«

»Meine ehemalige Nachbarin hat in Borgholm einen Toten gefunden, aber noch ist unklar, ob es sich um ein Verbrechen handelt.«

»Dann braucht ihr mich nicht?«

»Noch kommen wir klar«, sagte Hanna. »Aber wenn du unbedingt arbeiten willst, mach dich auf den Weg, deine Hilfe könnten wir natürlich schon gebrauchen.«

Carina seufzte.

»Ach, gerade passt es nicht so richtig. Mein Vater sollte ja direkt nach Ove aussagen, aber ihm war so schwindelig, dass er ins Krankenhaus musste. Seine Vernehmung wurde verschoben.«

»Hoffentlich nichts Ernstes?«

»Nein, ich habe gerade mit ihm gesprochen. Der Arzt meint, es war stressbedingt.«

Hanna hoffte, dass er morgen aussagen können würde. Im schlimmsten Fall musste der Staatsanwalt die Aufnahme der Vernehmung vorspielen. Wusste Carina, was ihr Vater ausgesagt hatte? So sehr Hanna das auch fragen wollte, sie hielt sich zurück. Nach dieser Vernehmung hatte der Staatsanwalt nämlich beschlossen, Anklage zu erheben.

»Dann werden heute gar keine weiteren Zeugen gehört?«, wollte Hanna wissen.

»Nein«, sagte Carina. »Und wenn es sonst nichts Wichtiges gibt, muss ich mich jetzt auch verabschieden.«

Eigentlich hätte Hanna gern noch erfahren, was bei der Vernehmung von Ex-Mann Sven-Otto Jensen und von ihrem Chef

Ove herausgekommen war, trotzdem entließ sie Carina aus dem Gespräch. Offensichtlich hatte Carina nur angerufen, weil sie darauf spekuliert hatte, zur Arbeit antreten zu müssen. Genau wie Hanna war Carina nämlich die ganze Woche freigestellt worden.

Gerade fuhren sie auf die Ölandbrücke, und Hanna richtete den Blick aufs Meer. Das Wasser glitzerte in der grellen Märzsonne, und Hanna konnte in der Ferne ein Motorboot erahnen. Normalerweise beruhigte dieser Anblick sie, doch diesmal funktionierte es nicht. Sie legte sich eine Hand auf den Bauch, atmete langsam ein und genauso langsam wieder aus.

Schon bald ist der Prozess vorbei, dachte sie. Dann musst du keine Stresshormone mehr aushalten.

Weil Isak das Geschlecht nicht wissen wollte, hatten sie beschlossen, sich diese Frage beim kommende Woche anstehenden Ultraschalltermin nicht beantworten zu lassen. Hanna duzte das Kind in Gedanken, da war das Geschlecht sowieso egal. Für sie war es schon ein Mensch, und sie sehnte sich nach dem Tag, an dem sie ihn endlich in den Armen halten, ihre Lippen und ihre Nase gegen ihn pressen konnte. *Aber erst in fünf Monaten, hörst du?*

10

Vor sich konnte Ingrid endlich die ersten Häuser von Kleva erahnen. Ihre Hände fingen an zu zittern, sie umklammerte das Steuer fester. Nur noch ein kleines Stück, dachte sie. Du schaffst das.

Ein paar Mal hatte sie entlang des Wegs halten müssen. Jakob hatte Olivia mehr oder minder aus der Buchhandlung gezerrt. Schlussendlich hatten sie nur aufbrechen können, weil Ingrid versprach, ihnen die Zimtschnecken mitzugeben. Jakob hatte sie zu ihrem Wagen gebracht, aber sich nicht mal erkundigt, ob sie überhaupt in der Verfassung war, allein zurückzufahren. So dringend hatte er weggewollt. Ingrid hatte noch so lange im Auto gesessen, bis Hanna und ihr Kollege aus Vidars Haus gekommen waren. Dann hatte sie sich geduckt und war kurz darauf losgefahren, aber Hanna hatte sie bestimmt nicht gesehen.

Endlich konnte sie in die Dorfstraße einbiegen. Der Stockholmer war gerade mit seinem Schäferhund unterwegs, Ingrid hob die Hand zum Gruß. Im Rückspiegel sah sie, dass er sich umdrehte und ihr nachsah. Sie biss sich auf die Unterlippe und konnte sich auch noch die letzten Meter zusammenreißen. Nachdem sie den Motor abgestellt hatte, presste sie sich in den Sitz, lehnte den Kopf an und schloss die Augen. Sie hätte auf der

Stelle einschlafen können. Es dauerte ein paar Minuten, bis sie genug Kraft gesammelt hatte, um aussteigen zu können. Im Haus steuerte sie direkt die Küche an und machte sich eine Tasse schwarzen Tee. Sie wollte ihren normalen Tagesrhythmus nicht dadurch brechen, sich jetzt hinzulegen.

Mit der Tasse sank sie auf das Sofa, blies auf den Tee und trank vorsichtig einen Schluck. Vidar war tot. Die Trauer, die sie in der Buchhandlung fast überwältigt hatte, kam wieder hoch. Sie mischte sich mit anderen kummervollen Gedanken: denen an Jakob. Letztere waren es, die sie dazu bewogen, noch einmal aufzustehen und zwei Fotoalben zu holen.

Das grüne Dänemarkalbum. Ingrid strich über den Umschlag, bevor sie es aufschlug. Das erste Foto zeigte einen fünfjährigen Jakob, der am Strand von Hornbæk mit einer roten Plastikschaufel buddelte. Seine Haare waren genauso hell wie der Sand, Himmel und Meer waren strahlend blau. Dieser kleine Junge trug nicht das kleinste bisschen Wut in sich.

Wann war Jakob so wütend geworden? Er brüllte sie wegen allem Möglichen an: Dass sie darauf bestand, allein im Haus wohnen zu bleiben. Dass sie ihren Enkelkindern das Falsche erzählte. Manchmal sagte selbst seine Frau, dass er zu hart zu ihr war. Aber die Wut, die sie heute gesehen hatte, war neu und ging ihr nicht aus dem Kopf. Zum Teil fand sie seine Reaktion durchaus nachvollziehbar, schließlich machte sie sich ja selbst auch Vorwürfe. Aber gleichzeitig war das doch ungerecht. Sie hatte ja nicht ahnen können, dass Vidar tot im Bett lag oder Olivia nicht im Flur stehen bleiben würde, so wie sie es verlangt hatte. Letzteres war vielleicht absehbar gewesen, aber sie war eben von der Gesamtsituation so gestresst gewesen.

Da kam ihr ein Verdacht: War er wegen Vidar so wütend gewesen? Aber nein, sie schob den Gedanken beiseite.

Ingrid blätterte weiter, die nächsten Seiten waren voller Bilder, die Jakob im Meer zeigten. Als Kind hatte er das Schwimmen geliebt, aber dann ertrank einer seiner Klassenkameraden, als er elf war, und seither hatte er Angst vor Wasser. Über ein Jahr lang hatten ihn furchtbare Albträume geplagt. Manche waren so schlimm, dass sie ihn nicht mal dazu hatte bewegen können, darüber zu sprechen. Einer handelte von der Seeschlange, die er sonst immer selbst gespielt hatte. Sie hatte sich um sein Bein geschlungen und ihn in die Tiefe gezogen.

Der Urlaub in Hornbæk war ihre einzige Auslandsreise gewesen. Um sie zu ermöglichen, hatte Haralds Bruder alle Arbeiten auf dem Hof übernommen. Harald hatte diesen Ort ausgesucht, weil er nicht weit von Kopenhagen entfernt lag, und insgesamt waren sie nur vier Nächte fort gewesen. Sie und Harald hatten manchmal darüber gesprochen, dass sie in Urlaub fahren wollten, sobald Jakob den Hof übernommen hätte, aber dann hatte Harald am Steuer des Traktors einen Herzinfarkt erlitten. Er war unkontrolliert quer über das Feld des Nachbarn gefahren, bis ein Baum seine Weiterfahrt verhinderte.

Ingrid hob den Blick und schaute auf das Feld, das an ihr Grundstück anschloss. Es war gepflügt, geeggt und gedüngt, schon bald würde der Weizen ausgesät werden. Nach Haralds Tod hätte sie verreisen können, aber ehrlicherweise hatte sie darauf keine Lust gehabt. Sie war glücklich in diesem Winkel der Welt. Darüber, einen Ort zu haben, an dem sie wirklich zu Hause war. Deshalb hatte sie sich damals auch gegen Vidar entschieden. Er hatte eine Abenteuerlust in sich getragen, die man in Harald vergeblich suchte.

Das Leben mit Harald war ein gutes gewesen. Sicher, sie war ein bisschen traurig, dass sie nicht mehr Kinder hatten, aber schlussendlich war Jakob ja gekommen. Und auch wenn Jakob heute in ihr offenbar nur eine Last sah, hatte er ihr Enkelinnen geschenkt.

Ingrid klappte das grüne Fotoalbum zu und griff zu dem roten. Sie blätterte zu dem einzigen Foto von Vidar, das sie besaß. Es verbarg sich hinter einer Aufnahme von ihr und Jakob in Borgholm, damit sie nicht vergaß, wo es war. Auch dieses Foto war am Hafen von Borgholm entstanden: Vidar und sie saßen auf der Terrasse des Strandhotels und lächelten in die Kamera. Auf der Rückseite stand in schwarzer Tinte *1960*.

Immer mal wieder stellte sie sich die Frage, wie das Leben wohl ausgesehen hätte, wenn ihre Entscheidung damals anders ausgefallen wäre. Besonders seit dem Herbst, seit sie und Vidar wieder Kontakt hatten. Das Wiedersehen hatte so viele Gefühle geweckt. Gefühle, von denen sie angenommen hatte, sie hätte sie längst hinter sich gelassen.

Ingrid streichelte über das Foto, über Vidars Wange. Sie waren ein hübsches Paar gewesen. So jung und voller Zuversicht. Vidar trug ein blaues Hemd, und der dichte Pony war starr durch die viele Pomade. Sie selbst trug ein kurzärmeliges rotes Kleid und ein Band im Haar. Wer hatte das Foto gemacht? Das musste dieser Ture gewesen sein. Ture war ein weiterer Grund dafür gewesen, dass Ingrid die Beziehung zu Vidar beendet hatte. Sicher, er hatte charmant sein können, aber er hatte noch eine andere Seite, eine bedeutend finsterere. Wie hieß er noch weiter? Es machte sie wahnsinnig, dass sie nicht auf seinen Nachnamen kam.

Ingrid behielt das Foto in der Hand, schlug das Album zu und stand auf. Es gab keinen Grund mehr, es länger zu verstecken. Harald war schon fast zwanzig Jahre tot, und ihre Schuldgefühle waren zu einem nagenden Gefühl der Unzulänglichkeit geschrumpft. Davon musste sie sich allmählich auch mal frei machen.

Sie lehnte das Bild an die Bücher im Regal. Bei Gelegenheit würde sie einen schönen Rahmen dafür besorgen. Warum hatte sie nicht noch mehr Fotos behalten? Ingrid schluckte die Tränen hinunter, die in ihr aufsteigen wollten, aber sie sammelten sich nur zu einem Kloß in ihrem Hals. Minutenlang stand sie da und starrte das Foto an. Der Schmerz wollte nicht nachlassen. Also ging sie in die Küche, um sich eine heiße Milch mit Honig zu machen. Auf halbem Weg überlegte sie es sich anders und ging zum Schnapsregal. Was sie wirklich brauchte, war ein Whisky.

11

Sein Magen protestierte gegen den Kaffee. Erik hatte heute nicht gut gegessen, was ganz untypisch für ihn war. Sein Mittagessen hatte lediglich aus ein paar Bananen und einem Energieriegel bestanden. Das Sandwich, das er Hanna gegeben hatte, war eigentlich für ihn selbst gedacht gewesen, aber er hatte deutlich gespürt, dass sie es mehr brauchte. Hanna saß vor ihrem Computer und aß einen Apfel. Ove kam herein, einen Laptop unterm Arm.

»Wir machen eine kurze Bestandsaufnahme.«

Die Gruppe, die sich am Besprechungstisch zusammenfand, war deutlich dezimiert, denn außer ihm und Hanna war nur noch Daniel da. Carina hatte ja frei wegen des Prozesses, und Amer musste wegen Erkältungssymptomen zu Hause bleiben. Alles an dieser neuen Krankheit kam Erik so hypothetisch vor, dass es ihm schwerfiel, eine Position dazu zu finden. Eine dystopische Zukunftsvision schien gerade den Alltag zu übernehmen. Die täglichen Pressekonferenzen verstärkten den Eindruck, dass der Untergang direkt bevorstand, weshalb er sie gar nicht mehr verfolgte. Das Verhältnis zu Supriya war gerade auch sehr angespannt, weil sie fand, er nähme die Gefahr nicht ernst genug. Heute morgen war sie mit Mundschutz zur Arbeit gegangen.

Als sie in Mumbai wohnten, hatte sie oft darauf zurückgegriffen, wenn die Luftqualität mal wieder besonders schlecht war. Ihre größte Angst war, krank zu werden und zu sterben, aber auch um ihre berufliche Zukunft machte sie sich Sorgen. Viele ihrer Patientinnen und Patienten hatten bereits ihre Termine abgesagt. Supriya war Zahnärztin, und die Vorstellung, auf dem Rücken zu liegen, während sich andere über dich beugten und dir im Mund rumfuhrwerkten, schien derzeit immer weniger Menschen zu behagen.

»Mord oder nicht?«, fragte Ove und warf einen Blick in die Runde, wobei er sich die schwarze Brille hochschob.

»Ich habe gerade eben mit dem Rechtsmediziner gesprochen«, sagte Hanna und legte den halb gegessenen Apfel auf ein Stück Küchenkrepp. »Er war ja vor Ort, um den Tod festzustellen, aber er hat Spuren am Mund gefunden, die darauf hindeuten, dass Vidar die Schlaftabletten möglicherweise mit Gewalt zugeführt wurden.«

»Was für Spuren?«

»Schwellungen, aber auch ein Kratzer, vermutlich von einem Fingernagel.«

Hanna biss erneut in den Apfel.

»Das verstärkt die Annahme, dass es sich nicht um Selbstmord handelt«, sagte Ove. »Der Leichnam ist unterwegs zur Rechtsmedizin nach Linköping. Hoffentlich liefert die Obduktion weitere Anhaltspunkte, aber bis auf Weiteres gehen wir also von Mord aus. Die Kriminaltechnik hat die Abschiedsnotiz und den Brief zur weiteren Analyse geschickt. Ich habe schon die Handydaten angefordert, und auch seine Finanzen sollen geprüft werden. Was kannst du uns über das Opfer erzählen, Daniel?«

Daniel streckte sich und richtete den Bildschirm seines Laptops besser aus. Mit seinen dreißig Jahren war er der Jüngste und gleichzeitig Technikaffinste im Team. Die meiste Zeit des Arbeitstages verbrachte er vorm Computer.

»Vidar Johansson war in keinem unserer Register vertreten, offenbar ein gesetzestreuer Zeitgenosse. Vor knapp einem Jahr wurde ihm aus medizinischen Gründen die Fahrerlaubnis entzogen. Zu diesem Zeitpunkt wurde auch die Übernahme der Kosten für einen ambulanten Pflegedienst bewilligt. Er schaut auf eine abenteuerliche Liste an Beschäftigungen zurück, hat sich mit allem Möglichen über Wasser gehalten: Hausmeister, Lagerarbeiter, Aushilfe beim Bau und so weiter. Viele Jahre lang fuhr er zur See, überwiegend als Koch. Er war nie verheiratet und hat keine Kinder. Sein Bruder starb vor fünf Jahren, und dessen Sohn ist sein nächster Verwandter. Er heißt Albert Johansson und wohnt hier in Kalmar.«

»Dann war dieser Brief an den Neffen gerichtet?«, fragte Erik. »Die scheinen ja kein gutes Verhältnis gehabt zu haben, wenn man an den Inhalt des Briefs denkt.«

Daniel nickte.

»Gut«, sagte Ove. »Dann finden Erik und Hanna bitte mehr über dieses Verhältnis heraus. Fahrt zum Neffen und sprecht mit ihm. Als nächster Angehöriger muss er so oder so über den Tod seines Onkels informiert werden.«

»Konntest du was über B. Engvall herausfinden?«, fragte Hanna und legte den Apfel wieder auf das Stück Küchenkrepp.

»Wer ist das denn?«, wollte Ove wissen.

Erik riss den Blick vom Apfel und erklärte:

»Der Nachbar, der Freitagnacht mit Vidar gestritten hat, weil dieser so laut Musik gehört hat.«

»Bisher kann ich nur sagen, dass das B für Birk steht«, sagte Daniel. »Jahrgang 1987, da würde ich jetzt mal messerscharf schließen, dass er wohl nach Birk aus *Ronja Räubertochter* benannt wurde.«

»Okay, dann bleib bitte dran«, sagte Ove. »Ich rufe beim Pflegedienst an und frage, wann zuletzt jemand bei Vidar war. Mit dieser Person müssen wir dann auch unbedingt sprechen.«

»Vidar war wohl ein ziemlicher Paragrafenreiter«, sagte Erik. »Ich habe einige Leserbriefe ans *Ölandsbladet* und *Barometern* gefunden, außerdem hat er auch Beschwerdebriefe direkt an die Kommune geschickt.«

»Vielleicht hat er ja jemandem das Leben besonders schwer gemacht«, sagte Ove. »Schaust du, ob du mehr darüber in Erfahrung bringen kannst, Daniel?«

Daniel nickte und machte sich eine Notiz. Gerade landete sehr viel Arbeit bei ihm, aber Erik glaubte nicht, dass ihm das viel ausmachte. Daniel war einer der effizientesten Kollegen, mit denen Erik je zusammengearbeitet hatte. Außerdem schien privat gerade wenig zu laufen, weil er wesentlich mehr Zeit auf der Arbeit verbrachte als sonst.

»Wunderbar, dann tut sich ja was«, sagte Ove und stand auf.

12

Hanna parkte vor der Guldfågel-Arena, dem Stadion der Fußballmannschaft Kalmar FF. Albert Johansson arbeitete als Hausmeister für die Kultur- und Freizeitverwaltung, und als sie erfahren hatte, dass er gerade in der Arena zu tun hatte, waren sie gleich dorthin gefahren, weil es vom Polizeirevier nicht weit war.

»Du gehst eher nicht zu Spielen, oder?«, fragte Erik.

»Nicht, wenn es sich vermeiden lässt.«

Hannas Ex-Freund Fabian hatte sie einmal zu einem Spiel mitgezerrt. AIK Solna gegen irgendein anderes Team aus Stockholm, sie wusste nicht mehr welches. Da wurde ihr bewusst, dass sie schon Monate nicht mehr an ihn gedacht hatte. Weil Hanna nicht in sein Reihenhaus in Gustavsberg vor den Toren Stockholms hatte ziehen wollen, hatte Fabian sie für eine Erzieherin verlassen. Kurz darauf war die Erzieherin schwanger gewesen. Die Gefühle, die das in ihr ausgelöst hatte, gehörten in ein anderes Leben. Isak war so unfassbar viel besser als Fabian je hätte sein können.

»Ich mache mir auch nicht so viel aus Fußball«, sagte Erik. »Nur bei der WM oder EM schaue ich mir an, wie Schweden sich schlägt.«

Laut Aussage des Mannes, mit dem Hanna gesprochen hatte, war Albert vermutlich auf dem Platz, also machten sie sich auf den Weg zur Rückseite der Arena. Hannas Handy piepste, und Hanna las die Nachricht von Isak. Er hatte ein Foto geschickt von einem Paket, das auf der Veranda des Hauses in Södra Näsby stand. Ein kleines braunes, viereckiges Paket mit einer roten Schleife. *Hast du einen heimlichen Verehrer?*, hatte Isak geschrieben, gefolgt von einem Smiley.

Nein, antwortete sie. *Steht kein Absender drauf?*

Nein. Soll ich's aufmachen?

Hanna zögerte. Sie hatte keine Ahnung, was das sein könnte, und genau deshalb wurde ihr unbehaglich.

Mach ich selbst, wenn ich nach Hause komme, schrieb sie.

Habt ihr Olivia gefunden?, fragte er.

JA!, antwortete Hanna. *Entschuldige, dass ich mich noch nicht gemeldet habe. Hier überschlägt sich gerade alles.*

Sie lächelte über das rote Herz, das Isak geschickt hatte, dann hob sie den Blick, denn jetzt hatten sie einen der Eingänge zum Stadion erreicht. Das Tor sah verschlossen aus, trotzdem ging Erik hin und rüttelte daran. Nichts geschah.

»Gehen wir weiter«, sagte er.

Kurz darauf entdeckten sie einen größeren Eingang, der unverschlossen war. Direkt auf Höhe des Eingangs kniete ein Mann in Kapuzenpulli, Schirmmütze und schwerer Arbeitshose und begutachtete den Rasen. Als sie näher kamen, stand er auf und wandte sich ihnen zu. Auf dem Kapuzenpulli prangte das Logo von Kalmar FF. Sie stellten sich vor und zeigten ihre Dienstmarken. Der Mann bestätigte, Albert Johansson zu sein. Hanna fiel keine unmittelbare Ähnlichkeit zu Vidar auf. Albert war viel schlaksiger gebaut, die Wangen waren eingefallen und das Gesicht von kleinen Falten überzogen. Dadurch sah er älter aus als vierundvierzig, was laut Melderegister sein Alter war. Das unter der Mütze rausschauende Haar war dunkelbraun.

»Was ist das für Gras?«, fragte Erik.

»Ganz gewöhnliches«, antwortete Albert. »Der Plan ist, es noch vor Saisonstart gegen eine Hybridversion auszutauschen, aber bei der derzeitigen Lage weiß keiner, was passiert. Angeblich kommen ja Zuschauerbeschränkungen, und es wird überlegt, den Saisonbeginn zu verschieben. Aber ich schätze, Sie sind nicht hier, um darüber zu sprechen. Ist was passiert?«

»Ihr Onkel Vidar Johansson wurde tot aufgefunden«, sagte Hanna.

Alberts Augen wurden schmal, offensichtlich aus Irritation.

»Aha«, sagte er. »Und warum kommen Sie damit zu mir?«

»Weil Sie sein nächster lebender Verwandter sind«, erklärte Hanna.

Albert nahm die Schirmmütze ab und strich die Haare zurück, bevor er sie wieder aufsetzte.

»Muss ich mich dann jetzt um die Beerdigung kümmern?«

Die Frage machte Hanna traurig, aber sie ließ sich nichts anmerken.

»Nein, müssen Sie nicht«, sagte sie. »Sie können bei Gericht einen Nachlassverwalter bestellen. Verstehe ich das richtig, dass Sie und Ihr Onkel keinen nennenswerten Kontakt hatten?«

»Ja«, sagte Albert. »Vidar war ein verbitterter alter Mann, und ich habe mich bewusst von ihm ferngehalten.«

»Ist etwas zwischen Ihnen vorgefallen?«, fragte Erik.

»Das würde ich so jetzt nicht behaupten. Ich konnte ihn einfach nicht leiden. Er war rechthaberisch und geizig, und ich habe es nicht eingesehen, den Kontakt zu ihm zu pflegen, nur weil wir verwandt sind.«

»Hatte Vidar Feinde?«, fuhr Erik fort.

»Ich weiß absolut nichts über ihn«, sagte Albert. »Aber es würde mich nicht wundern, wenn er einen Haufen Feinde hätte, so wie der drauf war. Wieso fragen Sie?«

»Wir gehen davon aus, dass Ihr Onkel ermordet wurde«, sagte Hanna. »Aber genau wissen wir das erst nach der Obduktion.«

Albert wandte sich ab, schaute über den Fußballplatz. Nach einer Weile seufzte er und richtete den Blick wieder auf sie.

»Entschuldigen Sie, falls das herzlos klingt«, sagte er. »Aber ich kann nicht gut über ihn sprechen, nur weil er vielleicht ermordet wurde. Das ändert ja nichts daran, wie er war. Mein Vater hatte seine ganz eigene Geschichte mit ihm. Die hatten eine harte Kindheit. Mein Großvater war Alkoholiker, und meine Großmutter hatte psychische Probleme. Mein Vater musste sich allein um die beiden kümmern, nachdem Vidar sich eines Tages einfach aus dem Staub gemacht hat.«

Der letzte Tag

Sein Kopf schmerzt, und Vidar holt ein paar Paracetamol aus der Hausapotheke, die er sofort mit etwas Milch hinunterspült. Es hatte Ewigkeiten gedauert, bis er hatte einschlafen können, nachdem dieser Idiot von Nachbar dagewesen war, aber ein paar Stunden Schlaf waren es trotzdem geworden.

Vidar füllt Sauermilch in einen tiefen Teller und setzt sich damit an den Küchentisch. Den Blick aus dem Fenster gerichtet, löffelt er sein Frühstück. Von hier kann er den Großteil der Rasenfläche im Hinterhof sehen, aber der ganze Hof liegt gerade verlassen da. Von dem Jungen keine Spur. Einmal war Vidar rausgegangen, um mit ihm Ball zu spielen. Er hat Vidar so leidgetan, weil er so oft allein war. Aber der Junge bekam Angst und rannte weg, deshalb hat Vidar es bei dem einen Versuch belassen. Trotzdem ließ er es sich nicht nehmen und legte dem Jungen ein Trikot von Argentinien auf den Rasen. Dieses Trikot trägt der Junge jetzt ständig. Vidar sehnt sich nach dem Sommer, freut sich schon darauf, am Fenster zu sitzen und den Kindern beim Spielen zusehen zu können. Manchmal bereut er, keine eigenen zu haben, aber dafür ist es jetzt zu spät.

Ein Grauschnäpper landete im Baum schräg unterhalb des Fensters. Vidar hätte es gern geöffnet, um den schönen Gesang besser hören zu können, aber der Vogel würde doch nur wegfliegen. Er hat das Gefühl, der Vogel will ihn an irgendetwas erinnern, aber er kommt beim besten Willen nicht darauf, was das sein könnte.

Vidar seufzt und steht auf. Stellt sich vor den Kalender, der an der Wand hängt. Er ist zu seinem wichtigsten Werkzeug geworden. Beim heutigen Tag stehen zwei Termine. Der eine ist kryptisch. Was bedeutet denn *Eine Lüge ist keine Lüge* um drei Uhr? Der zweite ist ihm sonnenklar: *Kicki* steht mit blauen Buchstaben bei zwölf Uhr, und allein der Anblick des Namens vertreibt seine Schwermut. Es ist immer so schön mit ihr. Außerdem ist heute Samstag, das heißt, vom Pflegedienst wird sich zum Glück niemand blicken lassen. Mit einem Stift streicht er den gestrigen Tag durch. Kein Tag, der ihm im Gedächtnis bleiben wird. Aber was unternimmt er bloß bis zwölf?

Es kribbelt ihn in den Beinen, also beschließt Vidar, einen Spaziergang zu machen. Schnell wäscht er sich im Gesicht und unter den Armen, dann zieht er Hemd und Hose an. Tupft sich etwas Rasierwasser an den Hals. Dann nimmt er seinen Mantel und verlässt die Wohnung.

Wie automatisch schlägt er den Weg zum Hafen ein. Nickt den Menschen zu, die ihm entgegenkommen.

Ihm wird ganz warm in der Brust, als er den ersten Blick aufs Meer erhascht, und er wird schneller. Eigentlich würde er am liebsten ganz bis zum Ende des Piers gehen, aber es ist so verdammt windig. Vidar setzt sich auf eine der blauen Bänke in der Nähe der Rezeption des Jachthafens. Es sind nur wenige Boote im Wasser. Das sind ganz andere als die Schiffe, auf denen er gearbeitet hat. Wie sehr er es hasst, nicht länger jung zu sein. Wäre er es, er würde nicht lange zögern und sofort wieder aufbrechen. Er hebt den Kopf, um mehr vom Meer sehen zu können, doch muss ihn sogleich wieder senken, da ihm der Wind die Tränen in die Augen treibt. Vielleicht sollte er sich doch einfach selbst ein kleines, schnelles Boot kaufen? Einfach nur, um die Sehnsucht zu stillen. Für diese Art Boot braucht man schließlich keinen Führerschein.

Ein paar Sturmmöwen kreischen und reißen ihn aus seinen Bootsträumen. Er muss wieder an den Grauschnäpper denken. Normalerweise überwinterten sie in Afrika. War irgendwas in Afrika passiert, an das er ihn erinnern wollte?

Vidar schließt die Augen, und die Erinnerungen an unterschiedliche Reisen überfallen ihn. Die Vergangenheit erscheint in deutlichen Bildern, nur wenn er versucht, an die Zukunft zu denken, wird es neblig in seinem Kopf. Gerade weiß er nur, dass er um zwölf mit Kicki verabredet ist. Aber das reicht ihm. Viele Jahre lang dachte er, dass er allein bleiben würde, dass das, was kaputtgegangen war, nicht mehr heilen würde. Er verabredete sich immer mal wieder, manchmal nahm er eine mit nach Hause, um die körperlichen Bedürfnisse zu stillen. Gut, ein paar von diesen Frauen waren nett gewesen, aber keine von ihnen ließ sein Herz höherschlagen. Bis zum ersten Treffen mit Kicki. Mit ihr läuft alles so reibungslos.

Sein Handy klingelt, und Vidar zieht es aus der Tasche. Das Display verrät ihm, dass es seine Lachnummer von Neffe ist. Ohne den Anruf anzunehmen, steckt er das Handy wieder weg.

Irgendwann steht er doch wieder auf und kehrt in seine Wohnung zurück. Als er am Societets-Park vorbeikommt, melden sich andere Erinnerungen. An die Tanzabende im Restis. Dort hatte er Ingrid kennengelernt. Was Kicki wohl sagen würde, wenn sie wüsste, dass er den Kontakt zu ihr wieder aufgenommen hat?

Plötzlich fragt er sich, ob der Kalendereintrag »eine Lüge ist keine Lüge« mit Ingrid zu tun hat. Im Herbst waren sie sich zufällig in Färjestaden begegnet, und obwohl sie sich über vierzig Jahre nicht gesehen hatten, hatte er sie gleich wiedererkannt. Sie hat eine Menge in ihm ausgelöst, und er wusste nicht, wie er damit umgehen sollte. Außerdem war er nicht ehrlich zu ihr gewesen. Wie feige von ihm, Ingrid nichts von Kicki zu erzählen. Aber nein, der Eintrag konnte nichts mit Ingrid zu tun haben, dann hätte er nicht den roten Stift benutzt. Rot war den unschönen Dingen wie Arztbesuchen und dergleichen vorbehalten. Blau war das Schöne – wie Essensverabredungen.

Er will mit Ingrid sprechen, will Antworten, damit er heilen kann. Deshalb war Vidar vor gut vierzig Jahren zum Hof gefahren, aber dann hatte er es nicht gewagt auszusteigen. Nach einer Weile war sie aus dem Haus gekommen und hatte angefangen, Wäsche aufzuhängen. Wie gern wäre er zu ihr gegangen, hätte sie in die Arme genommen und geküsst. Dann hätten sie jenen traumhaften Tag damals auf der Sommerwiese wiederholen können. Seine Hand hatte sich dem Türgriff genähert, doch da war auch Harald erschienen. Dass sie verheiratet war, wusste er. Der Ehemann brachte ihn nicht aus der Fassung, wohl aber der Junge, der ihm folgte. Das Wissen, dass Ingrid und Harald eine Familie gegründet hatten, nahm ihm alle Hoffnung. Ihre Familie würde sie niemals verlassen. Vidar brüllte vor Schmerz. Weil Ingrid den Kopf hob und in seine Richtung schaute, startete er den Wagen und fuhr davon. Sein Entschluss stand fest, er wollte alles tun, um sie zu vergessen.

Ein Stück vor ihm steht Esbjörn auf dem Bürgersteig, ganz vertieft in ein Gespräch mit jemandem, den Vidar nicht kennt. Esbjörn ist ein paar Jahre älter als er, meint aber rumlaufen zu müssen wie ein Zwanzigjähriger. Außerdem prahlt er mit seinem vollen Haar und damit, dass er zehn Kilometer laufen kann. Er ist Vorsitzender von Zittergras, einem Seniorenverein in Borgholm. Seit er gewählt wurde, war Vidar kaum noch bei Veranstaltungen. Dabei fehlt ihm der Verein, all die Kulturveranstaltungen und Kaffeetreffs. Es war so ein netter Zeitvertreib gewesen, unter Leute zu kommen und sich ein bisschen zu unterhalten.

Vidar sieht Esbjörn eifrig gestikulieren und merkt, dass er gerade keine Lust auf ihn hat. Also biegt er in die Östra Kyrkogatan ab. Das Letzte, was er sieht, ist, wie Esbjörn sich in seine Richtung dreht und mit der Hand durch die Haare fährt. Hoffentlich folgt er ihm jetzt nicht. Vidar huscht in die Buchhandlung, dem wohl sichersten Ort, um Esbjörn zu entgehen.

13

»Netter Kerl«, sagte Hanna, nachdem sie die Guldfågel-Arena verlassen hatten und wieder im Wagen saßen.

»Manchmal kann man sich echt nur wundern«, sagte Erik. »Ich rufe Ove an und informiere ihn.«

Hanna ließ den Motor noch aus, da sie nicht wusste, ob sie zurück zum Präsidium wollten oder nicht. Sie starrte durch die Windschutzscheibe. Albert Johansson eilte zu einem Van, das Handy ans Ohr gepresst. Irgendwie ging es ihr nahe, dass er mit mehr Wärme über einen Rasen gesprochen hatte als über seinen Onkel. Aber dass jemand unsympathisch war, machte ihn ja nicht gleich zum Mörder. Außerdem war es natürlich möglich, dass Vidar tatsächlich ein Stinkstiefel gewesen war, aber sie bezweifelte, dass Ingrid sich dann mit ihm abgegeben hätte. Eine andere Erklärung für Alberts Verhalten war Schock, und das hielt sie für wesentlich wahrscheinlicher.

»Was hat Ove gesagt?«, fragte sie, nachdem Erik aufgelegt hatte.

»Milla Pedersen vom ambulanten Pflegedienst war am Freitag bei ihm. Samstags schauen sie nicht bei ihm vorbei. Milla ist am häufigsten bei ihm. Leider können wir heute nicht mit ihr sprechen.«

»Warum nicht?«

»Nach dem Besuch bei Vidar hat sie sich krankgemeldet und war seither nicht wieder auf der Arbeit. Ich werde sie mal anrufen. Wenn wir uns morgen nicht treffen können, müssen wir wohl vorerst mit dem Telefon vorliebnehmen.«

Hanna nickte und startete den Wagen. Auch ihr waren Befragungen von Angesicht zu Angesicht lieber. So vieles kam übers Telefon nicht mit. Aber wenn die Pandemiesituation sich weiter zuspitzte, würde ihnen bald womöglich nichts anderes übrig bleiben.

»Haben sie dir noch mehr erzählt?«, fragte sie.

»Ja: Vidar Johansson war dement.«

»Wie sonderbar, dass das bislang noch niemand erwähnt hat.«

»Laut der Frau, mit der ich gerade gesprochen habe, war die Demenz noch nicht weit fortgeschritten, und er wollte nichts davon wissen. Er hat wohl darauf bestanden, dass die Untersuchung fehlerhaft war und wiederholt werden muss. Vermutlich hat er noch niemandem von der Diagnose erzählt.« Erik seufzte. »Wie sehr ich diese Krankheit hasse.«

»Wie geht es denn deinem Vater?«

Erst vor wenigen Monaten war bei Eriks Vater Alzheimer diagnostiziert worden. Hannas Großmutter saß mit der gleichen Krankheit in einem Pflegeheim in Färjestaden, und Hanna drang inzwischen gar nicht mehr zu ihr durch. Erst kürzlich war Hanna bei ihr gewesen, aber ihre Großmutter hatte einfach nur mit leerem Blick vor sich hingestarrt, als Hanna ihre Hand genommen, auf ihren Bauch gelegt und von dem Baby erzählt hatte, das darin wuchs.

»Eigentlich geht es ihm ganz okay«, sagte Erik. »Er findet, wir übertreiben und verhätscheln ihn, aber ich habe den Eindruck, es geht viel schneller bergab, als es sollte.«

»Fühlt es sich nicht immer so an?«

»Da hast du recht.«

Hanna fuhr in die Tiefgarage des Präsidiums. Der viele Beton und dazu das matte, künstliche Licht raubten ihr das letzte bisschen Lebensenergie. Eigentlich hätte sie heute gar nicht arbeiten müssen, was den Gedanken, an ihren Arbeitstisch zurückzukehren, nicht gerade einladender machte.

»Fahr nach Hause«, sagte Erik, der ihre Unlust offenbar gespürt hatte.

»Gute Idee, das mach ich. Aber ich halte auf dem Rückweg noch bei Ingrid. Oder morgen auf dem Hinweg.«

»Sollten wir sie nicht zusammen befragen?«

»Ich erfahre sicher mehr von ihr, wenn ich allein mit ihr spreche.«

Erik äußerte sich nicht weiter dazu, und Hanna war dankbar, nicht diskutieren zu müssen. Sie vermutete, dass Ingrid ihr nicht die ganze Wahrheit über das Verhältnis zu Vidar erzählt hatte.

Hanna verließ die Tiefgarage und drehte das Gesicht in die schwache Sonne. Ein paar Sekunden lang verharrte sie so, dann überquerte sie die Fahrbahn, um zu dem Parkplatz zu gelangen, wo ihr eigener Wagen stand. Sie rief Kristoffer an, um zu fragen, ob er mitfahren wolle. Zu ihrer großen Verwunderung ging er ans Handy.

»Ich bin auf dem Weg nach Södra Näsby«, sagte sie. »Willst du mitfahren?«

»Ich bin noch nicht ganz fertig.«

»Fertig mit was? Die Verhandlung ist für heute vorbei, und eigentlich hast du dort ja sowieso nichts zu suchen.«

»Stimmt schon, ich muss nur ein paar Sachen regeln.«

Hanna legte auf, ohne genauer nachzufragen. Ihre Wut auf ihren Bruder wollte einfach nicht ganz abklingen, und oft empfand Hanna eine latente Irritation ihm gegenüber. Hanna wusste nicht, ob sie ihm je vergeben könnte, was er ihrem Vater angetan hatte. Der liebevolle, fröhliche Vater ihrer Kindheit war zwar bereits verschwunden, nachdem ihre Mutter an Krebs gestorben war, aber wenn Kristoffer ihn nicht die Schuld für Ester Jensens Tod hätte auf sich nehmen lassen, dann hätte er vielleicht noch eine Chance gehabt. Das Gefängnis hatte ihm den Rest gegeben. Außerdem hatte Kristoffer sie angelogen. Hatte sie so viele Jahre in dem Glauben gelassen, ihr Vater sei ein Mörder.

Erst als Hanna auf die Ölandbrücke fuhr, ließ ihre Wut nach. Jetzt erfüllte sie nur noch eine tiefe Sehnsucht nach Isak. Das Gespräch mit Ingrid würde bis morgen warten müssen. Sie rief Isak an und gab durch, dass sie auf dem Nachhauseweg war. Dabei wollte sie eigentlich hauptsächlich hören, ob er länger auf der Arbeit bleiben musste.

»Ich bin schon zu Hause«, sagte Isak. »Ist das schön, deine Stimme zu hören.«

»Geht mir ganz genauso.«

»Und wie gut, dass ihr Olivia gefunden habt.«

»Allerdings. Dabei schwebte sie ja glücklicherweise nie in Gefahr. Sie ist zur Buchhandlung gegangen, um den Hund dort zu streicheln.«

»Und wie geht es Ingrid?«

»Es geht. Ich wollte morgen früh bei ihr vorbeifahren. Wir gehen davon aus, dass ihr Freund ermordet wurde.«

»Das ist ja schrecklich. Wie lang brauchst du noch?«

»Ungefähr sechs Minuten.«

»Ich freu mich.«

Hanna wusste das so genau, weil sie gerade Gårdby erreicht hatte. An der Kirche bog sie in südlicher Richtung ab und warf nur einen schnellen Seitenblick auf ihr früheres Elternhaus. Das Mörderhaus, so viel wusste die Familie, die darin wohnte, mittlerweile sicher. Als Hanna den Ort verlassen hatte, trat sie ganz unwillkürlich aufs Gas.

Isak erwartete sie schon im Hof, er trug, wie eigentlich immer zu dieser Jahreszeit, Gummistiefel und Strickjacke. Vielleicht sollten sie den Hof pflastern lassen? Als vor ein paar Wochen der Schnee geschmolzen war, hatte sie den Wagen gar nicht mehr dort abstellen können, weil sich der Vorplatz in ein einziges Schlammfeld verwandelt hatte. Hanna stieg aus und schloss ihn fest in die Arme. Seit sie zusammen waren, hatte er sich nicht mehr rasiert, inzwischen war ihm ein richtiger Bart gewachsen. Seine Hand wanderte zu ihrem Bauch.

»Hallo, ihr beiden«, sagte er an das Ungeborene gewandt. »Deine Mutter arbeitet hart daran, dich schon mal auf den Polizeidienst vorzubereiten, was? Ich hoffe, es war nicht allzu gruselig am Fundort.«

»Haha«, machte Hanna.

Isak lächelte und hakte sich bei ihr unter. Zusammen gingen sie zum Haus, an der Stelle vorbei, an der sie vor knapp drei Monaten niedergestochen worden war. Der kurze Weg bis zur Haustür erfüllte sie noch immer mit einem gewissen Unbehagen, aber Isaks Vorschlag, umzuziehen, hatte sie sofort abgewehrt. Axel Sandsten durfte unter keinen Umständen gewinnen. Hoffentlich wurde er verurteilt, dann würde sie endlich wieder frei atmen können.

Das kleine Paket, von dem Isak ein Foto geschickt hatte, stand auf dem Küchentisch. Zögernd löste Hanna die rote Schleife, wickelte es aus dem Packpapier und klappte den Karton auf. Einen Augenblick lang starrte sie hinein, ohne zu begreifen, was sie da sah. Dann drehte sich mit einem Mal alles um sie, sodass sie sich abstützen musste, um nicht hinzufallen. Wie war das möglich? Hanna entwich ein Wimmern.

»Lieber Gott, was ist denn drin?«, fragte Isak und eilte zu ihr.

»Nicht anfassen!«, schrie sie und tastete nach ihrem Handy.

Sie suchte Oves Nummer heraus, drückte dann aber auf die falsche Taste.

»Verdammte Scheiße«, zischte sie.

Beim zweiten Versuch klappte es, und sie erreichte Ove, der ihr aber nicht folgen konnte, weil sie viel zu schnell sprach. Als er sie endlich verstand, fluchte er laut.

»Ich schicke sofort die Kriminaltechnik.«

»Ove schickt die Kriminaltechnik«, sagte Hanna, nachdem sie aufgelegt hatte.

»Warten wir doch im Wohnzimmer«, schlug Isak vor.

Hanna versuchte, sich von dem Karton loszureißen, aber sie konnte nicht. Dabei hielt sie ihr Handgelenk so fest umklammert, dass es wehtat. In dem kleinen Karton lag die Nachtigall aus Holz, die ihre Oma ihr nach dem Tod ihrer Mutter gegeben hatte. Die Nachtigall, die ihre Albträume hatte fortsingen sollen. Die Nachtigall, die in ihrem Haus in Kleva auf dem Schlafzimmerfensterbrett gestanden hatte. Hanna hatte geglaubt, sie wäre denselben Flammen zum Opfer gefallen, die ihr gesamtes Haus verschlungen hatten.

DIENSTAG, 17. MÄRZ

14

Als ihr Wecker klingelte, hatte Hanna immerhin ein paar Stunden schlafen können. Die Kriminaltechnikerin war gestern noch da gewesen und hatte ihre und Isaks Fingerabdrücke genommen, dann auf der Suche nach Spuren die Haustür und Veranda untersucht, wo das Paket gestanden hatte. Ein paar Schuhabdrücke auf dem Hof waren von Interesse. Nachtigall und Karton befanden sich zur weiteren Prüfung beim Nationalen Forensischen Zentrum, aber Hanna bezweifelte, dass sie dort irgendwas finden würden. Der Benzinkanister, der vergangenen Herbst vor ihrem Haus in Kleva gestanden hatte, war ebenfalls komplett rein gewesen. Lange hatte sie ihn in einer Papiertüte im Kofferraum mit sich herumgefahren, aber schlussendlich doch Ove übergeben.

Sie schaltete den Wecker aus und kuschelte sich an Isak. Wie schnell sie sich daran gewöhnt hatte, nicht mehr allein zu schlafen. Das Einzige, womit sie noch immer nicht klarkam, war, wenn er beim Einschlafen den Arm um sie legte. Dann fühlte sie sich eingesperrt. Sie musste sich jederzeit frei bewegen können, ohne Isak dabei versehentlich zu wecken. Wenn sie nachts wach wurde, war es aber oft sie, die nah zu ihm gerückt war.

Isak schlug die Augen auf und streichelte ihren Arm.

»Du bist ja schon wach.«

In letzter Zeit war ihr das Aufstehen schwergefallen.

»Ich habe nicht gut geschlafen.«

Isaks Hand wanderte zu ihrem Gesicht, streichelte ihre Wange.

»Ich finde, du solltest heute zu Hause bleiben.«

»Das wird es auch nicht besser machen«, sagte sie.

Mit ausreichend Nachdruck, dass er das Thema ruhen ließ. Sie hatten diese Diskussion schon bis zur Erschöpfung geführt. Die Messerattacke hatte seine Sorge potenziert, am liebsten hätte er sie wohl irgendwo eingesperrt, zumindest bis das Kind auf der Welt war. Von der Schwangerschaft hatte Isak erfahren, als sie im künstlichen Koma lag. Der Arzt war davon ausgegangen, dass er es wusste, und hatte ihm versichert, dass das Kind wohlauf sei. Dass das Messer die Gebärmutter verfehlt habe. Nicht einmal hatte Isak ihr das zum Vorwurf gemacht. Er hatte ihre Erklärung angenommen, dass sie gerade im Begriff gewesen war, es ihm zu erzählen – und es waren ja auch nur wenige Tage vergangen, seit sie schockiert den positiven Schwangerschaftstest in der Hand gehalten hatte.

»Entschuldige«, sagte sie und stand auf. »Ich weiß, dass du nur mein Bestes willst.«

Natürlich verstand sie seine Sorge. Isak hatte schon einmal ein Kind erwartet, bloß war dieses Kind nie zur Welt gekommen, weil seine schwangere Partnerin im Schlaf einen tödlichen Schlaganfall erlitten hatte.

Isak nickte, aber er lächelte zum Glück dabei.

»Ich mach mal Kaffee.«

Hanna duschte sich mit kaltem Wasser in der Hoffnung, ihre

Lebensgeister dadurch schneller zu wecken, dann zog sie eine Bluse und eine Jeans an. Letztes Wochenende hatte sie ihre erste Umstandshose gekauft, und es war herrlich, sich nicht länger mit dem Knopf an der Jeans abkämpfen zu müssen. Diese Hose hatte einen weichen Gummibund.

Die Tür zum Gästezimmer war geschlossen. Da Hanna den Großteil der Nacht wach gelegen hatte, konnte sie mit an Sicherheit grenzender Wahrscheinlichkeit sagen, dass Kristoffer nicht nach Hause gekommen war.

»Hast du was von Kristoffer gehört?«, fragte sie, als sie in die Küche kam.

Kopfschüttelnd reichte Isak ihr eine Tasse Kaffee. Hanna trank einen viel zu großen Schluck und verzog das Gesicht, weil er so heiß war.

»Was möchtest du frühstücken?«, fragte er.

»Einfach nur Müsli.«

Sie setzte sich an den Küchentisch und warf einen Blick auf ihr Handy, das lautlos gestellt war. Eine neue Nachricht, allerdings nicht von Kristoffer, sondern von Rebecka, ihrer Freundin aus Kindertagen, die mal mit Axel Sandsten zusammen gewesen war.

Wie ist der erste Prozesstag gelaufen?

Hanna hätte so vieles schreiben wollen. Sie konnte sich noch immer darüber aufregen, dass Axel die Frechheit besessen hatte, Kristoffer alles in die Schuhe zu schieben, und zwar aus keinem anderen Grund als Eifersucht und Rachlust. Als hätte Kristoffer Interesse an Rebecka gehabt. Aber sie durfte ja nichts über den Prozess schreiben, also begnügte sie sich mit:

Es war verdammt hart, Axels Lügen anhören zu müssen.

Hanna füllte Müsli und Milch in die Schale, die vor sie gestellt worden war, und aß einen ersten Löffel voll. Rebeckas Antwort ließ nicht lange auf sich warten:

Er ist total gestört. Ich habe die halbe Nacht wach gelegen und gegrübelt. Ich glaube nicht, dass ich das schaffe.

Plötzlich fiel Hanna das Schlucken schwer. Rebecka durfte auf keinen Fall einen Rückzieher machen. Sie konnte aussagen, was für ein Mensch Axel, zu was er fähig war. Außerdem hatte sie ihn mit Ester Jensens Ex-Mann gesehen.

Was soll das heißen?

schrieb sie.

Ich will nicht aussagen,

antwortete ihre Freundin.

Das ist es nicht wert.

Hanna zögerte kurz, tippte dann:

Ist was passiert?

»Mit wem schreibst du?«, fragte Isak und hob den Blick von der Zeitung. Er hatte bereits aufgegessen.

»Rebecka«, sagte sie und las Rebeckas Antwort leise.

Vielleicht. Keine Ahnung. Gestern wurde Molly auf dem Schulhof angesprochen. Von einem Mann.

Hanna formulierte eine Antwort, aber weil das viel zu kompliziert war, rief sie lieber gleich an.

»Was hat er gesagt, und wie sah er aus?«

»Laut Molly hat er von mir gesprochen. Gesagt, dass wir befreundet sind. Dass er mit großem Interesse verfolge, was ich mache. Beschreiben konnte sie ihn nicht wirklich, sie hat nur gesagt, dass er jünger ist als wir. Und er trug eine Mütze.«

»Wende dich an den Staatsanwalt«, sagte Hanna. »Der kann für euren Schutz sorgen.«

Rebecka sagte nichts.

»Du musst aussagen«, flehte Hanna.

»Nein«, sagte Rebecka. »Ich muss gar nichts. Außer Molly ab jetzt zur Schule zu bringen und abzuholen.«

Dann legte sie auf und ging auch nicht wieder dran, als Hanna sie erneut anrief.

»Was ist los?«, fragte Isak.

»Rebecka will nicht mehr aussagen.«

Sollte sie selbst beim Staatsanwalt anrufen, vielleicht auch bei Ove Hultmark? Dabei wusste sie, dass die Einzige, die ihre Freundin überzeugen konnte, doch am Freitag bei Gericht auszusagen, sie selbst war. In Schweden galt zwar Aussagepflicht, aber bei Verweigerung drohte nur eine Geldstrafe. Und wenn auch Kristoffer nicht länger aussagen wollte? Was, wenn Axel weitere der Vorgeladenen bedroht hatte? Sofort schickte sie ihrem Bruder eine Textnachricht.

Wo bist du?

Die Antwort kam innerhalb weniger Sekunden.

Habe bei einem Kumpel übernachtet.

Da war sie wieder, die Irritation. Bei welchem Kumpel denn bitte? Hatte Kristoffer doch noch Kontakt zu jemandem in der Gegend? Er hatte es doch so wahnsinnig eilig gehabt, möglichst weit von ihr wegzukommen. Oft hatte er sich wochenlang Zeit gelassen, bis er sich mal zurückmeldete, wenn sie versucht hatte, ihn zu erreichen. Seufzend legte sie das Handy weg und konzentrierte sich aufs Frühstück.

»Du kannst sie nicht zwingen«, sagte Isak.

Hanna brauchte einen Moment, bis sie verstand, dass er Rebecka meinte.

»Ich weiß«, sagte Hanna. »Aber sie ist eine der wichtigsten Zeuginnen. Ich habe gerade Kristoffer geschrieben. Offenbar hat er ›bei einem Kumpel‹ geschlafen.«

»Wie geht es ihm eigentlich?«

»Keine Ahnung, er spricht ja nicht mit mir.«

Isak griff nach einem Stück Brot, ohne sie aus den Augen zu lassen. Auch dieses Gespräch hatten sie bereits oft geführt. Wenn sie wollte, dass sich an ihrem Verhältnis zu Kristoffer etwas änderte, musste sie das selbst in die Hand nehmen. Da war sie ganz Isaks Meinung, sie wusste bloß nicht, wie sie das anstellen sollte. Sie fand, dass sie sich schon sehr viel mehr Mühe gab als er. Nach einem Blick auf die Uhr schlang Hanna das restliche Müsli runter.

»Ich wollte doch auf dem Weg bei Ingrid halten«, erklärte sie, als sie Isaks fragenden Blick sah.

»Okay«, sagte er. »Ich hab es nicht so wahnsinnig eilig, ich räum ab.«

Sie bedankte sich mit einer langen Umarmung und einem *Ich liebe dich.* Er legte ihr die Hand auf den Bauch. Dies war ihr neues Begrüßungs- und Abschiedsritual geworden. Nein, sie waren sich wahrlich nicht immer einig, aber sie hatte nie das Gefühl, irgendetwas vor ihm verheimlichen zu müssen.

Der Himmel war noch blauer als gestern, gleichzeitig war es kälter – sicher nur ein paar Plusgrade. Hanna hoffte, dass sie den Schnee hinter sich hatten, bezweifelte dies aber, schließlich schneite es oft noch bis weit in den April. Sicherheitshalber klingelte sie bei Ingrid durch und meldete ihren Besuch an.

»Du bist herzlich willkommen. Ich setze schon mal Kaffee auf.«

Hanna erwähnte nicht, dass sie bereits einen getrunken hatte. Um gegen die Müdigkeit anzukommen, brauchte es noch wesentlich mehr Koffein. Sie schickte Ove eine Textnachricht mit der Information, was sie vorhatte. Es kamen keine Einwände.

Zwanzig Minuten später passierte sie das Ortsschild von Kleva. Der Griff ums Steuer wurde fester. Ein paar Wochen nach ihrer Entlassung aus dem Krankenhaus hatte Isak sie mehr oder weniger gezwungen herzukommen. Es war seit dem Brand ihr bislang einziger Besuch in Kleva gewesen. Der kleine Ort hatte ihr so viel bedeutet, aber jetzt war alles überschattet von dieser Nacht.

Die Erinnerungen überwältigten sie, also nahm sie den Fuß vom Gas. Schon war sie zurück in ihrem Schlafzimmer, gerade erwacht, wo ihr durch die Hitze, die Geräusche und die Gerüche schlagartig bewusst wurde, dass es brannte. Dass sie aus dem Fenster im ersten Stock in den Schnee springen musste. Danach war sie wütend auf sich gewesen, weil sie die Nachtigall nicht mitgenommen hatte. Sie hatte sich sogar kurz gefragt, ob sie überhaupt auf dem Fensterbrett gestanden hatte. Aber von dem Gedanken hatte sie abgelassen, hatte es auf das Adrenalin geschoben, das sicher zu einer Art Tunnelblick geführt hatte. Doch nun wusste sie, dass sie nicht auf dem Fensterbrett gestanden haben konnte. Wer immer den Brand gelegt hatte, hatte auch die Nachtigall entwendet. Denn ein Zufall konnte das nicht sein. Der Täter hatte gewusst, was ihr die Nachtigall bedeutete.

Hanna trat wieder aufs Gas, um den Erinnerungen an diese Nacht zu entkommen. Sie näherte sich ihrem Grundstück und wandte den Blick ab, wollte es nicht sehen, obwohl die Überreste des Hauses längst abgetragen und der Boden eingeebnet worden war. Sie hatte sich noch immer nicht entschieden, was nun mit dem Grundstück passieren sollte. Ob sie es verkaufen oder das Haus wieder errichten lassen wollte.

Als Hanna in die Auffahrt einbog, erschien Ingrid schon in ihrer Fjällräven-Jacke auf der Veranda. Um den Hals hatte sie einen dicken Schal geschlungen. Sie hob abwehrend die Hand, als Hanna sich näherte.

»Keine Umarmung«, sagte sie. »Und wahrscheinlich ist es besser, wenn wir uns draußen aufhalten.«

»Geht es dir nicht gut?«, fragte Hanna.

Sie selbst fand die Angst vor der neuen Krankheit schlimmer als die Krankheit an sich, aber bislang war ihr Ingrid nicht als übervorsichtig aufgefallen.

»Ich habe Halsschmerzen«, sagte Ingrid. »Sicher nur eine normale Erkältung, aber ich muss dich ja trotzdem nicht anstecken. Und den Kaffee habe ich dir wohl etwas voreilig versprochen. Ich hoffe, es geht auch ohne?«

»Klar geht das. Wollen wir zum Strandbad?«

Der Spaziergang ans Ufer hatte zu ihrem Morgenritual gehört, als sie in Kleva gewohnt hatte.

»Das hatte ich auch schon gedacht«, sagte Ingrid.

Schweigend steuerten sie den Strandweg an. Erst als sie das letzte Haus hinter sich gelassen hatten, nahmen sie das Gespräch wieder auf.

»Wie geht es dir denn sonst?«, fragte Hanna.

»Ich kann eigentlich nur an Vidar denken«, sagte Ingrid. »Wisst ihr schon, woran er gestorben ist?«

»Nein, noch nicht. Aber die Umstände deuten darauf hin, dass er umgebracht wurde.«

Ingrid blieb stehen und griff nach Hannas Arm. Viel zu fest. Sanft legte Hanna die Hand auf Ingrids und brachte sie dazu, den krampfartigen Griff zu lockern.

»Das verstehe ich nicht«, flüsterte Ingrid. »Wieso sollte jemand Vidar …«

»Leider kann ich dir noch nicht mehr erzählen.«

»Ich weiß«, sagte Ingrid. »Aber … das ist völlig unbegreiflich. Wer sollte Vidar ermorden wollen?«

»Wusstest du, dass er dement war?«, fragte Hanna.

Ingrids Hand flog zu ihrem Herzen, und sie schloss die Augen. Kurz hatte Hanna Angst, ihre Freundin könnte einen Herzinfarkt haben, aber dann ließ sie die Hand sinken und schaute Hanna mit Tränen in den Augen an.

»Nein, das wusste ich nicht.«

Langsam gingen sie weiter und bogen in den schnurgeraden Kiesweg ein, der direkt zum Ufer führte. Er war zu beiden Seiten von einer niedrigen, teils eingestürzten Steinmauer eingefasst. Kahle Felder erstreckten sich dahinter. Bislang waren sie noch nicht bestellt. Direkt vor ihnen ragten die Bäume in die Höhe.

»Aber wenn ich so nachdenke«, sagte Ingrid, »dann gab es schon Anzeichen dafür, als ich zuletzt bei ihm in Borgholm war.

Er hat Namen verwechselt und von der Vergangenheit gesprochen, als wäre es gestern gewesen. Aber wer macht das nicht hin und wieder? Mir hat es auch gefallen, unsere gemeinsame Zeit wieder zum Leben zu erwecken. Wir haben ja noch nicht allzu lange wieder Kontakt gehabt.«

»Du hast erzählt, dass Vidar deine erste große Liebe war«, sagte Hanna. »Wie habt ihr euch kennengelernt?«

»Über gemeinsame Freunde. Ich war in Borgholm, um den zwanzigsten Geburtstag einer Freundin zu feiern. Wir sind ins Restis gegangen, und er war auch da. Wir haben fast den ganzen Abend miteinander geredet. Als er kurz verschwand, kam meine Freundin zu mir und erzählte, dass Vidar erst siebzehn war. Ich hätte schwören können, dass sie lügt.«

»Und ihr wart vier Jahre zusammen, oder?«, fragte Hanna.

»Ja, drei Jahre und zehn Monate. Ich habe mir sogar Arbeit in Borgholm gesucht, damit ich in seiner Nähe sein konnte. Als er in Degerhamn anfing, bin ich wieder nach Alvlösa gezogen. Kurz darauf hat er mir einen Heiratsantrag gemacht, und dann habe ich mich von ihm getrennt.«

Ingrid wandte sich ab, schaute über die Felder. Als würde sie sich schämen.

»Warum hast du dich von ihm getrennt?«

»Mir war langsam bewusst geworden, dass wir unterschiedliche Dinge wollten«, sagte Ingrid. »Ich wollte auf Öland bleiben, aber ihn zog es in die Welt hinaus.«

Hanna glaubte nicht, dass das die ganze Wahrheit war, aber sie fragte erst mal nicht nach.

»Du hast gesagt, ihr seid euch im Herbst wiederbegegnet und habt seither wieder Kontakt«, sagte Hanna. »Bleibst du bei deiner Aussage, dass ihr nur befreundet wart?«

Ingrid zögerte einen Augenblick zu lang.

»Ja«, sagte sie schließlich. »Ich gebe zu, ich habe gehofft, dass mehr daraus werden würde. Aber dazu sind wir gar nicht mehr gekommen …«

Wieder wandte Ingrid sich ab.

»Hatte er noch eine weitere Beziehung?«, fragte Hanna.

»Ganz bestimmt nicht.«

Schweigend gingen sie weiter. Hanna streckte den Arm aus und ließ sich die Handfläche von einem Strohhalm kitzeln. Langsam wurde das Meer zwischen den Bäumen sichtbar, und da merkte sie, wie sehr sie diesen Ort vermisst hatte.

»Was war Vidar für ein Mensch?«, fragte sie dann.

Ingrid zog sich den Schal höher ins Gesicht.

»Er war sehr offen und nett, obwohl er keine leichte Kindheit hatte. Seine Mutter hatte ein Nervenleiden, wie man damals sagte, und war deshalb in der Klinik. Sein Vater trank und war gewalttätig. Aber er hatte einen kleinen Bruder, so hatten sie immerhin einander.«

»Du hast ihn als ›wild‹ beschrieben«, sagte Hanna. »Was meinst du damit?«

»Er war rastlos und wollte immer Neues erleben. So ist er in die falschen Kreise geraten. Ich erinnere mich besonders an einen Typen. Ture Soundso. Ein unmöglicher Kerl, aber dafür war Vidar irgendwie blind.«

Sie hatten die kleine Badestelle erreicht, die aus einem schmalen Strandstreifen und einem Steg bestand, außerdem gab es einen Grillplatz und einen Picknicktisch aus Holz. Die Badesaison startete frühestens in zwei Monaten, aber der Grillplatz würde schon eher Anwendung finden. Sie folgten dem Ufer in südlicher Richtung.

»War Vidar in irgendwas Illegales verwickelt?«, fragte Hanna.

»Das kann ich mir nur schwer vorstellen.«

»Wir haben ziemlich viele Leserbriefe und dergleichen gefunden. Das erweckt den Eindruck, dass Vidar ein ziemlicher Paragrafenreiter war.«

Ingrid schüttelte schnell den Kopf.

»Das passt nicht zu dem Vidar, den ich kannte. Er hat sich selten an Regeln gehalten und hatte auch keine klare Vorstellung davon, wie die Dinge zu laufen hatten. Vielleicht gehört das ja zum Krankheitsbild?«

Hanna beschloss, auch dieses Thema nicht weiterzuverfolgen.

»Weißt du, ob es aktuelle Konflikte in seinem Leben gab?«

»Er war beim Seniorenverein Zittergras in Borgholm aktiv«, sagte Ingrid. »Als ich das letzte Mal bei ihm war, hat er sehr schlecht davon gesprochen. Ich glaube, es liegt an dem neuen Vorsitzenden. Aber den genauen Grund kenne ich nicht.«

»Es wäre eine große Hilfe, wenn du uns so viel wie möglich erzählst«, sagte Hanna. »Von früher und von heute.«

Ingrid nickte. Sie war schrecklich blass im Gesicht und zog erneut den Schal hoch, der hinuntergerutscht war. Sie sah nicht gut aus.

»Ich glaube, wir gehen besser zurück«, sagte Hanna.

15

Zu viert setzten sie sich zur Morgenbesprechung an den Tisch. Erik fragte sich, ob das nun so bleiben würde. Wenn ja, würde das die Arbeit um einiges erschweren. Außer Ove und ihm selbst waren nur Amer und Daniel vor Ort. Carina war ja beim Prozess, und vielleicht hatte sich auch Hanna entschlossen, die Verhandlung heute wieder zu verfolgen. Amer klammerte sich an seine Kaffeetasse und wirkte sehr blass, aber wahrscheinlich war er nur erschöpft. Wäre er noch krank, wäre er nicht zur Arbeit erschienen. Einen Augenblick, nachdem Erik dies gedacht hatte, hob sein Kollege die Hand vor den Mund, um ausgiebig gähnen zu können.

»Hanna hält heute auf dem Weg hierher bei Ingrid Mattsson«, sagte Ove. »Vermutlich schafft sie es also nicht rechtzeitig zur Besprechung. Ihr wird es sicher nichts ausmachen, wenn ich euch darüber informiere, dass gestern ein Paket für sie hinterlassen wurde. In dem Paket befand sich ein Holzvogel, der auf der Fensterbank in ihrem Haus gestanden hat.«

»Wie krank ist das denn?«, rutschte es Erik heraus.

»Ich hätte es nicht besser zusammenfassen können«, sagte Ove. »Vogel und Paket sind zur weiteren Analyse eingeschickt, und die Kriminaltechnik hat die Veranda untersucht, wo es abgestellt worden ist. Apropos Kriminaltechnik, ich habe gerade mit dem Kollegen gesprochen, der in Vidar Johanssons Wohnung gewesen ist. Sie haben eine Vielzahl Fingerabdrücke gesichert, unter anderem auch von den Glasscherben, und diese stammen nicht von Vidar. Daniel, konntest du etwas über den Nachbarn herausfinden, mit dem er in der Nacht so laut gestritten hat?«

Daniel schob seinen Laptop in die Tischmitte.

»Birk Engvall ist gerade arbeitslos. Zuletzt war er Taxifahrer. Davor Lagergehilfe. Er steht in keinem unserer Register.«

»Wie lange ist er schon arbeitslos?«, fragte Amer.

»Erst ein paar Monate«, sagte Daniel. »Ich habe mit dem Taxiunternehmen gesprochen, er hat wohl von sich aus gekündigt. Bisschen aufbrausend, aber ein tadelloser Angestellter sonst.«

»Erik, würdest du mal bei ihm anrufen?«

»Hmhm«, machte Erik.

Er schickte gerade die SMS an Hanna ab, die er nebenher verfasst hatte:

Hab von dem Vogel gehört. Alles okay?

Eigentlich wollte er auch noch seinem Vater schreiben, aber weil er Oves Blick auf sich spürte, legte er erst mal das Handy wieder weg. Gestern hatte er bei seinen Eltern angerufen, aber nur mit seiner Mutter gesprochen, die bestritt, dass sich die Verfassung des Vaters verschlechtert hätte, aber er glaubte ihr nicht.

»Daniel, konntest du ein bisschen mehr über Vidar Johanssons Karriere als Leserbriefverfasser herausfinden?«, fragte Ove.

»Also, die Leserbriefe waren alle scherzhaft gemeint.«

»Was soll das heißen?«, fragte Erik.

»In einem ging es darum, dass nicht nur Jugendliche des Nachts Borgholm unsicher machten. ›Wir Rentner genauso.‹ Ich habe mit den Redaktionen vom *Ölandsbladet* und *Barometern* gesprochen. Sie haben seine Texte gern veröffentlicht, weil er so auf den Punkt formulieren konnte. Aber seit einem Monat ist damit Schluss. Die Qualität seiner Texte hat wohl schon länger nachgelassen, zuletzt hat er wohl nur noch den Faden verloren, und witzig waren seine Briefe auch nicht mehr.«

»Das lag vermutlich an seiner Demenz«, sagte Erik.

Ein bisschen irritierte ihn, dass ihm die scherzhafte Komponente der Leserbriefe entgangen war, aber das konnte er sich schnell wieder verzeihen. Er schielte auf sein Handy, aber Hanna hatte noch nicht geantwortet.

»Ja, das nehme ich auch an«, sagte Daniel. »Der Brief an die Kommune scheint allerdings kein Witz gewesen zu sein. Wie es scheint, konnte Vidar nicht akzeptieren, dass die Kommune nicht auf eine Anzeige reagierte, die er erstattet hatte.«

»Das mit dem Humor ist halt nicht so leicht«, sagte Amer. »Oder was meinst du, Erik?«

»Absolut.«

Er grinste Amer an. Den Spruch hatte er verdient.

»Was war das für eine Anzeige?«, wollte Ove wissen.

»Kann ich noch nicht sagen«, erwiderte Daniel. »Es sind nur Teile der Korrespondenz erhalten, aber ich habe heute einen Termin mit einer Frau von der Kommune.«

»Und die zweite Wohnung im Hochparterre?«, fragte Erik. »Konntest du rausfinden, wem sie gehört?«

»Die steht zum Verkauf«, sagte Daniel. »Die Besitzerin war seit Wochen nicht da.«

»Die Kriminaltechnik hat einige Ordner mit Zeitungsausschnitten gefunden«, fuhr Ove fort. »Ein Kollege wird sie durchgehen. In der Küche hing ein Kalender, am Samstag gab es zwei Termine: Kicki um zwölf und ›Eine Lüge ist keine Lüge‹ um drei.«

»Eine Lüge ist keine Lüge?«, fragte Amer. »Was soll das denn heißen? Das ist ein ziemlich sonderbarer Eintrag, findet ihr nicht?«

»Es gibt das Sprichwort: *Eine Lüge ist keine Lüge, bis die Wahrheit ans Licht kommt*«, sagte Daniel. »Trotzdem sehe ich das ganz genauso, es ist komisch, das in einen Kalender zu schreiben. Aber weil der Satz einer Uhrzeit zugeordnet war, müssen wir ja davon ausgehen, dass er um die Zeit jemanden treffen oder zumindest irgendwas unternehmen wollte.«

»Und wer ist Kicki?«, fragte Erik.

»Dazu kann ich was sagen«, übernahm Ove das Wort und blätterte in seinen Unterlagen. »Die häufigste Nummer auf Vidars Einzelverbindungsnachweis gehört einer gewissen Kicki Andrén. Vermutlich ist es besagte Kicki, die er Samstag um zwölf treffen wollte. Den Nachrichten nach zu urteilen, waren die beiden ein Paar. Außerdem hat der Neffe gelogen, er und Vidar standen definitiv in Kontakt. Es gibt eine Vielzahl von Anrufen, einige davon sehr lang. Daniel, ich möchte, dass du dich erst mal ganz Albert Johansson widmest. Erik, sobald Hanna da ist, möchte ich, dass ihr ihn euch noch mal persönlich vorknöpft. Und mit Kicki Andrén müsst ihr auch sprechen. Versucht, so viele Fingerabdrücke wie möglich zu bekommen, damit wir sie mit dem von der Glasscherbe vergleichen können.«

Erik erwiderte den Blick seines Chefs und nickte.

»Heute Vormittag werde ich mich außerdem mit Milla Pedersen vom Pflegedienst unterhalten«, sagte er.

»Schön«, sagte Ove. »Nimm Hanna mit.«

Erik bekam den Eindruck, Ove wollte dafür sorgen, dass Hanna beschäftigt war.

»Gut, dass sich was tut«, fuhr ihr Chef fort. »Der Krankenstand ist schon jetzt ein Problem, und besser wird es sicher erst mal nicht werden. Ich habe gleich eine Videobesprechung mit unserem Regionschef, in der wir überlegen, wie wir Corona *tacklen* werden.«

Die Betonung des Worts *tacklen* verriet, dass dies nicht wirklich Oves Wortwahl war.

»Melde dich, falls es technische Probleme gibt«, sagte Amer. »Dann steht dir Daniel sicher gern mit Rat und Tat beiseite.«

»Das schaff ich schon allein«, sagte Ove.

Er stand eindeutig enorm unter Druck. Er verzog nicht mal den Mund, als er aufstand und seine Sachen zusammensammelte.

»Ach, fast hätte ich's vergessen. Die Finanzprüfung ist noch nicht abgeschlossen, aber einen Kontoauszug habe ich schon zu Gesicht bekommen. Vidar hat auf zwei Konten einen Gesamtbetrag von dreihundertsiebenundzwanzigtausend Kronen liegen.«

Kaum hatte Ove die Besprechung beendet, wählte Erik Hannas Nummer. Wenn sie noch auf Öland war, musste sie nicht extra nach Kalmar kommen. Sie waren ja unterwegs zu Milla Pedersen, deren Wohnung in Färjestaden lag. Während es tutete, glitten seine Gedanken zurück zum Geld. Das war definitiv ein mögliches Motiv. Manche Menschen hatten schon für deutlich weniger gemordet.

Der letzte Tag

Sein Herz macht einen Sprung, als Vidar das Café erreicht und Kicki durchs Fenster sieht. Sie hebt die Hand und winkt ihm lächelnd zu. Ihre Haare sind kürzer als beim letzten Treffen. Früher war sie blond gewesen, jetzt sind ihre Haare weiß.

Verzweiflung übermannt ihn kurz, er drückt die Tür viel zu heftig auf. Der Mann, der ihm entgegenkommt, wirft ihm einen irritierten Blick zu. Kicki ist anders als die Frauen, mit denen er vorher zusammen war. So ungezwungen, ganz natürlich. Als sie sich kennenlernten, hatte er das Gefühl, eine zweite Chance zu bekommen. Ein Zeichen, dass er doch noch lieben konnte. Fast ein Jahr lang konnte er das genießen, bis ihm der Boden unter den Füßen weggerissen wurde. Das ist so verdammt ungerecht. Er sollte es ihr erzählen, aber er weiß nicht wie.

Kicki steht auf, als er hereinkommt. Vidar bleibt stehen und genießt ihren Anblick: die rosa Baumwolljacke über der blumigen Bluse, das goldene Herz an der Kette um ihren Hals, das Muttermal auf der linken Wange – die sonnengebräunte Haut, obwohl erst März ist. Genau wie er reist sie gern. Fast zehn Jahre lang hat sie an der Costa del Sol gelebt und fährt noch so oft hin, wie sie kann.

»Man sollte jede Gelegenheit nutzen, die sich noch bietet«,

sagt Kicki, macht einen Schritt auf ihn zu und nimmt ihn in die Arme.

Das Verlangen, das die Umarmung in ihm weckt, ist so stark, dass es ihm die Tränen in die Augen treibt, aber er blinzelt sie schnell weg. Durch Kicki hat er gelernt, sich selbst wieder zu lieben. Und wie man entspannt und genießt. Dass es beim Sex nicht um Leistung geht. Als sie einander loslassen, hat er ein Lächeln aufgesetzt, aber es fühlt sich genauso an: aufgesetzt. Starr und unbequem. Was meinte sie mit »jede Gelegenheit nutzen, die sich noch bietet«? Er entspannt sich, als er versteht, dass sie sich wohl auf die neuen Abstandsregeln bezieht. Es sind deutlich weniger Gäste da als sonst.

»Ich war zuerst da«, sagt Kicki und lacht leise.

Sein Blick wandert zu den Krabbenbrötchen auf dem Tisch. Sie hatten abgemacht, dass, wer zuerst im Café ist, zahlt. Normalerweise ist er das, aber Esbjörn zu sehen, hat ihn aus dem Konzept gebracht. Er trinkt einen Schluck Kaffee. Sein Magen rebelliert gerade ein wenig, deshalb sollte er lieber darauf verzichten, aber das Koffein macht ihn immer so schön klar.

»Du warst ja beim Frisör«, sagt er.

Kicki fährt sich mit der Hand durchs Haar und lächelt. Dass sie fast immer gut gelaunt ist, war ihm als Allererstes an ihr aufgefallen. Es war ansteckend. Sie machte ihn auf eine Art glücklich, die er nicht für möglich gehalten hätte. Wären sie sich doch nur eher begegnet.

»Ja, genau. Ich komme direkt von dort.« Eine Falte zwischen den Augenbrauen. »Aber ich hab dir doch erzählt, dass ich das vorhatte.«

»Ich hab vorhin Esbjörn gesehen«, sagt er, um das Thema zu wechseln.

»Hast du mit ihm gesprochen?«

»Nein, das ließ sich zum Glück vermeiden.«

Kicki schneidet ein Stück von ihrem Krabbenbrötchen ab, legt dann aber das Besteck beiseite.

»Ich finde euer Verhalten kindisch.«

»*Unser* Verhalten? Ich hab doch gar nichts gemacht!«

Jetzt wandert das Stück doch in ihren Mund. An ihrer hitzigen Kaufrequenz kann er ablesen, dass sie aufgebracht ist. Das ist sie fast nie. Esbjörn ist ein empathieloser Aufschneider, aber sie sieht ja nur das Gute in allen Menschen. Wie dumm von ihm, Esbjörn zu erwähnen. Wieso hat er sich nicht mehr unter Kontrolle? In was für einen Menschen verwandelt er sich gerade? Diese Entwicklung behagt ihm ganz und gar nicht. Er möchte die ungetrübte Freude zurück.

»Könnten wir über was anderes sprechen?«, bittet er.

»Du hast doch von ihm angefangen.«

»Tut mir leid«, sagt er.

»Zittergras hat gestern einen Kaffeeklatsch veranstaltet«, fährt Kicki fort und nimmt das Besteck wieder auf. »Es waren fast alle da. Danuta. Sogar Lillemor. Ein paar haben gefragt, wo du bist. Niemanden interessiert mehr, was beim Monatstreffen passiert ist. Aber das war jetzt der letzte Kaffeeklatsch für eine Weile. Wir haben entschieden, die Treffen erst mal einzustellen.«

Vidar erwidert nichts. Sein ganzer Brustkorb fühlt sich steinhart an. Das Geheimnis verschlingt ihn. Er muss ihr sagen, was Sache ist. Sie sieht ihm in die Augen. Kickis Augen, die die gleiche Farbe haben wie das Meer an einem sonnigen Frühlingstag. Ein beängstigender Gedanke kommt ihm: Hatte er diesmal einen Fehler gemacht – als er sich für Kicki entschied? Ingrid hatte geglaubt, glücklicher mit Harald zu sein, aber egal was sie sagt, er glaubt ihr nicht. Sie hat darauf bestanden, ihn zu treffen, er hat sich zurückgehalten. Die Gefühle zurückgedrängt. Weil er dachte, dass er zu Kicki gehört. Aber bei ihrer letzten Verabredung ging es nicht mehr. Da wollte er Ingrid wieder genauso sehr wie bei ihrem allerersten Treffen. Wie damals auf der Sommerwiese. Und jetzt … spielt das alles keine Rolle mehr. Er wird keine von ihnen mehr haben können.

»Stimmt was nicht?«, fragt Kicki.

»Was meinst du?«

»Du bist in letzter Zeit so schlecht gelaunt. Ist was passiert?«

Er sollte es sagen, jetzt sofort, aber plötzlich bekommt er keine Luft mehr. Sein Brustkorb wird eng, sein Kiefer verkrampft sich. Er will einfach nur aus diesem Albtraum erwachen und jemand sein, der es wert ist, geliebt zu werden. Kicki streckt eine Hand aus und legt sie auf seine.

»Wie ist Esbjörn damit klargekommen, dass Lillemor da war?«, fragt Vidar in einem letzten, verzweifelten Versuch, sich aus der Affäre zu ziehen.

»Da ist nichts weiter passiert, aber gerade geht es nicht um sie, sondern um dich. Vidar, ich bitte dich. Ich glaube, dir ist gar nicht bewusst, wie viel du mir bedeutest.«

Aber es ist ihm sehr wohl bewusst. Er bekommt doch mit, wie sie ihn ansieht. Und ihm geht es ganz genauso. Diese Gefühle sind keine Lüge. Zumindest war er davon überzeugt, bis Ingrid wieder in sein Leben stolperte. Er und Kicki haben sogar davon gesprochen, zusammen eine Wohnung zu kaufen. Irgendwo zentral, mit Aufzug. Bei ihm gibt es nur Treppen, und Kicki wohnt in ihrem eigenen Haus. Aber jetzt kann er sie dem nicht länger aussetzen. In ein paar Wochen wird sie achtundsechzig, das Küken. Zu den Reisen, von denen sie träumt, wird es nicht kommen. Zumindest nicht mit ihm.

»Der Arzt behauptet, ich werde dement«, sagt Vidar.

Jetzt ist es raus. Wie in Zeitlupe zieht Kicki ihre Hand von seiner, legt sie sich vor den Mund.

»Sag doch was«, fleht er.

»Wie, ›behauptet‹?«

»Ich glaube ihm nicht«, sagt Vidar. »So schlimm ist es gar nicht, ich bin einfach nur ein bisschen vergesslich.«

An ihren tiefblauen Augen erkennt er, dass auch in ihr die Hoffnung auf eine gemeinsame Zukunft zerbricht. Eine Träne läuft ihr über die Wange. Verdammt, ihm wäre es lieber gewesen, sie wäre wütend geworden. Er würde gern die Hand ausstrecken und die Träne wegwischen, aber er macht es nicht.

»Der Arzt irrt sich«, wiederholt er etwas nachdrücklicher.

Dabei weiß Vidar ja, dass es stimmt. Überwiegend ist es tatsächlich nur Vergesslichkeit, aber immer häufiger hat er das Gefühl, dass sich ein Vorhang zwischen ihn und die Wirklichkeit zieht, der sich nicht beiseiteschieben lässt. Das Gefühl macht ihm mehr Angst als alles, was er bisher erlebt hat, und das war schließlich eine Menge. In Kenia wurde er einmal fast von einem Löwen gefressen, in Peru saß er mehrere Stunden in einer defekten Bergbahn fest.

»Ich weiß nicht, was ich sagen soll.«

»Dann sag halt nichts«, murmelt Vidar.

Ist ja nicht ihre Schuld, aber seine doch auch nicht! Kicki stochert in dem Krabbenbrötchen herum, aber isst nichts mehr davon.

»Wie lange weißt du es schon?«, fragt sie.

Vidar ahnt, was die Antwort mit ihr machen wird, deshalb bekommt er sie nicht über die Lippen. Und Lügen will er auch nicht.

»Wie lange weißt du es schon?«, wiederholt sie.

»Drei Monate.«

Kicki steht auf.

»Ich gehe nach Hause«, sagt sie.

Vidar protestiert nicht. Gerade hasst er sich selbst und will ebenfalls nur noch nach Hause. Sich in die Dunkelheit seiner Wohnung zurückziehen und den Plattenspieler voll aufdrehen. Wenn dieser Nachbar meint, wieder klingeln kommen zu müssen, können sie ja die zweite Runde einläuten, ein bisschen Dampf ablassen.

Der Mann am Nebentisch starrt sie an, als sie an ihm vorbeigehen. Er kommt Vidar vage bekannt vor, aber er kann ihn nicht zuordnen. Gerade kann er sich auf rein gar nichts konzentrieren als auf sein eigenes Scheitern.

16

Hanna stellte ihr Auto auf dem großen Parkplatz gegenüber des Präsidiums ab und eilte zu dem Zivilfahrzeug, das Erik für sie organisiert hatte. Sein Anruf war bei ihr eingegangen, als sie gerade auf die Ölandbrücke gefahren war. Hätte er nur wenige Sekunden eher angerufen, hätte sie noch wenden können. Erik hatte gesagt, sie müssten erst zu Milla Pedersen in Färjestaden und dann nach Borgholm, um mit Vidars Freundin zu sprechen. Die Information, dass Vidar eine Freundin gehabt hatte, machte ihr schlechte Laune. Um diese zu vertreiben, hatte sie den Vorsitzenden des Vereins Zittergras kontaktiert und auch noch ein Treffen mit ihm vereinbart.

»Das mit dem Vogel ist ja echt unheimlich«, sagte Erik, als sie gerade die Tür zugeschlagen hatte.

Hanna hätte besser auf seine SMS geantwortet, dann wäre sie jetzt um dieses Gespräch herumgekommen. Sie gab sich so große Mühe, ihm gegenüber offener zu sein. Durch Isak hatte sie gelernt, wie gut es tat, sich zu öffnen. Sie wollte gern, trotzdem kostete es Überwindung. Die Nacht, in der ihr Haus niederbrannte, war so furchtbar gewesen.

»Ja, ziemlich«, sagte sie nach kurzem Ringen mit sich. »Ich wusste ja, dass der Täter vorher im Haus gewesen war, sonst hätten die Rauchmelder ja funktioniert, aber dass er in meinem Schlafzimmer war, mir vielleicht sogar beim Schlafen zugesehen und dann den Vogel mitgenommen hat … Warum? Ich kann mir nicht vorstellen, dass das Zufall war. Ihm muss klar gewesen sein, war er mir bedeutet hat.«

Hanna wandte das Gesicht ab. *Bedeutet hat*, hatte sie gesagt, nicht *bedeutet.* Gleich kamen sie auf die Brücke, Hanna sehnte sich bereits nach dem Anblick des Meeres. Ja, da war es. Die Sonne spiegelte sich auf der Oberfläche, die fast glatt war. Ihre Hand wanderte wieder zu ihrem Bauch. Da fiel ihr auf, dass sie kaum noch ihre Tätowierung berührte, die Nachtigall an ihrem Arm. Das Baby, die Zukunft hatte sie ersetzt. In diesem Augenblick wünschte sie, die Holznachtigall wäre verloren geblieben. Wer hatte sie zu ihrem neuen Zuhause gebracht und weshalb? Um zu zeigen, dass sie nirgendwo sicher war? Axel kannte ihre Tätowierung. Sie hatte sie ja seit der Schulzeit. Vielleicht hatte das gereicht, um die Bedeutung des Holzvogels zu verstehen. Oder aber Rebecka hatte Hannas Oma und den Vogel erwähnt, als die beiden zusammen waren.

»Das würde bedeuten, dass es nicht Axel Sandsten war, der dein Haus in Brand gesteckt hat, oder?«, fragte Erik. »Er kann ja den Vogel nicht bei dir abgegeben haben, schließlich sitzt er in U-Haft.«

»Das habe ich auch schon gedacht«, sagte sie. »Aber so leicht ist es nicht. Er könnte den Vogel nach dem Brand schließlich irgendwo versteckt oder an jemand weitergegeben haben. Damit dieser Jemand ihn zu meinem neuen Zuhause bringt. Er ist schließlich ein Meister der Manipulation. Bekommt immer andere dazu, die Drecksarbeit für ihn zu erledigen.«

»Aber warum?«

»Keine Ahnung. Um mir das Leben zur Hölle zu machen, vielleicht.«

Das hatte wütender geklungen als beabsichtigt. Sie wagte nicht, laut auszusprechen, was sie fürchtete: Dass der Vogel eine Drohung dafür war, dass auch das Haus in Södra Näsby in Brand gesteckt werden würde.

»Entschuldige«, sagte sie schnell. »Ist gerade einfach viel.«

»Schon klar«, sagte Erik.

Übelkeit meldete sich, sodass Hanna den Blick vom Meer auf die Fahrbahn richten musste. Ihr war früher nie beim Autofahren schlecht geworden. Vermutlich machte die Schwangerschaft sie einfach empfindlicher. Erik hatte mehr von dem Mann gesehen, der sie niedergestochen hatte, als Hanna. Er hatte sie gerade in Södra Näsby abgesetzt, da wurde sie auch schon angegriffen. Ihr Schrei hatte dazu geführt, dass Erik aus dem Wagen gesprungen war. Der Mann hatte weißblonde Haare gehabt und war etwa Mitte zwanzig gewesen. Sie selbst hatte nur sein Handgelenk gesehen, das kurz zwischen Handschuh und Ärmel aufgeblitzt war. Seine Haut war rotfleckig gewesen und extrem vernarbt.

»Ich glaube, der blonde Typ, der mich niedergestochen hat, hat auch mein Haus in Brand gesetzt«, sagte sie. »Und er saß auch am Steuer des Volvos, der mich fast überfahren hätte.«

»Könnte schon sein, dass es derselbe Mann war«, sagte Erik. »Aber was bezweckt Axel damit? Zu diesem Zeitpunkt? Was, wenn er gar nicht hinter den Mordversuchen steckt?«

»Keine Ahnung«, sagte Hanna.

Diesmal voller Resignation. Vielleicht war ein ausreichendes Motiv für Axel ja, dass er sauer war. Vermutlich glaubte er, der Prozess sei ihre Schuld. Sie war sich nur in einem Punkt sicher: Das alles hatte mit ihrem Vater zu tun. Sie wünschte, sie hätte mit Kristoffer darüber sprechen können. Es machte ihr etwas aus, dass er sie so offensichtlich mied, aber sie würde auch keine weiteren Nachrichten schicken. Sie hörte Isaks Frage in sich nachhallen: *Gibt es sonst noch etwas, was du für ihn tun kannst?* Sie musste sich trotz allem weiter Mühe geben. Sie durfte keinesfalls seine Aussage bei Gericht verpassen, allein seinetwegen. Eigentlich war er heute Nachmittag dran, aber sie wusste nicht, ob es dabei blieb, schließlich war Carinas Vater Per-Olof gestern nicht gehört worden.

Sie musste wieder an den blonden Mann denken. Und wenn es doch eine andere Verbindung zu ihrem Vater gab als Axel? Aber sie kam einfach nicht darauf, was das für eine Verbindung sein könnte. Dann würde der Urteilsspruch jedoch keine so große Rolle spielen. Sie seufzte schwer. Würde es je ein Ende haben?

»Ich ahne bereits, was du antworten wirst«, sagte Erik, »aber ich frage trotzdem: Soll ich die Befragung lieber allein vornehmen?«

»Keine Chance.« Hanna grinste.

Das Meer unter der Brücke wich festem Boden, schon war sie wieder auf Öland. Hier konnte sie freier atmen. Erik setzte den Blinker, um in südlicher Richtung weiterzufahren.

Milla Pedersen lebte in einer Wohnung in Färjestaden. Aus dem Auto zu steigen, das kurze Stück bis zur Haustür und dann die Treppen hinaufzugehen, reichte, um sich mental auf eine weitere Befragung einzustellen und den Stress wegen der Holznachtigall unter Kontrolle zu bringen.

»Sie sind zu spät«, sagte Milla.

»Und dafür können wir nur um Entschuldigung bitten«, sagte Erik mit einer übertrieben freundlichen Art, worüber Hanna fast grinsen musste.

Milla trug eine schwarze Jogginghose und einen schwarzen Kapuzenpulli. Das blau gefärbte Haar war zu einem Zopf zusammengefasst. Ein Loch unterhalb der Unterlippe verriet, dass sie dort einmal ein Piercing gehabt hatte.

»Ich will noch eine Runde laufen, bevor ich nachher zur Arbeit muss.«

»Dann geht es Ihnen besser?«, fragte Hanna.

»Ja«, antwortete Milla. »Ich war gar nicht ernsthaft krank, hatte nur ein bisschen Halskratzen. Aber ich hab die Gelegenheit genutzt, weil ich wirklich mal eine Pause brauchte. Obwohl ich das vielleicht nicht ausgerechnet vor Ihnen zugeben sollte.«

»Schon in Ordnung«, sagte Erik. »Wir werden Sie nicht bei Ihrem Arbeitgeber verpetzen. Dürften wir kurz reinkommen? Es wird nicht lange dauern.«

Milla drehte sich um, und sie folgten ihr in ein Wohnzimmer, das aussah wie eine Seite aus dem IKEA-Katalog. Sie setzten sich auf ein graues Stoffsofa, das, da war sich Hanna fast sicher, Grönlid hieß. Der Couchtisch war definitiv ein Listerby. Sie hatte unendlich viele Stunden bei IKEA verbracht, um die Möbel für das Haus in Kleva auszusuchen – das Haus, das es nicht mehr gab. Aber einen Couchtisch hatte sie schlussendlich nicht gekauft, weil der Platz dafür gar nicht gereicht hätte.

»Erzählen Sie uns von Ihrem letzten Besuch bei Vidar Johansson«, bat Erik.

»Was soll ich denn jetzt schon wieder angestellt haben?«

»Was meinen Sie?«

»Letzten Monat hat er behauptet, ich hätte ihm ein paar alte Goldmünzen geklaut, dabei habe ich sie bei meinem nächsten Besuch in seiner Wohnung gefunden. Davor war es ein Porzellankrug, den ich angeblich gestohlen hatte. Ein Porzellankrug! Der hat einfach keinen Plan, wo er seinen Kram hinstellt.«

»Vidar Johansson ist tot«, sagte Hanna und ließ Millas Gesicht nicht aus den Augen.

Für einen Moment wandelte sich die Wut in Verwunderung, dann folgte Kummer.

»Das ist echt traurig«, sagte sie. »Hatte jemand genug von ihm?«

»Wieso fragen Sie das?«, wollte Erik wissen.

»Wäre er einfach so gestorben, wäre jetzt wohl kaum die Polizei bei mir.«

»Wir wissen die genaue Todesursache noch nicht«, verdeutlichte Hanna. »Aber es gibt gewisse Hinweise, die auf Mord schließen lassen.«

Der Schock war binnen Sekunden einem sonderbaren Eifer gewichen. Millas gesamte Körpersprache hatte sich verändert. Sie hatte die Hände auf dem Schoß gefaltet, vielleicht im Versuch, zu verhindern, damit permanent herumzufuchteln.

»Sie sollten sich auf jeden Fall mal seinen Neffen Albert vorknöpfen. Der war vor ein paar Wochen zu Besuch, als ich gerade Dienst hatte, und ich musste den vor die Tür setzen, weil er sich entsetzlich aufgeführt hat.«

»Was hat er denn gemacht?«, fragte Erik.

»Er hat behauptet, Vidar hätte ihn getäuscht, aber selbst wenn das der Fall gewesen sein sollte, ist das keine Entschuldigung für so ein Verhalten. Er hat Vidar gedroht, sich zu seinem Vormund machen zu lassen und ihm alles zu nehmen, was er besitzt. Und dann fällt mir noch dieser Esbjörn ein. Vidar hat sich jedes Mal lautstark über den beklagt, wenn ich da war. Er kam nicht klar damit, wie der den Seniorenverein führte. Angeblich hatte der keinen Plan von Kultur. Außerdem hatte Vidar die fixe Idee, dass Esbjörn hinter Kicki her war. Kicki ist Vidars Freundin.«

»Sollen wir sonst noch jemand überprüfen?«, fragte Hanna. Dabei konnte sie sich ein Grinsen nicht ganz verkneifen, und Milla drehte sich zu ihr.

»Ich weiß schon, manchmal bin ich ein bisschen drüber. Das liegt am ADHS. Ich lese praktisch nichts als Krimis. Und, ja, mir ist schon klar, dass die wahre Polizeiarbeit sicher ganz anders ist als in den Büchern, aber man lernt ja trotzdem, was für die Ermittler interessant ist. Die olle Schachtel aus der Wohnung gegenüber sollten sie auch mal befragen. Vidars Wortwahl, nicht meine. Ich nenne sie die Katzentussi. Die haben sich gehasst, und das offenbar schon sehr lange. Mit dem Muckimann im ersten Stock ist auch was faul. Von dem KGB unten im Haus ganz zu schweigen.«

»KGB?«

»Ja, Lillemor. Haben Sie den Mantel gesehen, mit dem die rumrennt? Wie aus so einem alten Agentenfilm. Die wirkt so grau und nichtssagend, aber die hat alles im Blick. Manchmal macht sie die Tür auf, wenn ich vorbeigehe.«

»Was haben Sie selbst von Vidar gehalten?«, fragte Erik.

Milla lehnte sich zurück und zuckte mit den Schultern.

»Also, mir tut es ehrlich leid, dass er tot ist. Meine Oma ist vor einem halben Jahr gestorben, und das nimmt mich echt immer noch mit.«

»Und was ist mit Vidar?«, erinnerte Erik sie.

»Bei Vidar war ich am liebsten. Äußerlich ein verbitterter alter Opa – so werden ja viele, die diese Krankheit haben –, aber sein wahres Ich ließ sich schon noch hervorlocken. Er war ein offener, neugieriger Typ, der gern erzählte, was er so alles erlebt hat. Viele Geschichten aus seiner Zeit auf See. Außerdem fand ich sein Gezeter nie wirklich schlimm. Eigentlich mag ich es, wenn Leute keinen Filter haben.«

»Erzählen Sie uns von Ihrem Besuch bei ihm am Freitag«, sagte Hanna, weil Milla nicht wirklich auf die Frage geantwortet hatte.

»Er war eigentlich wie immer«, sagte Milla. »Hat sich über alles beklagt, was ich gemacht habe. Das Ei war zu hart. Ich war nicht nett genug. Aber, wie gesagt, ich hab das Gezeter ertragen. Das lag schließlich an der Krankheit, die in seinem Hirn wütete.«

»Ist Ihnen etwas Außergewöhnliches aufgefallen?«

»Ich bin gegen neunzehn Uhr aufgebrochen, und da stand ein Mann vorm Haus. Er packte die Tür, als ich rauskam. Ich hab ihn gefragt, zu wem er will, da hat er losgelassen und ist abgehauen. Schon irgendwie verdächtig.«

»Können Sie ihn beschreiben?«, fragte Hanna.

»Er trug ein Baseballcap, und es war dunkel, ich hab also nur das halbe Gesicht gesehen. Aber er war auf jeden Fall wesentlich älter als ich, das konnte ich an seinem Körper ablesen.«

»Nur eins noch: Würden Sie uns Ihre Fingerabdrücke geben? Das würde uns die Arbeit erleichtern, denn dann können wir Ihre Abdrücke in der Wohnung gleich ausschließen. Sie werden auch nicht gespeichert, sondern nur für die Ermittlung in diesem Fall verwendet.«

»Cool«, sagte Milla. »Mach ich gern.«

Milla betrachtete neugierig den Papierstreifen, den Erik herausholte. Er war mit einer dünnen Klebeschicht versehen und hatte verschiedene Kästchen, auf die die Fingerkuppen gepresst werden mussten.

»Danke«, sagte Erik, als er fertig war. »Sie waren eine große Hilfe. Wenn Ihnen noch etwas einfallen sollte, melden Sie sich gern jederzeit bei uns. Dann lassen wir Sie jetzt mal laufen.«

Milla warf einen Blick auf die Sportuhr an ihrem Handgelenk.

»Ach, das lass ich heute sausen«, sagte sie und klang kein Stück enttäuscht.

17

Ihr Kopf schmerzte höllisch, aber Ingrid konnte sich nicht aufraffen, vom Sofa aufzustehen und nach den Aspirintabletten zu suchen. Vielleicht war noch eine Schachtel im Medizinschrank in der Besenkammer oder aber im Bad. Die einzigen Tabletten, die sie regelmäßig nahm, waren gegen Bluthochdruck, und die verwahrte sie in einer Pillendose in der Küche.

Die Gedanken an Vidar wollten sie einfach nicht loslassen. Es tat weh, dass er sich nicht getraut hatte, ihr von der gefürchteten Diagnose zu erzählen. Das war das Einzige, wovor sie selbst Angst hatte: langsam sich selbst verlieren. Sie konnte schon verstehen, warum Demenz auch als Angehörigenkrankheit bezeichnet wurde, aber für sie gab es nichts Gruseligeres als die Vorstellung, selbst diejenige zu sein, die Stück für Stück verschwand. Vielleicht hatte Vidar sich ja doch selbst das Leben genommen? Ingrid presste eine Hand gegen den Mund und biss auf den Fingerknöchel. Warum hatte er nichts gesagt? Sie wäre so gern für ihn da gewesen. Hätte ihn, solange es ging, an den Mann erinnert, der er war. Jetzt war es zu spät.

Sie ließ ihr letztes Zusammentreffen noch einmal Revue passieren. Hätte ihr etwas auffallen können? Nein. Selbstverständlich hatten sie viel in Erinnerungen geschwelgt, aber Vidar war genauso aufmerksam und liebenswürdig gewesen wie immer. Genauso klug und witzig.

Ihr Handy klingelte. Ingrid hob den Kopf gerade so weit, um das Display vom Sofa aus sehen zu können, denn es lag auf dem Couchtisch. Es war Jakob. Gerade stand ihr der Sinn nicht nach einer Standpauke, also ließ sie den Kopf zurück ins Kissen sinken. Als sie zu zittern begann, zog sie die Patchworkdecke bis zum Kinn. Ihre Mutter hatte sie einst genäht, und Ingrid fand, sie roch noch immer nach ihr, obwohl sie seit ihrem Tod sicher hundertmal gewaschen worden war. Ihre älteste Enkelin lag ihr ständig mit der Umwelt in den Ohren: Dass sie nicht so oft waschen sollte. Dass sie nicht unnötig Licht machen sollte. Dass sie keine Reste wegwerfen sollte. Trotzdem waren ihr diese Nörgeleien lieber als die von Jakob. Ingrid musste über diese Enkeltochter lächeln. Alles, was sie ihrer Oma riet, war ihr schon längst in Fleisch und Blut übergegangen. Diesem Mädchen hatte es noch nie an irgendetwas gemangelt. Ingrid war nur mit einer Mutter aufgewachsen. Ihren Vater hatte sie nicht mal gekannt. *Bastard.* Wie oft ihr dieses Wort nachgerufen worden war, und es tat immer noch weh.

Ingrid schielte zu dem Fotoalbum, das auf dem Couchtisch lag. Hanna hatte sie gebeten, ihr so viel wie möglich zu erzählen. Altes wie Neues. Aber Ingrid wusste nicht, wie sie ihre Erinnerungen anzapfen sollte. Vielleicht hätte sie die Wahrheit über die Beziehung zu Vidar erzählen sollen, aber Hannas Nachfragen hatten Ingrid so unter Druck gesetzt.

Wie hieß Vidars Freund Ture nur mit Nachnamen? Sie versuchte, ihn sich ins Gedächtnis zu rufen. Als Vidar sie vorgestellt hatte, hatte er die Hand ausgestreckt und sie begrüßt. Aber ein Nachname wollte ihr trotzdem nicht einfallen – nur ein durchdringender Blick, den er durch ein freundliches Lächeln abzuschwächen versuchte. Fing sein Nachname nicht mit L an? Aber vielleicht kam sie auch nur darauf, weil sie mal einen Film mit Rolf Lassgård gesehen hatte und gleich an Ture hatte denken müssen. Sie hatten die gleiche Frisur und die gleichen schmalen Augen.

Sie würde sich so gern erinnern, sowohl um Vidars als auch um Hannas willen. Es tat weh, sich selbst einzugestehen, wie sehr es ihr fehlte, Hanna als Nachbarin zu haben. Sie hatten nur etwas über ein halbes Jahr direkt nebeneinander gewohnt, aber Ingrid hatte sich schnell an die Gesellschaft gewöhnt. Hanna war einer der pfiffigsten Menschen, die sie je kennengelernt hatte. Selbstverständlich mochte sie ihre Vereine und Gruppen wie den Buchklub und die Nähgruppe, aber bei diesen Treffen wurde ihr zu viel über Männer, Krankheiten und solches Zeug getratscht.

Ture Lagerman. Plötzlich war der Name da. Das Wohnzimmer drehte sich, so abrupt setzte Ingrid sich auf. Sie wartete ab, bis alles wieder zum Stillstand gekommen war, dann griff sie zu ihrem Handy und suchte Hanna in ihren Kontakten.

»Der Mann, mit dem Vidar damals zu tun hatte, hieß Ture Lagerman«, sagte sie.

»Danke«, erwiderte Hanna. »Ist dir sonst noch was eingefallen?«

Ein leichtes Rauschen im Hintergrund verriet ihr, dass Hanna gerade im Auto war. Oder aber es stammte aus ihrem Kopf.

»Leider nicht, aber wenn, dann melde ich mich.«

»Kennst du Kicki Andrén?«, fragte Hanna.

»Nicht sonderlich gut. Wir sind uns ein paar Mal bei einem Abendkurs begegnet. Warum fragst du?«

Hanna antwortete nicht gleich, und Ingrid gefiel die entstandene Stille nicht.

»Sag schon, ich werde es verkraften.«

»Kicki Andrén war in einer Beziehung mit Vidar.«

Wieder drehte sich alles, Ingrid suchte Halt am Couchtisch. Sie wollte schlucken, doch ihre Kehle war wie zugeschnürt.

»Das habe ich nicht gewusst«, krächzte sie.

»Wie geht es dir denn?«, fragte Hanna.

»Die Erkältung ist schlimmer geworden«, sagte Ingrid. »Ich sollte mich weiter ausruhen.«

»Ich lasse dich gleich in Ruhe«, sagte Hanna. »Aber irgendwie habe ich das Gefühl, dass dein und Vidars Verhältnis komplizierter war, als du bisher erzählt hast.«

»Nein«, sagte Ingrid.

Hanna hatte recht, aber jetzt war es noch unmöglicher geworden, die Wahrheit zu sagen.

»Weißt du vielleicht, was Vidar am Samstag um drei vorhatte?«

»Nein, keine Ahnung.«

»›Eine Lüge ist keine Lüge‹ – sagt dir das was?«

»Es kommt mir irgendwie bekannt vor.«

»So fängt ein Sprichwort an: Eine Lüge ist keine Lüge, bis die Wahrheit ans Licht kommt.«

»Dann vermutlich deshalb.«

Sie verabschiedeten sich, und Ingrid drückte sich das Handy gegen die Brust. Deshalb hatte Vidar sie also nicht gewollt. Nicht auf die Art jedenfalls. Aber wieso hatte er sie dann geküsst? Sie fühlte sich wie ein naiver Backfisch, der sich eingebildet hatte, dieser Mann hätte sich trotz allem, was sie ihm angetan hatte, tatsächlich noch einmal in sie verlieben können. Vielleicht war ja das genaue Gegenteil der Fall gewesen, und er hatte sie bestrafen wollen.

Wieso hatte er nichts von Kicki erzählt? Das tat sogar noch

mehr weh als das Verschweigen seiner Krankheit, denn Letzteres konnte sie sogar noch irgendwie nachvollziehen. Aber was man an Kicki finden konnte, das erschloss sich ihr absolut nicht. Bei diesem Kurs zum Thema Ahnenforschung hatte sie pausenlos von ihrer Zeit an der Costa del Sol und irgendwelchen nervtötenden Seifenopern gesprochen, und Ingrid hatte das deutliche Gefühl gehabt, dass Kicki nur dort gewesen war, um sich einen Mann zu angeln. Nach drei Treffen war sie nicht wieder aufgetaucht, wahrscheinlich hatte sie da schon den gewünschten Erfolg gehabt.

Ingrid musste wieder an ihre letzten Treffen mit Vidar denken. Sie hatten die Gefühle, die das zufällige Zusammentreffen im Herbst ausgelöst hatten, nur noch weiter verstärkt. Seine vielen Reisen schienen ihn endlich etwas ruhiger gemacht zu haben und reifer werden lassen. Ihre Gedanken wanderten zu ihrer letzten Umarmung, die in einen Kuss übergegangen war. Das würde für immer ihr letzter gemeinsamer Moment bleiben.

Verzweiflung erfüllte sie. Sie legte sich den Handrücken an die Stirn, die schweißnass war. Mit Mühe kam sie auf die Beine und schleppte sich ins Bad. Dann holte sie das Fieberthermometer aus dem Schrank, das sie gekauft hatte, um bei den Enkelkindern die Temperatur messen zu können. Sie steckte es sich ins Ohr und wartete auf das Piepsen.

Natürlich hatte sie Fieber. Über neununddreißig Grad sogar. Da war es ja nicht weiter verwunderlich, dass es ihr so dreckig ging. Ingrid nahm die Aspirin-Tabletten, die direkt beim Thermometer gelegen hatten, und machte sich auf den Weg in die Küche.

18

Das Gespräch mit Ingrid hinterließ einen komischen Nachgeschmack bei Hanna. Die Information, dass Vidar in einer Beziehung mit einer anderen Frau gewesen war, hatte ihre ehemalige Nachbarin definitiv erschüttert, was ihre Vermutung, dass Ingrid ihr nicht die ganze Wahrheit erzählt hatte, nur noch erhärtete. Und das sah Ingrid absolut nicht ähnlich. Vielleicht war es doch besser, wenn Erik mit ihr sprach.

Nachdem sie Erik erzählt hatte, was sie von Ingrid in Erfahrung gebracht hatte und dass er doch bitte einen Termin zur Befragung mit ihr ausmachen solle, rief sie Daniel an und bat ihn, Ture Lagerman zu überprüfen.

»Du könntest noch mal versuchen, Birk Engvall zu erreichen«, sagte Erik. »Vielleicht geht er ja ans Telefon, wenn du anrufst.«

Hanna suchte die Nummer des Nachbarn heraus, mit dem Vidar gestritten hatte, aber sie landete sofort auf der Mailbox.

»Das Handy scheint ausgeschaltet zu sein. War das bei deinem Versuch auch schon so?«

»Nein.«

Sie näherten sich der Ortseinfahrt von Borgholm. Der Ort war kleiner als Färjestaden, zumindest was die Einwohnerzahl betraf, trotzdem hatte man dort eher den Eindruck, in einer Stadt zu sein. Färjestaden hatte kein so klares Zentrum. Sie würden zuerst mit Kicki Andrén sprechen, denn der Vorsitzende von Zittergras war gerade beim Zahnarzt.

»Hier links«, sagte Hanna.

Sie lotste Erik bis zu Kickis Haus im Åkerhagsvägen. Kicki hatte bereits Kaffee und Gebäck bereitgestellt, sie konnten also nicht mehr dankend ablehnen. Also setzten sie sich an den Küchentisch, und Hanna trank einen ersten Schluck Kaffee aus der Porzellantasse, die mit kleinen grünen Fröschen verziert war.

»Möchten Sie vielleicht lieber Tee?«, fragte Kicki mit Blick auf Hannas Bauch. »Oder Saft?«

»Danke, Kaffee passt schon«, sagte Hanna und trank noch einen Schluck.

Sie konnte erst seit ein paar Wochen wieder Kaffee trinken, ohne dass ihr davon schlecht wurde, aber richtig gut schmeckte er ihr immer noch nicht wieder. Doch sie brauchte das Koffein. Auf dem Weg zur Küche hatte sie einen Blick ins Wohnzimmer werfen können, und es war wesentlich kitschiger eingerichtet als bei Vidar. Das Froschmotiv schien sich überall zu wiederholen – vom Kissenbezug bis zum Lampenschirm.

Kickis faltige Hände lagen um die Kaffeetasse, die sie jedoch auf der Untertasse stehen ließ. Die geröteten und leicht verquollenen Augen verrieten, dass sie viel geweint hatte.

»Ich kann einfach nicht fassen, dass er tot ist«, sagte sie. »Unser letztes Treffen endete nicht gerade schön.«

»Inwiefern?«, fragte Hanna.

Sie nahm sich eins der Plätzchen, es waren Engelsaugen. Als ihre Großmutter noch backen konnte, gehörte das Mürbteiggebäck mit Himbeermarmelade in der Mitte zu ihren absoluten Favoriten.

»Wir waren Samstag zum Mittagessen verabredet«, sagte Kicki. »Ich wollte ihm erzählen, dass ich beschlossen hatte, mit ihm zusammenzuziehen. Ich habe nämlich noch nie mit einem Mann zusammengewohnt, und Vidar hatte auch immer allein gelebt. Es kam mir wie ein wirklich großer Schritt vor, deshalb habe ich so lange gezögert, aber er glaubte sicher, es läge an ihm. Dabei war er es ja, der die letzten Zweifel bei mir ausgelöscht hatte. Und ich wollte so gern einmal mit jemandem zusammenleben, ehe ich …«

Kickis Augen füllten sich mit Tränen. Sie griff zu ihrer Serviette und presste sie sich gegen die Augen. Hanna und Erik schwiegen, ließen Kicki die Zeit, die sie brauchte.

»Aber dann platzte er damit heraus, dass er dement ist. Ich bin wirklich nicht stolz auf meine Reaktion, aber in dem Moment wollte ich einfach nur weg.«

Kicki schluchzte kurz und schnäuzte sich dann.

»Wissen Sie, wie er gestorben ist?«, fragte sie. »Wenn es eine natürliche Ursache gewesen wäre, würden Sie vermutlich nicht hier sitzen und mir Fragen stellen.«

Damit war sie zur selben Schlussfolgerung gekommen wie Milla, aber im Gegensatz zu ihr schien Kicki sich nicht im Mindesten aufgeputscht zu fühlen.

»Wir wissen es noch nicht mit Sicherheit«, sagte Erik. »Aber es gibt ein paar Hinweise darauf, dass es sich um Mord handeln könnte, deshalb haben wir natürlich ein paar Fragen.«

»Lieber Gott«, sagte Kicki und legte die Serviette weg. »Lieber Gott. Ich kann das alles einfach nicht fassen. Aber warum bloß?«

»Genau deshalb ermitteln wir ja«, fuhr Erik fort. »Dürfte ich um Ihre Fingerabdrücke bitten? Ich gehe davon aus, dass Sie in Vidars Wohnung waren, da wäre es hilfreich, wenn wir Ihre Fingerabdrücke gleich zuordnen können.«

»Selbstverständlich«, sagte Kicki. »Ich möchte gern alles tun, was in meiner Macht steht, um zu helfen.«

Erik holte einen Papierstreifen heraus und erklärte Kicki, welche Fingerkuppe sie auf welches Kästchen drücken sollte. Ihre Hände zitterten dabei.

»Hatten Sie und Vidar noch einmal Kontakt nach dem Mittagessen?«, fragte Hanna, als die beiden fertig waren.

»Nein, leider nicht.«

»Was haben Sie den Rest des Tages noch gemacht?«

»Ich bin direkt vom Café nach Hause gekommen und hiergeblieben. Ich war so durcheinander. Abends war ich eigentlich noch mit einer Freundin verabredet, aber das habe ich abgesagt.«

»Hatte Vidar irgendwelche Konflikte?«, fuhr Hanna fort.

»Konflikte?«, wiederholte Kicki. »Das klingt so heftig. Also, er und Esbjörn waren sich nicht immer einig, aber Konflikt würde ich das trotzdem nicht nennen.«

»Worin waren sie sich nicht einig?«

»Unter anderem was die Führung des Seniorenvereins anging. Vidar hatte andere Vorstellungen, was die Veranstaltungen betraf. Er fand, wir sollten mal ein bisschen größer denken, wenn wir zum Beispiel jemanden für Lesungen buchten. Nicht nur lokale Autorinnen und Autoren. Dabei interessieren sich die meisten eben für die lokalen.«

»Worin noch?«

»Tja, was mich betrifft, waren sie sich auch nicht ganz einig. Esbjörn schwärmt für mich, seit ich nach Borgholm gezogen bin. Sein Ego bekam einen Dämpfer, als ich mit Vidar zusammenkam.«

»Und wie äußerte sich diese …« Hanna zögerte, weil sie das richtige Wort suchte. »Unstimmigkeit?«

»Also, es kam nie zu einer richtigen Auseinandersetzung. Obwohl, doch, beim Vereinstreffen im Januar sind sie aneinandergeraten. Aber darüber sollten Sie besser direkt mit Esbjörn sprechen oder jemand anderem, der dabei war. Sie haben einander gemieden, wo es ging. Haben schlecht übereinander gesprochen, besonders vor mir.«

Hannas Handy signalisierte eine Nachricht, doch sie ließ es in der Tasche.

»Was wissen Sie über Vidars Neffen Albert?«, fragte Erik.

»Nur, was Vidar mir von ihm erzählt hat. Getroffen habe ich ihn nie. Aber er scheint ein ziemlicher Idiot zu sein. Vidar hat gesagt, dass er ihn geschubst hat, obwohl der Pflegedienst da war. Ein anderes Mal hat er ihm den Tod gewünscht. Ich glaube, er wollte an Vidars Vermögen.«

»War er reich?«, fuhr Erik fort.

»Das weiß ich nicht, nur, dass er viel gespart hat.«

»Was können Sie uns über Vidars Nachbarn erzählen?«, fragte Hanna.

Kicki legte wieder die Hände um die Tasse, diesmal führte sie sie zum Mund. Als sie sie wieder abstellte, verfehlte sie die Untertasse, sodass die Hälfte rausschwappte.

»Huch«, sagte sie und schaute sich unschlüssig um.

Erik hatte schnell seine Serviette gezückt und half ihr, den verschütteten Kaffee aufzuwischen.

»Vidars Nachbarn?«, hakte Hanna noch einmal nach.

»Ich bin vor fünf Jahren aus Spanien hergezogen und kann leider nicht behaupten, sie wirklich gut gekannt zu haben. Sowohl Danuta direkt gegenüber und Lillemor aus dem Hochparterre sind Mitglieder von Zittergras, aber nicht wirklich aktiv. Mit Lillemor unterhalte ich mich manchmal, aber für Danuta zählt eigentlich nur ihre Katze.«

»Haben Sie eine Ahnung, was Vidar am Samstag um drei geplant haben könnte?«

»Nein, leider nicht.«

Hanna reckte sich nach einem weiteren Engelsauge und bemerkte, wie Kicki sie anlächelte. Die Schwangerschaft hatte sie definitiv hungriger gemacht.

»›Eine Lüge ist keine Lüge‹ – sagt Ihnen das etwas?«, fragte Erik.

»Es klingt sonderbar. Wofür steht das?«

»Das ist Teil einer Redewendung. Hat Vidar die mal in Ihrer Gegenwart benutzt?«

»Nein, nie.«

»Was wissen Sie über Ingrid Mattsson?«, fragte Hanna.

Kickis Augen wurden schmal.

»Wieso fragen Sie?«

»Antworten Sie bitte einfach.«

»Vidars alte Flamme. So, wie er von ihr gesprochen hat, muss sie was ganz Besonderes gewesen sein. Sie waren in den Sechzigern zusammen, wenn ich mich richtig erinnere. Soll das heißen, die beiden hatten noch Kontakt?«

»Dann wussten Sie nichts davon?«

»Nein, ich hatte keine Ahnung. Sonst hätte ich vermutlich noch einmal länger darüber nachgedacht, mit ihm zusammenzuziehen.«

Ihr war eine leichte Röte ins Gesicht gestiegen.

»Sie wirken ein wenig erschüttert«, sagte Hanna. »Könnten Sie mir das erklären?«

»Das ist sicher nachvollziehbar, oder?«, fragte Kicki. »Vidar hat mich belogen. Über Ingrid. Über seine Krankheit. Er bekam die Diagnose schon vor drei Monaten.«

Kicki starrte auf den Plätzchenteller.

»Bitte entschuldigen Sie«, sagte sie nach einer Weile. »Ich bin einfach so wütend auf ihn wegen der ganzen Lügen. Aber eigentlich am meisten darüber, dass er tot ist. Jetzt kann ich nie wieder mit ihm sprechen.«

»Kein Grund, sich zu entschuldigen«, sagte Erik.

Hanna schaute ihn an, hauptsächlich, um den Blick von den Engelsaugen zu lösen.

»Hatten Sie geplant, dass Vidar bei Ihnen einzieht?«

»Nein, es war ein Fehler, dieses Haus zu kaufen. Ständig muss etwas gemacht werden. Wir wollten uns zusammen eine moderne Wohnung kaufen und von dem restlichen Geld reisen. Ich will schon lange nach New York. Vidar und ich haben sogar davon gesprochen. Wieso hat er so geträumt, wenn er doch wusste, dass daraus nichts mehr werden würde?«

Kicki schlug die Hände vors Gesicht. Ihr ganzer Körper bebte, weil sie so schluchzte. Es hatte keinen Zweck, die Befragung zu diesem Zeitpunkt fortzusetzen. Erik erkundigte sich, ob sie jemanden für Kicki anrufen und herbitten könnten. Als Kicki ablehnte, verabschiedeten sie sich. Kaum hatten sie das Haus verlassen, fischte Hanna das Handy aus der Tasche. Unbekannte Nummer. Sie hielt den Atem an, während sie die Nachricht öffnete.

Ich hoffe, du hast dich über das Geschenk gefreut.

19

»Was ist los?«, fragte Erik.

Hanna war stehen geblieben und starrte auf ihr Handy. Langsam drehte sie es so, dass er sehen konnte, was auf dem Display stand:

Ich hoffe, du hast dich über das Geschenk gefreut.

»Ich leite das an Ove weiter«, sagte sie.

Dann steckte sie das Handy in die Jackentasche. Keine der bisherigen Drohungen hatte sich bis zum Absender zurückverfolgen lassen, diese Nachricht würde keine Ausnahme darstellen.

»Jetzt arbeiten wir aber erst mal weiter«, sagte sie und steuerte das Auto an. »Wir sind früh dran, lass uns doch vorher noch eben bei dem Muckimann vorbeifahren, bevor wir uns den Vereinsvorsitzenden vornehmen.«

Muckimann war Milla Pedersens Spitzname für Birk Engvall. Beim Gedanken an die junge Frau vom Pflegedienst musste Erik grinsen. Auch er mochte Menschen ohne Filter. Milla war eine der hilfreichsten Zeuginnen gewesen, die er je getroffen hatte.

Entweder war Birk Engvall nicht zu Hause oder aber er weigerte sich zu öffnen. Erik ging von Ersterem aus. Denn selbst nachdem Hanna lautstark die Treppe hinuntergegangen war und die Haustür zugefallen war, regte sich in seiner Wohnung nichts. Trotzdem wartete Erik noch ein paar Minuten ab, ehe er Hanna folgte.

Der Vorsitzende von Zittergras wohnte in einem Haus am nördlichen Stadtrand. Die Gegend erinnerte Erik an den Teil Malmös, in dem er aufgewachsen war. Mit einem wehmütigen Gefühl stieg er aus. Hoffentlich konnte sein Vater mit der Hilfe der Mutter noch lange zu Hause wohnen bleiben, trotzdem hatte er den Eindruck, sich von einem Teil seiner Kindheit verabschieden zu müssen. Niemand öffnete auf Eriks Klingeln hin, also war Esbjörn Fager offenbar noch nicht vom Zahnarzt zurückgekehrt.

»Gehen wir mal ums Haus«, sagte Hanna. »Vielleicht ist er ja im Garten.«

Obwohl die Sonne schien, war es viel zu kalt zum Draußensitzen, aber es war eine gute Ausrede, um sich einmal umzusehen. Erik folgte Hanna und schaute in den strahlend blauen Himmel. Ausnahmsweise war es mal fast windstill. Perfekte Bedingungen für Discgolf. Erik hoffte, dass das bis zum Wochenende so bleiben würde. Wobei, es könnte gern noch ein paar Grad wärmer werden.

Eine Holzterrasse nahm etwa ein Viertel des Gartens ein. Darauf stand ein langer Tisch für mindestens zehn Personen. Unter einer Plastikplane wartete ein Grill darauf, dass das Thermometer noch ein paar Grad kletterte, und rund um die Terrasse waren mehrere Beete, die in wenigen Monaten sicher ordentlich in Blüte stehen würden. Hätte Erik nicht gewusst, wer hier wohnte, er hätte auf ein Ehepaar getippt.

Hanna trat an die Fensterscheibe, legte die Hände seitlich ans Gesicht und schaute hinein.

»Also, da drin ist er jedenfalls nicht«, stellte sie fest.

Das Geräusch eines sich nähernden Autos ließ sie zurück zum Hauseingang eilen, doch es war nur ein Nachbar, der nach Hause kam. Als der große Saab in der gegenüberliegenden Auffahrt geparkt hatte, ging sofort die Tür auf und drei Kinder unterschiedlichen Alters hüpften heraus. Der Vater hatte es eindeutig weniger eilig. Hauptsächlich, um etwas zu tun zu haben, klingelte Erik noch einmal, aber auch diesmal wurde nicht geöffnet.

Der Vater würdigte sie keines Blickes, sondern folgte den Kindern langsam ins Haus, die ganze Aufmerksamkeit auf sein Handy gerichtet. Erik war mit drei Geschwistern aufgewachsen und hatte sich immer vorgestellt, selbst eine große Familie zu haben, aber er und Supriya hatten nur Nila bekommen. Mittlerweile sah er viele Vorteile darin, nur ein Kind zu haben. Nila musste jedenfalls mit niemand anderem um die Aufmerksamkeit ihrer Eltern kämpfen.

»Entschuldigen Sie bitte, dass ich zu spät bin.«

Ein grauhaariger Mann mit Jeans und Lederjacke betrat die Einfahrt. Offenbar war der Zahnarzt fußläufig zu erreichen. Erik verkniff sich die Bemerkung, dass er mit einer Zahnärztin verheiratet war. Esbjörn schloss die Tür auf und ließ sie herein, bat sie dann, in der Küche auf ihn zu warten. Er selbst verschwand durch eine Tür, hinter der Erik das Bad vermutete.

Erik und Hanna setzten sich auf die weiß lackierten Holzstühle mit Metallbeinen. In all den Jahren als Polizist war Erik sicher in mehreren hundert Häusern und Wohnungen gewesen. Dies war allein heute schon ihr dritter Hausbesuch, trotzdem wurde es nie uninteressant. Esbjörns Küche ähnelte seiner eigenen, sie war hell und modern. Aber es standen wesentlich weniger Dinge herum. Keine Fotos, Souvenirs oder andere persönliche Gegenstände. Die einzige Küchenmaschine war ein Kaffeeautomat.

Es verstrichen einige Minuten, bis Esbjörn zu ihnen stieß.

»Kann ich Ihnen etwas anbieten?«, fragte er.

»Nicht nötig, danke«, antworteten Erik und Hanna wie aus einem Mund.

»Das mit Vidar ist wirklich entsetzlich«, sagte Esbjörn und nahm gegenüber von ihnen Platz.

»Wann haben Sie davon erfahren?«, fragte Erik.

»Meine Ex-Frau wohnt im selben Haus. Sie hat gestern Kicki angerufen und es ihr erzählt und Kicki wiederum mir.«

»Wie heißt denn Ihre Ex-Frau?«

»Lillemor Nyman.«

Dann war Esbjörn Fager also mit der Frau verheiratet gewesen, der Milla vom Pflegedienst den Spitznamen KGB verliehen hatte. Faszinierend, dachte Erik. Dabei überraschte ihn nach so vielen Berufsjahren nicht mehr viel. Er fragte sich, was Esbjörn wohl zu dem Spitznamen sagen würde. Es musste ja einen Grund dafür geben, dass die Ehe in die Brüche gegangen war. Wieso hatte Kicki das nicht erwähnt? Vermutlich, weil sie nicht danach gefragt hatten.

»Was können Sie uns über Vidar Johansson erzählen?«, setzte Hanna an.

»Ich schätze, Sie wissen, dass Vidar und ich uns nicht immer einig waren, sonst wären Sie nicht hier. Vidar war ein Snob. Eingebildet und selbstgefällig. Aber das ist ja kein Grund, jemand zu ermorden.«

»Ist es nicht?«, entgegnete Hanna in einem Tonfall, in dem das Augenzwinkern deutlich zu hören war, und Esbjörn lachte.

Hanna war wirklich ausgezeichnet darin, Menschen zu lesen, sie dazu zu bewegen, sich zu öffnen. Schon sonderbar, dass es ihr selbst so schwerfiel, aber vielleicht lag auch genau darin der Grund dafür.

»Ich neige nicht zur Gewalt«, sagte Esbjörn. »Ich war sogar im Gefängnis, weil ich den Kriegsdienst verweigert habe. Wenn Ihnen jemand von dem Vorfall im Januar beim Vereinstreffen erzählt haben sollte: Da habe ich mich nur verteidigt.«

»Was ist denn genau passiert?«

»Vidar hat einen Stuhl nach mir geworfen. Ich habe ihn abgewehrt. Aber als er zum nächsten griff, musste ich was unternehmen und habe einen erneuten Wurf verhindert. Dann ist er davongestürmt.«

»Wieso hat er den Stuhl geworfen?«, fragte Hanna.

»Er war der Meinung, ich wäre ihm ins Wort gefallen. Aber angesichts seines Gesundheitszustands war es ja ohnehin völlig überflüssig, ihn zu ermorden. Die Zeit war sowieso nicht auf seiner Seite, um es mal so zu sagen.«

»Dann wussten Sie von seiner Demenz?«, fragte Erik.

»Also, er hat es mir nicht selbst gesagt, aber sein Verhalten bei dem Vereinstreffen im Januar sprach ja Bände. Stur war er immer, aber nicht so. Er wollte so einen hochrangigen, vielfach ausgezeichneten Autor aus Stockholm einladen. Vidar wollte partout nicht davon abrücken, obwohl niemand anders wirklich Interesse daran hatte. Er wurde immer wütender und wütender. Ich kannte das Verhalten von meinem Bruder, der sich genauso aufgeführt hat, kurz bevor er die Diagnose bekam.«

»Haben Sie irgendwem von dieser Vermutung erzählt?«, fragte Hanna.

»Nein, das habe ich für mich behalten.«

»Dann haben Sie auch Kicki Andrén nichts gesagt?«

Ein Lächeln deutete sich auf Esbjörns Gesicht an.

»Vermutlich wissen Sie auch, dass Vidar und ich um Kicki konkurriert haben. Das kann ich jedenfalls nicht abstreiten. Aber wenn ich was zu ihr gesagt hätte, wäre sie nur sauer auf mich geworden. Auch da hatte ich die Zeit auf meiner Seite. Kicki war bei dem Treffen im Januar nicht dabei. Irgendjemand wird ihr natürlich davon berichtet haben, aber ich zumindest habe runtergespielt, wie Vidar sich aufgeführt hat.«

»Wissen Sie, ob Vidar sonst noch Konflikte hatte?«

»Leider nein.«

»Wann haben Sie sich zuletzt gesehen?«

»Bei dem Treffen im Januar.«

»Was haben Sie am Samstag gemacht?«, fragte Erik.

»Ein paar Erledigungen«, sagte Esbjörn. »Ich war einkaufen, und dann habe ich abends ferngesehen.«

»Allein?«

»Ja.«

»Waren Sie mal bei Vidar zu Hause?«, fragte Erik.

Esbjörn stand auf, ging zum Herd und stellte ihn an.

»Entschuldigen Sie«, sagte er. »Ich habe ein paar Freunde zu Mittag eingeladen und muss langsam mit dem Kochen anfangen. Ja, ich war mal bei Vidar, aber ich erinnere mich nicht an das genaue Datum. Es müsste zwei Jahre her sein, schätze ich, vielleicht auch länger. Das war damals zur Abrechnung der Vereinsfinanzen.«

»Dürften wir um Ihre Fingerabdrücke bitten? Einfach, damit wir sie zuordnen können, sofern wir noch welche finden.«

Esbjörn öffnete den Kühlschrank und holte eine Aluminiumschale heraus, die er auf die Spüle stellte.

»Ja, kein Problem.«

Nachdem sie die Fingerabdrücke genommen hatten, fielen

Erik keine weiteren Fragen ein. Sie ließen Esbjörn zurück, ohne dass sich ihr Eindruck von Vidar wesentlich verändert hätte: ein Mann, der gern gereist war und gelesen hatte und den viele für grimmig hielten – vermutlich wegen seiner Krankheit. Hatten sie die Möglichkeit eines Suizids zu früh ausgeklammert? Erik konnte sich das nur schwer vorstellen, aber noch viel schwerer, dass jemand einen dementen Mann ermorden wollte. Gleichzeitig wusste er, dass Mordmotive selten nachvollziehbar waren – außer für den Täter.

20

Hannas Handy klingelte, als sie sich dem Wagen näherten. Schnell holte sie es aus der Jackentasche, befürchtete, dass es sich wieder um eine Drohung handelte, aber diesmal war es keine unbekannte Nummer. Hanna wählte wieder die Beifahrerseite, nahm den Anruf aber erst an, als sie die Tür hinter sich geschlossen hatte.

»Hallo Daniel, warte, ich schalte auf Lautsprecher, damit Erik gleich mithören kann.«

»Okay«, sagte Daniel. »Vidar Johanssons Neffe hat Geldprobleme. Er hat hohe Schulden, sein monatliches Gehalt wird gepfändet.«

»Wie hoch?«, fragte Hanna.

»Fast dreihunderttausend Kronen.«

»Weißt du, woher die Schulden kommen?«

»Noch nicht in Gänze. Ein Teil sind Steuerschulden, dazu kommt alles Mögliche von Strafzetteln bis zu Handyrechnungen, die nicht rechtzeitig bezahlt wurden. Ich grabe da noch weiter.«

»Danke«, sagte Hanna.

»Ach, eins noch«, sagte Daniel. »Ich habe auch diesen Ture Lagerman geprüft, den deine Nachbarin erwähnt hat. Er lebt noch und wohnt in Färjestaden. Aber er scheint ein unbescholtener Musterbürger zu sein.«

Hanna bedankte sich noch einmal und legte auf. Erik fluchte leise über einen Traktor, der direkt vor ihm auf die Straße bog, sodass er gezwungen war abzubremsen. Er musste ein paar entgegenkommende Autos abwarten, ehe er endlich überholen konnte. Eigentlich war der März ein verkehrsarmer Monat. Dieses Jahr fiel Ostern auf Mitte April, und da würde es dann wieder eng auf den Straßen.

»Der Neffe hat sich damit einen Platz auf der Liste der Verdächtigen gesichert«, sagte Erik, als er sich nicht länger auf den Gegenverkehr konzentrieren musste. »Besonders, wenn man bedenkt, dass er uns auch noch belogen hat, was den Kontakt zu seinem Onkel anging.«

»Ganz deiner Meinung«, sagte Hanna.

Sie betrachtete die vorbeifliegende Landschaft. Ein Feld, eine Windmühle und dann Wald. Hier gab es bedeutend mehr Bäume als im Süden Ölands. Sie war diese Strecke so oft gefahren, kannte jeden Winkel auf dem Weg nach Borgholm. Nördlich von Borgholm war sie jedoch bedeutend seltener, und richtig zu Hause fühlte sie sich nur im Süden der Insel: das Alvar und die auch sonst karge, offene Landschaft – das lag ihr mehr. Hannas Handy vibrierte, eine Nachricht von Carina:

Die Vernehmung meines Vaters wurde um noch einen Tag verschoben, aber Kristoffers beginnt in einer halben Stunde. Kommst du?

Hanna ließ das Handy sinken und schloss die Augen.

»Noch eine Drohung?«, fragte Erik.

»Nein. Kristoffer macht in einer halben Stunde seine Aussage.«

Sie waren fast in Rälla, von wo man fünfundzwanzig Minuten bis nach Kalmar brauchte. Erik, der Geschwindigkeitsvorgaben deutlich ernster nahm als Hanna, trat aufs Gaspedal.

»Ich weiß noch nicht, ob ich mir das überhaupt anhören will.«

»Hör schon auf«, sagte Erik. »Sicher machst du das! Melde dich danach, dann statten wir dem Neffen noch einen Besuch ab.«

Darauf erwiderte Hanna nichts. Sie hatte Kristoffer lange beknien müssen, bis er zugestimmt hatte, gegen Axel Sandsten auszusagen, aber an die Konsequenzen für ihn hatte sie dabei nicht gedacht. Hatte er sich deshalb so zurückgezogen? Womöglich war ihm ja auch gedroht worden. Die Bäume vorm Fenster verschwammen, also versuchte Hanna, sich auf einzelne zu konzentrieren. Vielleicht ließen sich die wild in alle Richtungen schwirrenden Gedanken so ja auch bändigen.

Auf der Ölandbrücke musste Erik noch einmal voll in die Eisen steigen, weil ein Wagen von der rechten Spur plötzlich auf die linke zog, um jemand zu überholen. Die Brücke war zweispurig gewesen, als sie in den Fünfzigern gebaut worden war. Mittlerweile hatte sie vier Spuren, und es war verboten, sie mit dem Rad zu befahren. Trotzdem bildeten sich immer wieder Staus, woran sich so schnell auch nichts ändern würde, schließlich wuchs die Zahl der zugelassenen Autos ja stets weiter.

Gerade noch rechtzeitig hielt Erik vorm Gerichtsgebäude.

»Ich melde mich«, sagte Hanna und eilte hinein.

Dank des Polizeiausweises kam sie schnell durch die Sicherheitskontrolle. Sie joggte zu Saal vierzehn, der ganz am Ende des Flurs lag. Vor der Tür hielt sie inne, atmete noch einmal kurz durch, öffnete und trat ein. Der nächstgelegene freie Platz war links vom Mittelgang, und sie setzte sich schnell. Carina drehte sich um und nickte ihr zu. Rechts vom Mittelgang saß Henning Larsson und tippte etwas in seinen Laptop. Vorn rechts saßen Axel Sandstens Eltern. Die Vernehmung hatte gerade angefangen. An Kristoffers versteinerter Miene konnte sie ablesen, dass er nervös war, an seiner Stimme jedoch nicht. Der Zeugenstand befand sich gegenüber vom Staatsanwalt, Hanna sah ihn also im Profil.

»Woher kennen Sie den Angeklagten Axel Sandsten?«, fragte der Staatsanwalt.

»Er ging in dieselbe Klasse wie meine Schwester.«

Kristoffer drehte den Kopf in ihre Richtung, ließ sich aber nicht anmerken, ob er sie sah oder nicht. Der Staatsanwalt nickte, schien darauf zu warten, dass er noch mehr sagte.

»Wie würden Sie Ihr Verhältnis beschreiben?«, hakte er nach, als Kristoffer nicht von selbst fortfuhr.

Kristoffer zuckte zusammen und senkte den Blick auf die Tischplatte. Erst da wurde Hanna bewusst, dass Axel Sandsten genau zwischen ihnen saß, dass er eigentlich Axel angesehen hatte.

»Er hatte Geld, und ich hatte Zeit«, sagte Kristoffer. »Gegen Bezahlung habe ich das eine oder andere für ihn erledigt. Außerdem war ich ja auch älter. Als ich zwanzig war, habe ich Schnaps für ihn besorgt.«

»Um was für Erledigungen handelte es sich?«

»Meist sollte ich etwas für ihn liefern. Er hat gefälschte Markenjeans verkauft.«

»Wann haben Sie zum ersten Mal von Ester Jensen gehört?«, fragte der Staatsanwalt.

»Anfang April 2003. Robin und ich waren bei Axel zu Hause, da erzählte er, dass er von einer Frau gehört hatte, die allein lebte und massenweise Geld bei sich im Haus versteckt haben sollte.«

Ein Stuhl schabte über den Boden. Hanna sah sich um. Axel hatte seine Sitzposition verändert. Er streckte den Arm nach der Wasserkaraffe aus und schenkte sich langsam etwas in einen Plastikbecher. An den Wänden hingen Monitore, aber das Bild war leicht verschwommen, sodass man den Gesichtsausdruck nicht erkennen konnte. Hanna hatte den Eindruck, dass Axel das nur tat, damit Kristoffer nicht vergaß, dass er auch anwesend war. Sven-Otto Jensen saß mit geneigtem Kopf da, sein Hals war rot gefleckt. Er knetete seinen linken Arm, als bekäme er gerade einen Herzinfarkt. Wage es ja nicht, jetzt zu sterben, dachte sie, du sollst gefälligst deine rechtmäßige Strafe für das alles kriegen.

»Ich habe mich überreden lassen, bei Ester Jensen einzubrechen«, sagte Kristoffer. »Axel hat behauptet, er kenne jemand, der sie kennt, und dass es einen Abend gibt, an dem sie garantiert nicht zu Hause ist.«

»Am 4. Juni 2003 sind Sie bei Ester Jensen eingebrochen. Können Sie uns erzählen, was genau passiert ist?«

»Sie war zu Hause«, sagte Kristoffer. »Und Axel wirkte kein bisschen überrascht. Kaum waren wir im Haus, hat er sie praktisch gesucht. Sie war …« Seine Stimme zitterte, und Kristoffer verstummte.

»Sie war?«, versuchte der Staatsanwalt zu helfen.

»Sie war in der Küche beim Backen. Axel stürzte zu ihr und zwang sie, sich auf einen Stuhl zu setzen. Dann zog er einen Kissenbezug aus der Tasche seines Kapuzenpullis und sagte zu Robin, er solle etwas suchen, womit man sie festbinden konnte …«

»Axel Sandsten hatte also einen Kissenbezug dabei?«, unterbrach der Staatsanwalt ihn.

»Ja, hatte er«, sagte Kristoffer.

»Wie genau sah er aus?«

»Schwarz. Axel zog ihn über Ester Jensens Kopf, und dann suchten wir nach dem Geld, aber wir fanden nur ein paar Hunderter. Axel ist ausgeflippt. Er riss ihr den Kissenbezug vom Kopf, stieß sie mitsamt Stuhl um und fing an, sie zu treten.«

Hanna beobachtete aufmerksam die Menschen in der ersten Reihe. Axel Sandstens Mutter lehnte sich gegen ihren Mann, der genauso aufrecht dasaß wie sein Sohn.

»Was haben Sie und Robin gemacht?«, fragte der Staatsanwalt.

»Nichts.«

»Entschuldigung, könnten Sie bitte etwas lauter sprechen?«, bat die Richterin.

»Nichts«, wiederholte Kristoffer. »Wir haben nichts gemacht.«

»Warum nicht?«, wollte der Staatsanwalt wissen.

»Wir waren so geschockt. Diese Tritte … Er trat ihr gegen den Kopf. In den Bauch. Überallhin. Als ich endlich verstand, was er da tat, hab ich ihn von ihr weggestoßen, aber da war es schon zu spät. Ester war tot.«

Sofort hatte Hanna eine Menge Bilder im Kopf. Es dauerte eine ganze Weile, einen Menschen zu Tode zu treten. Hatten Kristoffer und Robin wirklich einfach nur danebengestanden? Um die Bilder abzuschütteln, schaute Hanna durchs Fenster zu den Bäumen.

»Wie oft hat er getreten?«, fragte der Staatsanwalt.

»Das weiß ich nicht«, sagte Kristoffer. »Oft. Zehn- oder zwanzigmal. Vielleicht noch mehr …«

Bei Ester waren neunzehn Knochenbrüche festgestellt worden.

»Was haben Sie getan, als Sie bemerkten, dass sie tot war?«, fragte der Staatsanwalt.

»Robin hat bloß noch gezittert, also hat Axel ihn aus der Küche geschoben. Als er wiederkam, hat er gesagt, ich soll alle Spuren beseitigen. Und wenn ich die Polizei verständigen sollte, dann würden er und Robin aussagen, dass ich sie getötet hätte.«

Du hättest die Polizei rufen sollen!, hätte Hanna am liebsten geschrien. Weil völlig egal gewesen wäre, was Axel und Robin dann behauptet hätten. Wenn wirklich nur Axel auf Ester eingetreten hatte, dann hätte die kriminaltechnische Untersuchung das gezeigt. Stattdessen hatte Kristoffer eine solche Untersuchung unmöglich gemacht. Das Haus war niedergebrannt worden. Schon waren die Bilder zurück. Vielleicht hatte doch nicht nur Axel zugetreten.

»Was haben Sie gemacht, nachdem Sie allein waren?«, fragte der Staatsanwalt.

»Ich wusste nicht, wohin mit mir«, schluchzte Kristoffer. »Also habe ich meinen Vater angerufen.«

»Warum ihn?«

»Das war das Letzte, was Axel zu mir gesagt hatte. *Ruf deinen Versager von Vater, wenn du Hilfe brauchst.*«

Das hörte Hanna zum ersten Mal. Also hatte Axel ihren Bruder ermuntert, ihren Vater einzuwickeln? Nein, Hanna hielt es nicht mehr aus. Sie stand auf und verließ den Saal. Als ihr Vater angekommen war, hatte Kristoffer erzählt, dass er Ester getötet hätte und es keine Absicht gewesen sei. Diese Worte hatte ihr Vater vor ihr wiederholt: *Das war keine Absicht.* Während der Vernehmung durch Ove Hultmark hatte er sich an diese Worte geklammert, als hätten nur sie verhindern können, dass er durchdrehte. Um Kristoffer zu schützen, hatte ihr Vater das

Haus inklusive Ester in Brand gesetzt. Wenn Kristoffer ihm gegenüber die Wahrheit gesagt hätte, wer weiß, vielleicht wäre dann alles anders gelaufen. Vielleicht wäre ihr Vater dann noch am Leben. Sie rief Erik an.

»Kannst du mich bitte abholen?«, bat sie. »Ich muss dringend arbeiten.«

Der letzte Tag

Vor dem Café hatten sich ihre Wege getrennt. Vidar kann Kicki gut verstehen. Er würde nicht mit jemandem zusammen sein wollen, dessen Gehirn langsam stirbt. Trotzdem tut es elendig weh. Er hat wirklich gedacht, sie stünden sich näher. Wenn sie ihm erzählt hätte, dass sie krank wäre, er hätte sie getröstet, da ist er sicher, egal welche Krankheit, er hätte sie einfach in die Arme geschlossen und nie wieder losgelassen. Aber es geht ja nicht nur um die Krankheit.

Ich hätte es ihr sofort sagen sollen.

Die Erkenntnis gleicht einem Schlag in die Magengrube, und er muss keuchen. Dann dreht er sich um. Ein gutes Stück entfernt sieht er Kickis Rücken. Vidar will ihr nachlaufen, sich entschuldigen, ihr das irgendwie erklären. Sie umarmen. Er würde alles tun. Die Vorstellung, sie zu verlieren, hält er einfach nicht aus.

Plötzlich kriegt er kaum noch Luft. Er stützt sich mit der Hand gegen die nächste Hauswand und ringt nach Atem. Eine junge Frau bleibt stehen. Sie trägt eine kaputte Jeans und eine Jacke, die aussieht, als wäre in ihrer Nähe ein Farbeimer explodiert. Er muss sofort an Milla vom Pflegedienst denken.

»Alles in Ordnung?«, fragt die Frau.

Hol sie zurück, will er flehen, bringt aber kein Wort heraus.

»Soll ich einen Krankenwagen rufen?«

Nein, ich brauche Kicki, nur Kicki. Aber er kann noch immer nicht sprechen. Die Verbindung zwischen Hirn und Zunge scheint nicht zu funktionieren. Was, wenn er einen Schlaganfall hat? Wenn dies seine letzten Sekunden sind? Vielleicht wäre das ja nicht das Schlimmste. Aber nein, er muss unbedingt noch mal mit Kicki sprechen, sobald sie Zeit hatte, das Gesagte zu verarbeiten. Möglich, dass sie einfach nur schockiert war. Die Frau hat ihr Handy gezückt, doch er schlägt es ihr aus der Hand.

»Was soll das?«

Sofort hebt sie ihr Telefon wieder auf. Vidar stolpert weiter, die Frau folgt ihm nicht, sorgt sich jetzt offenbar nur noch darum, ob ihr Handy einen Kratzer abbekommen hat. Einmal hat er Millas Handy in einem Wutanfall quer durch die Wohnung geworfen, aber es landete auf einem der Teppiche, und sie hat ihn einfach nur ausgelacht. Wie soll es denn irgendwer mit mir aushalten, denkt er. Und direkt darauf: Niemand außer Milla erträgt mich, doch, vielleicht noch Ingrid. Wenn er mit ihr zusammen ist, erwacht sein altes Ich zum Leben. Nein, nicht nur sein altes Ich, eine bessere Version dessen.

Endlich beruhigt sich seine Atmung, und Vidar biegt um die nächste Ecke, will nur entkommen. Gönnt sich eine kurze Pause. Er hat es nicht mehr eilig. Hatten er und Kicki noch etwas vor nach dem Mittagessen? Gerade kann er sich nicht erinnern. Er glaubt nicht, aber er hatte schon gehofft, dass sie noch mit zu ihm nach Hause kommen würde.

Vidar kehrt zurück auf die Storgatan, bewegt sich langsam vorwärts. Er trifft eine der Klatschtanten aus dem Seniorenverein, aber wendet den Kopf ab, um ihr zu signalisieren, dass er nicht reden will. Sie verzieht das Gesicht, als sie ihn sieht, ist sicher unterwegs zu Sjöbergs Kiosk, um den neuesten Klatsch zu erfahren.

Kickis Reaktion trifft ihn noch einmal von Neuem. Schon bald wird er bei Sjöbergs großes Gesprächsthema sein. *Habt ihr schon von Vidar gehört? Ja, der arme Kerl …*

Vidar legt einen Schritt zu. Mit seinem Körper an sich ist ja noch alles in Ordnung, solange er nicht tanzt. Trotzdem wäre es ihm lieber gewesen, der hätte ihn im Stich gelassen statt des Kopfs.

Jemand lehnt an der Wand seines Wohnhauses. Erst hält er ihn für den Idioten aus dem ersten Stock, der ständig seinen Schlüssel verliert. Aber als er einen Schritt auf ihn zumacht, erkennt er seinen Neffen. Vidar kann nicht fassen, dass sein Bruder einen solchen Taugenichts in die Welt gesetzt hat. So schlampig und gleichzeitig hochnäsig.

Albert starrt ihn an, sagt aber nichts. So unfassbar schlecht erzogen.

»Was willst du?«, fragt Vidar.

»Ich muss mit dir reden«, sagt Albert. »Und du gehst ja nicht mehr ans Telefon, wenn ich anrufe.«

»Worüber?«

»Nicht hier. Lass uns reingehen.«

21

Mit ausgestreckten Händen rannte Ingrid durch ein Maisfeld. Das Herz schlug ihr bis zum Hals, und die harten Blätter schnitten ihr in die Finger. Kinderweinen. Sie blieb stehen, um besser hören zu können. Da war es wieder. Sie korrigierte die Richtung und rannte weiter, schlug die hohen grünen Stängel beiseite. Sie musste Olivia finden, jetzt sofort. Das Weinen wurde lauter, klang immer verzweifelter. Aber für jeden Maisstängel, den sie beiseiteschlug, sprossen zehn neue aus dem Boden.

»Mama ...«

»Olivia!«, rief Ingrid und versuchte, noch schneller zu werden, immer der Stimme nach. Der Schweiß lief in Strömen an ihr herunter, aber sie kam einfach nicht vorwärts. Die Masse aus grünen Stängeln war zu dicht.

»Mama!«

Die Stimme klang sonderbar tief, kam eher von oben. Zwei Stängel packten sie an den Schultern und schüttelten sie. Nein, keine Stängel – Hände. Der Mais wandelte sich in zwei runde, besorgte Augen. Jakobs. Wo bin ich?, dachte sie und drehte den Kopf. Dann erkannte sie den ihr so wohlbekannten grünen Bettüberwurf mit dem Riss, den sie mit Nadel und Faden selbst geflickt hatte. Ihre Hand suchte gerade den Weg dorthin, als es ihr wieder einfiel.

»Bleib weg«, keuchte sie.

»Wie bitte?«

»Ich bin krank und will dich nicht anstecken.«

Jakob machte ein paar Schritte rückwärts, und Ingrid setzte sich auf, reckte sich nach einem Kissen und lehnte sich daran.

»Wieso gehst du nicht ans Telefon, wenn ich anrufe?«

Seine Stimme hatte wieder diesen gellenden, anklagenden Ton, den sie so verabscheute.

»Ich habe geschlafen«, sagte sie, weil sie ihn mit der Wahrheit nicht verletzen wollte.

Sein Blick wurde weicher. Sie musste wirklich elendig aussehen.

»Brauchst du was?«, fragte Jakob.

Liebe, dachte sie, sagte es aber nicht.

»Zum Beispiel?«

»Was zu essen oder zu trinken?«

»Oh, gern ein Glas Holunderschorle. Da müsste noch welche im Kühlschrank sein.«

Eigentlich hatte sie gar keinen Durst, aber sie musste etwas Zeit schinden. Jakob verschwand aus dem Zimmer und kehrte wenige Minuten später zurück. Er stellte das Glas auf den Nachttisch und hatte sich richtig Mühe gegeben: Darin waren sogar Eiswürfel und ein Strohhalm. Ingrid trank einen großen Schluck. Tat trotz allem gut. Sie trank noch einen und legte sich dann den Handrücken an die Stirn, die sich schon ein klein wenig kühler anfühlte. Die Tablette musste wirken.

»Wenn du hergekommen bist, um dich aufzuregen, lass dich nicht aufhalten«, sagte sie.

Jakob wandte das Gesicht zur Tür, und Ingrid suchte

verzweifelt nach Ähnlichkeiten zu Harald. Die gerade Nase hatte er von ihr, genauso das markante Kinn. Harald war unglaublich freundlich und zuvorkommend gewesen. Manch einer hätte ihn vielleicht konfliktscheu genannt, aber wenn es wirklich nötig war, hatte er unerschrocken seinen Standpunkt vertreten. Wie damals, als die Familie, die über den Sommer das Nachbarhaus gemietet hatte, immer quer über ihr Feld latschte, statt den Weg zu nehmen, der etwas länger war. Er war so viel behüteter aufgewachsen als sie: mit beiden Elternteilen, einer kleinen Schwester und einer abgesteckten Zukunft, nämlich dem Hof, den er erben würde. Er hatte nie kämpfen oder sich durchsetzen müssen. Es war ein angenehmes Leben gewesen mit Harald. Jakob hatte also offenbar auch ihr Temperament geerbt. Nach einem Seufzen schaute er sie wieder direkt an.

»Ich mache mir Sorgen um Olivia«, sagte er. »Seit wir Borgholm verlassen haben, spricht sie von dem Mann im Bett. Was genau hat sie denn gesehen?«

Ingrid schluckte.

»Ich glaube nicht, dass sie viel gesehen hat. Er lag im Bett – auf dem Rücken. Die Augen waren offen, deshalb war mir gleich klar, dass er tot war. Da war kein Blut oder so was, aber er … er hatte sich übergeben, und das Erbrochene war überall, auch noch in Mund und Gesicht.«

Die Erinnerung ließ sie erschaudern.

»Wie schrecklich«, sagte Jakob. »Die ärmste Olivia.«

Ich ärmste, dachte Ingrid, aber sagte nichts. Sie wollte nicht borniert wirken. Bedauern erfüllte ihre Brust. Der Einzige, mit dem man in der ganzen Situation Mitleid haben sollte, war Vidar.

Jakob setzte sich in den Sessel, der in der Zimmerecke stand.

Lange herrschte Schweigen, und vor Müdigkeit fielen Ingrid die Augen zu.

»Es tut mir leid, dass dein Freund gestorben ist«, sagte er schließlich.

»Danke«, sagte Ingrid.

Waren da Zwischentöne in seiner Stimme oder sagte sein Gesichtsausdruck noch etwas anderes? Sie war nicht in der Verfassung, das zu erkennen.

»Trotzdem hättest du Olivia nicht mitnehmen dürfen«, fuhr Jakob fort. »Und das sage ich nicht, um mit dir zu streiten. Das ist einfach meine Meinung.«

Ingrid wählte ihre Worte mit Bedacht.

»Ich war schon öfter mit ihr in Borgholm, und das war nie ein Problem. Sie fährt gern Auto.«

»Das weiß ich, aber diesmal war es eben anders.«

Jakobs Stimme klang hart.

»Was willst du damit sagen?«, fragte Ingrid.

»Du bist hingefahren, weil du dir Sorgen um ihn gemacht hast. Du wusstest schon, als du dich ins Auto gesetzt hast, dass etwas passiert sein könnte.«

Darauf erwiderte Ingrid nichts. Worte waren sowieso unzureichend. Irgendwie hatte Jakob recht und auch wieder nicht. Sie hatte sich zwar Sorgen gemacht, aber sie war hingefahren, weil sie damit gerechnet hatte, Vidar lebend anzutreffen. Dass er sie ansehen und fragen würde, was sie bei ihm machte. Dass sich einfach nur sein Handyakku entladen hatte oder so was. Ihr traten Tränen in die Augen.

Jakob seufzte und stand auf.

»Soll ich eben für dich einkaufen fahren? Wo ich schon mal da bin?«

Am liebsten hätte Ingrid abgelehnt, aber sie konnte nicht.

Im heutigen *Barometern* stand, dass betagteren Menschen davon abgeraten wurde, selbst einzukaufen oder andere zu treffen. Eigentlich wurde ihnen von allem abgeraten, was das Leben lebenswert machte. Und in ihrer derzeitigen Verfassung würde man sie vermutlich so oder so nicht ins Geschäft lassen.

»Gern«, sagte sie also. »Am Kühlschrank hängt eine Einkaufsliste.«

22

Eine kleine Menschentraube verließ das Gerichtsgebäude, Hanna entfernte sich noch ein Stück vom Eingang und wandte sich ab. Sie hörte einen Anwalt, der beruhigend sagte, dass man in Berufung gehen könne. Wo blieb Erik? Sie wollte ihn gerade anrufen, als jemand sie ansprach.

»Hanna …«

Es war Kristoffer, der völlig geknickt aussah. Die Wut, die sie aus dem Gerichtssaal getrieben hatte, schrumpfte und verschwand, worüber sie sich jedoch sofort wieder aufregte. Kristoffer hatte einfach so viel kaputt gemacht.

»Wie geht es dir?«, fragte sie.

»Was würdest du schätzen?«, krächzte er. »Dank Axel Sandstens Verteidiger muss ich ja wie ein verlogener Psychopath wirken. Er wird nicht verurteilt werden, so ist es einfach.«

Hatte Kristoffer mitbekommen, dass sie den Saal verlassen hatte? Hanna war nicht sicher, wollte ihn aber auch nicht darauf aufmerksam machen. Sie hatte so viele Fragen. Was war noch gesagt worden, nachdem sie gegangen war? Wieso hatte Kristoffer auf Axel gehört? *Ruf deinen Versager von Vater.* Kristoffer war doch für sein eigenes Handeln verantwortlich. Aber ihm war anzusehen, dass ihm das durchaus bewusst war. Dass die

Schuldgefühle dabei waren, ihn zu zerfressen. Hanna nahm ihn in die Arme. Er erwiderte die Umarmung nicht wirklich, aber schob sie immerhin auch nicht weg. Hanna sah davon ab, ihn mit der Behauptung zu beleidigen, dass alles gut werden würde.

Ein Wagen hielt neben ihnen, aber Erik hupte wohl aus Rücksicht nicht.

»Ich muss arbeiten«, sagte sie.

Sie ließ Kristoffer los, und er eilte davon. Sie rief ihm noch nach, doch er ignorierte sie.

»Ach, Scheiße«, sagte sie leise und öffnete die Beifahrertür.

»Tut mir leid, dass es so lang gedauert hat«, sagte Erik. »Ich musste noch ein Telefonat beenden.«

»Eins, das für den Fall relevant ist?«

»Nein, Supriya hat angerufen. Die Pandemie macht ihr richtig Angst. Sie macht sich wegen allem Sorgen. Dass sich ihre Eltern in Indien anstecken und wir hier, dass sie ihren Job verliert. Die Praxis wird vermutlich Leute entlassen müssen, und sie ist als Letzte zum Team gestoßen.«

Erik bog in nördlicher Richtung auf den Norra Vägen.

»War das dein Bruder?«

»Ja«, sagte sie. »Wohin fahren wir?«

»Nach Lindsdal. Albert Johansson hat ein Haus in der Stekgränd.«

In Lindsdal wohnte Robin Svenssons Schwester Klara. Hanna sollte sie anrufen. Sie hatte Klara noch nicht beim Prozess gesehen, aber vielleicht sollte auch sie aussagen. Oder sie hatte einfach mit ihren Kindern genug zu tun. Für den Prozess waren nur fünf Verhandlungstage veranschlagt worden.

»Weiß er, dass wir kommen?«, fragte sie.

»Ja. Anfangs hat er behauptet, zu beschäftigt zu sein, aber ich habe ihn mit meinem Charme geknackt.«

Erik grinste, und Hanna musste lachen.

»Den solltest du auch bei Supriya anwenden.«

»Mach ich doch ständig, aber sie scheint immun geworden zu sein.«

Erik parkte direkt vor dem Haus in der Stekgränd. Es war ein typischer Siebzigerjahrebau, der untere Teil brauner Backstein, der obere rot gestrichenes Holz. Eine ganze andere Ecke Lindsdals als die, wo Klara wohnte. Ihr Chef Ove hatte hier auch irgendwo ein Haus, aber sie wusste nicht, wo genau. Kurz vor Weihnachten hatte er die ganze Ermittlungsgruppe zum Glögg eingeladen, aber da hatte sie im Krankenhaus gelegen.

»Hat er Familie?«, fragte Hanna.

»Dem Finanzamt ist zumindest keine bekannt.«

In der Auffahrt stand kein Auto, und im Vorgarten lagen keine Spielsachen. Das Haus wirkte groß für jemanden ohne Familie, aber mit finanziellen Problemen.

Albert Johansson öffnete ihnen in Jeans und T-Shirt die Tür. Seine Kleidung war fleckig, und es roch penetrant nach frischer Farbe. Das kurze dunkle Haar hatte kleine weiße Flecken, und Hanna konnte nicht sagen, ob sie dem Alter oder ebenfalls der Farbe geschuldet waren. Vermutlich Letzteres, denn bei ihrem ersten Treffen waren Hanna keine grauen Haare aufgefallen. Allerdings hatte er da auch die meiste Zeit eine Schirmmütze getragen.

»Wenn ich nicht arbeiten muss, bringe ich das Haus in Ordnung«, sagte Albert Johansson. »Es soll verkauft werden.«

Er nahm eine Jacke von der Garderobe und zog die Tür hinter sich zu.

»Ich würde sagen, wir bleiben besser draußen.«

Hanna war zwar neugierig, wie es im Haus aussah, aber angesichts der Umstände verzichtete sie gern darauf hineinzugehen.

»Sie haben uns erzählt, dass Sie kaum Kontakt mit Ihrem Onkel hatten«, sagte Erik. »Nicht wahr?«

»Ja. Wieso?«

»Ihr Handy erzählt eine andere Geschichte.«

»Wie bitte? Sie haben meine Handydaten geprüft?«

»Nicht Ihre. Vidars.«

Hanna musterte Albert Johansson. War er wirklich so dumm? Vielleicht, vielleicht auch nicht. Eigentlich wirkte er hauptsächlich gehetzt. Sein Blick huschte von einem Nachbarhaus zum anderen. Sie waren auf dem gepflasterten Weg stehen geblieben, der zur Straße führte. Das Grundstück wurde von einem niedrigen Zaun und Büschen begrenzt, die noch nicht ausgeschlagen hatten. Dem Garten schien seit Jahren kein Gedanke gewidmet worden zu sein. Die Beete waren von Unkraut überwuchert.

»Okay, wir haben einander hin und wieder angerufen. Das heißt aber noch lange nicht, dass ich irgendwas über ihn wusste.«

»Worüber haben Sie gesprochen?«, fragte Hanna.

»Ich war ja sein einziger Verwandter, ich wollte wissen, wie es ihm ging.«

»Das ist sehr aufmerksam von Ihnen.«

»Ja, war es«, sagte Albert. »Und wenn es sonst nichts gibt, würde ich gern wieder reingehen und weitermachen.«

»Wieso verkaufen Sie das Haus?«, fragte Erik.

Albert Johansson seufzte und schaute zur Haustür.

»Das Haus ist zu groß für mich. Ich habe es von meinem Vater geerbt, aber ich kann einfach nicht länger hier wohnen bleiben.«

»Dann hat es nichts mit Ihren Finanzproblemen zu tun?«

»Nicht direkt.«

»Wollten Sie Geld von Ihrem Onkel?«, fragte Hanna.

»Ja, wollte ich, weil ich es mehr brauche als er. Aber er hat abgelehnt, und das habe ich akzeptiert. Ich bin kein Mörder.«

»Was haben Sie am Samstag gemacht?«

»Ich war im Supermarkt hier in Lindsdal und habe meinen Wettschein fürs Pferderennen abgegeben. Dann bin ich nach Hause und habe es mir angesehen.«

»Und? Wie lief die Wette?«, fragte Erik.

»Wie sind Sie denn drauf?«, fragte Albert Johansson zurück. »Nicht gut. Und? Manchmal gewinnt man, manchmal verliert man halt.«

»Waren Sie allein?«, wollte Hanna wissen.

»Nein, war ich nicht. Ein Freund war bei mir. Nikola. Er blieb lange.«

»Wann genau ist er angekommen?«

»Weiß ich nicht. Irgendwann am Nachmittag.«

Sie bekamen Nikolas Nachnamen und Telefonnummer, aber als sie um Albert Johanssons Fingerabdrücke baten, verweigerte er sich, obwohl sie ihm versicherten, dass sie nicht gespeichert würden.

»Was haben Sie am Sonntag gemacht?«, fragte Hanna.

»Da war ich hier und habe gestrichen.«

»Allein.«

»Ja.«

Noch wussten sie nicht, wann genau Vidar gestorben war. Nur, dass es am Samstagnachmittag passiert sein musste. Wieder machte Albert Johansson Anstalten, ins Haus zurückzukehren, um weiterzustreichen. Diesmal ließen sie ihn gehen.

23

Laut der Uhr am Armaturenbrett war es Viertel nach drei. Erik griff an Hanna vorbei und öffnete das Handschuhfach, aber dort war nichts Essbares vergessen worden. Hanna hatte den Blick aus dem Beifahrerfenster gerichtet. Nichts regte sich in Albert Johanssons Haus. Sie behauptete mit der Sturheit eines Esels, dass sie arbeiten müsse, dabei war absolut nichts Falsches daran, mal eine Pause zu machen.

»Ich rufe Nikola vom Revier aus an«, sagte Erik, startete und fuhr los.

Hanna nickte nur, wirkte gedanklich ganz woanders.

»Woran denkst du?«

»Was?«

»Was hältst du von Albert Johansson?«

»Keine Ahnung«, sagte Hanna und schaute weiter zum Fenster hinaus.

Vermutlich beschäftigte sie der Prozess. Erik glaubte nicht, dass es sonderlich gut lief. Er verfolgte die Berichterstattung in den Medien, und der meiste Platz wurde Axel Sandsten eingeräumt. *Der bekannte Kalmarer Unternehmer* las man eigentlich am häufigsten. Sogar die Kalmarer Polizei hatte die Dienste seiner Consulting-Firma schon in Anspruch genommen, um die

Arbeitsprozesse zu vereinfachen. Bei Gelegenheit würde er sich am besten mal bei Carina melden. Sie würde vermutlich mehr erzählen als Hanna. Vor ihnen tauchte der Supermarkt auf, in dem Albert Johansson angeblich am Samstag eingekauft hatte. Vielleicht sollten sie halten und das überprüfen – und unter Umständen noch was zu essen kaufen –, aber dann waren sie schon vorbei, ehe er eine Entscheidung fällen konnte.

»Entschuldige«, sagte Hanna.

»Was denn?«

»Dass ich mich aufführe wie eine Vollidiotin.«

»Übertreibst du nicht etwas?«

»Ja, vielleicht ein bisschen. Der Prozess allein wäre schon Stress genug, dazu diese neue Welle mit obskuren SMS und dann noch das Paket. Ich will einfach nur, dass das alles schon hinter mir liegt.«

»Das kann ich gut verstehen.«

Hanna lehnte sich in den Sitz und schloss die Augen. Erik wollte ihr gerade vorschlagen, Nikola anzurufen, ließ es dann aber doch. Als sie wieder im Revier waren, ging er sofort an seinen Platz und wählte die Nummer, die sie von Albert bekommen hatten. Es tutete kurz, dann meldete sich eine helle Männerstimme, und Erik stellte sich vor.

»Sind Sie Nikola Leko?«

»Ja.«

»Was haben Sie am Samstag gemacht?«

»Wieso wollen Sie das wissen?«

»Antworten Sie bitte einfach auf die Frage.«

»Vormittags habe ich mit meinem zweijährigen Sohn gespielt. Dann habe ich uns Pfannkuchen gemacht. Danach fuhr meine Frau mit ihm zu ihren Eltern nach Eksjö, und ich habe einen Freund besucht, Albert. Wir haben das Trabrennen im

Fernsehen verfolgt. Sonst sind wir manchmal auf der Trabrennbahn, aber das geht ja erst mal nicht mehr. Die nächsten Rennen finden ohne Publikum statt.«

Erik interessierte sich keinen Deut für Pferderennen, trotzdem machte er ein Geräusch, das man durchaus als Bedauern deuten konnte.

»Wie lange waren Sie bei Albert?«, fragte er.

»Oh, es wurde recht spät. Meine Frau blieb ja über Nacht in Eksjö, also hat mich zu Hause niemand erwartet. Nach dem Rennen saßen wir noch lange zusammen und haben geredet. Albert hat es gerade nicht leicht. Dann haben wir noch Pizza geholt. Ich schätze, vor zwölf war ich nicht zu Hause.«

»Inwiefern hat er es gerade nicht leicht?«

»Seine Freundin hat sich von ihm getrennt, weil er nicht mit Geld umgehen kann. Wieso wollen Sie das alles wissen?«

»Das darf ich leider nicht beantworten«, sagte Erik und beendete das Telefonat.

Hanna saß an ihrem Computer, doch ihr Blick klebte förmlich an ihrem Handy. Die Finger flogen nur so über das Display. Er wartete, bis sie zur Ruhe gekommen war, dann erst sprach er sie an.

»Wir sollten auch noch Alberts Nachbarn befragen«, sagte Erik. »Und beim Supermarkt nachhören.«

»Klar«, sagte Hanna. »Aber lass uns damit doch warten, bis wir genauer wissen, wann Vidar gestorben ist. Vielleicht schließt der Todeszeitpunkt ihn ja als Täter bereits aus.«

Ihr Handy piepste, und nachdem sie die Nachricht gelesen hatte, stand sie auf.

»Ärger mit Kristoffer«, sagte sie. »Ich muss leider sofort los.«

Ehe Erik fragen konnte, was für Ärger, war Hanna schon weg. Seufzend griff er zum Telefon. Zeit, sich um seine eigenen

Probleme zu kümmern. Während ihrer elfjährigen Beziehung hatten er und Supriya bereits tausende Male telefoniert, gesprochen hatten sie dabei über alles Mögliche, von Zukunftsplänen und Ängsten bis hin zu Käsesorten. Aber noch kein Telefonat war so zu Ende gegangen wie ihr letztes. Supriya hatte einfach aufgelegt.

24

Verdammter Kristoffer. Er hatte ihr einen Haufen Nachrichten geschickt, in denen er ihr vorwarf, dass ihr ein Scheiß an ihm liege, und jetzt ging er nicht ans Handy. Die mangelhafte Rechtschreibung verriet ihr, dass er betrunken war – sie hatte etwa das Niveau unambitionierter Spam-Mails. Jetzt schon so betrunken zu sein, konnte fast als Leistung durchgehen, schließlich hatte er das Gericht erst vor knapp zwei Stunden verlassen. Hinter ihr wurde gehupt, also bog sie schnell auf den Larmtorget. In Kalmar gab es viele Bars, eine planlose Suche würde sie nicht zu Kristoffer führen.

Sie fuhr zurück auf die Larmgatan Richtung Einkaufszentrum *Baronen*, wo sie einen Parkplatz fand.

Wo bist du?, schrieb sie. *Ich komme zu dir, dann können wir reden.*

Sie starrte aufs Display, doch die Minuten tickten dahin, ohne dass eine Antwort kam. Also schrieb sie noch: *Du irrst dich, natürlich liegt mir was an dir.*

Als Kristoffer auch darauf nicht antwortete, rief sie Isak an. Brauchte seine Stimme dringender als alles andere. Wärme breitete sich in ihr aus, als sie hörte, wie er sich meldete. Sie würden Eltern werden, zusammen. Die Angst, die sie damals davon abgehalten hatte, ihm von der Schwangerschaft zu erzählen, war fast verschwunden. Das Erste, was sie gesehen hatte, als sie nach dem Messerangriff aus der Narkose aufgewacht war, war sein lächelndes Gesicht gewesen. Er hatte ihre Hand genommen und geküsst: *Ihr schafft das, das Kind und du.* Er wollte das hier genauso sehr wie sie. Schnell erklärte sie, was gerade mit Kristoffer los war.

»Soll ich zu dir kommen?«, fragte Isak. »Ich habe für heute frei.«

»Danke, nicht nötig. Ich will einfach …« Ihr Handy vibrierte, und sie nahm es vom Ohr, um aufs Display zu schauen.

»Das ist Kristoffer, ich muss auflegen.«

»Melde dich, wenn was ist!«

Hanna versprach es und nahm dann Kristoffers Anruf an. Sie konnte kein Wort von dem verstehen, was er sagte, so sehr schluchzte er.

»Sag mir, wo du bist, dann komm ich hin«, sagte Hanna.

»Pipes.«

»Ich bin gleich da.«

Sie setzte zurück und fuhr die wenigen hundert Meter bis zum Stortorget. Im Pipes hatten sie und Isak sich in der Anfangsphase ihrer Beziehung getroffen, als sie sich langsam und zaghaft angenähert hatten.

Es war gerade mal vier Uhr nachmittags, und das Pub war fast leer. Eingerichtet war es mit dunklen Holzmöbeln und einem Teppichboden mit Schottenkaro. Sie ging an dem Tisch vorbei, an dem sie mit Isak über alles Mögliche geredet hatte. An dem ihre Hände sich gestreift hatten. Im hinteren Teil saß Kristoffer und klammerte sich an ein halb volles Bierglas. Sie nahm auf dem grünen Ledersofa gegenüber von ihm Platz, nahm ihm das Bierglas aus den Händen und stellte es weg.

»Ich pack das nicht«, sagte er.

»Klar packst du das.«

»Wieso bist du da so sicher?«

Er klang wie ein trotziges Kind.

»Weil dir nichts anderes übrig bleibt.«

Kristoffer schaute sehnsüchtig zum Bier. Bisher hatten sie noch nicht darüber gesprochen, aber es war nicht zu übersehen, dass er ein Problem mit dem Alkohol hatte. Hanna konnte nachvollziehen, wieso die Situation schwierig für ihn war, aber sie hatte den Eindruck, es steckte noch mehr dahinter. Als er im Herbst plötzlich bei ihr vor der Tür gestanden und ihr erzählt hatte, wie Ester Jensen gestorben war, hatte sie bereits daran gezweifelt, dass das die ganze Wahrheit gewesen war. Jetzt kehrte der Zweifel mit voller Wucht zurück.

»Was hast du bisher verschwiegen?«

»Hör schon auf«, sagte er und lehnte sich weit zurück, als wollte er den größtmöglichen Abstand zu ihr herstellen. »Wenn du bis zum Ende meiner Aussage geblieben wärst, hättest du gehört, dass ich bei Gericht genau das Gleiche erzählt habe wie bei dir. Genau das ist Ester passiert, das ist nicht gelogen.«

Er sprach laut, und Hanna schaute sich um. Der Einzige, der sie beachtete, war der Barkeeper. Einen Moment lang trafen sich ihre Blicke, dann bückte der Mann sich und kramte hinter der Theke.

»Scheiß drauf«, sagte Kristoffer und reckte sich nach dem Bierglas.

Hanna packte seine Hände.

»Hast du Ester getreten?«, fragte sie.

Er riss seine Hände weg.

»Nein, aber ich habe ernsthaft darüber nachgedacht, ob ich es einfach behaupte, damit ich anständig bestraft werde. Ich stand einfach bloß da und habe zugeguckt. Kannst du dir vorstellen, wie das ist?«

Sie starrten einander wortlos an, bis Hanna schließlich einlenkte.

»Entschuldige«, sagte sie. »Ich wollte dich nicht unter Druck setzen. Kommst du jetzt bitte mit mir nach Hause?«

Kristoffer schüttelte den Kopf.

»Ich bin noch nicht betrunken genug.«

»Denk an Beth und Ella.«

»Genau das tue ich ja. Die sind ohne mich besser dran.«

Er schaute sie an, und sofort war da wieder das Gefühl, dass er ihr etwas verschwieg.

»Wirst du bedroht?«, fragte sie.

»Nein«, sagte er etwas zu schnell.

Da erzählte sie von dem Mann, der vor der Schule in Gårdby aufgetaucht war und mit Molly gesprochen hatte, und dass Rebecka deshalb nicht länger aussagen wollte.

»Ich kann sie verstehen.«

»Das darfst du nicht sagen.«

»Aber es stimmt doch!«

Kristoffer griff erneut nach dem Bierglas, und diesmal ließ sie ihn. Die Hoffnung, doch noch eine Antwort von ihm zu bekommen, hatte sie aufgegeben, und seine Babysitterin wollte sie auch nicht sein. Nachdem Kristoffer das Bier mit großen Schlucken ausgetrunken hatte, wiederholte sie ihre Bitte:

»Komm mit mir nach Hause.«

Zu ihrer großen Verwunderung stand er auf und ließ sich von ihr ins Auto helfen. Sie schafften gerade mal zehn Meter, da schrie er:

»Halt an!«

Nach einem Blick in den Rückspiegel trat sie auf die Bremse.

Er drückte die Beifahrertür auf und übergab sich auf den Bürgersteig. Mehrere Sekunden lang hing er aus der Tür, Hanna fürchtete fast, er würde hinausstürzen. Sie wollte gerade nach ihm greifen, da richtete er sich von allein auf und zog die Tür zu. Dann wischte er sich mit dem Handrücken über den Mund.

»Im Handschuhfach liegt eine Kotztüte«, sagte sie.

In den ersten Schwangerschaftswochen hatte sie extrem mit Übelkeit zu kämpfen gehabt, aus dieser Zeit lagen immer noch überall Kotztüten verteilt.

Himmel, wie das stank. Kristoffers Klamotten hatten offenbar auch etwas abbekommen. Die nur zu bekannte Übelkeit kroch in ihr hoch. Sie waren mitten auf der Ölandbrücke, wo der Verkehr dicht war, weil die Inselbewohner auf dem Heimweg von ihren Jobs auf dem Festland waren. Hier konnte sie unmöglich halten, wenn jemand brechen musste. Sie ließ das Fenster runter, aber selbst die kühle Luft half nicht. Die Brücke verursachte ein fast klaustrophobisches Gefühl, das sie so gar nicht kannte. Hanna klammerte sich ans Lenkrad und versuchte, an etwas anderes zu denken. An Isak, bei dem sie bald eintreffen würden. Die Übelkeit ließ nach, und Hanna schaffte es bis Södra Näsby. Sie hatte kaum geparkt, da sprang Kristoffer schon aus dem Wagen und rannte zum Haus.

Als sie das Haus betrat, stand Isak im Flur und erwartete sie bereits. Er nickte zur geschlossenen Badezimmertür. Die Spülung war nicht laut genug, um das Schluchzen zu übertönen. Hanna zog Isak in die Küche.

»Was ist los?«, flüsterte er.

Die Erschöpfung traf sie völlig unvermittelt. Die Frage fühlte sich viel zu umfassend an und ließ sich unmöglich beantworten. Türen wurden geöffnet und geschlossen. Kristoffer war aus dem Bad ins Gästezimmer gegangen. Isak sah sie mit hochgezogenen Brauen an.

»Lassen wir ihn lieber erst mal in Ruhe«, sagte sie.

»Möchtest du drüber reden?«

»Nicht jetzt.«

Hanna nahm Isaks Hand und legte sie auf ihren Bauch.

»Tritt er?«

»Nein, *sie* tritt nicht, aber du darfst ihr gern sagen, dass sie darf.«

Isak ging vor ihr in die Hocke und presste den Mund gegen ihren Bauch.

»Hör mal, du, deine Mutter will, dass du sie trittst. Und wenn deine Mutter was will, solltest du besser hören.« Verwundert sah er auf. »Ich glaube, er hat mir gerade direkt in den Mund getreten.«

Hanna lachte, sie hatte es auch gespürt. Schon war die Erschöpfung wie fortgeblasen.

MITTWOCH, 18. MÄRZ

25

Hanna wurde vom Gewicht geweckt, nicht vom Geräusch. Isaks warmer Körper lehnte über ihrem, um ihren Wecker auszustellen. Er lächelte, während er sich auf seine Seite zurückrollte.

»Guten Morgen, Schlafmütze«, sagte er.

Durch dic Schwangerschaft hatte sie eine ganz neue Dimension von Müdigkeit kennengelernt, trotzdem schlief sie selten so tief. Sie musste wahnsinnig erschöpft gewesen sein.

»Wie hast du geschlafen?«, fragte sie.

»Geht so. Dein Bruder war wach und hat ordentlich rumgerumpelt, aber ich glaube, jetzt schläft er wieder.«

»Tut mir leid.«

»Hör doch auf, dich für Dinge zu entschuldigen, die nicht deine Schuld sind.«

Leider war es ja aber zum Teil ihre Schuld. Hanna war nicht bis zum Ende seiner Aussage im Gerichtssaal geblieben, und später, im Pub, hatte sie seine Ehrlichkeit infrage gestellt. Hatte wissen wollen, was er verschwieg. Egal, was Isak auch behauptete, er empfand es als Belastung, dass ihr Bruder bei ihnen wohnte. Das war an den Blicken abzulesen, die er Kristoffer zuwarf. Aber er wollte ihre Sorge wohl nicht verschlimmern, indem er sich beklagte. Sie seufzte.

»Es ist nicht deine Schuld«, sagte Isak.

Er stützte sich auf den Ellbogen, dicht bei ihr, und sie wandte sich ihm zu.

»Jetzt möchte ich das von dir hören«, sagte er.

Sie lächelte.

»Es ist nicht meine Schuld.«

Isak presste sich an sie, Lust strahlte förmlich von ihm aus, und Hanna hätte sie liebend gern auch gespürt, aber sie war einfach zu müde. Sanft streichelte er ihr übers Haar, dann über den Arm, berührte eine ihrer Brüste. Nicht nur seine Hand sehnte sich nach mehr. Hanna nahm seine Hand, hielt sie still, schloss die Augen und versuchte, das starke Versagensgefühl wegzuatmen.

»Schon okay«, sagte er, küsste sie kurz und stand auf. An der Tür drehte er sich um. »Kaffee kommt gleich.«

Hanna drehte sich wieder auf den Rücken. Als Isak wenige Minuten später zurückkehrte, war sie fast wieder eingeschlafen. Mit Mühe setzte sie sich auf, und er reichte ihr eins der größeren Kissen zum Anlehnen. Vorsichtig setzte Isak sich an die Bettkante. Nach einigen Schlucken spürte Hanna, wie sich durch das Koffein der Nebel in ihrem Kopf lichtete.

»Danke«, sagte sie.

Er streichelte ihr noch einmal übers Haar, beließ es aber dabei.

»Ich liebe dich«, sagte er. »Und jetzt mache ich dir Frühstück. Nein, euch.«

Zehn Minuten später gelang es ihr, sich aus dem Bett zu quälen, und da war der Tisch gedeckt. Die Zeitung lag neben ihrem Teller, und Hanna blätterte sie schnell einmal durch. Es gab einen kleinen Vermerk, dass ein Toter in Borgholm gefunden worden war und die Polizei von Mord ausging. Außerdem war eine Seite dem Prozess gewidmet, geschrieben von Henning Larsson. Darin schilderte er, was bisher ans Licht gekommen war. Viel mehr Raum nahm allerdings die Berichterstattung über die Pandemie ein. Die Schulen waren für die höheren Jahrgänge geschlossen worden, der Unterricht sollte online fortgeführt werden. Auch die Kinos hatten schließen müssen. Aus Angst hatten die Menschen den Konsum eingestellt, eigentlich wurden nur noch Lebensmittel gekauft. Bisher wurde im gesamten Bezirk Kalmar erst eine einzige Person wegen Corona im Krankenhaus behandelt. Die Krankheit schien weit entfernt, andere Dinge spielten gerade in Hannas Leben eine größere Rolle. Sie schlug die Zeitung zu und legte sie beiseite.

Heute würde Carinas Vater aussagen. Hanna interessierte sich brennend für das, was er über seinen Bruder zu erzählen hatte. Es war ausreichend gewesen, um eine Anklage zu rechtfertigen. Sie schickte eine SMS an Rebecka.

Wie geht es dir?

Innerhalb weniger Sekunden kam die Antwort.

Besser, seit ich beschlossen habe, nicht auszusagen.

Können wir – bitte – darüber reden?,

schrieb Hanna.

Isak nahm sich die Zeitung, während Hanna eine Scheibe Roggenbrot mit Frischkäse bestrich. Irgendwie musste sie Rebecka überzeugen. Sie war für morgen vorgeladen, also blieb Hanna nicht mehr viel Zeit. Gerade jetzt allerdings wollte sie an etwas anderes denken als an Axel Sandsten.

»Wie sieht es bei euch an der Schule aus?«, fragte sie. »Meinst du, die wird auch noch geschlossen?«

Die Schule in Gårdby, wo Isak arbeitete, unterrichtete nur bis zur sechsten Klasse.

»Ich hoffe nicht«, sagte Isak. »Aber eine Kollegin findet, wir sollten schließen. Ihr Mann hat Herzprobleme. Das gab eine ziemlich hitzige Diskussion in der Pause gestern.«

Hanna ging davon aus, dass es gerade an vielen Orten hitzige Diskussionen gab, sei es nun am Arbeitsplatz oder daheim. Sie konnte sich absolut nicht vorstellen, wie eine Schulschließung funktionieren sollte. Weiterführende Schulen, okay, aber für die so jungen Schülerinnen und Schüler, die Isak betreute, taugte der Fernunterricht nicht. Außerdem müssten dann auch die Eltern zu Hause bleiben. Aber wenn dieses Virus doch tödlicher war, als es bislang schien, hatten sie vielleicht keine andere Wahl.

Eine Tür wurde geöffnet, schleppende Schritte bewegten sich zum Badezimmer. Isak und sie wechselten einen Blick. Wie unglaublich nah sie sich in den wenigen Monaten gekommen waren. Er verstand sie ohne Worte, konnte sich in sie hineinfühlen. Kristoffer kam nicht in die Küche, sondern kehrte aus dem Bad direkt wieder ins Gästezimmer zurück. Hanna goss schwarzen Kaffee in einen Becher und klopfte bei ihm.

Von drinnen kam ein Murmeln, das sie einfach mal als Einladung deutete. Sie ging hinein und stellte den Becher neben das Handy, das zum Laden auf dem Nachttisch lag. Es war stickig und roch nach Schweiß. Immerhin hatte er sich hier nicht übergeben. Früher hatte sie manchmal hinter ihm hergeräumt, aber definitiv nicht so oft wie hinter ihrem Vater. Sie unterdrückte den Impuls, das Fenster zu öffnen.

»Was willst du?«, fragte er, ohne sich zu ihr umzudrehen.

Er lag in den Sachen von gestern auf dem Bett.

»Nur sehen, wie es dir geht.«

»Fantastisch«, sagte er mit einer Stimme, die vor Sarkasmus troff.

»Ich möchte mich für gestern entschuldigen«, sagte sie. »Ich hätte nicht …«

Das Handy verkündete den Eingang einer SMS. Kristoffer fuhr herum und legte die Hand über das Display, aber er war zu langsam.

»Wieso schreibt Klara dir?«, fragte Hanna.

An und für sich war es nicht außergewöhnlich, dass Kristoffer Kontakt zu Robins Schwester hatte, allerdings hatte er dazu bisher nichts gesagt, und sein jetziges Verhalten machte deutlich, dass er es lieber vor ihr verbergen wollte.

»Geht dich nichts an.«

»Ich will doch nur helfen.«

»Kannst du nicht.«

»Red doch mit mir.«

»Musst du nicht arbeiten?«

»Nein, ich wollte heute ins Gericht, weil Carinas Vater heute aussagt. Kommst du mit?«

»Glaube nicht. Ich hab genug von dem Spektakel.«

Frust überkam Hanna. Am liebsten hätte sie Kristoffer gepackt und geschüttelt, bis er erzählte, was Sache war. Aber sie wandte sich ab und verließ das Zimmer, jedoch nicht, ohne die Tür zuzuknallen. Verdammt noch mal, so eng mit Kristoffer zusammenzuleben war heute genauso nervtötend wie früher.

26

Die Fahrt von der Lindö-Schule bis zum Revier dauerte nur drei Minuten, trotzdem hatte Supriya darauf bestanden, dass Erik nicht das Rad nahm, sondern bei ihr im Auto mitfuhr, weil ihr Gespräch für sie noch nicht beendet gewesen war. Nila lehnte sich vom Rücksitz vor und streichelte sie beide an der Schulter. Für die Tochter war es eine schöne Abwechslung, mal von beiden Eltern zur Schule gebracht zu werden.

»Denk dran, dir die Hände ordentlich zu waschen«, sagte Supriya auf Englisch.

»*Yes Aai.*«

Aai bedeutete Mama in Marathi. Supriya wurde *Aai* genannt und Erik Papa. Mit ihm sprach Nila Schwedisch, mit Supriya überwiegend Englisch. Manchmal warf sie das eine oder andere Wort auf Marathi ein, aber ihm war Englisch lieber, dann fühlte er sich nicht so ausgeschlossen.

»Mindestens dreißig Sekunden, und es muss ordentlich schäumen«, fuhr Supriya fort.

»*Yes Aai.* Unsere Lehrerin hat uns ein Lied beigebracht, das wir zum Händewaschen singen sollen, damit wir nicht zu früh aufhören.«

»Außerdem ist es wichtig, dass du …«

»Da ist Sally!«, quiekte Nila auf Schwedisch.

Und in der nächsten Sekunde war sie auch schon aus dem Wagen gesprungen. Nach einer kurzen Phase mit viel Gezanke waren Sally und Nila doch wieder beste Freundinnen. Die Autotür flog zu, und Nila rannte über den Schulhof. Der schwarze Rucksack wippte auf ihrem Rücken. Früher hatte sie einen rosafarbenen mit Katzenjungen gehabt, aber offenbar war der nicht länger cool genug. Ihre Jacke war ein bisschen zu dünn für die noch niedrigen Plusgrade, aber Nila hielt selten lange genug still, um wirklich frieren zu können. Zehn Meter vor dem hellgelben Schulgebäude hatte sie Sally eingeholt, und die beiden umarmten sich. Supriya seufzte und fuhr los.

»Du musst mit deinem Chef reden.«

»Da gibt es nichts zu reden«, sagte Erik. »Die kümmern sich doch schon und entscheiden, wie die Polizei mit dem Virus umgeht. Hände waschen, Abstand halten, nicht zur Arbeit kommen, sobald man Erkältungssymptome hat.«

»Ja, aber das reicht nicht. Sie sollten mehr tun.«

»Was zum Beispiel?«

Erik musste sich Mühe geben, ruhig zu bleiben, aber es gelang ihm nicht zu hundert Prozent. Er war es so leid, diese Diskussion wieder und wieder zu führen.

»Mit einer Mundschutzpflicht«, sagte Supriya. »Oder indem euch ermöglicht wird, von zu Hause zu arbeiten.«

»Die, die das können, machen das schon«, sagte er, obwohl er nicht wusste, wie viele das genau betraf.

Supriya hielt vorm Revier.

»Was machen wir mit Nila?«

»Was meinst du?«

»Wir sollten zumindest überlegen, ob wir sie nicht erstmal zu Hause behalten. Mehrere Freundinnen von mir lassen ihre

Kinder schon nicht mehr zur Schule gehen. Ich kann den Großteil der Betreuung übernehmen.«

»Hier wird bislang erst ein Mensch im Krankenhaus behandelt«, sagte Erik. »Ein einziger.«

»Das sagt rein gar nichts darüber aus, wie ansteckend dieses Virus ist«, entgegnete Supriya. »Und andernorts sieht es ja schon sehr ernst aus. So wird das hier auch noch werden.«

»Ich muss jetzt zur Besprechung«, sagte Erik.

Supriya öffnete den Mund, und Erik lehnte sich zu ihr, um ihr einen Kuss auf die Wange zu geben.

»Ich verspreche, mir dreißig Sekunden lang die Hände zu waschen – mit massenweise Schaum.«

»Gut«, sagte Supriya. »Trotzdem reicht das nicht.«

»Ich kann dazu auch singen.«

»Darüber sollte man keine Witze machen.«

Mit einem Seufzen verließ Erik den Wagen und eilte zum Eingang. Jetzt blieb ihm nicht mehr genug Zeit, noch die Mails zu checken, bevor die Morgenbesprechung startete.

Amer, Daniel und Ove waren bereits da, als Erik ins Großraumbüro kam. Hanna hatte mitgeteilt, dass sie später dazustieße, weil sie zuerst noch ins Gericht wollte. Ove sah erschöpft aus.

»Die Obduktion ist abgeschlossen«, sagte er. »Es handelt sich tatsächlich um Mord. Außer Alkohol hat Vidar eine Menge Zopiclon zu sich genommen. Zopiclon ist Bestandteil von Schlaftabletten, die jedoch nicht zu den Medikamenten gehören, die Vidar regelmäßig verschrieben bekam. Natürlich kann man sie sich auch auf anderem Wege beschaffen, allerdings stimmt es, dass die Spuren an seinem Mund darauf hinweisen, dass jemand Vidars Gesicht kurz vor seinem Tod mit Gewalt festgehalten hat. Die Schlussfolgerung ist, dass er gezwungen wurde, die Tabletten zu nehmen. Daniel, kannst du herausfinden, wer Zugang zu Zopiclon hat?«

»Ich kann es versuchen«, sagte Daniel.

Es war also Mord. Erik konnte sich jedoch noch immer nicht vorstellen, wer einen alten Mann ermorden wollte, bei dem gerade erst eine Demenz festgestellt worden war. Was hatte Vidar getan, um so viel Hass auf sich zu ziehen? Aber vielleicht hatte der Täter auch gar nichts von der Diagnose gewusst.

»Wurde sonst noch irgendwo in der Wohnung Zopiclon gefunden?«, fragte Amer.

»In dem leeren Glas auf dem Nachttisch waren Spuren davon«, sagte Ove. »Von außen waren jedoch alle Spuren beseitigt worden, was es unwahrscheinlich macht, dass Vidar es überhaupt berührt hat. Außerdem gab es Rückstände von Zopiclon in einem der Cognacgläser.«

»Auch im Cognac selbst?«, fragte Erik.

»Nein«, sagte Ove. »Laut Obduktionsbericht starb Vidar am Samstagnachmittag oder -abend, wahrscheinlich zwischen sechzehn und dreiundzwanzig Uhr.«

»Albert Johansson hat ein Alibi bis Mitternacht«, sagte Erik. »Wenn man bedenkt, dass er eine Stunde bis nach Borgholm fahren muss, schließt ihn das als Täter aus.«

»An und für sich stimme ich da zu«, sagte Ove. »Trotzdem ist das bedauerlich, weil er mit seinen Geldproblemen das bislang stärkste Motiv hat. Wir brauchen definitiv mehr als die Aussage seines Kumpels, dass er zu Hause war. Daniel?«

»Ich mache mich gleich dran.«

»Ein weiteres interessantes Ergebnis liefert die Untersuchung des Küchenkrepps aus dem Müll«, fuhr Ove fort. »Der aufgewischte Urin war nicht menschlich, sondern stammte von einer Katze.«

»Einer Katze?«, fragte Amer. »Aber Vidar Johansson hatte doch gar keine?«

»Ja, genau. Wer in der Nachbarschaft hat eine oder mehr Katzen?«

»Wir waren in der Wohnung der Nachbarin direkt gegenüber«, sagte Erik. »Und sie hat eine Katze.«

Katzentussi hatte Milla vom Pflegedienst sie genannt.

»Okay. Dann versucht mal herauszufinden, ob es noch mehr Katzen im Haus gibt«, sagte Ove. »Was gibt es Neues von dem Nachbarn, mit dem Vidar Johansson gestritten hat, diesem Birk Engvall? Wir wissen ja, dass Vidar Johansson mit Kicki Andrén zu Mittag gegessen hat, aber es kann ja sein, dass der Streit mit dem Nachbarn danach noch weiterging.«

»Leider konnte ich über ihn nichts weiter herausfinden«, sagte Daniel. »Zumindest nichts, was für die Ermittlungen von Interesse wäre. Er scheint viel Zeit im Fitnessstudio zu verbringen.«

»Und er scheint uns aus dem Weg gehen zu wollen«, ergänzte Erik. »Er macht die Tür nicht auf und geht auch nicht ans Telefon.«

»Okay, versucht weiter, ihn zu erreichen«, sagte Ove. »Zu diesem Zeitpunkt können wir keinerlei anderen Druck ausüben.«

Erik nickte. Noch hatten sie keine Ahnung, wie Vidar Johanssons Samstag weitergegangen war, nachdem er das Café gegen halb eins verlassen hatte. Aber viel Zeit war bis zu seiner Ermordung nicht vergangen.

»Ich habe vorhin mit den Analytikern gesprochen«, fuhr Ove fort. »Noch ist die Analyse der Zeitungsausschnitte nicht abgeschlossen, aber Vidar Johansson schien sich sehr für einen gewissen Ture Lagerman zu interessieren. Hatte Hannas ehemalige Nachbarin seinen Namen nicht ins Spiel gebracht?«

»Doch«, sagte Erik. »Sie mochte ihn nicht besonders. Laut

ihrer Aussage hatte er einen schlechten Einfluss auf Vidar Johansson gehabt. Was sind das denn für Artikel?«

»Eine bunte Mischung«, antwortete Ove. »Interviews, Berichte und so weiter. Zu Tures fünfzigstem Geburtstag haben er und seine Frau die Welt umsegelt. Außerdem betrieb er mehrere Jahre lang eine Segelschule in Grönhögen. Er hat sich wirtschaftlich engagiert und mehrere Jugendprojekte auf der Insel angestoßen. In den Neunzigern wurde er mal zum Öländer des Jahres gewählt. Erik, fahr doch mal hin und sprich mit ihm. Frag Hanna, ob sie mitkommen kann, sonst übernimm das allein.«

»Da Hanna gerade nicht da ist, möchte ich anmerken, dass wir Ingrid Mattsson einmal richtig vernehmen sollten«, sagte Erik. »Es ist anzunehmen, dass sie und Vidar Johansson mehr als befreundet waren. Da er gleichzeitig eine Beziehung mit Kicki Andrén führte, könnte sie ein Motiv haben.«

»Absolut«, sagte Ove. »Bei der Befragung sollte Hanna nicht anwesend sein.«

»Ganz meine Meinung.«

27

Die Musik wurde immer lauter, bis es sich anfühlte, als würde ihr Kopf explodieren. Ingrid ließ Vidars Hände los und lehnte sich keuchend vor, drehte den schmerzenden Kopf, aber das machte es nur noch schlimmer. Sie presste sich die Finger gegen die Schläfen, um ihren Kopf still zu halten.

»Hilf mir«, wimmerte sie.

Sie wünschte sich, dass Vidar näher kam. Sie in die Arme schloss, damit sie nicht zerbrach. Stattdessen machte er ein paar Schritte beiseite und tanzte mit einer anderen weiter. Aber mit wem? Die Anstrengung, die es kostete, nach der Antwort Ausschau zu halten, sandte orangerote Schmerzwellen durch ihren Kopf. Sie sah nur zwei flimmernde Silhouetten. Dann hörte sie das kokettierende Kichern. *Kicki!,* dachte sie und erwachte mit einem Schluchzen.

Der Kopfschmerz war unverändert, er war in diesem Albtraum das einzig Echte gewesen. Lange lag Ingrid einfach da und starrte an die Decke. Ließ den Traum weichen. Diese lähmende Einsamkeit.

Vidar hatte das Tanzen geliebt, und er war richtig gut gewesen. Sie waren weiter oft ins Restis gegangen, und in ihrem zweiten gemeinsamen Sommer hatte Vidar sie zum Tanzboden in Sandbergen mitgenommen. Ture und seine Freundin waren auch dabei gewesen. Sie hatten getanzt, gezeltet, und es war sehr gut besucht gewesen. Viele Insulaner waren dort gewesen, aber auch Leute vom Festland. Der Eintritt hatte 2,40 Kronen gekostet, und Vidar hatte für sie alle vier gezahlt. Sie hatten unfassbar viel Spaß gehabt, und trotzdem hatten sich bei ihr schon damals leise Zweifel geregt.

Vidar ging fahrlässig mit dem Geld um, und außerdem hatte er sich den Wagen seines Vaters ausgeliehen. Angeblich hatte er vorher die Erlaubnis eingeholt, aber als sie zurückgekommen waren, hatte der Vater ihn gepackt und aus dem Auto gezerrt. Tures Freundin hatte auch in Borgholm gewohnt, also waren sie zu ihrer Wohnung gelaufen. Von dort hatte Ture sie mit dem Rad nach Hause gebracht. Damals hatte sie bei einer älteren Dame zur Untermiete gewohnt. Ture hatte sich über Vidar amüsiert und eine Anekdote zum Besten gegeben, wie er selbst einmal den Wagen seines Vaters gemopst und dann vor einen Baum gesetzt hatte. Da hatte Ingrid das Gefühl erneut beschlichen: Vidar hatte Ture imponieren wollen.

Der Kopfschmerz löschte die Erinnerungen aus. Sie musste sich nicht erst an die Stirn fassen, um zu wissen, dass sie hohes Fieber hatte. Als sie ein Kind war, hatte ihre Oma ihr in solchen Fällen einen Tee aus Zittergras zubereiten wollen, doch ihre Mutter hatte das nicht zugelassen. Hatte behauptet, das sei Unsinn. Aber ihre Oma hatte ihr trotzdem etwas von dem Tee zugeschmuggelt.

Ihr Mund war trocken wie Zunder. Ingrid reckte sich nach dem halb vollen Wasserglas auf dem Nachttisch, doch ihre Hand zitterte so sehr, dass sie das Glas umstieß. Es fiel zu Boden. Ernüchtert sank Ingrid zurück in die Kissen. Tränen brannten in ihren Augen, aber immerhin war das Glas nicht kaputtgegangen.

Nachdem sie sich ein paar Minuten ausgeruht hatte, setzte Ingrid sich auf. Weiter kam sie nicht. Die Kurzatmigkeit zwang sie, sich gegen das Kopfende des Betts zu lehnen.

Erst jetzt meldete sich die Angst. Sie konnte sich nicht einmal daran erinnern, wann sie zuletzt so krank gewesen war. Am besten wäre es wohl, Jakob anzurufen, aber der hatte ja selbst schon so viel um die Ohren. Durch den Hof und Olivia. Hanna genauso. Durch den Prozess und die Arbeit. Wo lag ihr Handy überhaupt? Sie konnte sich nicht erinnern.

Ingrid schloss die Augen und sah sofort wieder Vidars leeren Blick vor sich, nahm den Geruch von Erbrochenem wahr, der ihre Nasenflügel beben ließ. Die Tränen fingen an zu laufen. Der arme Vidar. Wieso hatte er nichts von seiner Diagnose erzählt? Sie hätte doch viel mehr für ihn tun können, als einmal pro Woche anzurufen und gelegentlich vorbeizukommen.

Es machte sie so wütend, dass ihr Vidar entrissen worden war, bevor sie ihm von ihren Gefühlen hatte erzählen können. Davon, wie es gewesen war, ihn all die Jahre bei sich zu tragen. Irgendwie gelang es ihr, eine Hand zu heben und die Tränen wegzuwischen. Dieser verdammte Ture. Wenn Vidar ihm nicht so nachgedackelt wäre, hätte es mit ihnen vielleicht ein anderes Ende genommen.

Einen Abend hatte Ture Schnaps mitgebracht. Beim Restis wurde kein Alkohol ausgeschenkt, deshalb hatte er ihn draußen versteckt. Sie waren immer wieder hinausgegangen, um einen Schluck zu trinken – genau wie viele der anderen Gäste. Ingrid hatte nur genippt, mehr nicht, Ture und Vidar hingegen hatten schon bald viel zu viel intus. Etwas später war Ture in eine Schlägerei verwickelt und wurde deshalb rausgeschmissen. Vidar hatte ihr nicht glauben wollen, als sie von der Schlägerei erzählte. Von dem Verdacht, dass Ture Diebesgut verkaufen wollte. Eines Abends hatte sie mitbekommen, wie Ture Geld von jemandem verlangte. *Davon weiß ich nichts*, hatte Vidar gesagt, als sie ihn darauf angesprochen hatte.

Erschöpft ließ sie sich wieder aufs Bett sinken. Es war längst nicht alles gut gewesen mit Vidar, aber wenn er sie berührte, hatte sie sich so lebendig gefühlt. Ingrid legte sich die Hand an die Wange, ließ sie langsam zu den Lippen wandern. Zum ersten Mal seit Jahren gestattete sie sich, an jenen Tag zurückzudenken, den sie seither so intensiv zu verdrängen versucht hatte.

Sie hatten zusammen auf einer Sommerwiese unterhalb der Schlossruine gesessen. Satt von ein paar belegten Broten und Leichtbier, das er für sie besorgt hatte. Nachdem sie stundenlang ununterbrochen geredet hatten, war das Gespräch allmählich versiegt. Dann hatte er sie mit seinem so verschmitzten Lächeln angesehen, weshalb sie sich geniert abwandte. Sie wäre am liebsten aufgestanden und nach Hause gefahren.

Wir gehören zusammen, hatte er geflüstert. *Ich weiß, dass du das auch spürst.*

Ingrid hatte nicht gewusst, was sie darauf erwidern sollte. In ihr war nichts als Chaos gewesen. Sehnsucht nach Vidar. Nach Harald. Nach etwas Einfacherem. Etwas, was sie nicht zugrunde richtete.

Vidar hatte einen Grashalm ausgerissen und damit sanft über ihren nackten Arm gestrichen, woraufhin sie heftig zusammenzuckte. Darüber hatten sie beide lachen müssen, und dieses Lachen hatte jeden Widerstand schwinden, alles verstummen lassen außer dem Verlangen nach Vidar. Sie hatte sich ihm zugewandt, hatte leicht genickt.

Mit vor Glück strahlendem Gesicht hatte er sich zu ihr hinübergebeugt. Hatte ihren Kopf in beide Hände genommen und sie geküsst, bis sie fast nicht mehr wusste, wer sie war. Sie hatten sich auf die Decke gelegt, um einander wiederzuentdecken, den Körper des anderen noch einmal neu zu erkunden. Um sich ein allerletztes Mal zu lieben.

28

Der Erste, den Hanna sah, nachdem sie die Sicherheitskontrolle bei Gericht hinter sich gebracht hatte, war Henning Larsson. Er stand mit Carina am Kaffeeautomaten in dem langen hellen Flur. Kurz wunderte sie sich, aber dann fiel ihr auf, dass Henning gewisse Ähnlichkeit mit Erik hatte: Offenbar konnte er sich mit allen und jedem anfreunden. Vielleicht tauschten er und Carina sich ja darüber aus, wie man am besten Nacktschnecken den Garaus machte, oder über ein beliebiges anderes Gartenthema. Soweit sie wusste, war dies das einzige gemeinsame Interesse der beiden. Als Henning sie erblickte, kam er sofort zu ihr. Carina nickte nur und verschwand mit ihrem Kaffee Richtung Verhandlungssaal.

»Wie ich höre, ermittelt ihr in einem Mordfall in Borgholm?«, sagte Henning.

»Ja, du und alle, die das *Barometern* lesen.«

»Du bist doch nicht sauer?«, fragte Henning und ließ übertrieben die Mundwinkel sinken. »Drei unterschiedliche Quellen haben mir das bestätigt, bevor ich die Meldung schrieb.«

»Könnte ich je sauer sein auf dich?«

»Gut, dürfte ich dann um einen Kommentar zum Stand der Ermittlungen bitten?«

Hanna grinste ihn an. Mehr war nicht nötig.

»War einen Versuch wert«, sagte er und zuckte mit den Schultern.

Hanna fragte sich, ob Henning wusste, dass ihre frühere Nachbarin das Opfer gefunden hatte. Vermutlich nicht. Eigentlich hatte sie sich längst bei Ingrid melden und nachhören wollen, wie es ihr ging. Ob ihr ein Journalist das Leben schwer machte. Aber sie hielt es für das Beste, abzuwarten, bis Erik mit ihr gesprochen hatte.

Über den Lautsprecher wurde verkündet, dass die Verhandlung in Saal vierzehn begann, also eilten sie hinein. Heute war der dritte Prozesstag, und ein paar Zuschauer hatten bereits das Interesse verloren. Nach kurzem Zögern entschied Hanna, sich zu Carina zu setzen, die sie kurz anlächelte. Eigentlich hatte Hanna mit ihr über den Prozess und Henning sprechen wollen, aber jetzt war nicht der richtige Zeitpunkt. Auf der anderen Seite des Sicherheitsglases wurde Axel Sandsten von zwei Justizvollzugsbeamten hereingeführt. Irgendwie war es äußerst befriedigend, ihn bewacht und mit Handfesseln gesichert zu sehen. Die Befriedigung ließ etwas nach, weil er nicht so wirkte, als würde ihn das alles im Geringsten beeindrucken. Er sah eigentlich nur gelangweilt aus.

Einer der Vollzugsbeamten löste die Handfesseln und den Hüftgurt, an denen sie zusätzlich befestigt gewesen waren, damit Axel sich neben seine Anwältin setzen konnte. Erst da öffnete sich die rechte Tür erneut, und das Prozedere wiederholte sich mit Sven-Otto Jensen.

Die Richterin rief Per-Olof Hansson in den Zeugenstand. Die Zeugen kamen durch dieselbe Tür herein wie die Zuschauerinnen und Zuschauer. Als Hanna sich umdrehte, hoffte sie, auch Kristoffer in einer der Bänke zu sehen – vielleicht hatte er seine Meinung ja geändert und war auf eigene Faust hergekommen –, aber der Einzige, der eintrat, war Per-Olof Hansson. Er bewegte sich mit langsamen Schritten vorwärts. Sein Gesicht war blass, er presste die Lippen fest aufeinander. Carinas Vater wurde gezeigt, wo er sich hinzusetzen hatte, dann wurde er vereidigt.

»Wie würden Sie das Verhältnis zwischen Ihnen und Ihrem Bruder Sven-Otto Jensen beschreiben?«, fragte der Staatsanwalt.

Per-Olof Hansson hielt den Blick auf seine Hände gerichtet. Es dauerte, bis er antwortete.

»Als anstrengend.«

»Inwiefern ist es anstrengend?«

Per-Olof räusperte sich, fand dann seine Stimme.

»Wir waren schon immer sehr verschieden. Er ist nie zufrieden, egal wie gut er es hat. Er ist ständig auf der Suche nach Abkürzungen und verbaut sich damit alles.«

»Könnten Sie uns ein Beispiel nennen?«, bat der Staatsanwalt.

»Er hat immer eine Menge Ideen, wie er reich werden könnte. Die hatte er früher schon. Damals veranstaltete er Flohmärkte und verkaufte selbst gemachte Getränke.« Per-Olof lächelte betrübt. »Je älter er wurde, desto ambitionierter wurden seine Ideen. Anfangs traute ich seinen Visionen und lieh ihm Geld für alle möglichen Firmen, die er gründen wollte. Aber irgendwann wurde mir klar, dass er wesentlich besser darin war, sich was auszudenken, als es umzusetzen. Als er sich zwanzigtausend Kronen von mir geliehen hatte, um Luftreiniger zu bauen, hatte ich genug. Das Geld habe ich nie wiedergesehen.«

Das Zittern in der Stimme war weg, er klang stark. Vielleicht sogar wütend, dachte Hanna, aber vielleicht bildete sie sich das auch nur ein.

»Wieso hat er einen anderen Nachnamen angenommen?«, fragte der Staatsanwalt.

Carinas Vater warf seinem Bruder einen Blick zu.

»Geboren wurde er als ein Hansson, aber ein »son«-Name war ihm nicht fein genug.«

Hanna schaute schnell zu Sven-Otto Jensen, der sich zu seinem Anwalt hinüberlehnte und diesem etwas zuflüsterte. Dann starrte er seinen Bruder an, der mit großem Interesse wieder seine Hände begutachtete. Sven-Otto Jensen wirkte viel präsenter als an den anderen Prozesstagen, an denen er ausgesehen hatte, als wolle er nichts lieber als verschwinden.

»Wie würden Sie das Verhältnis zwischen Sven-Otto Jensen und seiner Frau Ester beschreiben?«, fragte der Staatsanwalt.

»Sie hat ihm gutgetan«, sagte Per-Olof und rieb einen seiner Fingerknöchel. »Sie hat ihm geholfen, seinen Platz auf der Welt zu finden. Nachdem sie sich kennengelernt hatten, haben wir uns häufiger getroffen, alle zusammen. Denn Familie war ihr wichtig, und sie wollte die Kluft zwischen uns überbrücken. Sie haben bald ein Kind bekommen und das Haus gekauft. Als Maria klein war, glaubte ich, Sven-Otto hätte sich wirklich verändert.«

»Glaubte?«

»Ja, glaubte. Er hat nämlich nie mit den Projekten aufgehört, die ihn reich machen sollten. Einmal hab ich Ester weinend in der Küche vorgefunden. Da hatte er das ganze Geld verprasst, das eigentlich für eine Wärmepumpe gedacht gewesen war. Nach ein paar Jahren war sie es leid. Da ist ihr wohl bewusst geworden, dass alles vergebene Liebesmüh war.«

»Wie ging es dann weiter?«, fragte der Staatsanwalt.

»Sven-Otto ist völlig durchgedreht. Hat alles ausgegeben, was sie irgendwie hatten sparen können, und er wurde richtig bösartig, so habe ich ihn noch nie erlebt. Besonders Ester gegenüber. Mir kam es vor, als wäre sein Ziel gewesen, sie kaputt zu machen. Er hat sie permanent beleidigt und herabgewürdigt. Schlussendlich trennten sie sich, und die Scheidung war furchtbar. Sie haben um alles gestritten. Um Maria. Um das Auto. Das Haus.«

»Können Sie das weiter ausführen? Besonders, was das Haus betrifft?«, bat der Staatsanwalt.

»Sven-Otto war wütend darüber, dass Ester das Haus bekommen hatte, dabei hatte sie einfach die Mittel gehabt, ihn auszuzahlen. Er war der Meinung, sie hätte ihn betrogen, indem sie Geld vor ihm versteckt hatte.«

Per-Olof hob den Kopf, schaute jedoch nicht seinen Bruder, sondern Maria an.

Durch ihren Job hatte Hanna schon vielen Prozessen beigewohnt, es kam recht oft vor, dass Angeklagte und Kläger derselben Familie angehörten.

»Können Sie Ester beschreiben?«, fragte der Staatsanwalt.

»Sie war klug und witzig«, sagte Per-Olof. »Ich habe sie sehr gemocht. Anfangs war ich froh, dass sie sich für meinen Bruder entschieden hatte, aber dann schämte ich mich für sein Verhalten. Im Nachhinein habe ich viel über das nachgedacht, was passiert ist. Und wie ich ihr hätte helfen können.«

Per-Olof verfiel in Schweigen, diesmal hakte der Staatsanwalt nicht nach. Im Saal herrschte eine angespannte Stimmung. Leises Schluchzen brach die Stille. Es dauerte, bis Hanna es Axel Sandstens Mutter zuordnen konnte. Sie schaute zu Carina. Hatte das Gefühl, eine Hand ausstrecken zu sollen, aber wagte es nicht. Der Staatsanwalt richtete sich auf.

»Glauben Sie, dass Ihr Bruder den Mord an Ester in Auftrag gegeben hat?«

Per-Olof hielt den Blick weiter auf Maria gerichtet.

»Ja, das glaube ich.«

Sven-Otto Jensens Anwalt sah aus, als wolle er protestieren, doch der Staatsanwalt war schneller.

»Warum glauben Sie das?«

»Weil ich gehört habe, wie er das gesagt hat. Er war der Meinung, sie hätte sein Leben zerstört. Und er wünschte, sie wäre tot. Buchstäblich. Das war nicht nur dahergesagt.«

»Wieso sind Sie sich so sicher?«, fragte der Staatsanwalt.

»Weil er damit nicht aufgehört hat. Er hat immer wieder betont, dass sie es nicht verdiente zu leben, dass er hoffte, sie würde sterben, am liebsten bei einem Unfall. Und wenn das nicht passierte, wollte er selbst dafür sorgen.«

Der letzte Tag

Albert macht einen Schritt auf Vidar zu, sodass er zwischen ihm und der Haustür steht.

»Gib mir fünf Minuten«, fleht er. »Mehr will ich doch gar nicht.«

Ich sollte ihn ignorieren, denkt Vidar. Mich umdrehen und ihn da einfach stehen lassen. Irgendwo anders hingehen. Aber so sehr er Albert auch verabscheut, sie sind nun mal verwandt. Das ist er seinem Bruder schuldig, egal, wie lange er schon unter der Erde ist. Einen Tag, nachdem er seinen sechzigsten Geburtstag gefeiert hatte, traf ihn ein Eiszapfen am Kopf, der ihn tödlich verletzte.

Vidar ließ seinen Bruder im Stich, als er zur See ging. Es hat lange gedauert, bis er das verstehen konnte. Der Bruder hatte ihn um Hilfe angefleht, doch Vidar hatte das bei seinen wenigen Besuchen in Borgholm nicht verstanden. Wollte nicht sehen, wie schlimm es um alle stand. Die Mutter verließ kaum noch das Zimmer, der Vater soff und soff und wurde immer gewalttätiger. Vidar fand, der Bruder hätte ja auch abhauen können. Das sieht er an und für sich sogar heute noch so. Es gibt einfach eine klare Grenze dafür, wie viel Verantwortung man für andere Menschen übernehmen kann. Selbst wenn sie zur eigenen Familie gehören. Manche kann man einfach nicht retten. Immerhin konnten er und sein Bruder schlussendlich doch noch alles klären, das böse Blut beseitigen, das zwischen ihnen gewesen ist. Vielleicht fällt es ihm deshalb so schwer, die Hoffnung für Albert aufzugeben. Solange ein Herz schlägt, gibt es eine Chance.

Vidar öffnet die Haustür und hält sie seinem Neffen auf. Vor seiner Wohnungstür zögert er doch noch einmal. Er ist dieses ganze Gerede so leid. Nichts, was er bisher gesagt hat, hat bei Albert das Geringste bewirkt. Wieso soll er es also noch mal versuchen? Aber jetzt stehen sie ja schon vor seiner Wohnung, wie soll er ihn da noch abweisen?

»Was willst du?«, fragt Vidar, als er die Tür hinter ihnen geschlossen hat.

Es klingt unnötig abweisend, aber es geht ihm einfach so auf den Geist, dass er der Einzige ist, der sich Mühe gibt. Albert geht ins Wohnzimmer, ohne sich die Schuhe auszuziehen, sieht sich genauestens an, was in den Regalen steht, die Teppiche, die Gemälde … Sicher um abzuschätzen, was das alles wert ist. Turnschuhe, eine abgetragene Jeans und eine verwaschene Schirmmütze – man kann wirklich nicht behaupten, dass ihm daran gelegen ist, einen guten Eindruck zu machen.

»Du musst mir helfen«, sagt Albert.

Es klingt, als wäre er den Tränen nah, doch Vidar wird auf keinen Fall einlenken. Wenn er Albert den kleinen Finger reicht, beißt der ihm die ganze Hand ab.

»Ich habe dir schon geholfen«, sagt Vidar. »Mehrmals. Alles, was ich dir zuletzt gab, hast du verspielt. Dir mehr zu geben, wird auch nichts ändern.«

»Ich spiele nicht mehr, versprochen.«

»Das waren dreißigtausend Kronen!«

»Ich weiß, aber jetzt ist alles anders«, sagt Albert. »Ich verliere das Haus! Es soll zwangsversteigert werden.«

»Das hättest du vorher bedenken sollen.«

»Bitte, tu mir das nicht an.«

Albert macht einen Schritt auf Vidar zu, der zurückweicht.

»Ich tue rein gar nichts. Du bist ganz allein für dein Dilemma verantwortlich.«

Im Regal stehen mehrere Holzfiguren, und Albert nimmt den Elefanten aus Neu-Delhi heraus, betrachtet die Unterseite.

»Du hast mehr, als du brauchst«, sagt er.

»Für das Ding bekommst du bloß ein paar Zehner.«

Albert knallt den Holzelefanten wieder ins Regal.

»Warum hast du dein Testament geändert?«, fragt er.

»Weil du keine Öre wert bist.«

Als Albert damit gedroht hat, sich zu Vidars Vormund erklären zu lassen, war Vidars simple Antwort, dass er sein Testament entsprechend anpassen würde. Albert ist sein einziger Verwandter, aber da er nur Vidars Neffe ist, steht ihm nicht mal der Pflichtteil zu, und Vidar hat immer weniger Lust darauf, ihm irgendetwas zu vermachen. Dabei sieht er sich ein bisschen selbst in Albert: Vidar war ähnlich, als er jung war. Verprasste sein Geld, scherte sich einen Dreck um andere, solange es für ihn selbst irgendwie weiterging. Scherte sich einen Dreck um seinen Bruder. Aber Albert ist eben keine zwanzig mehr und sollte es langsam mal besser wissen.

»Gib mir zweihunderttausend, dann lasse ich dich in Ruhe, das verspreche ich.«

Vidar schnaubt. Albert ist wirklich kackdreist.

»Du klingst wie ein verdammtes Kleinkind. Und jetzt hau ab, bevor ich die Polizei rufe.«

In wenigen, schnellen Schritten steht Albert vor ihm, und Vidars Herz setzt einen Schlag aus. Er weiß nur zu gut, wozu verzweifelte Menschen fähig sind. Lange stehen sie so, Auge in Auge, und Vidar kann richtig sehen, wie es in Albert arbeitet. Zu guter Letzt siegt Alberts Selbstbeherrschung, aber der Blick, den er Vidar zuwirft, bevor er verschwindet, ist so voller Hass, dass ihm ganz eng ums Herz wird.

Oh, liebes Bruderherz, was soll ich nur tun?

Vidar sinkt aufs Sofa. Himmel, wie er seinen Bruder vermisst. Zum Schluss hatten sie sich so gut verstanden, dass sie beinahe über alles sprechen konnten. Ihm ist unerklärlich, wie der Neffe bei dem Vater so werden konnte. Der Bruder war aus Verantwortungsbewusstsein bei den Eltern geblieben. Aus Empathie. Irgendwas muss bei Albert nicht stimmen. Das ist die einzige Erklärung. Wobei er das seiner Mutter zu verdanken hat. Keine vernünftige Mutter lässt ihren Fünfjährigen zurück und haut nach Amerika ab. Vidars Bruder hatte nicht wieder geheiratet, und man kann sich vorstellen, dass Albert es nicht leicht hatte mit nur einem normalen Elternteil.

Ich bin zu hart zu ihm. Sofort will Vidar nach dem Telefon greifen, dabei braucht Albert kein Geld. Das wirft er doch nur aus dem Fenster. Bloß was könnte helfen? Vidar will nichts einfallen. Er würde so gern anders mit ihm sprechen, aber das kann er irgendwie nicht. Leider kann er das nicht auf die Krankheit schieben, denn so verhält er sich schon lange, nicht erst, seit er dement ist.

Ein Maunzen reißt ihn aus den Gedanken. Er hat immer ein Fenster auf Kipp stehen, damit er mitbekommt, wenn die Katze rein will. Vidar geht hinunter und öffnet die Haustür, nimmt die Katze auf den Arm und drückt die Nase in das braun gesprenkelte Fell.

»Du bist eine ganz feine«, flüstert er. »Wie schade, dass du bei so einem Monster gelandet bist.«

Er trägt die Katze zu sich in die Wohnung und setzt sie auf den Boden. Sie flitzt sofort in die Küche, weiß schließlich, was als Nächstes kommt. In der Vorratskammer hat er einen ganzen Stapel Thunfischdosen. Das Erste, was er sieht, als er die Vorratskammer öffnet, ist die Uhr.

Wieso hat Milla die dort hingelegt?

Er befestigt sie am Handgelenk. Sie scheuert zwar, aber er will nicht, dass sie wieder verschwindet. Vielleicht sollte das ein Scherz gewesen sein, sie so zu verstecken, aber er kann nichts Witziges daran finden. Immerhin muss er deswegen nun nicht mehr die Polizei verständigen.

Dann nimmt er die oberste Dose vom Stapel, öffnet sie und kippt den Inhalt auf einen Teller. Die arme Katze stürzt sich förmlich auf den Fisch. Er sollte Danuta noch mal anzeigen. So behandelt man doch kein Tier.

29

Erik saß im Auto vorm Gerichtsgebäude und wartete auf Hanna. Er hatte ihr eine SMS geschickt, dass er allein nach Färjestaden wolle, um mit Ture Lagerman zu sprechen, aber sie hatte ihn sofort angerufen und gesagt, sie wolle mit.

Hannas Augen leuchteten förmlich, als sie aus dem Gericht kam. Mit wenigen schnellen Schritten war sie bei ihm und riss die Tür auf.

»Sven-Otto Jensen hat zu seinem Bruder gesagt, er wünschte, Ester wäre tot«, sagte sie und sank auf den Beifahrersitz. »Dass sie bei einem Unfall sterben solle, und wenn das nicht passierte, dann wollte er dafür sorgen. Er hat sie wirklich gehasst.«

»Wie krass.«

»Allerdings. Vielleicht werden ihr Ex-Mann und Axel ja doch noch verurteilt.«

Erik wollte ihr die Hoffnung nicht nehmen, weshalb er lieber schwieg. Natürlich könnte das reichen in Kombination mit allem anderen, aber genauso gut eben nicht. Der Schritt dazwischen, jemandem den Tod zu wünschen und diesen Wunsch wirklich umzusetzen, war für die meisten Menschen zu groß. Selbst für jemanden, der die explizite Absicht äußerte.

»Hast du noch mal mit Ingrid gesprochen?«, fragte er also stattdessen.

»Nicht seit ich bei ihr in Kleva war. Wieso?«

»Nur so.«

Ingrid war nicht ans Telefon gegangen, als Erik es vorhin bei ihr versucht hatte, aber er wollte Hanna auch nicht unnötig beunruhigen.

»Wir müssen zum Hafen in Färjestaden«, sagte er also.

»Schön. Was weißt du über Ture Lagerman?«

»Er ist Witwer, hat drei Kinder, fünf Enkelkinder und zwei Urenkelkinder. Daniel hat sich große Mühe gegeben, aber bislang nichts gefunden, was darauf hindeuten könnte, dass er mehr ist als ein pflichtbewusster Rentner. Seine Wohnung liegt am Norra Hamnplan, ist also nicht direkt billig.«

Eine Viertelstunde später bog er vom Brovägen ab und parkte auf der Straße vor dem Wohnhaus. Sein Magen knurrte.

»Es ist eigentlich noch ein bisschen früh.« Hanna lachte. »Aber wenn du magst, können wir ja nach dem Gespräch bei Hasses einen Burger essen.«

»Klingt gut! Das ist doch dieser Hafenimbiss, richtig?«

»Gut aufgepasst.«

Noch vor wenigen Monaten hatte sie ihm erklären müssen, was genau Hasses war. Sie stiegen aus, und Erik atmete tief die frische Hafenluft ein. Die Gegend erinnerte ihn an Varvsholmen, wo er wohnte. Moderne Wohnhäuser direkt am Wasser. Bloß schien es hier deutlich mehr Liegeplätze für Boote zu geben. Ein kurzer Pier ging direkt von der schmalen Kaimauer ab, ein längerer führte bogenförmig einmal um ihn herum. Erik war nie ein Bootsmensch gewesen, jetzt überraschte ihn das plötzliche Verlangen, einmal aufs Meer hinauszufahren.

»Kannst du eigentlich segeln?«

»Nein, kann ich nicht«, sagte Hanna. »Und jetzt komm.«

Sie hielt ihm die Tür auf, also lief er voran die Treppe hinauf in den ersten Stock. Ture öffnete ihnen und wich sogleich zurück. Er trug einen Mundschutz und stützte sich schwer auf eine Krücke.

»Ich muss leider auf Abstand bestehen«, sagte er. »Mein Körper würde dieses neue Virus nicht überstehen.«

Ture war auf eine Art dünn, wie es eigentlich nur Kranke waren. Er trug eine Jogginghose und eine dicke Strickjacke über einem Hemd. Er hatte eine Glatze, aber einen dunkelgrauen Bart.

»Selbstverständlich«, sagte Erik. »Wenn Sie wollen, können wir auch gern draußen sprechen.«

Er schämte sich für seinen nackten Mund. Sie mussten unbedingt solche Masken für sich besorgen. Es spielte keine Rolle, was er selbst dachte, dies hier war eine Frage des Respekts, eine dringend gebotene Vorsichtsmaßnahme.

»Mein Wohnzimmer passt schon«, sagte Ture.

Er nickte auffordernd, dass sie sich aufs Sofa setzen sollten. Er selbst nahm im Lesesessel Platz, der in der Ecke stand. So kamen sie auf einen Abstand von zwei Metern, und Erik hoffte inständig, dass Ture nicht schwerhörig war. Er verschaffte sich einen schnellen Überblick über das Wohnzimmer. Es war hell und modern, und durch die großen Fenster konnte man das Meer sehen. Die Wohnung hätte sich nicht deutlicher von Vidars unterscheiden können. Im einzigen Regal und auf der länglichen Kommode standen massenweise Fotos, schätzungsweise von den Kindern, Enkelkindern und Urenkeln.

»Ich habe mitbekommen, dass Vidar Johansson gestorben ist«, sagte Ture, »und das ist sehr traurig. Ich verstehe nur nicht ganz, weshalb Sie mit mir über ihn sprechen wollen.«

Erik ging nicht auf seine Frage ein, sondern stellte selbst eine. »Wann haben Sie sich zuletzt gesehen?«

Ture stützte sich mit den Ellbogen auf die Sessellehnen und legte die Fingerspitzen aneinander.

»Das wird sicher zehn Jahre her sein«, sagte er. »Allerdings ist mein Gedächtnis nicht mehr, was es mal war.«

Er hob die eine Hand und klopfte sich gegen die Schläfe. Durch den Mundschutz war seine Mimik schwer zu erkennen, aber dank seines wachen Blicks wirkte er alles andere als vergesslich oder verwirrt.

»Hatten Sie sonst Kontakt?«, fragte Erik.

»Das kommt darauf an, was Sie unter Kontakt verstehen«, sagte Ture. »Letztes Jahr im November hat er sich gemeldet und gefragt, ob wir uns treffen könnten, aber ich habe abgelehnt.«

»Warum?«

»Weil ich dafür keinen Anlass sah. Und ich habe ihn vor circa einer Woche angerufen, weil ich wissen wollte, ob er sich an einen Mann erinnern konnte, den wir in Lagos in Nigeria getroffen haben. Aber das konnte er nicht. Einer meiner Enkel hat dort Arbeit gefunden, und ich wollte ihm bei der Suche nach einer Unterkunft helfen.«

»Wieso hatte Vidar so großes Interesse an Ihnen?«, fragte Hanna.

»Wie meinen Sie das?«

»Er hat eine ganze Menge Zeitungsausschnitte über Sie gesammelt.«

Das mit der ganzen Menge war vielleicht etwas übertrieben, aber hatte doch einen Effekt. Ture zuckte zusammen und versuchte, die Reaktion mit einem Lachen zu überspielen. Der Mundschutz flatterte etwas. Erik konnte ihn aber an und für sich verstehen. Es war schon ein bisschen unangenehm, zu erfahren, dass jemand auf diese Art Informationen über einen selbst zusammengetragen hatte.

»Vidar war schon immer ein Sammler«, sagte Ture. »Wenn ich so drüber nachdenke, fing das damals in Lagos an. Wir waren auf einem Markt, wo er eine Holzfigur fand, die ihn maßlos faszinierte. Ich glaube, es war ein Pferd, aber eigentlich bloß Nippes.«

»Dann sind Sie also zusammen zur See gefahren?«

»Ja, als ich von meiner ersten Reise zurückkehrte, fragte ich ihn, ob er nicht mitkommen wolle. Uns fehlte nämlich ein Schiffskoch, und Vidar konnte unheimlich gut kochen. Er hat sofort Ja gesagt. Wir hatten das gleiche Bedürfnis: wegzukommen.«

Ture kratzte sich hinterm Ohr, löste die Schlaufe und ließ den Mundschutz am anderen Ohr hängen.

»Was können Sie uns über Vidar erzählen?« fragte Erik.

»Nicht viel mehr, als was Sie jetzt schon wissen. Er war ein Sammler, der gern reiste und kochte. Ich war das Seefahrerleben früher leid als er. Ich hatte ein Mädchen kennengelernt und wollte Familie.«

Ture schaute zu den Fotos und lächelte, wodurch sich die Fältchen um seine Augen vervielfältigten. In dem Moment erinnerte er Erik an seinen Großvater. Opa hatte neun Geschwister gehabt und selbst sechs Kinder bekommen. An seinem Lebensabend waren die Fotos seiner Familie sein einziger Freudenquell gewesen. Würde es bei Papa auch so sein?

»Wir bekamen drei Kinder, und die haben alle eigene Kinder. Leider starb meine Frau schon vor zwanzig Jahren.«

»Das tut mir leid«, sagte Erik.

»Hatte Vidar Feinde oder Neider zu der Zeit, als Sie viel Kontakt hatten?«, fragte Hanna.

»Nein, das kann ich mir nicht vorstellen. Vidar war ein umgänglicher Mensch, hat sich immer gut mit anderen verstanden.«

»Was haben Sie Samstagnachmittag und -abend gemacht?«

Ture lachte.

»Fragen Sie mich tatsächlich nach einem Alibi?«

»Reine Routine«, sagte Erik.

»Samstag war ich bei meiner Tochter oben in Löttorp.«

»Dann waren Sie nicht um drei mit Vidar verabredet?«

»Nein, ich bin um zwei hier losgefahren.«

»Eine Lüge ist keine Lüge«, sagte Hanna.

»Wie bitte?«, fragte Ture. »Sie müssen sich etwas weniger kryptisch ausdrücken, wenn ich Ihnen folgen können soll.«

»Sagt Ihnen der Satz etwas?«

»Nein, absolut nicht.«

»Waren Sie mal in Vidar Johanssons Wohnung in Borgholm?«, fragte Erik.

»Ja, aber das ist zehn Jahre her.«

»Wenn Sie nichts dagegen haben, würden wir gern Ihre Fingerabdrücke nehmen. Nur für diesen Fall. Es gibt eine Menge Fingerabdrücke zuzuordnen.«

»Da habe ich allerdings etwas gegen«, sagte Ture leicht amüsiert. »Nach zehn Jahren sollten von mir wohl kaum noch Fingerabdrücke zu finden sein. Außerdem habe ich nichts mit Vidars Tod zu tun, das müssen Sie mir einfach glauben.«

Hanna sah aus, als wolle sie protestieren, also sagte Erik schnell:

»Wenn Sie Ihre Meinung ändern, melden Sie sich. Es wäre uns eine große Hilfe.«

»Verstehe«, sagte Ture, setzte den Mundschutz wieder richtig auf und griff zu seiner Krücke. »Und jetzt müssen Sie mich leider entschuldigen. Zeit für meine Medikamente.«

30

Der Rollladen bei Hasses war noch unten. Hanna schaute auf die Uhr: Noch zwei Minuten, bis der Grill geöffnet haben sollte. Sie wollte gerade testen, ob die Tür abgeschlossen war, da wurden die Läden von einem jungen Mann mit schwarzem Kapuzenpulli und einer winzigen schwarzen Kochmütze geöffnet.

»Willkommen«, sagte er. »Worauf habt ihr Bock?«

Hanna bestellte den größten Hamburger, den das Lokal zu bieten hatte, während Erik einen Halloumiburger wählte.

»Wir haben Decken, falls ihr euch draußen hinsetzen wollt«, sagte der Typ. »Ich bin nur noch nicht dazugekommen, sie rauszulegen.«

»Danke, wir bleiben lieber drinnen.«

Mitte März fühlte sich viel zu früh an, um überhaupt über Terrassenplätze nachzudenken, aber die Restaurants und Imbisse taten alles, was sie konnten, um keine Gäste zu verlieren. Der Typ sang leise vor sich hin, während er ihre Bestellung zubereitete.

»Du weißt echt nicht, was du verpasst«, sagte Hanna, als sie endlich in ihren Hamburger beißen konnte.

»Der Witz wird langsam alt«, sagte Erik.

»Ich weiß, aber dadurch ist es nicht weniger wahr.«

Sie brauchten nicht sonderlich lang, um sich das Essen einzuverleiben. Mittlerweile hatte sich eine Schlange gebildet, doch die anderen hungrigen Gäste nahmen alle ihre Bestellungen mit.

Hanna hatte noch nicht entschieden, wohin sie als Nächstes wollte. Wieder zum Gericht oder nicht? Nach kurzem Zögern beschloss sie, mit Erik aufs Revier zu fahren. Gerade machte sie nichts zur vollsten Zufriedenheit. Sie war eine mittelmäßige Polizistin und sogar eine noch schlechtere Schwester. Allerdings war Letzteres genauso Kristoffers Schuld.

»Ich fahre«, verkündete sie.

Erik reagierte, indem er statt der Fahrer- die Beifahrerseite ansteuerte. Er war ein paar Zentimeter kleiner als sie, und seit der Bauch wuchs, stellte sie den Sitz etwas zurück, wenn sie das Steuer von ihm übernahm. Sollte sie sich bei Kristoffer melden? Nachhören, ob er unterwegs war zum Gericht? Nein. Sie startete den Wagen und fuhr los.

»Irgendwas stimmt nicht mit diesem Ture«, sagte sie, um ihre Gedanken bewusst auf den Fall zu richten.

»Findest du?«, fragte Erik. »Er hat sehr vernünftig geantwortet, klar und direkt.«

»Puh, ich glaube, du siehst dich selbst in ihm.«

»Wie witzig du heute bist«, sagte Erik.

Hanna bog auf die Ölandbrücke.

»Allerdings. Er scheint ja nicht gerade in toller körperlicher Verfassung zu sein, aber vielleicht hat er auch übertrieben. Würdest du Daniel anrufen und bitten, noch ein bisschen tiefer zu graben?«

»Hältst du das wirklich für begründet?«

»Wieso denn nicht?«, erwiderte Hanna. »Dann lass ihn doch wenigstens prüfen, ob das mit der jüngsten Kontaktaufnahme zwischen den beiden hinkommt.«

Erik brummte bejahend. Das Gespräch mit Daniel dauerte nur ein paar Minuten, dann senkte sich erneut Schweigen über den Wagen. Hanna war so unfassbar müde, wieso hatte sie darauf bestanden zu fahren? Dabei kannte sie die Antwort. Die Antriebslosigkeit machte sie wahnsinnig. Gerade hatte sie das Gefühl, ihr eigener Körper wolle sie sabotieren. Ein bisschen enttäuscht war sie und auch etwas verwundert. Sie hatte gedacht, ihr würde es besser gefallen, schwanger zu sein.

Nachdem sie den Wagen in der Garage des Reviers abgestellt hatte, schickte sie Erik schon mal vor. Sagte ihm, sie müsse noch ein paar private Telefonate erledigen. Kaum war Erik außer Hörweite, wählte sie Kristoffers Nummer, doch der wies ihren Anruf ab. Bei Rebecka landete sie auf der Mailbox. Zuletzt rief sie noch Henning Larsson an, der sofort dranging.

»Dann hast du dich entschieden, mir doch ein Interview zu geben?«

»Nein, aber wenn du mir kurz erzählst, was nach der Vernehmung von Per-Olof Hansson noch passiert ist, überlege ich es mir.«

»Ich nehme dich beim Wort«, sagte Henning, obwohl ihm klar sein musste, dass sie niemals über laufende Ermittlungen sprechen würde. »Ester Jensens Freundin wurde vernommen. Sie waren im selben Kunstverein. Ester hat mit ihr wohl ziemlich offen über ihren Ex-Mann gesprochen. Unter anderem hat sie gesagt, dass sie Angst vor ihm habe. Einmal sagte sie sogar, sie habe Angst, er würde ihr etwas antun, weil sie das Haus behalten hatte.«

»Gut«, bemerkte Hanna. »Wer hat sonst noch ausgesagt?«

»Robin Svenssons Schwester Klara. Sie erzählte, dass sie Robin und Axel mal zusammen in der Stadt gesehen hat. Sie war davon überzeugt, dass Axel ihren Bruder bedroht hat. Und dass die Drohung und seine Schuldgefühle schlussendlich die Gründe dafür gewesen wären, dass er sich das Leben nahm. Aber die Aussage würde ich eher als schwach bewerten. Klara machte einen sehr nervösen Eindruck.«

Im Hintergrund wurde etwas über Lautsprecher verkündet.

»Ich muss wieder rein. Als Nächstes wird der Mann vernommen, mit dem Ester nach der Scheidung von Sven-Otto eine Beziehung einging. Kurze Frage: Hast du schon mal was von Soffan gehört?«

»Soffan wie Sofa?«

»Ja, das ist ein Spitzname, aber es klingt so, als wüsstest du nicht, wer das ist.«

»Nein, wer ist …«

»Du, ich muss wirklich zurück.«

Henning hatte aufgelegt, und Hanna starrte ihr Handy an. Sofort war da wieder der Drang, sich zum Gericht zu begeben. Dabei würde sie es jetzt doch nicht mehr rechtzeitig schaffen. Also rief sie Klara Svensson an, weil sie wissen wollte, warum sie ihrem Bruder geschrieben hatte. Nachdem es sicher zehnmal getutet hatte, ohne dass Klara ans Handy ging, brach Hanna den Anruf ab und schrieb ihr stattdessen:

Ruf mich bitte an, wir müssen reden.

Dann öffnete sie die Autotür und stieg aus. Im Flur direkt vor der Tiefgarage traf sie auf Erik.

»Tut mir leid, aber wir müssen wieder nach Öland. Diesmal nach Borgholm.«

»Warum?«

»Daniel hat endlich die zuständige Person bei der Kommune ausfindig gemacht. Offenbar hat Vidar seine Nachbarin

Danuta Bergmark wegen Tierquälerei angezeigt. Die Situation muss sehr angespannt gewesen sein. Er hat sogar versucht, sie aus der Wohnung werfen zu lassen. Man muss also kein Hellseher sein, um davon auszugehen, dass der Katzenurin in Vidars Müll von Danutas Katze stammte.«

»Hätte Daniel das nicht sagen können, als du vorhin mit ihm telefoniert hast?«

»Da wusste er es noch nicht. Komm, das wird lustig.«

Erik legte den Kopf schief und lächelte sie so niedlich an, dass Hanna über ihn lachen musste.

»Okay, dann können wir sogar noch einen Versuch starten, diesen Birk Engvall zu erwischen«, sagte Hanna und reichte Erik den Autoschlüssel. »Außerdem können wir uns noch mal mit Esbjörn Fagers Ex Lillemor unterhalten. Diesmal kannst du wieder fahren.«

31

Sie hatten gerade erst die Ölandbrücke erreicht, da war Hanna schon eingeschlafen. Erik schielte zu seiner Kollegin. Sie hatte den Kopf angelehnt, ihr Mund war leicht geöffnet. Erinnerungen an Supriyas Schwangerschaft überkamen ihn. In Mumbai hatte gerade ein Monsun gewütet, als sie es erfuhren. Stundenlang lauschten sie dem Regen und sprachen über die Zukunft. Supriya mit dem Kopf auf seinem Schoß. Er mit der Hand auf ihrem Bauch. In den folgenden Monaten hatte er mit dem wachsenden Kind gesprochen, verwundert zugesehen, wenn sich unter der Haut etwas bewegte wie ein Alien, das herauswollte. Nilas erster Schrei, als sie endlich auf die Welt gekommen war, war das Bewegendste, was er je erlebt hatte. Es war das erste und einzige Mal gewesen, dass er vor Glück geweint hatte.

Ein Minivan näherte sich mit hoher Geschwindigkeit von hinten, weshalb Erik langsamer wurde, um auf die rechte Spur zu wechseln. So viel Zeit hatte der Fahrer des Minivans offenbar nicht, er überquerte die doppelte Mittellinie, um an Erik vorbeizukommen, und brachte damit nicht nur sich, sondern auch den Gegenverkehr in Gefahr.

»Idiot«, murmelte Erik.

Der Minivan entfernte sich, aber nicht, ohne aus mehreren Richtungen angehupt zu werden. Hannas Kopf sank zur Seite. Wenn sie nicht schlafen würde, wäre er dem Fahrer vielleicht gefolgt, hätte ihn sich zur Brust genommen und ihm ein Bußgeld verpasst. Aber so ließ er ihn fahren. Er hoffte, dass Hannas Kind gesund zur Welt kam. Sie hatte in ihrem Leben schon genug mitgemacht.

Erik fuhr durch den Wald in Richtung Norden. Allmählich war ihm langweilig, aber er wollte das Radio nicht anstellen, um Hanna nicht zu wecken. Sie schlief die ganze Fahrt über, schnarchte zum Ende hin sogar. Nachdem er vor Vidars Haus geparkt hatte, tippte er sie leicht an.

Hanna zuckte heftig zusammen und schaute sich wie wild um.

»Alles gut, Hanna«, sagte er. »Du bist mit mir, Erik, im Auto. Wir wollen uns mit Vidar Johanssons Nachbarn unterhalten.«

Sofort beruhigte sie sich etwas.

»Entschuldige«, sagte sie.

»Was denn?«

»Dass ich noch bekloppter bin als sonst.«

»Finde ich gar nicht.«

Hanna lächelte und stieg aus, er folgte ihr schnell. Vor der Tür saß die gesprenkelte Katze und miaute. Sie schaute kurz zu ihnen, aber gleich wieder zur Tür und setzte ihren Klagegesang fort. Das war die Katze, die sie bei Danuta Bergmark angetroffen hatten, und sofern sie also keine weiteren hatte, war dieses Tier der Stein des Anstoßes. Als Erik die Tür öffnete, huschte die Katze hinein und lief voran bis in den zweiten Stock. Als sie sie eingeholt hatten, pendelte die Katze zwischen den Türen zu Vidars und Danutas Wohnung hin und her und maunzte ununterbrochen.

Ganz wie beim letzten Besuch dauerte es eine ganze Weile, bis Danuta an die Tür kam. Sie war immer noch dabei, eins ihrer Hörgeräte einzusetzen, als sie öffnete. Diesmal trug sie eine lila Brille. Offenbar hatte sie mehrere, damit die Farbe zu ihrer Kleidung passte. Heute war es ein lila-oranges Kleid. Die Katze huschte mit einem letzten beleidigten Maunzen in die Wohnung.

»Da bist du ja«, sagte Danuta und eilte der Katze hinterher.

Jedenfalls schien sie noch gut auf den Beinen zu sein. Hanna und er folgten und schlossen die Tür hinter sich. Danuta war in der Küche und hatte ihrer Katze etwas zu fressen in den Napf gefüllt.

»Mein Gehör hat sich verschlechtert«, sagte sie. »Ich bekomme es trotz Hörgeräten nicht mehr mit, wenn sie unten steht und maunzt. Aber ich habe kommende Woche einen Termin beim Arzt. Hoffentlich kann der die Geräte anpassen.«

Die Katze schlang das Futter hinunter, und Danuta streichelte ihr über den Rücken.

»Die kleine Dame hier ist sehr wählerisch. Sie frisst nur Lachs in Gelee.«

»Wir haben noch ein paar Fragen an Sie«, sagte Erik und sprach besonders laut.

Danuta nickte, also schien er sich zumindest verständlich gemacht zu haben.

»Darf ich Ihnen einen Kaffee anbieten?«

Ihr Blick war so hoffnungsvoll, dass Erik es nicht übers Herz brachte abzulehnen. Hanna offenbar auch nicht. Also setzten sie sich an den Küchentisch aus Kiefernholz, und Danuta deckte Tassen mit Marimekko-Muster. Dann kramte sie kurz im Tiefkühlfach und im Vorratsschrank herum, bis sie mit einem Teller zurückkehrte, auf dem Vanillekekswaffeln lagen.

»Ich habe leider keine selbstgebackenen mehr«, sagte sie. »Das tut mir sehr leid.«

»Die sind doch mehr als genug«, sagte Erik und nahm sich gleich eine.

»Würden Sie uns etwas über den Konflikt zwischen Ihnen und Vidar erzählen?«, bat Hanna.

»Aha, dann haben Sie davon also gehört«, sagte Danuta. »Wahrscheinlich hätte ich das gleich bei Ihrem ersten Besuch erwähnen sollen, aber es kam mir irgendwie falsch vor, schlecht über einen Toten zu sprechen. Vidar wollte mich hier raushaben. Sicher nur, um sich Hjördis unter den Nagel zu reißen.«

Danuta wandte sich mit tränenvollen Augen zur Katze um.

»Er hat sie mehrmals gekidnappt«, sagte sie. »Und irgendwie wollte dieser schlimme Mann es so drehen, dass es aussah, als würde ich sie misshandeln. Dass ich sie absichtlich aussperrte und ihr nichts zu fressen gab. Ich kann schon nicht mehr sagen, wie oft er mich wegen Tierquälerei angezeigt hat. Dabei hast du es hier doch gut, mein kleiner Schatz, nicht wahr?«

Die Katze namens Hjördis hatte ihren Lachs aufgefressen und saß nun auf dem Küchenfußboden, wo sie sich die Pfoten leckte.

»Vor ein paar Wochen kam sie mit einer blutigen Pfote nach Hause. Sie konnte damit kaum auftreten. Ich bin fest davon überzeugt, dass Vidar sie irgendwie verletzt hat.«

Die Katze hörte auf, sich zu putzen, und schaute ihr Frauchen an.

»Haben Sie Vidar am Samstag getroffen?«, fragte Hanna.

»Ja, ganz wie ich schon gesagt habe. Er hat gegen zehn das Haus verlassen, aber ich glaube, er kam am Nachmittag zurück. Ich konnte Hjördis nirgendwo entdecken, also gehe ich davon aus, dass er sie wieder mitgenommen hat. Das hat er schon ein paar Mal gemacht, das weiß ich. Ich war draußen und habe sie gesucht, aber sie war nirgends zu finden. Lillemor hatte ihn mit der Katze im Treppenhaus gesehen.«

»Haben Sie Vidar zur Rede gestellt?«

Die Katze kam zum Tisch und striff Erik um die Beine. Er beugte sich gerade zu ihr hinunter, um sie zu streicheln, doch Danuta war schneller. Sie schnappte sich Hjördis und nahm sie auf den Schoß.

»Ich habe es versucht, habe bei ihm geklingelt, aber er hat nicht aufgemacht.«

»Ist Ihnen etwas Außergewöhnliches aufgefallen, als Sie draußen nach der Katze gesucht haben?«, fragte Hanna weiter.

»Nein, nichts. Und die Einzige, die ich getroffen habe, war Lillemor, die gerade vom Einkaufen kam. Sie hatte Vidar mit der Katze gesehen.«

KGB hatte Milla vom Pflegedienst sie genannt.

»Lillemor scheint hier ja nichts zu entgehen«, sagte Erik.

»So kann man es ausdrücken«, sagte Danuta. »Ich persönlich finde, sie mischt sich übertrieben ein, aber wahrscheinlich ist sie nur einsam. Ich habe ihr geraten, sich eine Katze anzuschaffen, aber das war wohl eine Beleidigung für sie. Danach hat sie sich dann ständig über Hjördis beklagt. Angeblich hat sie sich unter ihr Fenster gesetzt.«

Danuta streichelte Hjördis über den Rücken, aber die Katze hatte offenbar genug, sprang auf den Boden und verschwand aus der Küche.

»Noch Kaffee?«, fragte Danuta.

»Danke, ich habe noch«, sagte Erik und hielt die Hand über die Tasse, weil Danuta trotzdem mit der Kanne anrückte.

Hanna hingegen ließ sich nachschenken und trank mit großen Schlucken.

»Sehr leckerer Kaffee«, sagte sie. »Vidar muss ein anstrengender Nachbar gewesen sein. Gibt es sonst noch etwas, was Sie uns über ihn erzählen könnten?«

Danuta tunkte eine der Kekswaffeln in ihren Kaffee und aß sie dann genüsslich.

»Leider nicht. Oder doch. Hjördis' Halsband ist weg, und ich bin ziemlich sicher, dass Vidar es gestohlen hat.«

»Wie hat es ausgesehen?«

»Es war aus rotem Samt, und daran war eine kleine Marke mit ihrem Namen und meiner Telefonnummer. Falls Sie es bei Vidar finden, hätte ich es gern wieder.«

»Verständlich«, sagte Erik. »Würden Sie uns Ihre Fingerabdrücke geben?«

Danuta fiel die Kekswaffel aus der Hand, die sie gerade genommen hatte.

»Wozu wollen Sie die?«

»Nur um alle Fingerabdrücke zuordnen zu können«, erläuterte Erik. »Wir bitten alle aus Vidars Umfeld darum.«

»Also, nein. Das ist mir wirklich unheimlich«, sagte Danuta. »Außerdem ist es Jahre her, dass ich in Vidars Wohnung war.«

Nach einem missglückten Versuch, sie doch noch vom Gegenteil zu überzeugen, bedankten sie sich und gingen zur Tür. Sofort kam Hjördis angerannt und setzte sich erwartungsvoll auf die Fußmatte.

»Moment«, sagte Danuta.

Die Katze protestierte lautstark, als Danuta sie hochnahm. Hanna und Erik eilten hinaus und schlossen die Tür hinter sich.

»Es ist möglich, dass sie uns die Fingerabdrücke nur verweigert hat, weil sie darauf spekuliert hat, dass wir dann noch mal auf einen Kaffee vorbeikommen«, sagte Hanna.

»Das kann ich mir auch gut vorstellen.«

Im ersten Stock klingelten sie noch ein paar Mal beim Muckimann Birk Engvall, aber er öffnete nicht. Hanna wählte seine Nummer an, und Erik legte das Ohr an die Tür, doch es war kein Handyklingeln zu hören.

»Sollen wir noch mal mit Lillemor Nyman sprechen?«, fragte er.

»Das ist eine gute …«

Hanna verstummte, weil sich die Haustür öffnete und jemand mit bestimmten Schritten die Treppe heraufkam. Ein Mann Mitte dreißig blieb auf dem Absatz unter ihnen stehen. Groß und muskulös. Es dauerte eine Sekunde, bis die Einsicht sackte, dass es wirklich er war: Birk Engvall. Die Erkenntnis musste ihnen ins Gesicht geschrieben stehen, denn Birk drehte sich um und rannte die Treppe wieder hinunter. Erik stürzte ihm nach.

Der letzte Tag

Vidar setzt sich in den Sessel, denn dort leistet Hjördis ihm lieber Gesellschaft als auf dem Sofa. Es dauert nicht lange, bis sie ihm auf den Schoß springt, sich ein paar Mal um die eigene Achse dreht und dann hinlegt. Die Pfote scheint wieder ganz in Ordnung zu sein. Sie schnurrt, als er anfängt, ihr über das warme Fell zu streicheln.

»Hier hast du es viel besser«, sagt er. »Vergiss die alte Schrulle, bleib lieber bei mir.«

Die Katze streckt ihm die Nase entgegen, also krault er sie unterm Kinn. Ihre Augen sind blaugrün wie der Indische Ozean.

»Du bist so ein schönes Tier.«

Das Schnurren wird lauter. Papa hat eine Reihe von Hunden gehabt, und Vidar hatte Angst vor fast allen von ihnen. Ein großer schwarzer ist ihm besonders im Gedächtnis geblieben, weil er ihn gebissen hat. Und wahrscheinlich, weil Vidar die Schuld gegeben wurde und nicht dem Hund. Außerdem half ihm niemand, die Wunde zu reinigen, wodurch sie sich so schlimm infizierte, dass er eine Tetanusspritze und Antibiotika bekommen musste. Dafür erntete er nur noch mehr Ärger von seinem Vater, weil er dessen Zeit und Geld verschwendete. Mama schaffte es nicht, ihn zum Arzt zu begleiten. Die Hunde nahmen die Lust auf eigene Haustiere, außerdem hätte es ja sowieso nicht funktioniert, weil er ständig auf Reisen war.

»Du würdest gar nicht erst auf die Idee kommen zu beißen, oder?«

Die Katze schließt genüsslich die Augen. Nein, sie würde ihn nicht beißen. Er sollte sie einfach behalten. Danuta ist schließlich noch verwirrter als er. Das mit dem Gehör ist doch nur eine Ausrede. Sie vergisst sicher einfach, dass sie überhaupt eine Katze hat.

»Du bekommst da drüben nichts zu fressen, oder? Nein, sicher nicht, so hungrig wie du immer bist, wenn du herkommst.«

Die Katze öffnet ein Auge, um ihm recht zu geben, schließt es dann aber wieder.

»Und Hjördis … was ist das überhaupt für ein fürchterlicher Name?«

Hjördis legt den Kopf auf die Pfoten und hört auf zu schnurren. Vidar streichelt sie weiter, obwohl sie offenbar eingeschlafen ist. Abgesehen von dem, was mit Kicki passiert ist, war das bisher ein guter Tag. Sein Kopf hat gut mitgespielt. Er muss nur noch herausfinden, was er später vorhat. Wenn er denn überhaupt etwas vorhat. Vielleicht hat er ja versehentlich *Eine Lüge ist keine Lüge* in seinen Kalender geschrieben. Aber nein, sein Kalender ist ja kein Notizblock – dorthin schreibt er nur Termine und Vorhaben. Da passt er sehr gut auf. Wenn er auf den Kalender nicht achtgibt, dann herrscht absolutes Chaos.

Es klingelt an der Tür, aber Hjördis hebt nicht mal den Kopf.

»Mach auf!«, schreit die Schrulle durch die Tür.

Selbst wenn er könnte, würde er Danuta nicht öffnen. Nach einem weiteren Klingeln gibt sie auf. Er lehnt den Kopf an.

Schlafen ist eigentlich keine schlechte Idee. Er will Hjördis schließlich nicht stören.

Ein Vogel zwitschert. Derselbe Vogel wie heute Morgen im Baum, doch nun sitzt er auf einem Container. Apapa steht darauf. Apapa heißt der Hafen in Lagos.

Eine Lüge ist keine Lüge.

Mit einem Mal weiß er wieder, von wem diese Worte stammen, und die Erinnerung schneidet wie eine Rasierklinge durch seinen sanften Schlummer. Vidar zuckt zusammen. Maunzend springt die Katze von seinem Schoß.

»Entschuldige, ich hab mich erschreckt«, sagt er und dreht das Handgelenk.

Seine Armbanduhr verrät, dass sie schon in einer Viertelstunde verabredet sind. Verdammter, träger Kopf. Nicht mal, wenn er sich extrem beeilt, wird er noch rechtzeitig da sein. Schnell geht er aufs Klo, wäscht sich die Hände und fährt sich damit durchs noch immer dichte Haar. Sein Blick bleibt am Gesicht im Spiegel hängen. Eine fürchterliche Sekunde lange weiß er nicht, wen er da sieht. Er kneift die Augen fest zu. Öffnet sie wieder, kann sich zusammenreißen.

Hjördis will ihm nach draußen folgen, doch er hält sie mit dem Bein auf.

»Du bleibst besser hier«, sagt er und schließt die Tür.

Langsam geht er die Treppe hinunter. Überlegt, was er sagen könnte, aber das kurze Nickerchen hat ihn ganz wirr gemacht. Erst auf der Straße bemerkt er, dass er seinen Mantel vergessen hat, trotzdem geht er nicht zurück. Ein bisschen Kälte hat noch niemandem geschadet.

Eine Lüge ist keine Lüge, bis die Wahrheit ans Licht kommt.

Die Erinnerung an Ture, der ihn davon überzeugte, dass die Wahrheit unter allen Umständen verheimlicht werden musste, war plötzlich glasklar. Sie hatten hinter einem der Schuppen gestanden, ganz dicht, damit der Wind ihre Stimmen nicht davontrug. Vidar hat sich daran gehalten und bis heute kein Wort darüber verloren, also warum will Ture jetzt mit ihm sprechen?

32

Noch war ihr Bauch nicht übermäßig groß, aber trotzdem verdammt umständlich im Weg, als Hanna dem fliehenden Birk Engvall hinterherrannte. Es zog so sehr in der einen Leiste und in der Narbe, dass sie langsamer werden musste. Erik entfernte sich zusehends. Er war schon immer schneller gewesen als sie, aber der Unterschied deutlich kleiner. Glücklicherweise schien er sich aber Birk zu nähern.

»Stehen bleiben!«, rief Erik. »Wir sind von der Polizei.«

Natürlich hatte die Aufforderung den gegenteiligen Effekt. Birk beschleunigte. Aber Eriks Ausruf hatte offenbar nicht nur Birk erreicht. Sie näherten sich einer Kreuzung und waren nicht länger allein auf dem Bürgersteig. Ein älterer Mann mit Krücken kam ihnen entgegen. Er blieb stehen, und als Birk auf seiner Höhe war, warf er ihm schnell eine der Krücken zwischen die Beine, was dessen Flucht ein promptes Ende bereitete. Er stürzte zu Boden.

»Fuck!«, brüllte er und versuchte aufzustehen.

Doch sein Vorsprung war dahin, er kam nicht mal in eine halb sitzende Position, bis Erik bei ihm war und ihn zu Boden presste. Wenig später erreichte auch Hanna sie. Erik drückte Birk ein Knie in den Rücken und hielt seine Arme fest. Die

Lage schien unter Kontrolle. Luft. Jetzt brauchte Hanna erst mal Luft. Sie beugte sich vor, um durchatmen zu können, stützte sich auf einen Werbeaufsteller, der sofort umkippte. Hanna fluchte laut und stemmte die Hände stattdessen gegen ihre Oberschenkel. Bekam endlich genug Sauerstoff in die Lunge, dass sie die Handfesseln hervorholen und an Birks Handgelenken befestigen konnte. Dann packte sie den einen, Erik den anderen Arm, und zusammen brachten sie Birk zum Stehen. Seine Wangen waren stark gerötet. Hanna wollte gar nicht wissen, wie ihr Gesicht aussah.

»Danke«, sagte Erik zu dem Mann, der Birk zu Fall gebracht hatte.

»Ich war früher auch bei der Polizei«, sagte dieser.

Eine Passantin hatte seine Krücke aufgehoben und reichte sie ihm, woraufhin er weiterging. Eine weitere Passantin hatte den Werbeaufsteller wieder aufgerichtet. Mehrere Schaulustige waren stehen geblieben, einige hatten die Handys gezückt.

»Die können Sie gleich wieder wegstecken«, sagte Hanna, und die meisten folgten der Anweisung.

Birk hatte noch immer kein Wort gesagt. Sie brachten ihn zurück zum Wagen. Besser, ihn von hier wegzuschaffen, als dem versammelten Publikum einen Vortrag über voyeuristisches Verhalten und den sinnvollen Gebrauch von Handys zu halten. Birk leistete keinen weiteren Widerstand, wirkte jetzt eher genervt. Beim Auto durchsuchten sie ihn kurz. In der einen Jackentasche steckte eine Plastiktüte mit kleinen weißen, runden Tabletten, die nicht weiter gekennzeichnet waren. Hanna wusste nicht, wie Zopiclon aussah.

»Wieso sind Sie weggelaufen?«, fragte Erik, als sie Birk auf die Rückbank des Zivilfahrzeugs verfrachtet hatten. »Hätten Sie sich ganz normal mit uns unterhalten, hätten wir die Pillen doch gar nicht gefunden. Was ist das überhaupt?«

Birk schaute demonstrativ aus dem Fenster; als jedoch einer der Schaulustigen mit einem Handy davor auftauchte, schirmte er sein Gesicht ab.

»Fahrt los«, zischte er.

»Gern«, sagte Erik. »Wir nehmen Sie mit aufs Revier in Kalmar.«

Während der Fahrt sagte Birk Engvall kein Wort, obwohl sie mehrere Versuche starteten, ihn zum Reden zu bringen. Sie übergaben ihn den Kollegen vom Gewahrsam und gingen erst mal zu Ove Hultmark. Aus seinem Büro drang dumpfes Lachen.

»Euer Einsatz ist im Internet«, sagte Ove, als sie in seiner Tür erschienen.

Er startete das Video neu, und schon konnte Hanna den wackligen Clip sehen: Birk lag bereits am Boden, da erschien Eriks Rücken im Bild und verdeckte erst mal alles. Wer immer filmte, machte einen Schritt zur Seite, und dann sah man, wie Hanna sich keuchend vorbeugte und das Schild umriss. Ihr knallrotes Gesicht sah grotesk aus. Es war um ein Vielfaches schlimmer, als sie sich vorgestellt hatte. Glücklicherweise schien das Video nur in der örtlichen Facebookgruppe mit Blaulichtnachrichten veröffentlicht zu sein. Hanna erhaschte einen Blick auf den obersten Kommentar: *Die schwedische Polizei in ihrem Element.*

»Unfassbar lustig«, sagte sie. »Könntest du das jetzt abstellen?«

Ove klickte das Fenster weg.

»Ich habe schon mit dem Staatsanwalt gesprochen, Festnahme und Hausdurchsuchung sind abgesegnet. Wahrscheinlich ist es klug, das Ergebnis abzuwarten, ehe ihr mit ihm sprecht.«

»Bestimmt«, sagte Hanna. »Er ist nicht gerade der redselige Typ.«

Ihr Handy klingelte, was sie als Entschuldigung nutzte, um das Büro zu verlassen. Es war eine unbekannte Nummer, solche Anrufe nahm sie ungern an, aber immerhin war sie nicht unterdrückt.

»Hallo, hier spricht Jakob Mattsson, Ingrids Sohn. Es tut mir sehr leid, Sie so zu überfallen, aber ich wusste nicht, an wen ich mich sonst wenden sollte. Meine Mutter spricht immer in den höchsten Tönen von Ihnen, und ich weiß, dass Sie noch in Kontakt stehen. Sie hat mir im Herbst Ihre Nummer gegeben, damit ich mich bei Ihnen melden kann, falls …«

»Was ist passiert?«, fiel Hanna ihm ins Wort.

»Ich weiß es nicht. Ich kann sie nicht erreichen, und als ich sie zuletzt sah, ging es ihr nicht gut.«

»Inwiefern ging es ihr nicht gut?«

»Sie hatte hohes Fieber und Halsschmerzen.«

»Wann haben Sie zuletzt von ihr gehört?«, fragte Hanna weiter.

»Gestern. Ich habe mehrfach angerufen und Nachrichten hinterlassen, aber sie meldet sich nicht zurück, und das ist wirklich sehr untypisch.«

»Wo sind Sie gerade?«

»Zu Hause. Eine meiner Jungkühe kalbt zum ersten Mal, ich kann leider unmöglich weg.«

Vielleicht brauchte Ingrid einfach ein bisschen Ruhe von ihm, aber Hanna wollte nicht, dass Jakob auf diese Weise erfuhr, wie viel Ingrid ihr schon über ihre komplizierte Beziehung erzählt hatte.

»Ich schaue nach ihr, versprochen«, sagte sie.

»Tausend Dank.«

Eine gute halbe Stunde später hielt Hanna vor Ingrids Haus in Kleva. Dass Ingrid auch auf ihre Kontaktversuche nicht reagiert hatte, machte ihr große Sorgen. Wegen des Fiebers war sie lieber vorsichtig und zog Einmalhandschuhe und Mundschutz über. Ingrid öffnete nicht, als Hanna klingelte, also ging sie einmal ums Haus. In der Küche brannte Licht, was ihre Sorgen nur noch verstärkte. Ingrid verließ nie das Haus, wenn irgendwo auch nur eine Lampe brannte, geschweige denn ein ganzer Raum erleuchtet war. Hanna trat ans Fenster, schirmte die strahlende Sonne ab und schaute hinein. Das einzige Anzeichen von Ingrid war eine Teetasse auf der Spüle. Obwohl sie ahnte, dass sie auch diesmal kein Glück haben würde, wählte sie noch einmal Ingrids Nummer. Vielleicht war es Einbildung, aber ihr war, als könne sie das Klingeln im Haus hören.

Hanna eilte zurück zur Haustür. Als Hanna vor einem Jahr nach Kleva gezogen war, hatte Ingrid nie abgeschlossen, aber ausgerechnet heute war die Tür verriegelt. Ganz so, als wäre mit Hannas Einzug ins Dorf das Gefühl von Sicherheit verloren gegangen. Sie wusste aber, unter welchem Stein im Blumenbeet ein Extraschlüssel lag. Den wandte sie an, um sich Zugang zu verschaffen.

»Ingrid!«, rief sie.

Keine Reaktion.

Sie warf einen Blick ins Wohnzimmer: niemand. Hanna lief weiter ins Schlafzimmer, wo sie Ingrid auf dem Rücken liegend vorfand. Sie war blass, verschwitzt und hatte die Augen geschlossen. Hanna eilte ans Bett und hielt zwei Finger an Ingrids Hals. Ihr Puls war schnell und unregelmäßig.

»Ingrid«, sagte sie und schüttelte ihre Freundin.

Die Augenlider zuckten, und Ingrid murmelte etwas, aber

wirklich wach wurde sie nicht. Hanna holte ihr Handy raus und wählte den Notruf. Schnell schilderte sie die Lage.

»Wie ist die Atmung?«

Hanna legte eine Hand auf Ingrids Brustkorb, der sich ruckartig hob. Sicherheitshalber zog sie den Ärmel ihrer Bluse hoch und hielt ihren Unterarm vor Ingrids Mund, wo sie den warmen Atem spürte.

»Angestrengt«, sagte sie. »Ich bin Polizistin und kenne mich mit Erster Hilfe aus. Ich weiß, was zu tun ist.«

Nachdem ihr ein Krankenwagen zugesichert worden war, legte Hanna auf und brachte Ingrid in die stabile Seitenlage. Erst jetzt kamen ihr die Tränen. Sie wandte den Blick an die Decke und versuchte, sie wegzublinzeln, weil sie sich nicht ins Gesicht fassen wollte. Aber vergebens, also ließ sie sie einfach laufen.

»Du darfst nicht sterben«, schluchzte sie und streichelte Ingrid über den Kopf. »Hörst du? Du darfst nicht sterben.«

DONNERSTAG, 19. MÄRZ

33

Nachdem sie den Handywecker ausgestellt hatte, checkte Hanna sofort ihre Nachrichten. Aber es gab nichts Neues, weder von Kristoffer noch von Jakob. Kristoffer hatte sie seit gestern Morgen nicht mehr gesehen, aber sie war es leid, ihm nachzujagen. Die Stunden, nachdem sie Ingrid gefunden hatte, waren turbulent gewesen. Die Rettungssanitäter hatten sie wegen der Ansteckungsgefahr nicht mitfahren lassen, also hatte Hanna, noch während sie dem Rettungswagen nachsah, Jakob verständigt. Sie selbst hatte weder aufs Revier noch zum Gericht zurückkehren wollen, weshalb sie nach Hause gefahren war. Die Sorgen hatten sie aber begleitet, und ihre Nervosität hatte sich erst gelegt, nachdem Isak sie erfolgreich zu einem warmen Wannenbad überredet hatte.

Isaks Betthälfte war leer. Hanna blieb einen Moment lang liegen und starrte hinüber. Irgendwann gelang es ihr, die Müdigkeit zu bezwingen und aufzustehen. Sie zog den Bademantel über und ging in die Küche.

»Gibt's was Neues?«, fragte Isak.

Er reichte ihr eine Kaffeetasse, die sie nur zu gern entgegennahm und direkt an die Lippen setzte.

»Noch nicht«, sagte sie.

Jakob hatte abends geschrieben, dass er mit dem Krankenhaus gesprochen hatte. Ingrid war zu sich gekommen, nachdem man ihr fiebersenkende Mittel und Flüssigkeit verabreicht hatte, doch nun lag sie auf der Isolierstation und wartete auf das Testergebnis. Die Sauerstoffsättigung war niedrig.

»Es sah ja gestern Abend schon recht stabil aus, das ist es sicher immer noch«, sagte Isak.

Sie setzten sich an den Küchentisch, um zu frühstücken, und Hanna legte das Handy mit dem Display nach unten neben sich. Doch selbst die Rückseite erschien ihr noch bedrohlich. Fast hätte sie die Zeitung darübergelegt, aber sie konnte sich gerade noch beherrschen. Stattdessen griff sie nach der Sauermilch. Sie hatte gerade angefangen, sie über ihr Müsli zu gießen, da fing ihr Handy an zu vibrieren. Hanna zuckte so sehr zusammen, dass ein Klecks neben der Schale landete. Fluchend riss sie das Handy an sich und las die Nachricht von Jakob:

Mutter hat Corona.

Hanna wusste nicht, was sie mit der Information anfangen sollte. Die Sorge, die sie bislang erfolgreich unterdrückt hatte, explodierte. Menschen starben an dieser Krankheit, und Ingrid war einundachtzig – sie zählte definitiv zur Risikogruppe. Jetzt änderte ihre Sorge die Richtung: Wie viel Kontakt hatte sie mit ihrer ehemaligen Nachbarin gehabt? Sollte sie sich isolieren? Wie gut, dass sie das Haus mit Handschuhen und Mundschutz betreten hatte, aber sie hatten sich ja vorher getroffen, wenn auch draußen. Allerdings hatte Hanna sich immer ausgiebig die Hände gewaschen.

»Was ist los?«, fragte Isak.

Er beobachtete sie über den Tisch hinweg. Eine Haferflocke hing in seinem Bart.

»Ingrid hat Corona.«

Die Wurzel ihrer Sorgen in Worte zu fassen, beruhigte das Chaos in ihr etwas.

»Ingrid ist zäh. Die packt das«, sagte Isak und stand auf.

Wieso bist du da so sicher?, wollte Hanna zischen, aber sie hielt sich zurück. Isak verließ die Küche. Obwohl Ingrid nicht gerade zu den Menschen gehörte, die ständig über ihre Wehwehchen jammerten, war Hanna ziemlich sicher, dass sie keine ernsthaften Vorerkrankungen hatte – einzig eine schmerzende Hüfte. Und Hanna selbst? Sie war jung und robust, aber eben schwanger. Sie strich sich über den Bauch. Galt eine Schwangerschaft als Risikofaktor? Hanna suchte im Internet nach einer Antwort, fand aber nichts. Isak kehrte zurück, das Handy ans Ohr gepresst.

»Ich habe die nationale Corona-Hotline angerufen«, sagte er. »Aber da sind noch viele vor mir in der Leitung.«

Als er nah genug war, nahm sie seine freie Hand und zog ihn zu sich. Gab ihm einen Kuss auf den Mund und strich ihm gleichzeitig die Haferflocke aus dem Bart. Sie übernahm das Handy von Isak, schaffte es aber, zu Ende zu frühstücken und sich anzuziehen, bis sie endlich mit einem Mitarbeiter verbunden wurde. Nach dem Gespräch war sie jedoch nicht wirklich klüger. Viel wusste man offenbar noch nicht über die Krankheit, und es mangelte bislang an klaren Vorgaben. Da Hanna keinen ungeschützten Nahkontakt mit der ansteckenden Person gehabt hatte, riet ihr der Hotline-Mitarbeiter in bedächtigem Gotländisch, sich einfach weiter wie alle anderen zu verhalten: Abstand halten und Hände waschen. Erst nach dem Auflegen erinnerte Hanna sich daran, dass sie Ingrid in Borgholm umarmt hatte. Aber Ingrid hatte weder gehustet noch geniest, und ihre Gesichter waren dabei voneinander abgewandt gewesen. Hanna wiederholte das Gespräch für Isak.

»Wäre es nicht trotzdem klüger, wenn du zu Hause bleibst? Einfach zur Sicherheit?«

»Keine Ahnung«, sagte sie. »Ich rufe mal Ove an.«

Isak kam zu ihr, legte eine Hand auf ihren Bauch und gab ihr einen Kuss auf die Wange.

»Schick mir eine Nachricht, wie du dich entscheidest. Ich muss los, sonst komm ich zu spät.«

Hanna wartete, bis Isak das Haus verlassen hatte, und suchte dann die Nummer ihres Chefs.

»Das ist ja schlimm für Ingrid«, sagte Ove. »Ich hoffe inständig, dass sie das alles gut übersteht. Wie sieht es bei dir aus? Hast du irgendwelche Symptome?«

»Nein …«

»Du klingst etwas unschlüssig.«

»Nein«, sagte sie nachdrücklicher. »Also, müde bin ich, aber dafür gibt es eine andere Erklärung.«

»Dann würde ich sagen, du kannst arbeiten«, sagte Ove. »Ich weiß, dass du eigentlich frei hast, aber wir brauchen dich. Beim ersten noch so kleinen Anzeichen einer Erkältung fährst du dann natürlich nach Hause. Allerdings werde ich dich nicht zwingen, herzukommen, wenn du nicht willst.«

»Ich will aber«, sagte Hanna. Sie klammerte die Umarmung aus und wiederholte, was der Gotländer von der Hotline gesagt hatte: »Ingrid und ich hatten keinen relevanten Körperkontakt.«

»Gut«, sagte Ove. Seine Erleichterung war nicht zu überhören.

»Was hat denn die Durchsuchung bei Birk Engvall ergeben?«, fragte Hanna.

»In einem Schrank war ein großer Vorrat an anabolen Steroiden. Wesentlich mehr, als für den Eigengebrauch plausibel wäre. Die hatte er übrigens auch in der Plastiktüte bei sich, als ihr ihn aufgegriffen habt.«

»Irgendwas, das ihn mit Vidar in Verbindung bringt?«

»In seiner Wohnung wurden ein paar Briefe gefunden, die an Vidar adressiert waren.«

»Wie sonderbar.«

»Da sagst du was. Ihr solltet diesen Birk Engvall so schnell wie möglich vernehmen, du und Erik.«

34

Schlucken war fast unmöglich. Ihr Hals fühlte sich an wie eine klaffende Wunde. Ingrid wollte den Kopf drehen, um sich umzusehen, doch selbst das tat höllisch weh. Also starrte sie an die Decke. Sie war weiß gestrichen, aber keiner der so wohlbekannten Risse war zu entdecken.

Jemand beugte sich über sie. Ein blasses Gesicht hinter einem Visier, darunter ein rundlicher Körper mit Schutzkleidung aus Plastik. War das überhaupt ein Mensch? Wahrscheinlich träumte sie nur wieder. In letzter Zeit waren ihre Träume sehr lebendig gewesen. Lebendig und doch wieder nicht. Da erst fiel es ihr wieder ein: Vidar war tot. So wenige gemeinsame Monate waren ihnen nach den vielen getrennten Jahren vergönnt gewesen. Bedauern machte ihr das Herz schwer. Wieso hatten sie nicht mehr aus der verbliebenen Zeit gemacht? Wieso hatte sie bis Montag gewartet, um sich ins Auto zu setzen? Wäre sie eher zu ihm gefahren, hätte er vielleicht noch gelebt.

»Sie sind ja wieder wach«, sagte das Wesen. »Wie geht es Ihnen?«

Wieder? Ingrid öffnete den Mund, brachte aber kein Wort heraus.

»Sie sind im Krankenhaus«, fuhr das Wesen fort. »Wenn ich Ihren Gesichtsausdruck richtig deute, erinnern Sie sich nicht an gestern. Oder aber Sie haben Angst vor meinem Erscheinungsbild. Bei Ihnen wurde COVID-19 festgestellt, deshalb bin ich auch so verpackt.«

COVID? Wo sollte sie sich das bitte geholt haben? Sie hatte Öland seit Jahren nicht verlassen. Die meisten Infizierten hatten sich beim Skifahren in den Alpen angesteckt. Ingrid krächzte, als ihr fiebriges Hirn sofort ein Bild von Ingrid auf Abfahrtsskiern produzierte. Langlauf hatte sie mal ausprobiert, als sie jung war, aber Hügel, die für die Abfahrt taugten, suchte man auf der Insel vergebens. Die Krankenschwester legte ihr beunruhigt die Hand auf die Schulter. Vermutlich fürchtete sie, Ingrid müsse sich übergeben.

»Sie hatten hohes Fieber und waren sehr verwirrt, als sie eingeliefert wurden«, erklärte sie. »Die Sauerstoffsättigung war ebenfalls niedrig. Jetzt sieht es schon besser aus, trotzdem haben Sie noch eine Nasenkanüle. Ihr Fieber ist gesunken, auch wenn es sich vielleicht noch nicht so anfühlt.«

Erst da fiel Ingrid der kühle Luftstrom an ihrer Nase auf. Sie wollte sich mit der Hand ins Gesicht fassen, doch die Krankenschwester hielt sie zurück.

»Lassen Sie die noch ein bisschen drin.«

»Wie bin ich hergekommen?«, fragte Ingrid.

Also konnte sie doch noch sprechen.

»Mit dem Krankenwagen«, sagte die Krankenschwester. »Ihre Freundin, die Polizistin, hat sie gefunden.«

Hanna? Oh, nein. Hoffentlich hatte sie sich nicht angesteckt.

»Geht es ihr gut?«

»Ich gehe davon aus. Ihr Sohn wollte ihr Bescheid geben. Ehrlich gesagt herrscht hier ein bisschen Chaos. COVID-19 verhält sich wie keine uns bekannte Krankheit. Wir haben einen Patienten, dem es richtig schlecht geht.«

Ingrid musste erschrocken ausgesehen haben, denn die Krankenschwester beruhigte sie sogleich: »Bei Ihnen sieht es sehr gut aus, ich gehe also nicht davon aus, dass es sich bei Ihnen noch mal verschlimmert. Leider haben wir noch kein gutes System für die Kontaktnachverfolgung. Haben Sie eine Ahnung, wo Sie sich angesteckt haben könnten? Falls ja, würden wir das gern wissen.«

Ich auch, dachte Ingrid. Sie hatte sich wegen der Krankheit nicht einmal besondere Sorgen gemacht. Im Gegensatz zu einigen ihrer Freundinnen.

»Können Sie uns erzählen, mit wem Sie in letzter Zeit Kontakt hatten?«, fragte die Schwester. »Ihr Sohn hat versprochen, die Betroffenen zu verständigen.«

Ingrid wollte protestieren. Dazu hatte Jakob doch gar keine Zeit. Aber sie konnte ja schlecht selbst rumtelefonieren.

»Mit meinem Sohn Jakob und meiner Enkelin Olivia hatte ich Kontakt, und mit Hanna Duncker, der Polizistin. In der Buchhandlung in Borgholm war ich auch. Mehr fällt mir nicht ein. Ah, doch. Ich war noch in der Bibliothek in Färjestaden und beim Supermarkt.«

Die Angst traf sie wie ein Schlag in die Magengrube: *die kleine Olivia.* Was, wenn sie krank wurde? Sie zählte doch sicher auch zur Risikogruppe. Mit nur wenigen Monaten war sie wegen eines angeborenen Herzfehlers operiert worden. Wenn Olivia erkrankte, würde Jakob ihr nie vergeben. Sie würde sich ja selbst nie vergeben. Olivias lachendes Gesicht flackerte vor ihrem inneren Auge auf. So real, als wäre sie wirklich im Zimmer.

Ein Glas Wasser mit Strohhalm erschien in ihrem Blickfeld. Einen Moment lang glaubte Ingrid, dass Olivia es ihr reichte, doch die Stimme, die sie zum Trinken aufforderte, ließ diese Illusion zerschellen. Durstig nahm Ingrid den Strohhalm in den Mund.

»Kann ich sonst noch etwas für Sie tun?«, fragte die Schwester.

Ingrid schüttelte den Kopf.

»Dann lasse ich Sie mal ausruhen. Das ist das Beste, was Sie jetzt machen können. Wir möchten Sie so schnell wie möglich wieder entlassen.«

Aber Ingrid wollte sich nicht ausruhen. Sie musste Hanna helfen, herauszufinden, warum Vidar sterben musste. Ob sie ihn hätte retten können, wenn sie schon am Sonntag zu ihm gefahren wäre? Ein Erinnerungsschnipsel tauchte auf. Wie sie Vidars Namen in die Suchmaske ihres Handys tippte und kurz darauf erfuhr, dass er wieder in Borgholm war. Das war kurz nach Haralds Tod gewesen. Sie war gerade erst vom Hof nach Kleva gezogen, um Jakob nicht im Weg zu sein. Wieso hatte sie Vidar nicht gleich kontaktiert? Dann hätte er sich nie von dieser Kicki einwickeln lassen. Eine Hand legte sich auf ihre Schulter.

»Alles wird gut«, sagte die Schwester. »Machen Sie die Augen zu, und ruhen Sie sich aus.«

Ingrid schloss die Augen, um die Frau loszuwerden. Kaum war sie allein, öffnete sie sie wieder. Einer ihrer Fieberträume hatte von Ture gehandelt. Ein wichtiger Traum, aber sosehr sie sich auch an Details zu erinnern versuchte, ihr fiel nichts ein. Verdammt. Gerade gelang ihr aber auch rein gar nichts. Ingrid ließ den Tränen freien Lauf.

35

Erik betrat das Vernehmungszimmer, in dem Birk Engvall und der ihm zugeteilte Anwalt bereits saßen. Der Anwalt war ein hagerer und irgendwie alterslos wirkender Mann mit schütterem Haar in einem grauen Anzug. Aber vielleicht erschien er auch nur im direkten Vergleich mit seinem Mandanten hager. Birk hatte die Händc vor der Brust verschränkt, wodurch die grüne Kapuzenjacke über der Oberarmmuskulatur spannte. Er hatte nicht viel Zeit mit seinem Anwalt verbracht, vermutlich war er ihm gegenüber nicht gesprächiger gewesen.

»Meine Kollegin ist gleich da«, sagte Erik und setzte sich.

Er hielt den Blick auf Birk Engvall gerichtet, um nicht daran denken zu müssen, wie angespannt das heutige Familienfrühstück gewesen war. Nach wenigen Minuten schaute der Anwalt demonstrativ auf die Uhr, glücklicherweise kam Hanna genau in diesem Augenblick herein und schloss die Tür hinter sich. Sie trug einen Mundschutz und zog den Stuhl ein Stück vom Tisch weg, um den Abstand zwischen ihnen allen zu vergrößern. Erik startete die Aufnahme und sprach die Formalia auf.

»Wie war das Verhältnis zwischen Ihnen und Vidar Johansson?«, fragte er.

Birk hielt sich die Hand vor den Mund und gähnte demonstrativ. Erik beschrieb die Geste für die Aufnahme.

»Vidar Johansson wurde am Montag tot aufgefunden«, fuhr er fort. »Er wurde ermordet.«

Birk Engvalls Mundwinkel zuckten leicht. Wie um die unfreiwillige Reaktion zu überspielen, rückte er seinen Stuhl näher zum Tisch und richtete den Blick zur Decke.

»Mein Mandant wird Ihnen nicht antworten«, sagte der Anwalt. »Sie können also genauso gut erzählen, was Sie herausgefunden haben.«

»Nein, erst erzählt uns Ihr Mandant, was er am Samstag gemacht hat. Etwa ab Mittag.«

Erik merkte selbst, wie aggressiv er klang, aber er konnte gerade nicht anders. Gestern beim Abendessen hatte Supriya ihm weiter in den Ohren gelegen, wie die Polizei ihrer Ansicht nach mit der Pandemie umzugehen habe. Nichts, was er sagte, konnte ihre Unruhe mindern. Sie taten ja schon alles, um sich auf Abstand zu halten, aber wenn sie nun gar keine Menschen mehr trafen, konnten sie ihren Job auch gleich an den Nagel hängen. Bevor er und Supriya am Morgen das Schlafzimmer verließen, hatte er sie angefleht, beim Frühstück nicht wieder darüber zu diskutieren, weil er sich Sorgen machte, dass sie damit Nila unnötig nervös machte. Also hatten sie schweigend gefrühstückt, und jetzt fragte Erik sich, ob das Schweigen nicht sogar schlimmer für seine Tochter gewesen war. Augenscheinlich hatte Ingrid COVID bekommen, und Erik wusste jetzt schon, dass er dies unmöglich Supriya erzählen konnte. Für sie würde es keine Rolle spielen, dass Hanna Mundschutz und Handschuhe getragen hatte, als sie Ingrid fand. Gerade drifteten Supriya und er immer weiter auseinander, und er hatte fürchterliche Angst, dass sie sich irgendwann so weit voneinander entfernen würden, dass ihre Beziehung nicht mehr zu retten wäre.

»Wir haben viereinhalb Kilo anabole Steroide bei Ihnen gefunden«, sagte Hanna. »Außerdem ein paar Briefe, die an Vidar Johansson adressiert waren.«

Birk Engvall schnaubte vor Lachen. Sah sie nacheinander an, als rechnete er damit, dass sie einstimmen würden. Dann riss er die Arme in die Luft.

»Ich habe den Karton für Vidar verwahrt«, sagte er. »Ich wusste nicht, was darin ist. Vidar war ein bisschen …«

Birk Engvall beschrieb mit dem Zeigefinger einen Kreis an seiner Schläfe, und Erik fasste auch diese Geste für die Aufnahme in Worten zusammen.

»Vidar war ein bisschen durchgeknallt«, verdeutlichte Birk Engvall. »Ich glaube, sein Verstand hat sich verabschiedet. Er war paranoid. Hat bei mir geklingelt und gesagt, dass jemand hinter ihm her ist. Er wollte, dass ich den Karton für ihn verwahre, und weil ich ein guter Nachbar bin, hab ich das auch gemacht.«

»Wann war das?«, fragte Hanna.

»Vor ungefähr einer Woche.«

»Und die Briefe? Haben Sie die auch von Vidar bekommen?«

»Nein, da muss der Briefträger sich einfach geirrt haben. Eigentlich wollte ich sie ihm geben, aber ich war eben ein bisschen sauer, weil Vidar mich um den Schlaf brachte.«

Erik musterte den Anwalt, der in keiner Weise erkennen ließ, was er vom Vorstoß seines Mandanten hielt. Birks Grinsen verriet Erik, dass er log, zumindest was die Steroide anging. Allerdings waren Wahnvorstellungen und Paranoia keine Seltenheit bei dementen Menschen. Bei seinem Vater gab es dafür noch keine Anzeichen, aber als sie in den Winterferien zu Besuch nach Malmö gefahren waren, hatte er deutlich gemerkt, dass sein Vater nicht mehr gesund war. Nila hatte sich gewundert, warum ihr Opa manchmal so wütend war, und Erik hatte sein Bestes gegeben, es ihr zu erklären.

»Wieso hätte Vidar den Karton just bei Ihnen abgeben sollen?«, fragte Erik.

»Weil ich ihn verteidigen konnte.« Birk lehnte sich leicht vor. »Für die Aufnahme möchte ich darauf hinweisen, dass ich ziemlich große Muskeln habe.«

Dann lehnte er sich wieder zurück und grinste zufrieden.

»Wenn wir den Karton untersuchen, werden wir also Vidar Johanssons Fingerabdrücke finden?«

»Möglich. Aber ich bin mir ziemlich sicher, dass er Handschuhe trug, als er ihn bei mir abgab.«

»Und wer war hinter ihm her?«, fragte Hanna.

»Das hat er nicht gesagt.«

»Haben Sie nicht danach gefragt? Das klingt ja sehr gutgläubig.«

Birk Engvalls Grinsen fror ein.

»Wie schon gesagt, wollte ich ein guter Nachbar sein. Aber egal, wer jetzt dahintersteckte, der alte Knabe hatte echt Schiss.«

»Wieso haben Sie Freitag bei Vidar geklingelt?«, fragte Erik.

»Weil er furchtbar laut Musik gehört hat«, sagte Birk Engvall. »Und nicht zum ersten Mal. Der kapiert einfach nicht mehr, wann Tag und wann Nacht ist.« Wieder machte er die kreisende Geste an seiner Schläfe, erinnerte sich dann an die Aufzeichnung und fügte hinzu: »Der hatte halt wirklich 'ne Schraube locker.«

»Was ist bei ihm passiert?«, fragte Erik.

»Ich hab ihn ein bisschen zusammengestaucht, dann hat er leiser gemacht.«

»Und?«

»Nichts und. Ich hab ihn nicht abgemurkst, wenn Sie das meinen. Kann ich jetzt gehen?«

»Nein«, sagte Erik. »Was haben Sie Samstag gemacht?«

»Da war ich bei meiner Braut in Lerkaka. Bin so gegen drei Uhr nachmittags hin und bis Montagmorgen geblieben.«

»Name und Telefonnummer.«

»Die würde ich Ihnen lieber nicht geben.«

»Name und Telefonnummer«, wiederholte Erik.

Der Anwalt flüsterte Birk etwas zu, woraufhin Birk ihnen Namen und Nummer gab.

»Kann ich dann jetzt gehen?«

Erik stoppte die Aufnahme und stand auf.

»Sie bleiben noch, bis wir mit Ihrer Freundin und mit dem Staatsanwalt gesprochen haben. In der Zwischenzeit kommt noch ein Kollege und nimmt Ihre Fingerabdrücke.«

36

Hanna verließ leichteren Schritts das Vernehmungszimmer, als sie es betreten hatte, die Sorge um Ingrid nur noch ein leises Hintergrundrauschen. Die Vernehmung von Birk Engvall hatte sie daran erinnert, wie sehr sie ihren Job liebte. Als sie ihn von Öland hergefahren hatten, war ihm kein Laut über die Lippen gekommen, aber jetzt hatten sie ihn nicht nur zum Reden gebracht, er hatte sich noch dazu als richtig unterhaltsam erwiesen. Menschen waren komische Wesen.

»Was meinst du?«, fragte sie an Erik gewandt.

Ihre Hand war unterwegs zu ihrer Nase, um sich zu kratzen, aber sie erstarrte mitten in der Bewegung. Es würde dauern, sich an den Mundschutz zu gewöhnen.

»Dass ein Neunundsiebzigjähriger Anabolika vertickt, kauf ich ihm nicht ab«, sagte Erik. »Aber der Rest … Ich habe keine Ahnung. Aber ich rufe mal seine Freundin an.«

Er holte das Handy aus der Tasche, während sie Oves Büro ansteuerten. Als sie angekommen waren, dauerte das Telefonat noch an, weshalb Hanna ihrem Chef die Ergebnisse der Vernehmung zusammenfasste. Danach warteten sie ab, bis Erik fertig war.

»Anfangs wollte sie nicht so recht mit der Sprache rausrücken«, sagte er. »Sie ist verheiratet, aber ihr Mann sitzt irgendwo im Ausland fest, weil sein Flug ausgefallen ist. Aber dann hat sie bestätigt, dass Birk bei ihr war, und die Zeiten, die sie nannte, stimmen mit seiner Aussage überein. Außerdem wurden sie am frühen Samstagabend von einem ihrer Nachbarn gesehen, dem sie Birk als ihren Cousin vorstellte. Wenn ihre Angaben stimmen, dann kommt er als Täter wohl wirklich nicht infrage.«

»Überprüf das«, sagte Ove. »Ich spreche mit dem Staatsanwalt.«

Innerhalb weniger Minuten hatte er die Rückmeldung, dass Birk Engvall freigelassen werden solle. Wegen der Steroide würde Anklage erhoben, aber dafür musste er nicht festgehalten werden. Besonders nicht während einer Pandemie.

»Ich benachrichtige Birk Engvall«, sagte Erik und war schon weg.

Hanna ging ins Großraumbüro und sank auf ihren Stuhl. Dann löste sie den Mundschutz von einem Ohr und ließ ihn so hängen. Ein paar wenige Sekunden lang war sie ruhig. Dann fiel ihr plötzlich Rebecka wieder ein, die heute hätte aussagen sollen. Gerade geschah so viel gleichzeitig, Hanna kam einfach nicht hinterher. Sie griff zu ihrem Handy und rief bei Rebecka an, wurde aber sofort weggedrückt. Also schrieb sie:

Wo bist du? Hast du schon ausgesagt?

Weil sie keine Antwort bekam, schickte sie gleich noch eine Nachricht hinterher.

Bitte, Rebecka, melde dich doch.

Sie startete noch einen Anrufversuch, aber Rebecka hatte das Handy abgestellt. In Hannas Kopf überschlugen sich die Gedanken. Sollte sie Rebeckas Mann Petri kontaktieren? Oder zum Gericht fahren? Mist, dazu war es jetzt zu spät. Sie war ziemlich sicher, dass Rebecka um zehn einbestellt worden war.

Dann war jetzt vielleicht schon alles gelaufen.

Hanna atmete durch die Nase ein, durch den Mund aus. Wiederholte es so lange, bis ihre Atmung sich beruhigt hatte. Sie musste einfach hoffen, dass Rebecka das nicht ernst gemeint, dass sie das aus reiner Nervosität gesagt hatte. Und jetzt war das Beste, was sie tun konnte, sich auf die Arbeit zu konzentrieren, bis sie wusste, wie Rebeckas Aussage ausgefallen war.

Sie loggte sich an ihrem Computer ein. Bislang hatten sie noch keine klare Richtung, also ging sie die bisherigen Ermittlungsergebnisse von Anfang an durch. Versuchte, etwas zu finden, was sie bisher übersehen hatten, was aber von Interesse sein könnte. Als Erik zurückkam und fragte, was sie machte, nahm er sich ein Beispiel an ihr. Schon bald hatten sie sogar Unterstützung von Amer. Sie drei teilten sich die eine Hälfte des Büros, auf der anderen Seite der Trennwand saß Daniel wie immer am Computer und tippte angeregt auf die Tastatur.

»Wir sollten noch mal mit Milla vom Pflegedienst sprechen«, sagte Erik nach einer Weile, »und ihr Fotos der Männer zeigen, die wir vernommen haben. Sie hat uns doch von jemandem erzählt, der sich ins Haus schleichen wollte, als sie am Freitag aufgebrochen ist.«

»Das ist eine gute …«

Weiter kam Hanna nicht, weil ihr Handy klingelte. Es war Robin Svenssons ältere Schwester Klara.

»Da muss ich drangehen«, sagte sie und verließ schnell das Großraumbüro.

»Wie gut, dass du anrufst, Klara. Ich muss mit dir über Kristoffer sprechen.«

»Ich auch mit dir«, sagte Klara. »Ich wollte dich damit eigentlich nicht behelligen und das allein klären, aber ich weiß nicht mehr weiter.«

Ihre Stimme klang dumpf, so als sei sie erkältet – oder als hätte sie gerade geweint.

»Worum geht es?«, fragte Hanna.

»Kristoffer lässt mich nicht in Ruhe.«

Hanna war so schockiert, dass ihr nicht gleich etwas zu sagen einfiel. Was um alles in der Welt hatte Kristoffer denn vor?

»Entschuldige«, sagte Klara. »Ich fürchte, ich stehe kurz vorm Nervenzusammenbruch. Es war einfach krass, gestern bei Gericht. Ich musste ja aussagen, und dann hat er …«

Ihre Worte mündeten in einem Weinkrampf, und Hanna wartete ab.

»Was macht er denn?«

»Er will wissen, wer Soffan ist, und er akzeptiert einfach nicht, dass ich keine Ahnung habe, wer das sein soll. Aber er lässt nicht locker.«

»Ich spreche mit ihm«, sagte Hanna.

Wie genau das gehen sollte, wusste sie allerdings nicht, denn Kristoffer war wieder untergetaucht.

»Danke«, sagte Klara. »Ich habe dich nicht bei Gericht gesehen. Bist du überhaupt da?«

»Hin und wieder. Es nimmt mich mehr mit, als ich gedacht habe.«

Daraufhin schwieg Klara. Es klang so, als würde sie in der Küche rumfuhrwerken. Ein Kühlschrank oder Tiefkühler wurde geöffnet und wieder geschlossen. Geschirr wurde abgestellt. Ein Kind schrie.

»Bist du bedroht worden?«, fragte Hanna.

»Bedroht? Wie denn?«

»Anonyme Anrufe, SMS, in denen es um den Prozess oder um Robin geht?«

»Nein«, sagte Klara. »Der Einzige, der mich belästigt, ist Kristoffer. Du, ich muss auflegen. Der Kleine braucht was zu essen.«

Hanna lehnte sich gegen die Wand und versuchte es bei Kristoffer, aber wenig überraschend landete sie direkt auf der Mailbox. Also rief sie Henning an.

»Meine Lieblingspolizistin«, sagte er. »Leider habe ich nur wenige Sekunden Zeit, weil es gleich weitergeht.«

»Ich möchte mehr über Soffan wissen.«

»Dann komm besser her«, sagte Henning. »Deine Freundin Rebecka ist nicht erschienen. Der Staatsanwalt konnte die Richterin überzeugen, ihr noch eine Chance zu geben. Jetzt ist sie für morgen neun Uhr vorgeladen. Als Nächstes spricht ein alter Kumpel von Axel und dann eine seiner Angestellten. Axels Anwältin hat die beiden einbestellt. Ich melde mich in der nächsten Pause.«

Rebecka hatte nicht ausgesagt. Hanna war kurz davor, Henning noch einmal anzurufen. Als könnte sie ihn zwingen, etwas anderes zu sagen. Stattdessen atmete sie durch die Nase ein, durch den Mund aus und lenkte ihre Schritte dann wieder Richtung Büro. Aufgeregte Stimmen von drinnen ließen sie schneller werden.

»Albert Johansson hat gelogen«, verkündete Daniel, als er sie sah. »Er hat am Samstag um Viertel nach zwei mit seiner VISA-Karte in Borgholm im Supermarkt bezahlt. Das Geschäft liegt um die Ecke von Vidar Johanssons Wohnung, es ist also nicht länger ausgeschlossen, dass er seinen Onkel ermordet hat.«

Der letzte Tag

Als Vidar aus dem Haus kommt, sieht er, dass sich jemand vom Zentrum aus nähert. Die Entfernung ist zu groß, um das Gesicht erkennen zu können, aber dieser rollende Knödel kann eigentlich nur Danuta sein. Der fellbesetzte Mantel sieht definitiv nach ihrem aus. Irritiert eilt er in die entgegengesetzte Richtung. Jetzt wird er sich noch mehr verspäten, aber das lässt sich nun auch nicht mehr ändern.

Scheiß auf Ture, denkt er. Ich gehe lieber zum Hafen.

Für wenige Sekunden ist er wieder jung, kann einfach los und das machen, worauf er Lust hat, aber schon bald hat ihn die Reue eingeholt. Nichts wird besser, wenn er Ture meidet. Außerdem will er wissen, was so wahnsinnig wichtig ist, dass man es nur persönlich bereden kann und nicht am Telefon. Ture ist ein Idiot, und Vidar verflucht den Tag, an dem sie sich kennengelernt haben. Wäre Ture nicht gewesen, hätten er und Ingrid vielleicht eine Chance gehabt. Der Gedanke macht ihm ein schlechtes Gewissen gegenüber Kicki, dabei hat sie ja sehr deutlich gemacht, dass sie kein Interesse mehr an ihm hat. Außerdem weiß er, dass nichts so einfach ist, wie es scheint. Ingrids Erklärung dafür, dass sie ihn nicht wollte, hat er nie verstanden. Zumindest nicht beim ersten Mal. Beim zweiten …

Er hat ja den Ring gesehen, aber abgehalten hat sie das beide nicht.

Der Wind bläst ihm durch die Kleider, und Vidar reibt sich über die Oberarme, um für etwas Wärme zu sorgen. Sein Mantel hängt in der Wohnung, aber dahin kann er ja nicht zurück, ohne Danuta in die Arme zu laufen.

Vidar erreicht das Ende der Häuserreihe, und ohne sich umzusehen, nimmt er die Abkürzung zur Markgatan, wo er den Weg zum Zentrum einschlägt. Der Spielplatz im Park ist nur halb voll. Ein paar Kinder hüpfen herum; was genau sie da spielen, weiß er nicht. Das einzige Spiel, an das er sich aus der Kindheit erinnert, ist Räuber und Gendarm.

Dann erreicht er endlich die Viktoriaschule. Ein paar Jungs in Jeans und Lederjacke verlassen gerade den Schulhof, als er ihn betritt. Vidar erblickt Ture sofort auf einer der Bänke, aber nähert sich ihm ohne Eile. Ture versteckt seine Glatze unter einer Mütze, außerdem trägt er einen protzigen Wintermantel. Sicher verkühlt er sich schnell, so mager wie er ist.

»Du bist zu spät«, sagt er.

»Ja, bin ich, aber du hast sicher eh nichts anderes vor.«

»Ich bin mit meiner Tochter verabredet.«

Natürlich musste er ihm das auch noch gleich unter die Nase reiben. Ture hat Kinder und Enkel. Einer seiner Enkel spielt Fußball beim Kalmar FF. Vidars nichtsnutziger Neffe muss sich damit begnügen, das Gras in der Arena zu mähen.

»Hat sie an einem Samstagabend nichts Besseres vor?«

Ture schüttelt den Kopf.

»Frierst du nicht?«

»Nein.«

Vidar setzt sich und schaut sich um. Hier wird sie niemand hören. Er ahnt, was Ture will. Im Herbst hat Vidar den Kontakt zu ihm gesucht, dachte, sie könnten sich mal aussprechen, aber Ture hat ihn genervt abgewimmelt. Irgendwas muss in der Zwischenzeit passiert sein. Vielleicht weiß er von der Diagnose? Milla wohnt ja auch in Färjestaden, könnte ja sein, dass sie sich kennen. Aber selbst wenn, hätten die beiden kaum einen Anlass gehabt, über ihn zu sprechen.

»Leifs Sohn hat mich kontaktiert«, sagte Ture.

Ein halbes Jahrhundert versucht Vidar schon, nicht an den Kerl zu denken. Und wie schlimm es ihm ergangen war.

»Warum um alles in der Welt?«

»Er hatte viele Fragen zum Bau. Wollte wissen, was wirklich passiert ist. Offensichtlich glaubt er die offizielle Version nicht. Hat er dich auch kontaktiert?«

Tures Nähe macht ihm so großen Stress, dass er nicht klar denken kann. Sein Kopf ist leer. *Hat* Leifs Sohn sich bei ihm gemeldet?

»Nein«, sagt er.

»Du wirkst unsicher.«

»Also, daran würde ich mich ja wohl erinnern!«, zischt Vidar, obwohl er sich noch immer nicht sicher ist.

Ture starrt ihn an. Muss er so verdammt überlegen aussehen? Jedenfalls hat er definitiv eine Schraube locker. Wie bedauerlich, dass es so lange gedauert hat, das zu verstehen. Vidar kapiert nicht, wie er es geschafft hat, diese Sache zu vergessen und weiterzumachen, als wäre nichts passiert. Eine Lüge ist eine Lüge, egal was Ture behauptet. Vielleicht wäre es doch am besten, wenn die Wahrheit endlich ans Licht käme? Im Herbst hat er sich noch breitschlagen lassen, weiter dichtzuhalten, aber jetzt läuft ihm die Zeit davon.

»Was ist los mit dir? Du bist so komisch«, fragt Ture. »Du spielst doch hoffentlich nicht mit dem Gedanken, zu plaudern?«

»Mir geht es hervorragend«, sagt Vidar. »Wenn ich irgendwie komisch sein sollte, liegt das einzig an dir. Du bist ein verdammter Idiot.«

»Das ist gut möglich, aber keine Antwort auf meine Frage.«

Vidar durchforstet sein Gedächtnis, aber er findet keine Frage. Himmel, was Ture ihm einen Stress macht.

»Spielst du mit dem Gedanken, zu plaudern?«, wiederholt Ture.

»Nein«, sagt Vidar.

Vergangenen Herbst war er kurz davor, aber nachdem er Ingrid wiedertraf, änderte sich das schlagartig. Wenn sie davon erfuhr, würde sie ihn nie wieder im selben Licht sehen. Kicki auch nicht. Aber diese Beziehung liegt ja sowieso schon in Trümmern. Wegen Ingrid will er weiter schweigen, aber wenn Leifs Sohn jetzt Fragen stellt, verdient er die Wahrheit.

»Ich hoffe, dir ist klar, was passiert, wenn du mich anlügst«, sagt Ture.

»Steck dir deine Drohungen sonstwo hin. Ich bin nicht wie du.«

Darüber kann Ture nur lachen.

»Hast du deinem Neffen erzählt, was wir gemacht haben? Wie hieß er noch gleich? Albert, oder?«

Wieder dieses überlegene Grinsen, als er den Namen ausspricht. Am liebsten hätte Vidar ihm die Faust ins Gesicht gerammt, stattdessen steht er auf und geht. Ture ruft ihm nach, aber er ignoriert ihn. Er erträgt diesen Mistkerl nicht. Ture hat schon damals sein Leben zerstört. Warum lässt er ihn nicht einfach in Frieden?

37

Laufende Verhandlung stand auf dem kleinen Monitor am Eingang zu Saal vierzehn. Ihre Hand reckte sich schon zur Tür, aber im letzten Moment überlegte Hanna es sich doch anders. Sie war überhaupt nicht scharf darauf, sich anhören zu müssen, wie andere in den höchsten Tönen über Axel Sandsten sprachen. Besonders dann nicht, wenn sie im Anschluss eine gute Zusammenfassung von Henning Larsson bekommen konnte. Außerdem sollte sie wegen der Ansteckungsgefahr den Kontakt zu anderen Menschen tunlichst meiden. Sie war überzeugt, dass Abstand wichtiger und effektiver war als ein Mundschutz.

Hanna schaute sich auf dem Flur um. Normalerweise waren hier mehr Menschen. Einzig zwei Männer saßen vor einem der Säle. Der eine war im Anzug, der andere in Jeans und Hemd, vermutlich also Anwalt und Mandant. Wieso war sie hergekommen? Sie rief Rebecka an, wurde aber weggedrückt. Immerhin war das Handy nicht länger ausgestellt. Sie schickte eine Nachricht.

Ich habe gehört, dass du heute nicht ausgesagt hast.

Wo bist du? Können wir uns treffen und reden?

Sie starrte ihr Telefon an, das jedoch stumm blieb. Sie versuchte es sogar bei Kristoffer, aber dort landete sie wieder sofort bei der Mailbox. Also schrieb sie Erik eine SMS:

> Das kann hier dauern.

> Okay,

antwortete dieser.

> Albert Johansson ist für 16 Uhr einbestellt, es wäre also gut, wenn du dann auch wieder da wärst. Aber wenn das nicht passt, finden wir einen anderen Weg.

Irgendwann öffnete sich die Tür zu Saal vierzehn, und ein Mann trat heraus, der Hanna vage bekannt vorkam. Als ihr endlich einfiel, um wen es sich handelte, hatte er sich schon ein gutes Stück von ihr entfernt. Er war in ihre und Axels Klasse gegangen, aber sein Name wollte ihr nicht einfallen, und soweit sie sich erinnern konnte, war er auch nicht mit Axel befreundet gewesen.

»Tatjana Edin in Saal vierzehn«, meldete sich die Lautsprecherstimme. »Tatjana Edin, Saal vierzehn.«

Absätze klapperten, als Tatjana vorbeieilte. Vor fast einem Jahr hatte Hanna dieses Klappern schon einmal gehört, da hatten sie Axel nach dem Tod seines Sohnes Joel in seinem Konferenzraum befragt. Tatjana war seine Rezeptionistin gewesen. Damals hatten sie beweisen können, dass sie für ihn gelogen hatte. Aber jetzt? Die Frau in dem schwarzen Kostüm mit der weißen Bluse sah noch immer keinen Tag älter als zwanzig aus, bewegte sich jedoch mit einer ganz anderen

Selbstsicherheit. Was sollte sie diesmal für ihn erzählen? Was bekam sie dafür? Hanna wollte ihr folgen, ließ es dann jedoch bleiben.

Ihr Handy klingelte, und Hanna war davon so überrascht, dass sie zusammenzuckte. Es war Rebecka.

»Wo bist du?«, fragte Hanna. »Ich mache mich sofort auf den Weg.«

»Nein«, sagte Rebecka. »Ich will das nicht. Außerdem ist es sowieso zu spät.«

»Nein, es ist nicht zu spät. Deine Aussage wurde auf morgen verschoben.«

»Auch egal, ich werde so oder so nicht aussagen. Das Ganze war ein Fehler.«

Rebecka legte auf, als Tatjana Edin gerade den Saal verließ. Sie warf Hanna einen kurzen Blick zu, eilte dann weiter. Hanna wählte Rebeckas Nummer, obwohl sie sich der Aussichtslosigkeit bewusst war. Jedes Tuten verstärkte ihre Angst. Ohne Rebeckas Aussage würde Axel vielleicht nicht verurteilt. Die Tür zu Saal vierzehn öffnete sich erneut, Henning war der Erste, der herauskam.

»Ich habe einen Mordshunger«, sagte er. »Was hältst du davon, wenn wir was essen gehen und uns dabei unterhalten? Wobei das für dich schwierig werden könnte mit dem Ding da.«

Er deutete auf ihren Mundschutz.

»Da wird mir schon was einfallen«, sagte Hanna.

Nicht mal zehn Minuten später saßen sie bei Max auf der anderen Seite des Norra Vägen. Henning hatte sich einen doppelten Cheeseburger bestellt, sie selbst etwas widerwillig einen Salat mit Huhn. Zu Beginn der Schwangerschaft hatte sie sich praktisch von nichts als Hamburgern ernährt, jedenfalls nachdem sie aus dem Krankenhaus entlassen worden war. Aber sie hatte ja gestern schon einen Hamburger gegessen, und wegen des Babys musste sie auch mal ein bisschen was anderes zu sich nehmen. Als sie jedoch sah, wie Henning genüsslich in seinen Burger biss, bereute sie ihre Wahl.

»Sorry«, sagte er, weil ihm ihr Blick nicht entging. »Ich habe heute verschlafen und deshalb noch gar nichts gegessen.«

Sie löste den Mundschutz von einem Ohr. Dann holte sie ihre kleine Flasche mit Desinfektionsmittel aus der Tasche und massierte etwas davon in ihre Hände.

»Was hat denn Tatjana Edin erzählt?«, fragte sie.

»Angeblich ist Kristoffer bei Axel im Büro aufgekreuzt, hat herumgebrüllt und dann mit einem Blumentopf nach ihr geworfen. Sie musste ihn rausschmeißen.«

Hanna bezweifelte, dass Tatjana überhaupt in der Lage war, jemanden rauszuschmeißen, aber das sagte sie nicht. Sie musste unbedingt mit dem Staatsanwalt sprechen, ihn informieren, dass Tatjana bei den Ermittlungen in einem anderen Fall gelogen hatte.

»Und wann soll das gewesen sein?«, fragte sie.

»Im Februar.«

Letzten Monat? Da hatte Kristoffer sich doch noch nicht mal in Schweden aufgehalten. Im August letzten Jahres hatte er plötzlich bei ihr vor der Tür gestanden und ihr erzählt, wer Ester Jensen wirklich ermordet hatte. Im Dezember waren die Ermittlungen neu aufgenommen worden. Anklage wurde im Januar erhoben.

»Was haben die anderen Zeuginnen und Zeugen so erzählt?«, fragte sie.

»Einer eurer Mitschüler hat ausgesagt, dass Kristoffer mal bei einer Party rumgetönt habe, er würde dafür sorgen, dass Axel in den Knast kommt.«

Hanna konnte sich noch immer nicht an den Namen erinnern, aber der Typ war definitiv eher Einzelgänger gewesen und hatte sich die Zeit mit Computerspielen vertrieben, nicht auf Partys.

»Sonst noch was?«

»Ein anderer sollte wohl bezeugen, wie emotional instabil Kristoffer ist. Und wie böswillig. Sie haben mal zusammengearbeitet, und der Mann behauptete, in keinerlei Verbindung zu Axel zu stehen.«

Ein geller Kinderschrei hinter Hanna. Sie drehte sich um. Eine Pommesschale war vom Tisch gefallen. Die Mutter versuchte, das Kind mit ihrer Schale zu beschwichtigen, was nur zu noch mehr Geschrei führte.

»Jetzt weißt du, worauf du dich freuen kannst«, sagte Henning lachend.

Hanna nickte nur. Eine Zukunft mit Kind war noch immer schwer vorstellbar. Henning knüllte das Hamburgerpapier zusammen.

»Wollen wir uns jetzt einem anderen Thema zuwenden und lieber über Soffan sprechen?«

»Gern. Wer ist das überhaupt?«, fragte sie.

»Das versuche ich gerade herauszufinden«, sagte Henning. »Ein ehemaliger Kollege von Axel hat ihn erwähnt, als ich nach … nach ein paar weniger lupenreinen Kontakten von Axel gefragt habe. Axel soll mal über ihn hergezogen haben, irgendwas wie: Soffan können wir da nicht um Hilfe bitten, der stellt sich zu blöd an. Den Spitznamen hat er wohl bekommen, weil er Drogen in einem Sofa versteckt hat, das seine Freundin dann über so eine Kleinanzeigenseite vertickt hat.«

»Wer ist dieser Kollege?«

»Du weißt, dass ich das nicht verraten darf«, antwortete Henning.

»Ich hatte gehofft, der Kollege wollte insgeheim, dass du dich an mich wendest.«

»Wohl kaum«, sagte Henning. »Als ich ihn danach noch mal ansprach, ob ihm mehr zu Soffan einfallen würde, wollte er nicht mal zugeben, dass er ihn überhaupt jemals erwähnt hat.«

Hanna kam da ein Verdacht. War Soffan vielleicht der blonde Typ, der versucht hatte, sie zu überfahren, und auch hinter dem Messerangriff steckte?

»Mein Bruder scheint auch nach diesem Soffan zu suchen«, sagte sie.

»Weiß er, wer das ist?«

»Kann ich nicht sagen. Ich habe von Robins Schwester Klara erfahren, dass Kristoffer sie mit Fragen zu einem gewissen Soffan behelligt, aber sie hat den Namen noch nie gehört.«

Hanna steckte sich eine Gabel voll Salat in den Mund, und augenblicklich schien der Bissen in ihrem Mund zu wachsen.

»Kristoffer meidet mich gerade.«

»Ich kann ja mal mein Glück versuchen«, sagte Henning. »Allerdings bezweifle ich auch, dass er mit mir reden wird.«

»Ist was vorgefallen zwischen euch?«

Henning betrachtete sie lange, schien mit sich zu ringen, was er antworten sollte. Dann wich die Ernsthaftigkeit aus seinem Gesicht, und er lächelte.

»Ich habe auch ihn wegen eines Interviews belauert, und er hat nicht ganz so professionell reagiert wie du.«

Hanna lachte. Das schien ihr höchstens die halbe Wahrheit zu sein, aber sie hakte lieber nicht weiter nach.

Plötzlich fühlte es sich wie Verrat an, dass sie mit Henning hier saß und nicht mit Kristoffer, aber daran war er ja selbst schuld, schließlich verweigerte er gerade den Kontakt zu ihr. Außerdem konnte sie keine Rücksicht darauf nehmen, dass ihr

Bruder Henning nicht mochte. Sie brauchte jede Hilfe, die sich bot. Davon abgesehen war Henning einfach ein netter Kerl und meinte es gut. Seine Mutter war Alkoholikerin gewesen. Hannas und Kristoffers Mutter war durch ihren Job als Sozialarbeiterin in Kontakt mit ihnen gekommen und hatte Henning erklärt, dass ihre Abhängigkeit nicht seine Schuld war. Hanna schaute zu der Frau mit dem Kind, das nun besänftigt die Pommes seiner Mutter in sich hineinstopfte. Plötzlich kamen ihr die Tränen. Das mussten die Schwangerschaftshormone sein.

»Was glaubst du?«, fragte sie. »Werden Axel und Sven-Otto verurteilt?«

»Ich habe, ehrlich gesagt, keine Ahnung«, antwortete Henning. »Was wird Rebecka aussagen?«

»Dass sie Axel mehrfach mit Esters Ex-Mann gesehen hat«, sagte Hanna. »Vor dem Mord. Axel selbst hat ja behauptet, dass sie erst danach in Kontakt gekommen sind. Außerdem war er gewalttätig ihr gegenüber.«

»Ach, krass. Dann wäre es wohl wichtig, dass sie morgen auftaucht.«

»Ich weiß«, seufzte Hanna. »Aber wie kann ich sie davon überzeugen?«

38

Erik hatte eigentlich vorgehabt, auf Hanna zu warten, aber nachdem sie getextet hatte, dass es bei Gericht dauern könnte, griff er zu seiner Jacke und ging um die Trennwand. Sie mussten vor der Vernehmung von Albert Johansson mit Milla Pedersen sprechen. Amer war gerade aufgebrochen, um sein erkältetes Kind aus der Kita zu holen, deshalb war Daniel der einzige andere Ermittler vor Ort.

»Was hältst du von einem Ausflug nach Öland?«, fragte Erik.

Langsam löste Daniel den Blick von seinem Monitor, hörte aber nicht auf zu tippen.

»Um was zu tun?«

»Dem Mädel vom Pflegedienst die Fotos zu zeigen«, erklärte Erik. »Sie wohnt in Färjestaden, sollte also nicht allzu lang dauern.«

Daniels Finger verharrten auf der Tastatur, aber er antwortete nicht.

»Mir zuliebe«, sagte Erik und blinzelte ihn mit schiefgelegtem Kopf an.

Daniel lachte und stand auf. Selbstverständlich hätte Erik allein zu Milla fahren können, das wäre bloß um einiges langweiliger gewesen. Er hatte vor einer Viertelstunde mit ihr gesprochen, und da hatte sie gesagt, dass sie heute tagsüber zu Hause wäre und ihre Wäsche machen würde, weil sie erst abends wieder arbeiten müsse.

»Ich fahre«, sagte Daniel.

»Geht klar«, sagte Erik.

Daniels Fahrstil war ähnlich aggressiv wie Hannas. Vielleicht kompensierten sie so ihre sonst eher zurückhaltende Art. Wobei Hanna etwas ruhiger fuhr, seit sie schwanger war.

»Und, was macht die Liebe?«, fragte Erik, als sie die Garage verließen.

»Na, du verlierst ja keine Zeit«, sagte Daniel.

»Nein, wir haben schließlich nur eine Fahrt von zwanzig Minuten vor uns.«

»Ich bin gerade solo«, sagte Daniel. »Mit dem Göteborger ist es aus. Wir haben uns einfach nicht oft genug gesehen, aber umziehen wollte auch keiner von uns.«

Daniel wohnte in Rockneby, genau wie seine Eltern. In den drei Jahren, die Erik in Kalmar arbeitete, hatte Daniel mehrere kurze Beziehungen gehabt. Dabei war offensichtlich, dass er sich nach etwas Ernsterem sehnte. Sein Kinderwunsch war enorm, das wurde sofort ersichtlich, wenn Kinder auf die Wache kamen oder sich Gespräche ums Familienleben drehten. Es konnte Erik aus heiterem Himmel überwältigen, was für ein Glück er gehabt hatte: Dass er Supriya kennengelernt hatte. Dass sie Nila bekommen hatten. Ein blödes Virus sollte das nicht zerstören. Er wollte das Ganze als eine Art Belastungsprobe sehen, nicht mehr. Eine Beziehung, in der alles ohne jeden Widerstand lief, konnte ja nicht stark werden.

»Du solltest mal zum Discgolf mitkommen«, sagte er. »Beim letzten Mal waren da ziemlich viele hübsche Männer.«

»Gern«, sagte Daniel.

Er war der Erste, der nicht erst fragen musste, was Discgolf war.

»Cool! Jetzt gleich am Samstag?«

»Ja, warum nicht«, sagte Daniel. »Ich habe meinen Eltern versprochen, für sie einkaufen zu gehen und das eine oder andere zu erledigen, aber das kann ich auch Sonntag machen.«

Ein paar Minuten lang sprachen sie über die Pandemie. Supriya folgte den Diskussionen in unzähligen Foren, wo sich ziemlich viele Menschen dafür aussprachen, die Ölandbrücke zu sperren. Erik betrachtete den Verkehr zwischen Insel und Festland. Gerade war er übersichtlich, aber schon in ein paar Stunden würde wieder alles voll sein. Viele wohnten auf der einen und arbeiteten auf der anderen Seite des Kalmarsunds. Und wie sollten dann die Einsatzkräfte nach Öland kommen? Wie stellten sich diese Intelligenzbolzen das denn vor? Was war er dieses Thema leid.

»Hast du schon was zum Zopiclon herausgefunden?«, fragte er.

Daniel nahm die Abfahrt nach Färjestaden etwas zu rasant, sodass Erik gegen die Beifahrertür gepresst wurde.

»Nicht wirklich. Welche Mittel wem verschrieben werden, kann man praktisch nur in Erfahrung bringen, wenn jemand unter klarem Verdacht steht.«

»Verstehe«, sagte Erik. »Bei Birk wurden jedenfalls keine Schlafmittel gefunden, nur massenweise Anabolika.«

Wenig später waren sie bei Millas Adresse angelangt, und offenbar plante Daniel, den Wagen in eine winzige Parklücke zu setzen.

»Mach ruhig die Augen zu«, sagte Daniel. »Macht meine Mutter auch immer.«

»Ich vertraue auf deine Fähigkeiten.«

»Gut.«

Sie klingelten an der Haustür, doch niemand öffnete. Erik fischte gerade sein Handy aus der Tasche, musste aber gar nichts weiter machen, denn da erschien Milla schon im Treppenaufgang, eine regenbogenfarbene Ikea-Tasche über der Schulter.

»Ich bin gerade fertig«, sagte sie. »Gut, dass Sie kommen konnten.«

Daniel, der ihr zum ersten Mal begegnete, stellte sich mit Handschlag vor. Zuckte dann zurück.

»Das sollte man vielleicht nicht mehr machen.«

»Schon okay«, lachte Milla. »Wir waschen uns ja gleich die Hände.«

Sie stellte die frisch gewaschene Wäsche in den Flur, und dann setzten sie sich ins Wohnzimmer.

»Sie wollten mir Fotos zeigen«, sagte sie.

Erik breitete die Bilder auf dem Couchtisch aus. Er hatte fünfzehn mitgebracht. Darunter waren Aufnahmen von Ture Lagerman, Esbjörn Fager und Albert Johansson. Die Beweiskraft war höher, wenn er mehr als nur die Bilder derer zeigte, die für die Ermittlungen von Interesse waren. Milla lehnte sich vor und betrachtete die Fotos, deutete dann mit dem Zeigefinger auf eins von ihnen.

»Das ist Vidars Neffe, Albert. Der war es nicht, den hätte ich ja sofort erkannt. Aber es tut mir leid, der Mann, den ich vorm Haus getroffen habe, ist nicht dabei. Sein Basecap war zwar weit ins Gesicht gezogen, aber ich habe doch einiges davon sehen können. Sein Kinn ist nicht dabei.« Sie lehnte sich wieder zurück. »Also, was ist Ihre aktuelle Theorie?«

»Die können wir Ihnen leider nicht mitteilen«, sagte Erik.

»Schon klar«, sagte sie. »Aber einen Versuch war's wert.«

»Wie sah sein Kinn denn aus?«, fragte Daniel.

»Irgendwie markant. Ein bisschen wie Ihres.« Sie lächelte

verlegen. »Also, damit will ich nicht sagen, dass Sie das waren. Der Typ war nicht so muskulös wie Sie.«

»Okay, danke«, sagte Daniel.

Auch wenn sie nun eine etwas detaillierte Beschreibung des Mannes hatten, verließ Erik Millas Wohnung ein wenig enttäuscht. Dennoch schloss dies weder Ture, Esbjörn noch Albert als Täter aus, schließlich musste es ja nicht mit Vidars Tod in Zusammenhang stehen, dass jemand am Freitag versucht hatte, sich in Vidars Haus zu schleichen. Und wenn der Mann doch in die Tat verwickelt war, hatte ihn ja einer der Verdächtigen schicken können. Stück für Stück kamen sie voran, und Erik war neugierig, welche neuen Erkenntnisse die Vernehmung von Albert Johansson bringen würde.

39

Hanna spießte ein Stück Hühnchen auf, steckte es sich in den Mund und kaute langsam darauf herum. Die Sorgen überschlugen sich in ihr. Was, wenn Ingrid nicht wieder gesund wurde … Was, wenn Rebecka wirklich nicht aussagen würde … Was, wenn Axel deshalb freigelassen würde … Mit aller Macht drängte Hanna alle »Was, wenn's« in den Hintergrund und aß den nächsten Bissen. Sie musste herausfinden, wie es Ingrid ging. Außerdem musste sie Rebecka dazu bringen, mit ihr zu sprechen.

Ihr Handy vibrierte, und sie hoffte auf gute Nachrichten, aber es war nur Erik, der ihr schrieb, dass Milla die Fotos durchgesehen hatte, ohne den Mann zu erkennen, den sie Freitagabend vor Vidars Haus verscheucht hatte.

»Was Wichtiges?«, fragte Henning und musterte sie.

»Vielleicht«, sagte sie. »Aber leider nichts, was ich dir mitteilen kann.«

»Schade«, sagte Henning und schaute auf seine Armbanduhr. »Du, ich muss los, habe ja noch einen Artikel zu schreiben.«

Hanna nickte, und als er weg war, schrieb sie Ingrids Sohn eine Nachricht und bat ihn darum, sie auf dem Laufenden zu halten. Mit einem Schluck Mineralwasser spülte sie den letzten Bissen hinunter. Obwohl die anfängliche Schwangerschaftsübelkeit endlich nachgelassen hatte, war sie bei diesem Getränk geblieben. Dann desinfizierte sie erneut ihre Hände und setzte den Mundschutz wieder richtig auf. Sie war weit und breit die Einzige, die einen trug. Eigentlich müsste sie ins Revier zurückkehren, doch sie blieb noch sitzen. Das Kind, das nun die Pommes seiner Mutter aufgegessen hatte, protestierte lautstark dagegen, in den Kinderwagen gesetzt zu werden.

»Selber laufen!«, kreischte es.

»Nein, wir müssen zum Bus.«

Das Wort »Bus« reichte, um den Kampf zu beenden. Hanna lächelte den beiden zu, als sie an ihr vorbeikamen, und das Kind starrte sie mit großen Augen an. Seit sie von der Schwangerschaft wusste, hatte sich die Zahl der Kinder in ihrem direkten Umfeld gefühlt vervielfacht. Sie sah sie überall und versuchte, jede Begegnung wie einen Schnellkurs zum Thema Elternschaft zu sehen. Ob sie dabei tatsächlich etwas lernte, konnte sie nicht mit Sicherheit sagen.

Hanna gähnte hinter dem Mundschutz und versuchte noch einmal, sich zum Aufstehen zu motivieren. Immerhin war die Gerichtsverhandlung für heute vorbei, und es war beruhigend, dass zumindest in dieser Hinsicht heute nichts mehr passieren konnte. Der Montagmorgen würde entscheidend sein. Hanna versuchte noch einmal, erst Rebecka, dann Kristoffer zu erreichen, aber – ganz wie erwartet – ging weder sie noch er ans Telefon.

Ein Mann, der ein paar Tische entfernt saß, starrte sie an. Als ihm bewusst wurde, dass sie ihn bemerkt hatte, wandte er schnell den Kopf ab. Wie lange hatte er sie schon so angestarrt? Vor ihm stand nur eine Kaffeetasse. Er griff danach und setzte sie an die Lippen. Hanna war kurz davor, ihn zur Rede zu stellen. Doch dann stand sie doch nur auf und verließ den

Imbiss. Als sie gerade auf die Straße trat, vibrierte ihr Handy, und Hanna blieb stehen. Der Mensch, der hinter ihr ging, lief in sie hinein.

Sofort war sie in Gedanken bei dem Messerangriff, und ihr blieb die Luft weg. Keuchend beugte sie sich vor.

»Alles in Ordnung?«, fragte der Mann, der mit ihr zusammengestoßen war.

Sie schaute auf. Es war der Mann, der sie angestarrt hatte. Sie wollte sich beherrschen, doch es klappte nicht. Der Schock war zu groß.

»Was wollen Sie von mir?«, brüllte sie.

Sie richtete sich mit Mühe auf und stieß dem Mann gegen die Brust. Er stolperte ein paar Schritte rückwärts.

»Ich wollte nur wissen, ob Sie Hilfe brauchen.«

Er hielt die Hände hoch, als wollte er zeigen, dass er unbewaffnet war. Seine Augen waren vor Angst weit aufgerissen. Er war sicher zehn Zentimeter kleiner als sie und schien nicht gerade muskulös zu sein.

Ein paar Jugendliche, die auf dem Weg in den Imbiss waren, blieben stehen. In ihrer ersten Zeit als Polizistin hatte sie häufig Einsätze erlebt, wo sie sich um Menschen kümmern mussten, die sich aggressiv oder merkwürdig verhielten – zum Beispiel, weil sie betrunken waren. Oder weil es ihnen psychisch nicht gut ging. Was veranstaltete sie denn hier? Sie fiel weder in die erste noch in die zweite Gruppe. Sofort dachte sie an den Facebook-Kommentar: *Die schwedische Polizei in ihrem Element.*

»Entschuldigung«, sagte sie und entfernte sich schnell.

Bei ihrem Glück war auch diese Szene gefilmt worden. Ein paar der Jugendlichen hatten definitiv Handys in der Hand gehabt. Wie aggressiv sie den Mann angegangen hatte, war definitiv schlimmer als ein umgestürztes Schild und ein feuerrotes

Gesicht. Hanna war sich ziemlich sicher, dass Ove über so ein Video wenig amüsiert wäre.

Da fiel ihr ein, dass sie ja eine Nachricht bekommen hatte. Aber es war nur Werbung für einen Schlussverkauf. Während sie zurück zum Revier ging, rief sie Isak an.

»Wo bist du?«

»In der Schule«, sagte er. »Wir haben gleich eine Besprechung im Lehrerzimmer. Aber danach wollte ich nach Hause radeln. Gibt's was Wichtiges?«

Isak besaß zwar ein Auto, aber er benutzte es so selten wie möglich.

»Nein«, sagte sie. »Ich wollte nur deine Stimme hören.«

»Ich liebe dich auch«, sagte Isak.

Man konnte ihm anhören, dass er lächelte. Hanna lächelte auch und beendete das Telefonat. Eigentlich hatte sie ihm erzählen wollen, was gerade passiert war, aber das musste warten. Sonst konnte er sich nicht auf die Besprechung konzentrieren.

Sie drehte sich um, aber den Imbiss konnte sie schon nicht mehr erkennen. Es sah ihr überhaupt nicht ähnlich, sich so irrational aufzuführen. So gern sie es auch auf die Schwangerschaft schieben wollte, das war nicht der einzige Grund. Vielleicht sollte sie Isaks Rat folgen und sich mal in Therapie begeben. Und wenn auch nur dem Kind zuliebe.

40

Entfernte Stimmen. Ein Mann und eine Frau diskutierten und schienen sich uneins. Ingrid versuchte auszumachen, worum es ging. Intubieren. Intensivstation. Verlegung. Erst da begriff sie, dass die beiden über sie sprachen.

Nein, wollte Ingrid schreien, aber ihre Lippen klebten aufeinander. Sie versuchte, die Augen zu öffnen, bekam sie aber nur einen Spalt breit auf. Verschwommene Gestalten wandten sich ihr zu. Eine näherte sich, beugte sich über Ingrid.

»Können Sie mich hören?«, fragte die Frau hinter dem Visier.

Ingrid nickte. Zumindest glaubte sie, dass sie nickte.

»Gut«, sagte die Frau. »Ihre Sauerstoffsättigung ist alarmierend niedrig. Wenn sie sich weiter verschlechtert, müssen wir Sie ins künstliche Koma versetzen und intubieren.«

Ingrid schüttelte den Kopf. Ihr Gesichtsfeld bewegte sich definitiv. Der Mann war nun auch ans Bett getreten.

»Ich kann verstehen, dass sich das unheimlich anhört«, sagte er. »Wir können noch etwas abwarten, aber bald haben wir keine Wahl mehr.«

Unheimlich? Eine wacklige Leiter hochzuklettern war vielleicht unheimlich, aber das hier? Ingrid war davon überzeugt, die Intensivstation nicht lebend wieder zu verlassen, sollte sie dort erst landen. Der Mann tupfte ihre Augen mit etwas Weichem ab. Weinte sie? Er sprach weiter mit ihr, doch sie verstand nichts mehr. Seine Stimme war wie eine Decke, die sich um sie legte. Ingrid schloss die Augen. Die machten irgendwas mit ihrem Körper, aber sie konnte kaum sagen, was genau. Doch, der eine Arm wurde bewegt, etwas stach. Ein Piepsen, das immer leiser wurde. Die Luft wollte nicht in ihre Lunge. Als würde jemand auf ihrem Brustkorb sitzen.

Plötzlich lag Harald neben ihr. Er lehnte auf dem Ellbogen und schaute ihr tief in die Augen. Sein Haar war dunkelbraun, sein Gesicht ganz glatt und faltenfrei. *Lass mich bitte*, sagte sie. *Ich bin noch nicht so weit.*

Sie durfte nicht sterben. Nicht so. Sie versuchte, den Pflegekräften hinterherzuschreien, sie doch bitte ins künstliche Koma zu legen, aber sie waren nicht mehr da.

Natürlich bist du so weit. Harald lachte und schob vorsichtig die Hand auf ihren Bauch. Er war nicht gekommen, um sie zu holen. Es war nur eine Erinnerung. Das Fenster stand offen, die dünne Gardine flatterte im Herbstwind. Auf dem Tisch stand ein Strauß aus verwelkten Kornblumen, Glockenblumen und Schafgarbe. Sie war so erleichtert, dass sie am liebsten gelacht hätte.

Wie gern hätte sie seine Hand genommen, hätte ihn sagen hören, dass alles gut wird. Dass sie gesund wird und nach Hause zurückkehren kann. Mit Harald hatte sie sich so sicher gefühlt, das hatte nichts und niemand erschüttern können. Nach der Hälfte der Schwangerschaft hatten sie die Zweifel gepackt, doch Harald hatte sie alle ausgeräumt. Doch das mit dem Anfassen ging nicht mehr. Vidar tauchte in der Erinnerung auf, lehnte sich zu ihr und strich ihr das Haar aus dem Gesicht: *Du hättest dich für mich entscheiden sollen.*

Sie saßen nebeneinander in der Hollywoodschaukel vor dem Haus seiner Eltern. Sie war sich ziemlich sicher, dass sie wirklich dort gesessen hatten, dass auch dies eine Erinnerung war. Der Rasen war nicht gemäht, die Rosensträucher sahen vernachlässigt aus. Ein Stück entfernt stand ein Tisch, dem ein Bein fehlte.

Kommst du mit mir nach Degerhamn?, fragte Vidar.

Sie spürte alles mit derselben Intensität wie damals. Sie war glücklich, wo sie war. Sie wohnte nun schon fast zwei Jahre in Borgholm und fühlte sich dort wohl. Es war ganz anders als in Alvlösa, ihrem Heimatort. Hier wusste fast niemand, dass sie keinen Vater hatte.

Wieso willst du nach Degerhamn?

Auch wenn sie sich Mühe gab, ihre Stimme heiter klingen zu lassen, verstand Vidar die Zwischentöne. Er nahm sie in die Arme.

Ich würde auch lieber bleiben, aber Ture hat mir Arbeit verschafft. Und gut bezahlt ist sie noch dazu.

Sie hatte ihm so viel sagen wollen, aber nichts davon ausgesprochen. Dass sie seinetwegen schon in den Norden der Insel gezogen war. Dass er sich für einen Ort entscheiden sollte, an dem sie sich niederlassen konnten. Schlussendlich hatte sie abgelehnt. Statt mit Vidar zusammenzuziehen, war sie nach Alvlösa zurückgekehrt. Von dort konnte man mit dem Rad nach Degerhamn fahren. Sie hatten sich weiter getroffen, aber es war nicht mehr dasselbe gewesen. Nicht mit ihrer so überbehütenden Mutter in der Nähe. Wo die Beschimpfungen aufgehört hatten, die wertenden Blicke, die dasselbe sagten, jedoch nicht. *Bastard.* Vidar hatte von der Zukunft gesprochen, als wäre es ihre gemeinsame. Hatte immer wieder gesagt, er habe die Arbeit ja nur angenommen, damit sie es einmal besser haben würden.

Ich hätte Ja sagen sollen. Reue traf sie wie ein Stich ins Herz. Sie wollte es ihm sagen, doch als sie den Kopf drehte, saß sie allein in der Schaukel. Sie quietschte leise, während sie sich bewegte.

Irgendwas war mit Vidar passiert, als er in Degerhamn wohnte. Er war immer rastloser und dünnhäutiger geworden. Nach dem Heiratsantrag hatte sie sich von ihm getrennt. Der Antrag hatte auf sie auch eher wie ein Fluchtversuch gewirkt. Wäre sie mit ihm nach Degerhamn gezogen, hätte sie ihn vielleicht aufhalten können. Dafür sorgen, dass er nicht vom rechten Weg abkam. Da traf sie eine verschwommene Erkenntnis: Vidar und Ture mussten in Degerhamn irgendwas Schlimmes angestellt haben. Das musste sie der Polizei mitteilen.

Eine Lüge ist keine Lüge.

Was hatte Vidar dazu noch gesagt? Nichts war länger greifbar für Ingrid. Die Hollywoodschaukel war weg. Nur noch Dunkelheit.

41

»Und Sie wollen ganz sicher keinen Anwalt?«, fragte Hanna.

Albert Johansson nickte. Er hing auf dem Stuhl wie ein verkaterter Oberstufenschüler, aber sie waren keine überarbeiteten Lehrer, die gnädig das eine oder andere Auge zudrückten. Die Farbflecken an den Händen hatte er offenbar nicht abwaschen können, aber immerhin trug er eine saubere Chinohose und ein Polohemd.

»Entschuldigung«, sagte er.

Er begann, an einem der Flecken seiner linken Hand zu reiben, wenn auch unbewusst.

»Wofür entschuldigen Sie sich?«, fragte Erik.

Kurz bevor sie das Vernehmungszimmer betreten hatte, war auf Hannas Handy eine Nachricht von Ingrids Sohn erschienen:

Meiner Mutter geht es schlechter. Vielleicht wird sie ins künstliche Koma versetzt.

Die knappe, mitfühlende Antwort, die sie noch schnell geschickt hatte, kam ihr jetzt erbärmlich vor.

»Ich weiß, dass ich nicht hätte lügen dürfen«, sagte Albert, »aber ich hatte einfach Panik.«

»In welchem Punkt haben Sie denn gelogen?«, fragte Erik.

Albert Johansson hörte auf, an seiner Hand zu reiben, und schaute erst Erik, dann Hanna an.

»Sie glauben, dass ich Vidar getötet habe, aber ich könnte niemals … Ach, Scheiße, das war richtig dumm, das ist mir jetzt klar, aber ich habe einfach instinktiv gehandelt.«

»In welchem Punkt haben Sie gelogen?«, wiederholte Erik.

»Ich war am Samstag in Borgholm«, sagte Albert. »Mir war schon bei Ihrem ersten Besuch in der Arena klar, dass Sie mich verdächtigen würden. Deshalb habe ich Nikola angerufen und ihn gebeten, Ihnen zu sagen, dass er schon gegen Mittag bei mir war. Ich wollte vor Ihnen verheimlichen, dass ich in Borgholm war.«

Da er es selbst zugegeben hatte, mussten sie ihn nicht mehr mit dem Einsatz seiner Kreditkarte konfrontieren.

»Warum waren Sie in Borgholm?«, fragte Hanna.

»Ich wollte mit Vidar sprechen, weil ich ihn telefonisch nicht erreichen konnte. Er ist einfach nicht mehr ans Telefon gegangen, wenn ich anrief. Ich bin mit ihm in seine Wohnung. Wir haben ein bisschen gestritten, aber dann bin ich abgehauen. Ich schwöre, ich hab ihm nichts angetan.«

»Worüber haben Sie gestritten?«, fragte Hanna.

»Geld. Wie immer. Ich kapiere nicht, warum er mir nicht einfach was geliehen hat. Es war ja nicht so, als hätte er das ganze Geld selbst gebraucht.«

»Wann sind Sie aufgebrochen?«

»Das weiß ich nicht ganz genau, aber ich vermute, so gegen zwei. Ich war kurz nach drei wieder in Lindsdal.«

»Wann war Nikola bei Ihnen?«, fragte Erik.

»Gegen fünf, glaube ich. Er hat angerufen und erzählt, dass er gerade Strohwitwer ist, und dann gefragt, ob er vorbeikommen kann. Aber Sie irren sich, mir nutzt Vidars Tod kein bisschen. Er hat sein Testament geändert, und als Kind seines Bruders steht mir rein gar nichts zu. Ich weiß das, ich habe das extra nachgelesen.«

Albert Johansson wirkte fast stolz angesichts dieser Leistung, und Hanna hätte ihm beinahe dafür gratuliert, dass er das Internet so toll benutzen konnte. Die Untersuchung von Vidars Finanzen war noch nicht abgeschlossen, bisher wussten sie nur, wie viel Geld sich auf seinen Konten befand. Aber das Testament mussten sie gleich prüfen. Dabei war allerdings gar nicht so wichtig, was tatsächlich im Testament stand, sondern nur, wovon Albert Johansson ausging.

»Woher wissen Sie, dass er sein Testament geändert hat?«, fragte Hanna.

»Er hat es mir gesagt. Er wurde unfassbar wütend auf mich, als ich ihm drohte, mich zu seinem Vormund machen zu lassen.«

Immerhin lief Albert Johansson darüber einigermaßen rot an und rutschte verlegen auf dem Stuhl herum. Irgendwie schien er sich von Treffen zu Treffen zu verändern. Wurde immer weniger bösartig und anmaßend.

»Wie viel Geld hatte Ihr Onkel?«, fragte Hanna.

»Keine Ahnung«, sagte Albert. »Vermutlich einen ziemlichen Batzen, schließlich hatte er fast keine Ausgaben. Ich wollte nicht mehr als zweihunderttausend. Dann hätte ich das Haus behalten können.«

Weil er das Haus erwähnte, musste Hanna an ihren Besuch dort denken. Die frische Farbe, weshalb sie sich draußen unterhalten hatten.

»Konnten Sie und Nikola wirklich den Samstagabend bei Ihnen zu Hause verbringen?«

»Was meinen Sie?«

»Sie haben doch frisch gestrichen.«

»Ich habe erst am Sonntag mit dem Streichen angefangen«, sagte Albert. »Nach dem Besuch bei Vidar habe ich die Hoffnung aufgegeben, das Haus halten zu können. Da habe ich die Entscheidung getroffen, es zu verkaufen.«

Albert Johansson betrachtete seine Hände, begann, an einem anderen Farbfleck zu reiben. Es war nutzlos, und er seufzte schwer.

»Ich weiß, dass das vorher nicht so klang, aber ich finde es schlimm, dass Vidar tot ist. Irgendwie hatte es etwas Belebendes, mit ihm zu streiten. Und jetzt …«

Hanna wechselte einen Blick mit Erik, der nickte und die Vernehmung beendete. Sie ließen Albert Johansson zurück, um sich kurz mit ihrem Chef zu besprechen. Ove saß in seinem Büro, das Gesicht zur Decke gerichtet. Hanna klopfte an den Türrahmen, aber nichts geschah, und sofort hatte Hanna wieder vor Augen, wie sie Ingrid vorgefunden hatte.

»Er schläft«, konstatierte Erik, nachdem er ein paar Schritte ins Büro gemacht hatte. »Vielleicht eine gute Gelegenheit für einen Schnappschuss.«

Ove hob den Kopf von der Kopfstütze.

»Wag es ja nicht.«

»Jetzt ist es sowieso zu spät.« Erik lachte.

Ove rollte zurück an den Schreibtisch und weckte seinen Computer, während Erik die Ergebnisse der Vernehmung zusammenfasste.

»Wir können ihn nicht festhalten«, sagte Ove und unterdrückte ein Gähnen hinter vorgehaltener Hand. »Dass er davon ausgeht, nichts zu erben, schwächt sein Motiv signifikant.«

»Vielleicht lügt er in dem Punkt ja wieder«, sagte Erik.

»Möglich«, erwiderte Ove. »Aber abgesehen vom eingangs verschwiegenen Besuch bei Vidar spricht nichts für ihn als Täter.«

»Bevor wir Albert laufen lassen, möchte ich noch mal mit Nikola sprechen«, beharrte Erik.

Hanna bekam den Eindruck, dass Eriks Verdacht stärker war als ihrer, aber sie konnte ihren Zweifel nicht in Worte fassen. Ihre Konzentration hatte seit Abschluss der Vernehmung nachgelassen, langsam übernahm die Müdigkeit wieder. Oder war es einfach ansteckend gewesen, ihren Chef beim Nickerchen zu sehen?

»Klar, ruf noch mal bei ihm an«, sagte Ove.

»Ich würde jetzt gern nach Hause fahren«, sagte Hanna. »Ihr kommt doch ohne mich zurecht, oder?«

Ove hakte sofort nach:

»Bist du krank?«

»Nur, wenn eine Schwangerschaft als Krankheit gilt. Aber streng genommen hätte ich diese Woche ja ohnehin freigehabt.«

42

Hanna parkte vor dem Haus in Södra Näsby. Eigentlich war es sogar ein Resthof, aber sie bewohnten nur das Haupthaus. Sie hatte auf dem Heimweg noch bei Rebecka halten wollen, aber in dem Zustand, in dem sie sich gerade befand, konnte sie niemanden von irgendwas überzeugen. Sie starrte zu der Stelle, an der sie niedergestochen worden war. Die Wahrscheinlichkeit, dass es noch einmal am genau selben Ort passieren würde, war extrem gering, und sie war sicher hundertmal an der Stelle vorbeigekommen, seit es geschehen war, doch gerade schien die Müdigkeit ihr sämtliches Selbstvertrauen zu rauben. Ihr Herz raste, sie konnte nicht aussteigen. Schlussendlich schickte sie Isak eine Nachricht:

Kommst du mich holen?

Es dauerte eine Minute, bis seine Antwort eintraf:

Selbstverständlich. Wo bist du?

Mit zitternden Fingern tippte sie:

Im Auto vorm Haus.

Isak musste alles augenblicklich stehen und liegen gelassen haben, so schnell, wie er vor ihr auftauchte. Trotzdem zeigte er keine Spur von Eile, als er auf das Auto zuging. Sie öffnete die Fahrertür und stieg aus.

»Willkommen zu Hause«, sagte er und umarmte sie so fest, als wäre sie wochenlang weggewesen.

»Du hast mir auch gefehlt«, sagte sie.

So blieben sie stehen, Hanna mit dem Gesicht an seinem Hals. Sie atmete den zitronigen Geruch seines Duschgels ein. Allmählich sank ihre Angst auf ein beherrschbares Niveau.

»Ich kann es nicht erklären«, flüsterte sie. »Ich hatte plötzlich einfach Panik.«

»Das ist doch ziemlich nachvollziehbar«, sagte Isak. »Du hast schließlich etwas sehr Traumatisches erlebt. So etwas muss erst mal bewältigt werden.«

Er löste sich aus der Umarmung und nahm Hannas Hand. Zusammen gingen sie zum Haus, Hanna hielt die ganze Zeit den Blick auf die Haustür gerichtet.

»Heute gibt es vegetarische Lasagne«, sagte Isak. »Mit Spinat und Feta.«

»Klingt gut.«

»Ich wollte noch eine Runde laufen, bevor ich sie in den Ofen schiebe.«

Erst da fiel Hanna auf, dass Isak seine Trainingsklamotten trug, und sie blieb stehen.

»Ich kann auch erst nach dem Essen laufen«, sagte Isak. »Oder gar nicht.«

Einerseits wollte sie ihn bei sich haben. Und wenn sie ihm erzählte, was vor dem Imbiss passiert war, würde er sie nicht allein lassen. Andererseits konnte sie sich einfach nicht überwinden, es ihm zu sagen. Sie schämte sich zu sehr.

»Nein, nein, lauf ruhig«, sagte sie. »Ich habe sowieso noch keinen Hunger.«

Isak setzte sie auf die Bank im Flur und half ihr dabei, Schuhe und Jacke auszuziehen. Dann brachte er sie zum Sofa ins Wohnzimmer und holte ihr ein Glas Wasser. Sofort fragte sie sich, wie es wohl erst später sein würde: wenn die Schwangerschaft weiter fortgeschritten war und sie einen Bauch hatte, der ihr richtig im Weg war. Aber im Augenblick konnte sie sich nicht vorstellen, dass ihr seine Fürsorge je zu viel werden würde.

»Ich komme schon klar«, sagte sie, weil er den Eindruck machte, doch nicht aufbrechen zu wollen. »Wie weit willst du laufen?«

»Ein Zehner reicht mir für heute. Mal schauen, ob ich unter fünfundvierzig Minuten kommen kann.«

Hanna folgte ihm in den Flur und schloss hinter ihm ab. Dann lehnte sie sich mit der Stirn gegen die Tür. War es wirklich normal, so wahnsinnig müde zu sein? Langsam kehrte sie zum Sofa zurück. Ihr Handy vibrierte, und sie las die Nachricht von Erik. Nikola hatte bestätigt, dass er gegen fünf bei Albert Johansson eingetroffen war. Laut seiner Aussage war Albert wütend gewesen auf seinen Onkel, weil dieser sein Testament geändert hatte und weil Albert gezwungen war, das Haus zu verkaufen. Als Erik ihm mitgeteilt hatte, dass er wieder gehen konnte, war er offenbar so erleichtert gewesen, dass er alles Mögliche ausgeplaudert hatte. Unter anderem, dass ein Mann namens Ture ihn angerufen und ihm eine Menge sonderbarer Fragen gestellt hatte. *Hat dein Onkel mich mal erwähnt? Was hat er über die Zeit erzählt, bevor er zur See ging?* Morgen um zehn war Ture Lagerman zur Befragung einbestellt.

Freitag war der letzte angesetzte Prozesstag. Es würde ein harter Tag werden, und irgendwie musste sie sich zusammenreißen, um ihn gut hinter sich zu bringen. Nach dem Essen wollte sie zu Rebecka fahren und sie zwingen, ihr zumindest zuzuhören. Sie musste einfach alles versuchen, um ihre alte Schulfreundin zu überzeugen, doch noch auszusagen.

Isak würde keine Stunde fort sein. Das Vernünftigste, was sie tun konnte, war, sich auszuruhen. Hanna zog die Decke zu sich, die über der Lehne hing, und legte sich hin. Schnell sank sie in den Schlaf, wurde jedoch genauso schnell wieder herausgerissen.

Jemand hämmerte gegen die Tür. Wütend. Wohl kaum Isak, der etwas vergessen hatte. Sie griff nach dem Handy. Sollte sie den Notruf wählen? Ihr Daumen war auf dem Weg zu der entsprechenden Taste, als draußen jemand brüllte:

»Mach auf!«

Es war Kristoffer.

Hanna fluchte und stand auf. Ihre wütende Tirade verhallte im Flur, weil er an ihr vorbei zum Bad rauschte, kaum dass sie geöffnet hatte. Er kam erst nach ein paar Minuten wieder heraus. Offensichtlich war er betrunken, aber immerhin nicht ganz so schlimm wie beim letzten Mal.

»Was soll der Scheiß?«, fragte sie.

»Was denn?«

»Ist dir nicht klar, was du mir für eine Angst eingejagt hast? Es klang, als würde jemand die Tür einschlagen. Wieso hast du nicht den Schlüssel genommen?«

»Entschuldige«, sagte Kristoffer, dabei sah er nicht mal verlegen aus.

»Setz dich ins Wohnzimmer«, befahl sie, und er trottete voran.

Hanna holte ihm ein Glas Wasser, und er trank einen Schluck. Dem Gesichtsausdruck nach zu urteilen, hätte er wohl lieber etwas Stärkeres gehabt, aber sie weigerte sich, ihm etwas anzubieten. Sie schüttelte Gedanken an ihre Jugend ab. An all die vergeblichen Versuche, ihn dazu zu bringen, sich zusammenzureißen.

»Wer ist Soffan?«, fragte sie.

»Woher kennst du den denn?«, fragte er zurück.

»Durch Klara und Henning. Und jetzt antworte mir.«

Kristoffer schlug die Hände vors Gesicht und fing an zu weinen. Mit dieser Reaktion hatte sie nicht gerechnet. Eher mit wütendem Protest. Damit hätte sie besser umgehen können. Ein paar Sekunden lang saß sie einfach neben ihm, dann legte sie ihm eine Hand auf den Rücken.

»Kristoffer, bitte sprich doch mit mir«, bat sie, wodurch sein Schluchzen nur noch stärker wurde.

»Entschuldige«, sagte er nach einer Weile.

»Ich brauche keine Entschuldigung, ich brauche Antworten.«

»Ich habe auch Drohungen bekommen, genau wie du. Aber Axel rief an und orderte mich nach Schweden, weil er mich treffen wollte. Mehr wollte er nicht sagen, und ich habe keine Ahnung … Ich weiß echt nicht, was ich erwartet habe, aber ich dachte, wenn ich mit ihm rede, kann ich ihn vielleicht überzeugen, dass er …«

»Dann warst du wirklich bei ihm im Büro?«

»Ja.«

»Verdammt noch mal, Kristoffer.«

»Ja, ja. Aber es war absolut nicht, wie diese Tatjana geschildert hat. Axel war im Büro, und ich habe mit ihm gesprochen. Und da hat er mir direkt ins Gesicht gesagt, was Tatjana über dieses Treffen erzählen wird, wohl um mich von meiner Aussage abzubringen. Er hat mich ausgelacht. *Dir ist schon klar, wem sie glauben werden, oder?* Außer uns war noch ein Typ da. Ich fragte, wer das ist, aber Axel meinte bloß, das wäre sein treuer Handlanger.

Dann bin ich abgehauen. Ach, Scheiße. Hätte ich doch einfach die ganze Schuld auf mich genommen.«

»Und die Drohungen? Der Blumentopf?«

»Ich war so unfassbar wütend, dass ich den Blumentopf beim Rausgehen umgestoßen habe, aber gedroht habe ich niemandem.«

Kristoffer wischte sich mit dem Ärmel über die rot geweinten Augen.

»Woher weißt du, dass der Typ Soffan hieß?«, fragte Hanna.

»Axel hat was zu ihm gesagt, als ich auf dem Weg nach draußen war. *Soffan, kannst du …* Mehr hab ich nicht gehört.«

»Hast du das dem Staatsanwalt erzählt?«

»Das bringt doch eh nichts. Ich habe niemanden, der meine Aussage bestätigen kann. Axel hat mich ja nicht von seiner normalen Nummer aus angerufen. Deshalb muss ich diesen Soffan finden. Ich glaube, es ist Axels Halbbruder.«

»Wie bitte? Axel hat einen Halbbruder?«

»Ja, in dem Punkt bin ich mir sicher. Axel hat ihn mal erwähnt, als er total dicht war. Da war ich in der Zwölften und ihr in der Elften. Axel hatte gerade erst von ihm erfahren. Er war viel jünger, damals acht oder neun. Axels Vater hat ihn mit jemandem von seiner Firma gezeugt.«

»Wie heißt er denn richtig?«

»Keine Ahnung. Ich weiß ja nicht mal, ob es wirklich dieselbe Person ist. Hat Klara was über Soffan gewusst? Sie ist mir so wahnsinnig nervös vorgekommen während ihrer Aussage. Ich hab gedacht, er hat sie vielleicht bedroht.«

»Klara weiß nichts über einen Soffan. Sie hat nie von ihm gehört, und du musst sie unbedingt in Frieden lassen.«

»Und Henning?«

»Der weiß auch nicht mehr als du. Dass er kriminell ist. Dass er für Axel die Drecksarbeit erledigt. Was hast du eigentlich gegen Henning?«

»Ich mag den einfach nicht.«

Sein Mund glich einem Strich, weshalb Hanna nicht weiter nachhakte. Sie dachte an Hennings Beschreibung dieses Soffan, an das, was Kristoffer ihr gerade erzählt hatte. Und wenn Soffan tatsächlich Axels Halbbruder war? Ein Halbbruder, der etwa zehn Jahre jünger war und kriminell. Axels Vater hatte genau solche hellen, fast weißblonden Haare wie Axel. Insofern war es nicht total abwegig, dass die Haare des Halbbruders auch so aussahen. Doch, beim Halbbruder musste es sich um diesen Soffan handeln.

FREITAG, 20. MÄRZ

43

Hanna parkte vor Rebeckas Haus in Gårdby. Weil Isak der Lehrer ihrer Tochter war, hatte Hanna sich von ihm sagen lassen, zu welcher Stunde für Molly heute die Schule begann. Rebecka müsste also jederzeit zurückkommen, nachdem sie Molly abgeliefert hatte. Eigentlich hatte Hanna ja gestern Abend noch vorbeifahren wollen, aber sie hatte sich nicht mehr aufraffen können. Jakob hatte recht spät noch die Information geschickt, dass Ingrid das Schlimmste überstanden hatte, was immer das bedeutete. Und ihr Bruder lag vermutlich noch im Gästezimmer und schlief, als gäbe es kein Problem auf der Welt.

Axel hatte einen Halbbruder, und aller Wahrscheinlichkeit nach handelte es sich bei ihm um diesen Soffan, von dem Henning ebenfalls schon gehört hatte. Hanna musste unbedingt mit Henning und Ove darüber sprechen. Aber auch mit Rebecka. Rebeckas Beziehung mit Axel hatte ein paar Monate vor dem Mord an Ester Jensen angefangen. Allerdings konnte Hanna sich kaum vorstellen, dass Rebecka ihr einen Halbbruder bisher verschwiegen hätte.

Gestern hatte Isak vorgeschlagen, dass Hanna sich freinehmen und ganz auf den Prozess konzentrieren sollte. Sie hatten über Kristoffer und Ingrid gesprochen. Ein paar Mal war sie kurz davor gewesen, ihm von dem Zwischenfall vor dem Imbiss zu erzählen, aber irgendwie kam es ihr schon nicht mehr allzu relevant vor. Heute Morgen hatte er noch einmal betont, dass sie seiner Ansicht nach nicht arbeiten sollte. Aus seinem Mund klang das so leicht, dabei war das für sie einfach unmöglich. Am Vormittag stand die Befragung von Ture Lagerman an, und sie konnte sich nicht vorstellen, nicht dabei zu sein. Sie wollte dabei sein. Die Arbeit hielt ihre Sorgen und Ängste in Schach.

Ihr Handy klingelte, eine unbekannte Nummer.

»Kennen Sie Ingrid Mattsson?«, fragte eine männliche Stimme.

Hanna hielt sich am Steuer fest. Es waren nicht mal zehn Stunden vergangen, seit Jakob geschrieben hatte, dass es Ingrid besser ging. Aber vielleicht hatte ihr Herz die Krankheit nicht überstanden?

»Ja«, sagte sie. »Was ist passiert?«

Hanna schaute durch die Frontscheibe auf die Straße. Rebecka kam den Seitenstreifen entlang, die Arme fest um den Oberkörper geschlungen, den Blick zu Boden gerichtet.

»Warten Sie, Sie will Sie sprechen.«

»Was …?«

Aber da war die Stimme schon weg, stattdessen hörte sie Ingrid.

»Er hat gedacht, ich rede wirres Zeug, als ich darum bat, dich anzurufen. Aber ich konnte ihn überzeugen, dass es wichtig ist. Es geht um einen Mord.«

Hanna kamen vor Erleichterung beinahe die Tränen.

»Lieber Gott, hast du mir einen Schreck eingejagt. Ich dachte schon, du wärst … Es war schlimm, dich so zu finden. Wie geht es dir?«

»Es ging mir schon mal besser«, sagte Ingrid und hustete.

»Aber ich will nicht darüber sprechen, wie es mir geht. Habt ihr schon diesen Ture ausfindig gemacht?«

»Du weißt, dass ich darüber keine Auskunft geben darf«, sagte Hanna. »Außerdem solltest du dich an meinen Kollegen Erik wenden.«

»Ach, Blödsinn. Wenn ihr mit Ture sprecht, müsst ihr ihn nach Degerhamn fragen.«

»Warum?«

»Irgendwas ist Vidar damals dort passiert … Und ich glaube, das hatte mit Ture zu tun.«

»Wie kommst du darauf?«

Wieder hustete Ingrid.

»Moment«, sagte sie, vermutlich zu dem Pfleger, der ihr das Telefon wieder wegnehmen wollte.

Hanna stieg aus. Rebecka hatte sie noch immer nicht bemerkt.

»Vor Degerhamn hat Vidar diesen Ture für unfehlbar gehalten. Aber danach …«

Ein weiterer Hustenanfall unterbrach Ingrids Schilderung.

»Es tut mir leid«, sagte wieder die männliche Stimme, die das Telefonat eingeleitet hatte. »Sie kann erst mal nicht weitersprechen.«

Hanna protestierte, aber der Pfleger hatte bereits aufgelegt. In diesem Moment schaute Rebecka auf und blieb stehen. Zunächst wirkte es, als wollte sie umdrehen und weglaufen. Hanna eilte zu ihr.

»Ich fahre dich zum Gericht.«

»Wozu? Ich will nach wie vor nicht aussagen.«

»Wir können unterwegs reden.«

Rebecka starrte sie an, ohne etwas zu erwidern.

»Bitte«, sagte Hanna. »Mir zuliebe. Wenn du dich zu mir ins

Auto setzt, verlange ich nie wieder was von dir, versprochen. Und dann stehe ich bis zu meinem Lebensende in deiner Schuld. Wenn du je Bock auf Eis hast und Petri nicht zum Laden fahren will oder jemand auf Molly aufpassen soll oder was auch immer, musst du nur mich anrufen.«

Rebecka schnaubte.

»Okay, ich steige ein«, sagte sie. »Aber das ändert nichts an meiner Entscheidung, ich werde nicht aussagen. Ich fahre nur mit, weil ich noch was in Kalmar zu erledigen habe.«

»Danke«, sagte Hanna.

44

Eriks Aufmerksamkeit schweifte ab, als Ove den Stand der Ermittlungen durchging. Supriya hatte ihm ein Katzenemoji geschickt, und wie immer war Erik unsicher, wie er die kleinen Bildchen seiner Frau zu deuten hatte. Supriya war nicht sonderlich angetan von Katzen. Ihrer Ansicht nach waren sie dämlich und egoistisch. Wollte sie ihm damit sagen, dass das auch auf ihn zutraf? Am Morgen war ihre Diskussion in einen Streit ausgeartet, weil er darauf bestanden hatte, wie gewohnt zur Arbeit zu fahren. Sie dagegen würde den ganzen Tag zu Hause bleiben, zumal all ihre Patientinnen und Patienten für heute sowieso abgesagt hatten. Er betrachtete das Emoji noch einmal. Nein, die Katze war viel zu niedlich, um sie als Beleidigung zu sehen. Er antwortete mit einem Herzen und legte dann das Handy weg.

»Die Handschriftenanalyse bestätigt, dass nicht Vidar die Selbstmordnotiz geschrieben hat«, sagte Ove und übergab das Wort an Daniel.

Das Ermittlungsteam schrumpfte und schrumpfte. Amer war noch immer mit seinem kranken Kind zu Hause. Carina und Hanna waren beim Prozess, wobei Hanna zugesagt hatte, zur Vernehmung von Ture Lagerman zu kommen. Ture und Vidar waren vor fünfzig Jahren befreundet gewesen, hatten seither aber kaum Kontakt gehabt. Wieso also hatte Ture aus heiterem Himmel bei Vidars Neffen angerufen und ihn ausgehorcht? Das schien Erik verdächtig, viel mehr noch als der Umstand, dass Ingrid einen schlechten Eindruck von ihm hatte.

»Der Verbindungsnachweis bestätigt Tures Angaben, wann er mit Vidar Kontakt gehabt haben will«, sagte Daniel. »Ich habe auch mit dem Mann gesprochen, der sich um Vidars Nachlass kümmert. Es gibt ein Testament, und Albert Johansson erbt den Großteil, nur ein paar Möbel gehen an Kicki Andrén und ein Bild an Ingrid Mattsson.«

»Von wie viel Geld sprechen wir?«, fragte Hanna.

»Abgesehen von den dreihundertzwanzigtausend Kronen auf seinen Konten besteht sein einziges Vermögen aus der Wohnung«, sagte Daniel. »Deren Wert dürfte sich auf etwa eine halbe Million Kronen belaufen, wenn man den noch ausstehenden Teil des Kredits abzieht.«

»Dann sollten wir Albert vielleicht doch nicht ganz abhaken«, sagte Ove und warf einen Blick auf sein piepsendes Handy. »Möglicherweise war es eine Lüge, dass er davon ausging, nichts zu erben.«

»Sollen wir ihn noch einmal herbitten?«, fragte Erik.

»Das hat noch Zeit, aber ruf ihn an und teile ihm den Inhalt des Testaments mit. Mal sehen, wie er reagiert. Wenn sonst niemand etwas hinzuzufügen hat, schließen wir die Besprechung für heute ab.«

»Was machen wir mit Ingrid Mattsson?«, fragte Erik. »Es wird ja noch dauern, bis wir mit ihr sprechen können.«

»Ingrid hat sich gerade bei Hanna gemeldet«, sagte Ove und nickte zu seinem Handy. »Sie erzählt später mehr. Vielleicht ist es doch besser, wenn der Kontakt erst mal weiter über sie läuft.

Aber warum sprichst du nicht mal mit ihrem Sohn? Kann ja sein, dass der etwas über die Beziehungen seiner Mutter weiß.«

Weil sich niemand sonst mehr zu Wort meldete, packte Ove seine Sachen zusammen und verließ das Besprechungszimmer. Jetzt vibrierte Eriks Handy. Die Nachricht bestand aus einem Affen, der sich die Augen zuhielt, gefolgt von einem, der sich die Ohren zuhielt. Das verstand selbst Erik – Supriya hielt ihn für blind und taub. Seufzend stand er auf und kehrte ins Großraumbüro zurück.

Vidars Neffe Albert ging nicht ans Telefon, also hinterließ Erik eine Nachricht und rief dann bei Jakob Mattsson an.

»Ist etwas mit Mutter?«, fragte Jakob beunruhigt, als Erik sich als Polizist vorgestellt hatte.

»Nein«, sagte Erik. »Ich melde mich, um Ihnen ein paar Fragen zu Vidar Johansson zu stellen.«

Im Hintergrund muhte es.

»Also zu dem Mann, den meine Mutter tot aufgefunden hat«, sagte Jakob.

»Genau. Was hat Ihre Mutter über ihn erzählt?«

»Nur, dass sie sich von früher kannten. Dass sie sich im Herbst zufällig wieder über den Weg gelaufen sind und seither regelmäßig gesehen haben.«

»Ging ihre Beziehung über eine Freundschaft hinaus?«

»Es ist mir wirklich unangenehm, auf solche Fragen zu antworten«, sagte Jakob.

»Dafür habe ich vollstes Verständnis, aber es ist wichtig für die Ermittlungen.«

»Ich habe zum ersten Mal von ihm gehört, als sie bei mir anrief, um mir zu sagen, dass Olivia verschwunden war.«

»Dann hat sie ihn vorher nie erwähnt? Ist das nicht merkwürdig?«

Wieder muhte es. Danach fiel eine Tür zu.

»Nein«, sagte Jakob. »Aber vielleicht sollten Sie sich mit diesen Fragen direkt an meine Mutter wenden. Wenn sie mehr als Freunde waren, hätte sie mir davon nichts erzählt. So was hat sie nie an die große Glocke gehängt. Im Gegenteil.«

»Hatte sie seit dem Tod Ihres Vaters noch einmal eine Beziehung?«

»Das weiß ich nicht, aber ich glaube nicht. Hören Sie, da ruft noch jemand an, ich muss auflegen. Es könnte das Krankenhaus sein.«

Erik hielt ihn nicht auf. Seine Eltern sprachen auch nicht mit ihren Kindern über ihre Beziehung, aber sie verheimlichten auch nicht, wie viel sie einander bedeuteten. Seine arme Mutter. Es konnte wirklich nicht leicht sein, mit jemandem zusammenzuleben, der dement wurde. Auch Erik musste sich mehr Mühe geben, es konnte ja nicht angehen, dass er und Supriya einander jetzt verlören – nur wegen Corona.

45

Hanna bog auf den kleinen Parkplatz beim Gericht. Den überwiegenden Teil der Fahrt hatte Rebecka geschwiegen. Hanna hatte die Stille mit Geplapper über ihre einsamen Jahre in Stockholm gefüllt. Hatte erzählt, wie schwierig es für sie gewesen war, nach Öland zurückzukehren, um nach dem Tod des Vaters das Elternhaus auszuräumen, aber dass es genau diese Zeit gewesen war, die ihr gezeigt hatte, dass sie wieder nach Öland ziehen wollte. Teils, um die Vergangenheit zu verarbeiten, teils, weil sie so stark gespürt hatte, dass sie einfach hier zu Hause war.

»Ich hätte damals nicht einfach so aufbrechen sollen. Nicht, ohne es dir zu erzählen«, sagte sie und stellte den Motor ab.

Rebeckas Blick war auf das Gerichtsgebäude aus braunem Backstein gerichtet.

»Nein, hättest du nicht. Aber dafür hast du dich doch schon entschuldigt.«

»Stimmt. Aber wir haben noch nie über diese furchtbare letzte Schulwoche gesprochen. Oder wie die Zeit danach für dich war.«

»Ich war auch sehr einsam«, sagte Rebecka. »Vielleicht habe ich mich deshalb so sehr an Axel geklammert, obwohl ich wusste, dass er nicht gut für mich ist.«

Hanna schielte zur Uhr. Es war Viertel vor neun. Um neun sollte Rebecka aussagen.

»Manchmal habe ich Angst, verrückt zu werden«, sagte Hanna.

Rebecka schnaubte und sah sie an.

»Du? Verrückt? Das finde ich sehr schwer vorstellbar.«

»Gestern habe ich vorm Imbiss einen Mann angeschrien, der mich angerempelt hat. Eigentlich habe ich nicht nur geschrien, ich habe ihn sogar zurückgestoßen. Er ist fast hingefallen.«

»Warum denn?«

»Er hat mich angerempelt. Ich habe Panik bekommen und bin einfach ausgeflippt.«

Darauf sagte Rebecka nichts. Vielleicht glaubte sie Hanna nicht.

»Wovor hast du die größte Angst?«, fragte Hanna.

»Weiß ich, ehrlich gesagt, nicht«, sagte Rebecka. »Ich habe schon so viele Jahre Angst vor Axel, aber wenn er mich hätte umbringen wollen, dann hätte er das sicher längst getan. Ich habe Angst, dass er Molly was antut. Nicht, dass er sie tötet. Aber ich will nicht, dass ihr was passiert. Dass sie irgendwie eingeschüchtert oder verängstigt oder verletzt wird oder … Sie ist schließlich das einzige Kind, das ich noch habe.«

»Das kann ich gut verstehen«, sagte Hanna und legte eine Hand auf ihren Bauch. »Jetzt vielleicht sogar noch mehr.«

Rebecka schlug die Hände vors Gesicht und stöhnte.

»Weißt du, wovor ich noch Angst habe?«, sagte sie. »Axels Mutter sehen zu müssen. Vor ihren Augen erzählen zu müssen, wie gewalttätig er war. Sie war immer so nett zu mir. Ich habe mir oft gewünscht, dass sie meine Mutter ist.«

Rebeckas Mutter hatte viel gearbeitet und war entsprechend selten zu Hause gewesen. Aber das schien sie als Oma nun wettzumachen.

»Du könntest deine Aussage auch aus einem anderen Saal machen«, sagte Hanna.

»Das macht keinen Unterschied. Ich muss ja trotzdem erzählen, wie er wirklich war. Ach, Scheiße.«

Rebecka öffnete die Beifahrertür, und Hanna fürchtete sofort, dass sie weglaufen würde.

»Wohin willst du?«

»Wir sollten besser reingehen, sonst komme ich noch zu spät.«

Rebecka war ausgestiegen, bevor Hanna reagieren konnte. Dann eilte sie ihr nach. Wusste plötzlich nicht mehr, was sie sagen sollte. Hatte Angst, dass es das Falsche sein würde. Dass sie Rebecka gleich wieder von ihrer Aussage abbringen würde. Sie hielt die Luft an, während Rebecka durch die Sicherheitskontrolle ging, dabei wusste sie, dass ihre Freundin nichts bei sich trug, was sie aufhalten könnte.

Nebeneinander liefen sie durch den Flur zu Saal vierzehn.

»Danke«, sagte Hanna. »Du weißt nicht, wie viel mir das bedeutet.«

»Doch«, sagte Rebecka. »Und genau deshalb mache ich das. Und vielleicht auch, weil du es nicht bekloppt fandest, dass ich Angst vor Axels Mutter habe.«

Sie schlang wieder die Arme eng um den Oberkörper, so, wie Hanna sie am Straßenrand in Gårdby entdeckt hatte. Sie setzten sich auf die Bank gegenüber der Eingangstür. Fast im selben Augenblick öffnete sie sich, und Rebecka zuckte zusammen. Heraus kam ein Mann um die sechzig, den Hanna noch nicht unter den Zuschauern gesehen hatte. Er verschwand in der Toilette. Die Nervosität verursachte einen üblen Geschmack in ihrem Mund.

»Rebecka Forslund in Saal vierzehn bitte«, verkündete der Lautsprecher. »Rebecka Forslund in Saal vierzehn.«

Rebecka schluckte und stand auf.

»Ich komme mit rein«, sagte Hanna. »Außer du willst, dass ich draußen warte.«

»Komm ruhig mit«, sagte Rebecka.

Hanna suchte sich einen Platz im Zuschauerraum, während eine der Wachen die Tür in der Glaswand öffnete. Axels Eltern saßen wie immer ganz vorn rechts. Beide drehten den Kopf und starrten Rebecka an, die jedoch den Blick stur geradeaus gerichtet hielt. Ihr wurde ihr Platz im Zeugenstand gezeigt, dann wurde sie vereidigt.

»Gut, dass Sie hier sind«, sagte die Richterin in einem Tonfall, der schwer zu deuten war.

Dann übergab sie das Wort an die Staatsanwaltschaft.

»In welcher Verbindung stehen Sie zum Angeklagten Axel Sandsten?«, fragte der Staatsanwalt, nachdem Rebecka sich kurz vorgestellt hatte.

»Wir kamen im Mai 2003 zusammen und waren dann ein paar Jahre lang ein Paar.«

»Wie sah Ihre Beziehung aus?«

»Die ersten Wochen waren schön, aber dann traten Axels schlechte Seiten mehr und mehr zutage.«

»Was für schlechte Seiten?«

»Er war manipulativ. Und aggressiv.«

Rebeckas Stimme war tonlos und monoton. Hanna hoffte, dass Richterin und Schöffen verstanden, dass dies an der Nervosität lag. War es falsch gewesen, Rebecka zur Aussage zu überreden? Nein, es war wichtig, dass sie hier war. Dass sie aussagte.

»Wieso sind Sie bei ihm geblieben?«, fragte der Staatsanwalt.

»Ich wurde schwanger. Ich dachte, nach der Geburt des Kindes würde es besser. Aber das Gegenteil war der Fall.«

»Was ist passiert?«

»Axel fing an, mich zu schlagen, wenn er wütend war. Vorher hatte er in solchen Situationen nur Gemeinheiten gebrüllt. Hat geschrien, dass ich faul und hässlich wäre. Einfach wertlos.«

»Wie oft hat er Sie geschlagen?«

»Nach etwa zehnmal hatte ich genug und habe ihn verlassen. Das schlimmste Mal war wohl, als er mich geschubst hat und ich mit dem Kopf gegen den Heizkörper geknallt bin. Unser Sohn Joel kam kurz darauf ins Zimmer, das viele Blut hat ihm entsetzliche Angst gemacht. Er hat laut losgekreischt. Ich habe ihm gesagt, dass ich …«

»Sie lügt!«, schrie eine Stimme.

Axels Vater. Er war aufgestanden. Axels Mutter versuchte, ihn am Arm auf den Sitz zu ziehen.

»Wenn Sie nicht des Saals verwiesen werden wollen, setzen Sie sich sofort wieder und bleiben still«, sagte die Richterin.

»Wie bitte? Soll die hier einfach ungehindert solche Lügen verbreiten dürfen? Das ist doch total krank!«

Die Richterin nickte einem der Beamten zu, der schon bei Axels Vater stand. Unter lautstarkem Protest ließ er sich abführen. Axels Mutter sah ihm nach, wirkte einen Moment unsicher, entschied sich dann aber zu bleiben.

»Fahren Sie bitte fort«, sagte die Richterin zum Staatsanwalt.

»Haben Sie den anderen Angeklagten, Sven-Otto Jensen, schon einmal getroffen?«, fragte der Staatsanwalt.

»Ja. Da wusste ich allerdings noch nicht, wer er war. Aber er ist einmal bei Axel vorbeigekommen, als ich bei ihm war. Axel war sofort irgendwie verlegen. Sie sind zum Reden rausgegangen, etwas später kam Axel allein zurück.«

»Was hat er gesagt?«

»Dass das ein Typ war, für den er was erledigen sollte.«

»Mehr nicht?«

»Nein.«

Hanna wünschte, Rebecka würde etwas von dem zeigen, was alles in ihr vorging. Vielleicht ließ ihr eigener Stress sie auch überreagieren, aber sie empfand Rebecka als steif und kalt.

»Wann war das?«

»Ende Mai 2003.«

»Mai 2003«, wiederholte der Staatsanwalt. »Also vor dem Mord an Ester Jensen?«

»Ja.«

Rebecka schaute den Staatsanwalt an. Es war nicht zu übersehen, dass sie den Sinn der Frage nicht verstand. Aber sie hatte ja auch Axels Aussage nicht gehört.

»Haben Sie Sven-Otto Jensen noch einmal wiedergesehen?«, fragte der Staatsanwalt.

»Ja, etwa eine Woche später. Er und Axel standen hinter dem Zeitungskiosk beim Bahnhof hier in Kalmar.«

»Haben Sie gehört, worüber sie sprachen?«

»Nein. Und ich bin so schnell weg, wie ich konnte. Ich wollte nicht, dass Axel mich sieht.«

»Wie wirkten die beiden?«

»Was meinen Sie?«, fragte Rebecka.

»Könnten Sie ihre Körpersprache beschreiben?«

»Ich erinnere mich nicht genau, aber ich hatte den Eindruck, dass sie über etwas Wichtiges diskutierten. Deshalb wollte ich ja nicht stören.«

»Danke«, sagte der Staatsanwalt. »Dann habe ich nur noch eine letzte Frage: Welche Farbe hatten Axel Sandstens Kopfkissenbezüge?«

»Schwarz. Das weiß ich noch, weil ich sie so schön fand.«

»Schwarz«, wiederholte der Staatsanwalt.

Er wandte sich an den Gerichtsvorsitzenden und die Schöffen.

Zwei von ihnen nickten. Sie erinnerten sich offensichtlich an Kristoffers Aussage. Der Staatsanwalt richtete die Aufmerksamkeit wieder auf Rebecka, die, wenn möglich, noch verwirrter aussah.

»Abschließend möchte ich mich dafür bedanken, dass Sie heute erschienen sind, Frau Forslund. Das kann nicht leicht gewesen sein.«

Rebecka wollte gerade aufstehen, da wurde sie von der Richterin gestoppt.

»Die Verteidigung hat vielleicht auch noch Fragen.«

»Ja«, sagten beide wie aus einem Mund.

»Gut, dann fangen wir mit Axel Sandstens Anwältin an.«

»Haben Sie Beweise, um Axel Sandstens angebliche Gewalttätigkeiten untermauern zu können?«, fragte sie.

»Nein«, sagte Rebecka so leise, dass die Richterin sie aufforderte, ihre Antwort zu wiederholen.

»Danke«, sagte die Anwältin. »Mehr Fragen sind somit völlig überflüssig. Und dass schwarze Bettwäsche nicht sonderlich ungewöhnlich ist, muss ich hoffentlich nicht betonen.«

»Sie haben von zwei Gelegenheiten gesprochen, zu denen Sie Sven-Otto Jensen gesehen haben wollen«, sagte der andere Anwalt. »Haben Sie gehört, was zwischen ihm und Axel Sandsten gesprochen wurde?«

»Nur beim ersten Mal. Ich erinnere mich natürlich nicht wortwörtlich. Axel hat so was gesagt wie: *Was willst du denn hier?* Und Sven-Otto Jensen erwiderte, dass sie reden müssten.«

»Auf den Inhalt dieses Gesprächs komme ich in meinem Schlussplädoyer zurück«, sagte der Anwalt.

Als nun auch die Richterin ihr für die Aussage dankte, stand Rebecka auf. Ohne einen Blick zu Axel ging sie zu der Glastür, die für sie aufgeschlossen wurde. Hanna eilte zu ihr. Der

Beamte folgte ihr nach draußen, obwohl er Hanna erkannt hatte und wusste, dass sie Polizistin war. Axels Vater war nicht mehr zu sehen.

»Ich muss hier raus«, sagte Rebecka.

Ihre Augen waren weit aufgerissen, und sie atmete schnell. Wie es schien, stand sie kurz vor einer Panikattacke.

»Soll ich dich nach Hause fahren?«, fragte Hanna.

»Nein, ich muss jetzt allein sein.«

46

Noch eine Viertelstunde, bis Ture Lagerman eintreffen sollte. Erik rief Hanna an, um zu fragen, ob sie unterwegs war.

»Bin in fünf Minuten da«, versicherte sie.

Sie klang gestresst, weshalb Erik sie erst mal nicht auf Ingrid ansprach, obwohl er sehr neugierig auf das war, was Ingrid ihr erzählt hatte. Aus fünf Minuten wurden zehn, und Hanna betrat genau in dem Moment das Büro, als der Empfang sich meldete.

»Ture ist da«, sagte er zu Hanna, die gerade ihren Schreibtisch erreicht hatte. »Ich hole ihn, dann sehen wir uns im Vernehmungszimmer.«

Erik öffnete die Tür zum Wartebereich, und sofort stand Ture auf. Pullover und Anzughose schlotterten an dem mageren Körper, aber er machte einen fitteren Eindruck als zuletzt bei Eriks und Hannas Besuch in Färjestaden. Er hatte einen Mann von Mitte zwanzig dabei, der eine Jeans, ein Hemd und darüber ein Jackett trug.

»Der Sohn meiner Tochter«, stellte Ture ihn vor und grinste. »Ist billiger.«

Erik hatte Mitleid mit dem Enkel, der verlegen grinste. Sein Gesicht war von Aknenarben übersät, der Körper lang und schlaksig. Erik ging voran durch den Flur. Tures Krücke klackte jedes Mal, wenn sie auf den Boden traf. Er schien sie mehr mitzuschleppen, als dass sie ihn stützte.

»Ich mache im Herbst mein Juraexamen«, erklärte der Enkel. »Mein Opa findet, das ist eine gute Übung. Er steht doch nicht etwa unter Verdacht?«

»Wir wollen ihn als Zeugen hören«, war Eriks schwammige Antwort.

Natürlich wollten sie Ture auch mit etwas Belastendem konfrontieren, aber das an sich war noch kein offizieller Verdacht. Allerdings hatten sie ihn genau deshalb eingeladen – um den Verdacht zu erhärten oder abzuhaken. Tures Aussage war wichtig, weil sie die Richtung der weiteren Ermittlungen vorgab. Der Enkel wirkte gleich entspannter, und Ture klopfte ihm auf den Rücken.

»Das wird schon«, sagte er und wandte sich an Erik. »Außerdem bin ich froh, dass ich nicht selbst fahren musste.«

Dann betraten sie das Vernehmungszimmer, wo Hanna sie bereits erwartete. Sie nickte ungeduldig, als Ture ihr ebenfalls den Enkel vorstellte. Genauso, als er sich ausgiebig dafür bedankte, dass sie beide Mundschutz trugen. Die Leitung diskutierte noch, welche Maßnahmen sie vorschreiben wollten, aber Erik und Hanna hatten einfach entschieden, sich freiwillig zu schützen, wo sie nicht ausreichend Abstand einhalten konnten. Supriya hatte das allerdings kaum beeindruckt. Nachdem sie die Aufnahme gestartet hatten, erledigte Hanna schnell die Formalitäten.

»Wann haben Sie Vidar Johansson zuletzt gesehen?«, war Eriks erste Frage.

»Dafür musste ich herkommen? Damit Sie mir dieselben Fragen stellen wie beim letzten Mal?«, erwiderte Ture.

Sein Ton war genauso ruhig wie vorhin, als er seinen Enkel

vorgestellt hatte. Nachdem er keine Antwort bekam, fuhr er fort:

»An meiner Antwort hat sich nichts geändert. Ich weiß leider den exakten Zeitpunkt nicht mehr, aber es war vor über zehn Jahren.«

»Und wann haben Sie zuletzt miteinander gesprochen?«, fragte nun Hanna.

»Die Antwort ist ebenfalls gleich. Vor zwei Wochen.«

»Wenn Sie so wenig Kontakt hatten, warum haben Sie dann vergangene Woche seinen Neffen Albert angerufen?«, setzte Hanna nach.

Der Enkel zuckte zusammen, und Ture legte ihm eine Hand auf den Arm.

»Wenn wir wieder zu Hause sind, sollte ich dir dringend Poker beibringen. Das ist eine gute Schule, nichts davon preiszugeben, was in einem vorgeht. Eigentlich für alle eine nützliche Eigenschaft, aber besonders für Anwälte.«

Erik hatte den Eindruck, dass Ture diesen Vortrag nur hielt, um Zeit zu gewinnen.

»Poker ist an und für sich ein netter Zeitvertreib«, sagte Erik. »Könnten Sie trotzdem beim Thema bleiben?«

»Wieso denn?«, entgegnete Ture. »Das Leben ist um einiges langweiliger, wenn man immer den direkten Weg nimmt.«

Der Enkel atmete mittlerweile schneller, und Ture schaute ihn mit einer Sorgenfalte auf der Stirn an.

»Ich habe mich bei Albert gemeldet, weil ich wissen wollte, wie es um Vidar steht«, fuhr er fort. »Vidar war ziemlich unfreundlich, als ich nach dem Mann in Lagos gefragt habe. Irgendwas hat der Gedanke an Lagos in mir bewegt. Ich bin ja nun beileibe nicht mehr jung, da werden Erinnerungen immer wichtiger. Ich wollte Vidar treffen und mit ihm über unsere Zeit auf See sprechen.«

»Wieso haben Sie ihn dann nicht direkt angerufen?«, fragte Hanna.

»Weil ich mir ziemlich sicher war, dass er nicht ans Telefon gehen würde«, antwortete Ture. »Bei meinem letzten Anruf war er, wie gesagt, sehr unhöflich. Wenn ich ehrlich sein soll, endete das damals nicht gut zwischen uns.«

»Was ist denn vorgefallen?«, fragte Erik.

Er wollte gern tiefer gehen, die Lücken und Risse finden, aber Ture sah ihn mit neuem Ernst an.

»Vidar hat die Arbeit über die Freundschaft gestellt«, sagte er. »Ich brauchte nach dem Tod meines Vaters Hilfe, und Vidar hat sie mir verweigert. Ihm war es wichtiger, die nächste Reise anzutreten.«

»Hat es Sie beunruhigt, dass Albert Degerhamn angesprochen hat?«, fragte Hanna.

Langsam hob Ture die Hände und legte sie auf den Tisch.

»Wieso hätte ich beunruhigt sein sollen?«

»Sie haben Albert Fragen über die Zeit gestellt, bevor Vidar zur See fuhr. Sie wollten wissen, was Vidar über Sie erzählt hat.«

Ture lachte.

»Nein, da hat er mich wohl falsch verstanden. Ich habe Degerhamn nicht mal erwähnt. Ich habe gesagt, dass ich jetzt in Färjestaden wohne.«

»Der Hinweis auf Degerhamn kam auch nicht von Albert«, sagte Hanna. »Wir haben von jemand anderem gehört, dass Vidar dort etwas erlebt hat, was ihn grundsätzlich verändert hat. Zum Negativen. Was ist dort geschehen?«

»Ich habe absolut keine Ahnung«, sagte Ture. »Vielleicht sollten sie darüber eher mit Ingrid sprechen, denn ich gehe schwer davon aus, der Hinweis kam von ihr.«

»Dann erinnern Sie sich an Ingrid?«

»Selbstverständlich erinnere ich mich an Ingrid«, sagte Ture. »Sie war damals ein wunderhübsches Mädchen. Wir haben viele schöne Abende im Restis verbracht, als sie mit Vidar zusammen war. Es war sehr traurig für ihn, dass ihr irgendwann aufging, jemand Besseren finden zu können. Aber verstehen kann ich sie schon. Wenn es Vidar zu der Zeit schlecht ging, dann lag das einzig an ihrem Zaudern.«

»Wann haben Sie Ingrid zuletzt gesehen?«, fragte Erik.

»Das muss so um die fünfzig Jahre her sein«, sagte Ture. »Wobei, ich bin mir recht sicher, dass ich sie sogar letzten Herbst mit Vidar am Hafen in Färjestaden gesehen habe. Aber ich kann mir kaum vorstellen, dass sie etwas mit dem Mord an Vidar zu tun hat.«

47

Hanna ignorierte Ture Lagermans Provokation, weil sie nicht preisgeben wollte, dass sie Ingrid persönlich kannte. Dennoch fühlte sie sich rastlos, ohne zu wissen, warum. Ingrid war auf dem Weg der Besserung. Das war wichtiger als der Prozess, als irgendein verrückter Halbbruder von Axel. Rebecka hatte ausgesagt. Vielleicht war ihre Aussage nicht ausreichend gewesen, aber mehr konnte Hanna nun nicht mehr tun, um den Prozess zu beeinflussen.

»Sie haben also Vidar und Ingrid am Hafen in Färjestaden gesehen«, fasste sie zusammen, »aber nicht mit ihnen gesprochen?«

»Korrekt. Sie wirkten so innig miteinander, dass ich nicht stören wollte. Außerdem hatte ich es eilig. Ich musste noch einkaufen, weil ich Besuch bekam. Wen genau, weiß ich leider nicht mehr.«

Ture hob die Hände, vermutlich als entschuldigende Geste. Offenbar wollte er freiwillig nichts weiter preisgeben, aber Hanna würde trotzdem erst mal nicht lockerlassen.

»Was haben Sie und Vidar in Degerhamn gemacht?«, fragte sie.

»Nichts.«

»Wieso waren Sie dann dort?«

»Ich meinte nur, dass wir nichts angestellt haben. Es klang so, als wollten sie auf so etwas hinaus. Das ist viele, viele Jahre her, aber ich gehe davon aus, dass ich dort Arbeit für uns gefunden habe.«

»Was genau?«

»Daran erinnere ich mich leider nicht. Ich habe so viel Unterschiedliches gemacht in meinem Leben, und wir waren auch nur ein paar Monate dort. Degerhamn war nur ein Zwischenstopp, nichts mehr.«

Einige Sekunden lang betrachtete Hanna diesen Ture. Sie war fest davon überzeugt, dass sein Gedächtnis bei Weitem nicht so schlecht war, wie er vorgab. Trotzdem würde sie erst mal nicht mehr aus ihm herausbekommen. Als Erik die Aufnahme beendete, protestierte sie nicht.

»Dann können wir gehen?«, fragte der Enkel und lehnte sich vor.

»Selbstverständlich können wir das«, verkündete Ture und stand auf. Er schaute auf seinen Enkel hinunter. »Es ist zwar noch früh, aber was hältst du von Mittagessen? Ich lade dich ein.«

»Sie können gehen«, sagte Hanna, weil der Enkel offenbar noch überlegte.

»Ich bringe Sie zurück zum Empfang«, sagte Erik.

Erst da stand auch der Enkel auf. Hanna sah ihnen nach, während sie den Raum verließen. Bereute der Enkel seine Berufswahl? An und für sich gab es eine Menge Aufgabenfelder für Juristen. Nicht bei allen musste man Kontakt zu Menschen haben. Ihre Stimmen entfernten sich. Mit ihnen schwand Hannas Konzentration, die sie während der Vernehmung glücklicherweise noch hatte aufrechterhalten können.

Der Arbeitstag war erst wenige Stunden alt, und Hanna war

schon völlig k.o. Aber wirklich zur Ruhe kommen würde sie erst wieder, sobald Axel und Soffan hinter Gittern waren. Sie nahm den Mundschutz ab und rief Rebecka an.

»Wie geht es dir?«

»Etwas besser. Ich bin noch in Kalmar. Habe gerade ein großes Stück Kuchen bei Kullzénska gegessen.«

»Klingt gut. Du, es tut mir leid, dass ich dich gedrängt habe.«

»Das war aber nötig«, sagte Rebecka. »Und ich habe ja nicht nur deinetwegen ausgesagt, sondern auch meinetwegen. Ich wünsche mir wirklich, dass Axel dafür verurteilt wird. Dass ich ihn zumindest mal eine Weile los bin. Aber ich glaube es nicht so recht. Mein Instinkt sagt, dass er davonkommen wird. Wie immer.«

»Kristoffer hat mir etwas erzählt«, sagte Hanna. »Ich wollte das vorhin eigentlich schon ansprechen, aber da war ja genug anderes los.«

»Was denn?«, fragte Rebecka fast ungeduldig.

»Laut Kristoffer hat Axel einen Halbbruder.«

»Ist das ein Scherz?«

Hanna schwieg oder ließ vielmehr die Stille sprechen.

»Das hat er mir gegenüber nie erwähnt«, sagte Rebecka schließlich. »Und wir haben ja immerhin eine ganze Weile lang heile Familie gespielt.«

»Hat er mal gesagt, dass sein Vater untreu war?«

»Ja, er hat sich mal sehr laut darüber ausgelassen. Allerdings hat er sich nicht mal über die Untreue selbst aufgeregt, sondern darüber, dass sein Vater so schlecht darin war, das geheim zu halten. Axel hatte Angst, dass seine Mutter es mitbekommen könnte.«

»Hast du mal was von einem Soffan gehört?«, fragte Hanna.

»Ja, ich habe ihn sogar mal getroffen, aber das ist lange her.«

»Erzähl gern mehr darüber.«

»Nachdem ich mit Joel zurück nach Öland gezogen war, hat Axel weiter in der Wohnung gewohnt, die seine Eltern für uns gekauft hatten. Joel war etwa zehn Jahre alt, und ich bin zu Axel gefahren, um ihn davon zu überzeugen, unseren Sohn in Ruhe zu lassen. Joel hatte sein erstes Handy bekommen, und Axel hat ihn darüber belästigt. Er wollte Joel einreden, dass er es bei ihm besser hätte, dass ich eine unfähige Mutter wäre, aber Joel hat das nur unter Druck gesetzt und unglücklich gemacht. Als ich ankam, lag da ein Typ auf dem Sofa und er …«

Rebecka verfiel in Schweigen, und es war unklar, ob sie sich bemühte, sich an die Details zu erinnern, oder gedanklich längst abgeschweift war.

»Entschuldige«, sagte sie schließlich. »Es vergeht kein Tag, an dem ich nicht an Joel denke, und manchmal überwältigt es mich einfach wieder. Er fehlt mir so sehr, ich habe das Gefühl, ich zerbreche noch daran.«

»Das kann ich gut verstehen«, sagte Hanna.

Sie hatte Joel nie kennengelernt. Als sie Rebecka und Öland zurückließ, um nach Stockholm zu ziehen, wusste sie nichts über ihn. Aber da war er auch noch ein winziger Fötus gewesen, kleiner als ihr Kind jetzt. Der Mord an Joel war Hannas erster Fall bei der Polizei in Kalmar. Damals war es ihnen gelungen, den Mörder zu finden. Sie und Rebecka hatten zögerlich wieder etwas zueinander gefunden, aber die zugrunde liegende Enttäuschung und die Kluft von sechzehn Jahren würden sie vielleicht nie ganz überbrücken können.

»Der Typ auf dem Sofa …«, nahm Rebecka ihren Gedanken wieder auf. »Axel war so zauberhaft wie immer und sagte zu ihm, er solle verschwinden und sich nützlich machen. Obwohl der Typ noch im Raum war, machte Axel sich schon über ihn lustig. Ich glaube, deshalb erinnere ich mich so deutlich daran. Er tat mir ziemlich leid.«

»Wie sah er aus?«

»Jung und blond.«

»Ähnelte er Axel?«

»Vielleicht. Aber das ist mir damals nicht aufgefallen. Es war auch schwer, woanders hinzusehen als auf seine Hand.«

»Seine Hand?«, wiederholte Hanna.

»Ja, die war irgendwie missgebildet oder so. Zwei Finger fehlten, und die Haut war ganz vernarbt.«

Das Handgelenk des Mannes, der sie niedergestochen hatte, war ebenfalls vernarbt gewesen. Mehr hatte Hanna nicht sehen können, weil er Lederhandschuhe trug. Sie war davon ausgegangen, dass die Narben zustande gekommen waren, als er ihr Haus angezündet hatte. Dabei hätte eine noch recht frische Brandverletzung natürlich nicht so ausgesehen.

»Bist du dir sicher, dass der Mann Soffan hieß?«, fragte sie.

»Ja, absolut. Nachdem er weg war, hat Axel mir erzählt, wie er zu dem Spitznamen kam. Angeblich war er bei einer Familie eingebrochen und auf deren Sofa eingeschlafen. Er schlief sogar noch, als die Polizei eintraf.«

»Erinnerst du dich noch an einen anderen Namen?«

»Nein.«

Hanna bedankte sich und beendete eilig das Telefonat. Rebeckas Schilderung bestätigte ihre Ahnung. Bei ihrem Angreifer handelte es sich um Soffan, und er war Axels Halbbruder. Das musste sie unbedingt Ove mitteilen, sofort. Es ließ sich nicht länger aufschieben.

Sie machte sich auf den Weg zu seinem Büro. Im Herbst hatte sie die Drohungen für sich behalten und viel zu lange gewartet, um sich mit allen neuen Erkenntnissen zum Mord an

Ester Jensen an ihn zu wenden. All das hatte ihr Vertrauensverhältnis belastet, und es hatte nicht geholfen, dass sie ihre Fehler eingestanden und sich seither besser verhalten hatte. Wie würde er jetzt reagieren? Vielleicht würde er ihr nicht glauben, dass sie das gerade erst erfahren hatte.

Der letzte Tag

Die Aufregung nach dem Treffen mit Ture will einfach nicht nachlassen. Vidar geht schneller, aber auch das bringt nichts. Das Einzige, was helfen wird, ist die Katze, die ihn zu Hause erwartet.

Vidar biegt in die Storgatan, bleibt stehen und schaut zur Haustür. Kein Neffe, der davor herumlungert. Keine Danuta, die herein- oder herauskommt. Weder das Muskelpaket noch Lillemor. Gerade hat er nicht den Nerv, sich mit noch mehr Idioten zu befassen. Mit bestimmten Schritten eilt er zur Tür, öffnet sie und lauscht in den Hausflur. Alles ist still, also nimmt er zwei Stufen auf einmal bis in sein Stockwerk – das schafft er noch immer. Als er die Hand auf seine Türklinke legt, schwindet schon der Großteil seiner Wut. Eilig öffnet er die Tür, erst mal nur einen Spalt breit, damit Hjördis nicht entwischen kann. Sie sitzt auf dem Fußabtreter im Flur und empfängt ihn fröhlich maunzend. Schnell huscht er hinein und zieht die Tür hinter sich zu. Dann beugt er sich zu der Katze und krault sie hinterm Ohr.

»Du hast mir auch gefehlt«, sagt er.

Hjördis streicht ihm um die Beine. Vidar krault und krault, doch die Katze scheint davon nur immer mehr zu wollen. Sie wirft sich auf die Seite, sodass er sich noch tiefer bücken muss. Es zieht in der Hüfte, aber alles in allem stimmt es bei ihm körperlich noch. Die Katze wälzt sich auf die andere Seite, damit auch diese gestreichelt werden kann.

»Und was machen wir jetzt?«, fragt er.

Die Katze antwortet, indem sie aufspringt und zur Küche rennt. Vidar folgt ihr.

»Hast du schon wieder Hunger, du kleiner Racker? Wobei das auch nicht überraschend ist, diese Danuta gibt dir sicher nichts zu fressen.«

Vidar leert eine weitere Thunfischdose auf den Teller und füllt Wasser in ein Schälchen. Eine kleine Verschnaufpause hat die Katze ihm verschafft, doch nun kommt der Ärger über Ture doch zurück. Wie kommt Ture darauf, dass Vidar mit seinem Neffen spricht? Dem Knaben kann man schließlich nicht trauen. Vielleicht sollte er seine Drohung wahr machen und sein Testament tatsächlich ändern? Ach, nein. Vidar weiß nicht, wem er sein Geld sonst vermachen soll. So wahnsinnig viel ist es sowieso nicht. Vidar grinst. Albert glaubt sicher, er hat Millionen auf dem Konto.

»Na, noch bin ich nicht tot.«

Die Katze hebt den Kopf und sieht ihn an. Die Zärtlichkeit in ihrem Blick macht ihn ganz nostalgisch. Vidar geht zum Regal und holt das Holzkästchen. Darin sind vor allem Erinnerungsstücke an die Zeit, bevor er zur See fuhr. Er nimmt das Kästchen mit ins Wohnzimmer und stellt es auf den Couchtisch.

Obenauf liegt ein Foto von Ingrid, und darunter ein kleiner Plastikhefter mit Erinnerungen an ihre gemeinsame Zeit. Eine Eintrittskarte von Restis, eine Kinokarte, eine Haarsträhne – all so was. Die anderen Fotos sind säuberlich in ein Fotoalbum geklebt. Nein, noch ist er nicht tot, aber er steuert mit großen Schritten auf sein Ende zu. Was wird mit all den Dingen, die er angesammelt hat, passieren, nachdem er gestorben ist? Albert kann sicher alles nicht schnell genug zur Müllkippe fahren. Er hat ein paar seiner Möbelstücke explizit Kicki vermacht, und das Bild von der Sommerwiese soll Ingrid erben. Immer, wenn er es betrachtet, muss er an diesen einen Sommertag denken. Langsam führt er Ingrids Haarsträhne an die Nase, doch sie riecht nicht länger.

Der Kummer ist so überwältigend, dass er die Augen schließt. Dagegen anzukämpfen, ist zwecklos. Seine Gedanken rasen zurück. Er und Ture haben so vielen Menschen das Leben schwergemacht. Er hatte Ture erzählt, dass er um Ingrids Hand anhalten will. Deshalb hatte Ture die Arbeit auf einem Bau in Degerhamn für sie aufgetan. Der Lohn war besser als alles, was er bis dahin bekommen hatte. Hätte er sich doch nur damit begnügt. Das Einzige, was er aus dieser Zeit behalten hat, ist einer der Umschläge. Eigentlich will er sich gar nicht daran erinnern. Trotzdem bringt er es nicht über sich, den wegzuwerfen. Als alles den Bach runterging, kehrte er nach Borgholm zurück, aber das war nicht weit genug weg. Ture fuhr zur See, und als er zurückkehrte, fragte er Vidar, ob er nicht mitkommen wolle. Anfangs zögerte er, ließ sich dann aber überreden, und letzten Endes war es die beste Entscheidung seines Lebens. Ture gab schon nach wenigen Fahrten auf. Das Seefahrerleben war das Erste, was Vidar besser konnte.

Die Katze streicht ihm um die Beine.

»Hast du schon aufgefressen?«, fragt er und streichelt ihr über den Rücken.

Er muss Kicki anrufen und sie um ein letztes Treffen bitten. Einfach, damit ihre Beziehung ein besseres Ende findet. Schließlich liebt er nicht sie, will nicht mit ihr zusammen sein, sondern mit Ingrid. Er möchte ehrlich sein, auch wenn das jetzt keine so große Rolle mehr spielt. Wegen der Krankheit wird er ja doch mit keiner von beiden wirklich zusammensein können. Aber er möchte, dass Kicki weiß, was sie ihm bedeutet hat. Sie hat sein Herz geheilt. Vidar fischt sein Handy aus der Tasche. Es klingelt. Verwirrt starrt er auf das Display, das schwarz bleibt. Dann begreift er, dass jemand an der Tür schellt.

»Das ist sicher dein furchtbares Frauchen, die dich zurückwill«, sagt Vidar. »Aber das kann sie vergessen.«

48

Oves Büro war leer, also griff Hanna zum Handy und wählte seine Nummer. Ein bisschen hoffte sie, dass er nicht drangehen würde. Dass sie nichts von Soffan erzählen musste. Sie konnte nicht vorhersehen, wie ihr Chef die Information aufnehmen würde. Vielleicht würde er sie gegen Hanna verwenden. Als es zu tuten anfing, bog Ove mit einem Kaffee in der Hand um die Ecke. Weil er nach seinem Handy tastete, drohte er, Kaffee zu verschütten. Schnell legte sie auf.

»Das war ich«, sagte Hanna. »Ich muss mit dir sprechen.«

»Ich auch mit dir.«

Ove ging ins Büro, Hanna folgte ihm und schloss die Tür hinter sich. Ove trank einen Schluck Kaffee und stellte dann die Tasse auf den Tisch.

»Aber zuallererst: Wie geht es dir?«

»So weit ganz gut.« Doch dann fiel ihr der Grund dafür ein, warum Ove so ausdrücklich fragte. »Ich habe noch immer keinerlei Symptome.«

Seit sie Ingrid umarmt hatte, waren fünf Tage vergangen. Hanna war allmählich überzeugt, sich nicht angesteckt zu haben.

»Das höre ich gern«, sagte Ove. »Ich weiß ehrlich gesagt nicht, wie wir diese Woche ohne dich überstanden hätten.«

Hanna lauschte aufmerksam nach Untertönen, konnte aber keine ausmachen.

»Wie steht es um Ingrid?«, fuhr er fort.

»Sie wird wohl noch eine Weile im Krankenhaus bleiben müssen«, sagte Hanna. »Als sie mich heute Morgen anrief, klang sie alles andere als gut.«

»Aber telefonieren konnte sie also.«

»Ja.«

Hanna glaubte allerdings nicht, dass das viel zu bedeuten hatte. Das Telefonat war kurz und chaotisch gewesen und hatte geendet, weil Ingrid doch noch zu krank war. Es hatte geklungen, als würde sie sich die Lunge aus dem Leib husten. Und wenn es doch noch einmal schlimmer wurde? Nein, nein, Hanna wollte sich deshalb nicht gleich wieder Sorgen machen.

»Worüber willst du mit mir sprechen?«, fragte sie.

»Der Holzvogel«, sagte Ove. »Er ist fertig untersucht. Das ging so schnell, weil darauf nur deine Fingerabdrücke sind. Willst du ihn zurück?«

»Ja, klar«, sagte Hanna.

Sofort zweifelte sie: War das tatsächlich so klar? Vermutlich würde sie den Vogel nie wieder so sehen können wie vorher. Ihre Hand suchte sich zu der Nachtigall an ihrem Handgelenk.

»Geht es dir wirklich gut?«

»Absolut«, sagte sie. »Körperlich zumindest. Aber ich habe gerade erfahren, dass Axel Sandsten einen Halbbruder hat. Ich glaube, das war der Mann, der versucht hat, mich zu töten.«

»Kannst du das noch ein bisschen ausführen?«

Also erzählte Hanna, was sie von ihrem Bruder und Rebecka erfahren hatte. Nur Henning erwähnte sie nicht. Ganz wie ihr Bruder schien Ove den Journalisten nicht besonders zu mögen.

Vielleicht weil er ein so aufmerksames Auge auf die Polizei hatte. Henning hatte einiges zu den Ermittlungen in Ester Jensens Todesfall beigetragen. Ohne seine Unterstützung wäre der Fall womöglich gar nicht neu aufgerollt worden. Aber Hanna weigerte sich, zu glauben, dass ihr Chef just dagegen Einwände hatte.

Ove schloss die Augen. Hanna bekam den Eindruck, dass er gern allein sein wollte, um nachdenken zu können. Sollte sie gehen?

»Was hast du bisher mit dieser Information gemacht?«, fragte Ove und sah sie an.

»Nur mit dir darüber gesprochen.«

Röte stieg ihr ins Gesicht, obwohl sie diesmal mehr oder weniger direkt zu ihm gekommen war. Ove schaffte es jedes Mal wieder, dass sie sich wie ein kleines Mädchen fühlte. Das hatte sie sich jedoch nur selbst zu verdanken. Hätte sie ihn mal gleich von Anfang an informiert.

»Ich unterrichte das Team in Växjö«, sagte er.

Das Kommissariat in Växjö ermittelte, was den Brandanschlag und auch den Messerangriff betraf. Die Information an Växjö weiterzugeben war der korrekte Weg, trotzdem wurde sie direkt ungeduldig. Dem Team in Växjö mangelte es an ihrer Motivation. Sie wäre am liebsten sofort zu Axels Eltern gefahren und hätte sie zur Rede gestellt, aber das würde Ove nie absegnen. Hanna schätzte, Axels Vater wusste, wo dieser Soffan zu finden war. Hanna hatte jedoch eine andere Idee.

»Den Staatsanwalt, der für Axel Sandstens Prozess zuständig ist, würde ich auch gern davon in Kenntnis setzen.«

»Warum?«

»Wegen dem, was Kristoffer erzählt hat. Die Schilderung von Tatjana Edin über Kristoffers Besuch in Axels Büro im Februar war von vorn bis hinten gelogen. Sie hat behauptet, dass sie mit Kristoffer allein war und ihn rausschmeißen musste, weil er sie bedroht hat. Aber sowohl Axel als auch dieser Soffan waren ebenfalls anwesend. Und es ist ja nicht das erste Mal, dass sie es mit der Wahrheit nicht so genau nimmt.«

»Da der Prozess heute zu Ende geht, bin ich etwas skeptisch, was das bringen soll. Aber gut, sprich mit dem Staatsanwalt. Er ist jedoch durchaus darüber im Bilde, dass Tatjana Edin während der Ermittlungen zu Joel Forslunds Tod eine Falschaussage gemacht hat. Ich bin ja nicht komplett inkompetent.«

Er grinste schwach, und Hanna hätte sich am liebsten gleich entschuldigt, doch da klingelte sein Handy. Als sie sah, dass es das Nationale Forensische Zentrum war, verließ sie Oves Büro noch nicht. Das Grinsen auf seinem Gesicht wurde noch breiter.

»Sie konnten den Fingerabdruck auf der Scherbe in Vidars Wohnung zuordnen«, sagte er, nachdem er aufgelegt hatte. »Er gehört Esbjörn Fager.«

Dann hatte sogar Esbjörn gelogen? Eigentlich sollte sie das nicht verwundern. Die wenigsten Menschen sagten die ganze Wahrheit, wenn sie von der Polizei vernommen wurden. Dabei war der Vorsitzende des Vereins Zittergras einer der wenigen gewesen, die freiwillig ihre Fingerabdrücke gegeben hatten. Bloß warum? Vermutlich hatte er am Samstag mit Vidar Cognac getrunken, und das machte ihn nun zu einem Hauptverdächtigen. Vielleicht hatte Esbjörn ihnen ja die Fingerabdrücke gegeben, damit sie ihn festnahmen, weil er zu feige war, sich selbst zu stellen? Oder aber er war davon ausgegangen, dass sie keine Abdrücke in der Wohnung finden würden. Die Scherbe hatte auf dem Küchenboden gelegen. Der Konflikt zwischen ihm und Vidar musste sehr viel ernster gewesen sein, als sie bisher angenommen hatten.

»Ich schicke eine Streife, die ihn herbringen soll«, sagte Ove. »Erik und du, ihr übernehmt die Vernehmung.«

49

Erik war unterwegs in die Cafeteria, er brauchte Kaffee, um sich die Zeit zu vertreiben. Esbjörn Fager war gerade eingetroffen, seine Anwältin aber noch unterwegs. An einem der Tische saß ein Kollege, der gerade neu angefangen hatte, sonst war die Cafeteria leer. Es war vielleicht eine Woche her, da hatte Erik sich mit einem Kaffee zu ihm gesetzt. Der Mann war Lehrer gewesen und hatte jetzt umgesattelt. Wegen Corona holte Erik sich nun seinen Kaffee und wählte einen Tisch am anderen Ende des Raums.

Von Supriya war keine weitere Nachricht gekommen. Vielleicht, weil er auf die Affen nicht reagiert hatte. Sie wollte, dass er praktisch seinen Job aufgab, und das machte ihm gehörig was aus. Bestimmte Kollegen konnten ihre Aufgaben von zu Hause aus erledigen, aber er eben nicht. Besonders nicht beim derzeitigen Stand der Ermittlungen. Allerdings wollte er diesem Frust nicht übers Telefon Luft machen. Er sehnte den Abend herbei, wenn es die Möglichkeit gab, sich in Ruhe mit Supriya hinzusetzen und richtig zu reden. Sie könnten sich etwas zu essen holen und dazu vielleicht einen Wein aufmachen. Irgendwie wieder zueinanderfinden. Das Einzige, was er sicher wusste, war, dass er sie nicht verlieren wollte.

Erik schaute auf und sah, dass der neue Kollege zu ihm herüberblickte. Er lächelte und fühlte sich arschig, weil er sich sofort wieder seinem Handy widmete. Es konnte nicht leicht sein, einen neuen Job anzufangen, wenn man sich auf Abstand halten sollte. Seine eigene Anfangszeit als Polizist war eine Herausforderung gewesen. Er hatte nie Probleme gehabt, mit anderen Menschen in Kontakt zu treten, aber weil er aus einer reinen Polizistenfamilie stammte, hatte er einen ziemlichen Leistungsdruck verspürt.

Nachdem ein paar Minuten des kopflosen Surfens hatte Erik genug und nahm seinen halb getrunkenen Kaffee mit zurück an seinen Platz. Hanna fluchte gerade über ihren Computer, als er hereinkam.

»Du musst auch nicht bleiben«, sagte er. »Daniel kann die Befragung übernehmen.«

Hanna schüttelte schnell den Kopf.

»Die Plädoyers sind frühestens nach der Mittagspause. Mann, dieses doofe Ding hängt sich gerade zum zweiten Mal auf.«

»Neu starten«, rief Daniel über die Trennwand hinweg.

»Danke für den Tipp«, sagte Hanna übertrieben freundlich. »Ich hatte bloß den Bericht nicht zwischengespeichert und jetzt …«

Weiter kam sie nicht, weil Eriks Handy klingelte. Dran war der Kollege, der Esbjörn beaufsichtigte und ihm durchgab, dass die Anwältin eingetroffen war.

»Schön«, sagte Hanna und stand auf. »Endlich wieder richtige Polizeiarbeit.«

»Ich tue mal so, als hätte ich das nicht gehört«, sagte Daniel.

Erik eilte hinter Hanna her zum Vernehmungszimmer.

Die Anwältin war eine junge Frau, deren Tochter in Nilas Klasse ging. Beim letzten Elternabend hatte sie praktisch alles infrage gestellt. Sie selbst trug einen Mundschutz, und er ging davon aus, dass sie und Supriya sehr ähnliche Ansichten darüber hatten, wie diese Pandemie gehandhabt werden sollte. Erst in diesem Moment fiel ihm auf, dass er selbst seinen Mundschutz vergessen hatte. Sie nickten einander zu, für mehr war dies nicht der richtige Ort. Die Nervosität in dem kleinen Vernehmungszimmer war greifbar. Esbjörns Bein wippte.

»Wann haben Sie Vidar Johansson zuletzt gesehen?«, fragte Erik. »Und beleidigen Sie uns nicht wieder mit der Aussage, dass es bei dem Vereinstreffen im Januar war.«

Das Wippen hörte auf.

»Okay, ich habe ihn am Samstag getroffen.«

»Wieso haben Sie das nicht gleich gesagt?«

»Weil ich mich geschämt habe.«

»Wieso waren Sie bei ihm zu Hause?«, fragte Hanna.

»Kicki hatte mich angerufen und mir erzählt, dass bei ihm Demenz diagnostiziert worden war. Sie war sehr aufgewühlt und traurig. Das hat etwas in mir ausgelöst, worauf ich nicht stolz bin. Also schnappte ich mir eine Flasche Cognac und ...«

Esbjörn wandte sich fast flehend an die Anwältin, die ihm aufmunternd zunickte. Er seufzte. Ein Sprechverbot wäre ihm wohl lieber gewesen.

»Was hat es in Ihnen ausgelöst?«, hakte Erik nach.

»Das Gefühl, gewonnen zu haben. Und das wollte ich ihm aufs Brot schmieren. Sie haben ja keine Ahnung, wie er war.«

Esbjörn schlug mit der Faust auf den Tisch. So unerwartet, dass alle zusammenzuckten.

»Was ist bei Vidar passiert?«, fragte Hanna.

»Ich habe nicht damit gerechnet, dass er mich reinlassen würde, aber nach ein bisschen Überzeugungsarbeit hat er tatsächlich aufgemacht. Ich habe behauptet, unseren Streit beilegen zu wollen, und er hatte eine Schwäche für guten Cognac. Ich habe uns je ein Glas eingegossen und … Ach, Sie haben ja keine Ahnung, wie er war.«

»Dann erzählen Sie es uns doch bitte«, bat Erik.

»Ach, verdammt«, seufzte Esbjörn. »Es war wohl nicht wirklich nett von mir, dass ich ihm versprochen habe, mich um Kicki zu kümmern, und weil ich dabei gegrinst habe, ist Vidar fuchsteufelswild geworden. Und knallrot angelaufen. Er hat gezischt, ob ich noch ganz richtig bin im Kopf. Sind Sie ganz sicher, dass er nicht an einem Herzinfarkt gestorben ist?«

Esbjörn wirkte plötzlich völlig verängstigt und sah sie nun flehend an, als läge es in ihrer Macht, ihn von seiner Schuld freizusprechen.

»Vidar ist nicht an einem Herzinfarkt gestorben«, sagte Hanna. »Sie haben uns freiwillig Ihre Fingerabdrücke gegeben. Ich glaube, Sie wollten, dass wir herausfinden, dass sie bei ihm waren.«

»Nein, so war es nicht«, sagte Esbjörn.

»Wie denn dann?«, fragte Hanna.

»Ich habe einfach nicht darüber nachgedacht.«

»Vielleicht waren Sie auch davon überzeugt, dass wir einfach keine Ihrer Abdrücke finden würden«, sagte Erik. »Die Cognac-Flasche war abgewischt, das eine Glas gespült. Sie haben es nur versäumt, auch alle Scherben zu reinigen – Ihr Fingerabdruck war auf einer davon.«

»Nein, so war es nicht«, wiederholte Esbjörn. »Vidar hat mein Glas gegen die Wand geschleudert, und ich habe nichts abgewischt. Ich bin davon ausgegangen, dass Sie so oder so herausfinden würden, dass ich dort war. Meine Ex-Frau hat mich gesehen. Wollen Sie damit sagen, dass sie mich nicht verraten hat?«

Bei ihrem letzten Besuch in Borgholm hatten sie mit Lillemor

Nyman sprechen wollen, doch dazu war es durch die Festnahme von Birk Engvall schlussendlich nicht gekommen.

»Eigentlich spielt es keine Rolle, ob Sie davon ausgegangen sind, dass wir etwas herausfinden«, sagte Hanna. »Sie hätten es uns von vornherein erzählen müssen. Sofort. Es ist wirklich nicht klug, bei Mordermittlungen Dinge zu verschweigen.«

»Was haben Sie in den Cognac gemischt?«, fragte Erik.

Jetzt sah Esbjörn aus, als würde er selbst einen Herzinfarkt bekommen. Er hatte die Augen weit aufgerissen, sein Atem ging stoßweise. Die Anwältin wollte etwas sagen, vermutlich die Vernehmung abbrechen, aber das wollte Erik nicht zulassen. Seinem Gefühl nach standen sie hier kurz vor dem Durchbruch. Also wiederholte er schnell seine Frage.

»Ich habe reingespuckt«, sagte Esbjörn. »Kindisch, ich weiß, aber ich …«

Esbjörn legte den Kopf auf den Tisch und fing an zu weinen – ein Gefühlsausbruch, der genauso unerwartet kam wie der Faustschlag zuvor. Offensichtlich stimmte mit diesem Mann etwas nicht.

»Ich bin froh, dass Vidar tot ist«, schluchzte Esbjörn. »Kicki hat was Besseres verdient. Nein, ich *war* froh. Denn jetzt verstehe ich die Welt nicht mehr. Ich glaube, jetzt ist alles kaputt.«

»Haben Sie Vidar wegen Kicki ermordet?«, fragte Erik.

Er wollte immer noch ein Geständnis.

»Nein, ich habe ihn nicht ermordet. Da war noch jemand. Als ich ging. Vidar hatte jemanden ins Schlafzimmer gesperrt.«

»Wie kommen Sie darauf?«, fragte Hanna.

»Die Tür zum Schlafzimmer war geschlossen«, sagte Esbjörn. »Darin war etwas zu hören. Ein Wimmern oder so. Und Vidar ist förmlich durchgedreht, als ich danach fragte.«

Er sprach schnell und hatte sich aufgerichtet, weil er sie so sehr überzeugen wollte. Die Behauptung, dass jemand in Vidars Schlafzimmer gewesen war, fühlte sich wie eine nachträgliche Ausflucht an, um die Schuld von sich zu weisen.

»Haben Sie sich das gerade ausgedacht?«, fragte Erik.

»Nein! Ich habe Vidar nicht getötet!«

»Was hat Vidar getan, als Sie fragten, wer im Schlafzimmer ist?«

»Er hat mich angeschrien, und dann bin ich schleunigst abgehauen.«

Esbjörn sackte in sich zusammen, geschüttelt von Schluchzern. Jetzt endlich meldete die Anwältin sich zu Wort, und auf ihre Bitte hin beendeten sie die Vernehmung. Ove erwartete sie schon im Flur.

»Ich habe mit dem Staatsanwalt gesprochen«, sagte er. »Esbjörn ist verhaftet, und wir dürfen eine Hausdurchsuchung bei ihm durchführen.«

Erik wandte sich an Hanna.

»Ich begleite die KTU und spreche noch mal mit Lillemor Nyman, wenn ich schon mal in Borgholm bin. Und du solltest dich jetzt auf den Weg zum Gericht machen.«

50

Die Türen zu Saal vierzehn öffneten sich, und die Zuschauer kamen heraus. Hanna machte sofort kehrt und eilte davon, bevor Henning Larsson oder sonst jemand sie bemerkte. Gerade hatte sie keinen Nerv, sich zu unterhalten.

Ohne wirkliches Ziel spazierte Hanna Richtung Zentrum. Seit dem Krankenhausaufenthalt hatte sie noch nicht wieder ins Training zurückgefunden. Die Ärztin hatte empfohlen, es langsam anzugehen, sich erst mal mit Spaziergängen und leichten Kraftübungen zu begnügen – aber sie brauchte mehr Training, damit es ihr gut ging. Ihr Puls musste hochgehen. Sie musste schwitzen. Trotz Schwangerschaft sprach nichts dagegen, wieder vorsichtig mit dem Lauftraining anzufangen. Schneefreie Wege und die milde Temperatur stellten dafür optimale Bedingungen dar.

Hanna kam zunächst an der Stadtbibliothek vorbei, dann am Gefängnis. Sie wollte die Larmgatan meiden, in der Axel Sandstens Büro lag. Seine Firma, die von einem Angestellten weitergeführt wurde, hatte einen Teil ihrer Kundschaft verloren, aber nicht so viel, wie Hanna gehofft hatte. Axel war offenbar nicht der Einzige, der damit rechnete, schon bald wieder auf freiem Fuß zu sein. Hanna zückte ihr Handy und schrieb eine Nachricht an Henning.

Ich komme nach der Mittagspause zum Gericht. Wann geht es weiter? Folgen dann die Plädoyers?

Hanna war beim Hafen angelangt, ehe die Antwort kam:

Um eins. Und, ja, dann sind die Plädoyers dran.

Sie steckte gerade das Handy weg, als es erneut piepste.

Wie ich gesehen hab, bist du jetzt ein echter Filmstar.

Die Nachricht endete mit einem Smiley. Sofort bekam sie Herzrasen. Hatte jemand ein Video von dem Zwischenfall vorm Imbiss irgendwo hochgeladen? Nein, nein, er musste sich auf das Video von Erik und ihr beziehen, als sie Birk Engvall in Borgholm verhaftet hatten. Sonst hätte er wohl ein anderes Emoji dahintergesetzt. Natürlich hatte er diese Facebookseite im Blick. Hanna war sich ziemlich sicher, dass sie nicht bei ihrem kleinen Ausbruch vor dem Imbiss gefilmt worden war. Sonst hätte sie längst von Ove gehört.

Man muss sich ja weitere Standbeine suchen,

antwortete sie.

Sie bereute die Antwort schon im Moment des Absendens. Als Reaktion bekam sie ein lachendes Gesicht, dabei war an ihrer Unbeholfenheit und dem hochroten Kopf eigentlich gar nichts lustig. Ich brauche einen Hamburger, dachte sie. Also kaufte sie sich einen Big Mac und schlug den Weg zum Schloss ein. Strolchte durch den Stadtpark, bis es Zeit war, zum Gericht zurückzukehren.

Die Tür zu Saal vierzehn war geschlossen, und Hanna öffnete sie so leise wie möglich. Wenn die Verhandlung nicht unter Ausschluss der Öffentlichkeit stattfand, kamen und gingen die Menschen; was das anging, hatte sie kein schlechtes Gewissen. Allerdings sagte ihr Instinkt ihr, dass sie sich wegen der Ansteckungsgefahr besser von Menschenansammlungen fernhalten sollte.

Der Zuschauerraum war voller als sonst, und ein paar Köpfe fuhren zu ihr herum, richteten sich dann aber schnell wieder nach vorn. Henning saß mit seinem Computer direkt neben der Tür. Sie erwiderte sein Lächeln und schob sich an ihm vorbei, ließ einen Stuhl frei und nahm dann Platz. Die Verhandlung war gerade wiederaufgenommen worden, denn die Richterin übergab das Wort an den Staatsanwalt, der zu seinem Plädoyer ansetzte.

»Am 4. Juni 2003 wurde Ester Jensen so brutal körperlich misshandelt, dass sie starb. Wir haben einen Augenzeugen, der – egal, was die Verteidigung auch behauptet – durch seine Aussage nichts zu gewinnen hat. Seine einzige Motivation ist, die Wahrheit endlich ans Licht zu bringen. Laut diesem Augenzeugen wurde Ester Jensen von Axel Sandsten kaltblütig zu Tode getreten. Eine Tochter verlor ihre Mutter.«

Der Staatsanwalt schaute zu Maria, die unter der Aufmerksamkeit zusammensackte. Hanna ließ den Blick über die anderen Anwesenden gleiten. Axels Vater war nicht da, aber seine Mutter saß wie immer ganz vorn rechts. Hanna drehte sich herum und entdeckte ihren Bruder zusammengesackt in der letzten Reihe. Schräg vor ihm ihre Kollegin Carina. Auch sie hatten genau dieselben Plätze gewählt wie sonst.

»Mit der Aussicht auf eine große Summe Geld, die im Haus versteckt sei, überzeugte Axel Sandsten seine Freunde Kristoffer

Duncker und Robin Svensson davon, ihn zu Ester Jensens Wohnsitz zu begleiten. Außerdem behauptete er, sie sei zu dem Zeitpunkt nicht daheim, wirkte dann aber keineswegs überrascht, sie doch im Haus vorzufinden. Er war vorbereitet gewesen, hatte einen schwarzen Kissenbezug mitgebracht. Robin Svenssons Schwester hat uns geschildert, wie schlecht es ihrem Bruder ging und dass sie mitbekommen hatte, wie Axel Sandsten ihn bedrohte. Sollte man Robin und Kristoffer vorwerfen, nicht eingegriffen zu haben? Selbstverständlich. Die Schuldgefühle sorgten mit hoher Wahrscheinlichkeit dafür, dass Robin schlussendlich sein Leben beendete. Aber sie waren nicht an der Misshandlung beteiligt. Kein anderer, nur Axel Sandsten hat Ester Jensen zu Tode getreten.«

Der Staatsanwalt machte eine Pause und schaute Axel an, der ihn ignorierte. Hanna versuchte, Axels Gesichtsausdruck auf dem Monitor zu erkennen, aber vergebens. Kristoffer war noch weiter in sich zusammengesackt. Am liebsten hätte Hanna ihn mit einer SMS aufgefordert, sich ordentlich hinzusetzen, aber sie konnte es nicht riskieren. Vielleicht hatte er ja vergessen, sein Handy auf lautlos zu stellen. Er sah aus wie jemand, der sich schämte, der voller Reue war. Das stimmte sicher, aber vielleicht wirkte es auf Richterin und Schöffen ja so, als bereute er das, was er Axel mit seiner Aussage angetan hatte.

»Wieso tötete Axel Sandsten eine Frau, zu der er nie zuvor Kontakt hatte? Er behauptet zwar, dass er mal eine Kommode bei ihr vorbeigebracht hätte, aber es gibt nichts, was diese Behauptung untermauern könnte, weshalb wir davon ausgehen, dass er sich das ausgedacht hat, um das Vorhandensein seiner DNA auf dem Treppengeländer zu erklären. Das angeblich im Haus versteckte Geld gab es nie. Das war ein Gerücht, das vermutlich Ester Jensens Ex-Mann, Sven-Otto Jensen, in die Welt gesetzt hat. Der Mann, der Ester Jensens Tod wollte. Und durch entsprechende Bezahlung veranlasste er Axel Sandsten zu dieser Tat.«

Jetzt richtete der Staatsanwalt den Blick auf Sven-Otto Jensen. Auch dieser sah ihn nicht an. Vermutlich war er zu beschäftigt damit, auf die Tischplatte zu starren.

»Wir haben anhand von Kontoauszügen Zahlungen von Sven-Otto Jensen an Axel Sandsten nachweisen können. Eine Woche nach dem Mord bekam Axel Sandsten fünfzigtausend Kronen von Sven-Otto Jensen. Die Summe wirkt vielleicht klein im Vergleich zur Tat, dabei darf man nicht aus den Augen verlieren, dass Axel zum Zeitpunkt des Mordes erst neunzehn Jahre alt war. Für ihn war das viel Geld. Viel später bekam er weitere hunderttausend Kronen. Axel Sandstens damalige Lebenspartnerin hat nicht nur seine Gewalttätigkeit bestätigt, sondern auch ausgesagt, dass sie ihn zweimal mit Sven-Otto Jensen gesehen hat. Im Mai 2003, also vor dem Mord. Beim ersten Mal war es Axel ganz offensichtlich unangenehm, dass Sven-Otto Jensen ihn zu Hause aufsuchte.«

Ein Schluchzen erregte Hannas Aufmerksamkeit. Axels Mutter hatte sich vorgelehnt und presste sich ein Taschentuch vor den Mund. Wusste sie von der Untreue ihres Mannes? Dass er ein weiteres Kind hatte? Vielleicht sollte Hanna mal mit ihr sprechen.

Das lässt du schön bleiben, hörte sie Oves Stimme in ihrem Kopf. Aber sie musste gar nicht selbst mit ihr sprechen, sie konnte jemand anders bitten. Kristoffer war natürlich ausgeschlossen, denn ihn machte die Mutter vermutlich für diesen Prozess verantwortlich. Rebecka konnte sie auch nicht fragen, besonders nicht seit ihrer Aussage. Und Henning Larsson erst recht nicht. Axels Vater hatte sich zwar von ihm interviewen lassen, die Mutter hatte jedoch strikt abgelehnt.

»Warum wollte Sven-Otto Jensen den Tod seiner Ex-Frau?«, fuhr der Staatsanwalt fort. »Sein eigener Bruder hat uns von den Hassgefühlen erzählt, die er für seine Ex-Partnerin hegte. Zu ihm hat Sven-Otto Jensen gesagt, er wünschte, Ester wäre tot. Wir haben von ihrem neuen Lebenspartner und einer Freundin gehört, dass sie große Angst vor ihrem Ex-Mann hatte. Dass sie um ihr Leben fürchtete.«

Der Mann schräg vor Hanna verbarg das Gesicht in den Händen. Es war der Mann, der am Vormittag aus dem Saal gekommen und in der Toilette verschwunden war. Der Reaktion nach zu urteilen, war er wohl der Mann gewesen, mit dem sie sich nach der Scheidung eingelassen hatte. So viele in diesem Saal litten unter dem Verlust.

»Und was sagt die Verteidigung zu alldem?«, fragte der Staatsanwalt. »Sie behauptet, dass der eigentliche Täter Kristoffer Baxter, gebürtig Duncker, heißt. Dass er Axel Sandsten in die Sache reinzog, nur um ihm eins auszuwischen. Aber wenn Kristoffer Baxter der Schuldige wäre, hätte er sich wohl kaum freiwillig damit an die Polizei gewandt. Dann hätte er weiter seinen eigenen Vater die Schuld tragen lassen.«

Hanna musste sich ans Weiteratmen erinnern.

»Des Weiteren behauptet die Verteidigung, dass Axel Sandsten Geld von Sven-Otto Jensen für ausgeführte Arbeiten erhalten hat. Um welche Arbeiten es sich dabei genau gehandelt haben soll, konnte niemand zeigen. Mit diesen nicht weiter ausgeführten Arbeiten will die Verteidigung ebenfalls den Kontakt zwischen Axel Sandsten und Sven-Otto Jensen erklären. Die Aussagen der Zeuginnen und Zeugen, die die Verteidigung angeführt hat, waren fast lächerlich schwach. Axel Sandstens Rezeptionistin hat bereits bei einer anderen Mordermittlung für ihn gelogen. Sein ehemaliger Klassenkamerad hat seinen Arbeitgeber belogen, wodurch Axels Firma einen Millionenvertrag abschließen konnte. Genau das war vermutlich Axel Sandstens Druckmittel, um die entsprechende Aussage zu bekommen.«

Der Staatsanwalt gestattete sich ein Lächeln.

»Die Verteidigung hat damit eigentlich nur das gestärkt, was wir von Anfang an gesagt haben: dass Sven-Otto Jensen Axel Sandsten angeheuert hat, um Ester Jensen zu ermorden. Die Staatsanwaltschaft beantragt für Sven-Otto Jensen eine lebenslange Haftstrafe sowie für Axel Sandsten eine Haftstrafe von zwölf Jahren wegen Mordes. Vielen Dank.«

Der Staatsanwalt nickte der Richterin zu, die daraufhin Sven-Otto Jensens Anwalt das Wort erteilte. Hanna schaute auf die Uhr; das Plädoyer der Staatsanwaltschaft hatte nur knapp zwanzig Minuten gedauert. Sie verspürte eine leise Hoffnung, und doch ahnte sie, dass diese Hoffnung bereits in weniger als einer Stunde im Keim erstickt sein könnte.

51

Das Fieber war sicher wieder gestiegen, denn Ingrid konnte weder klar denken noch sehen. Sie drehte den Kopf, um zur Wanduhr zu schauen, und nach einer Weile traten die Ziffern doch endlich klar hervor. Es dauerte noch fast eine Stunde bis zur nächsten Tablettengabe. Das Wasserglas stand auf dem Nachttisch neben dem Krankenhausbett, und sie streckte sich danach, trank ein paar Schlucke, bis sie vor Anstrengung keuchen musste. Ihr Hals tat so weh, dass jeder Schluck eine Qual war. Mit zitternder Hand stellte sie das Glas zurück.

Laut der Ärztin, die am Vormittag hier gewesen war, hatte sie das Schlimmste überstanden. Vermutlich musste sie doch nicht mehr auf die Intensivstation. Aber wieso fühlte sie sich dann nicht besser? Sie hatte überall Schmerzen. Ihr Körper war nicht mehr stark genug, mit dieser Krankheit fertigzuwerden.

Der körperliche Verfall war der Teil des Älterwerdens, den sie verabscheute. Das und die Tatsache, dass sie nach und nach immer mehr Freunde verlor. Alles andere war besser geworden: Sie mochte sich selbst jetzt bedeutend mehr als mit zwanzig. Die Ingrid von heute hätte Vidars Rastlosigkeit ertragen können. Sie hatte alles an ihm geliebt – seine Neugierde, sein Lachen, seine Haut unter ihren Fingerspitzen, sogar seine verrückten Faxen –, und trotzdem hatte sie ein gemeinsames Leben ausgeschlossen. Weil sie nicht das Leben wollte, von dem er sprach, dabei hätte sie ihn gewollt. Wieso hatte sie sich nicht getraut, ihn zu fragen, ob sie eine gemeinsame Lösung finden können? Sie hätten vielleicht ein Café oder Restaurant eröffnet.

Der arme Vidar! Die Trennung hatte ihn in seinen Grundfesten erschüttert. Und bei jenem anderen Mal war er eigentlich nur traurig gewesen. Da hatten sie sich an einem Sommertag 1973 in der Buchhandlung in Borgholm getroffen. Nachdem sie eine Stunde lange herumgestromert waren, hatte er sie zu einem kleinen Ausflug überredet. Sie hatte zugestimmt, obwohl Harald zu Hause auf sie wartete. Sie hatten sich belegte Brote und Leichtbier besorgt und waren in südlicher Richtung losspaziert. Ihr eigentliches Ziel war der Wald von Borga Hage gewesen, aber dann hatten sie in der Nähe der Schlossruine eine einladende Wiese entdeckt, auf der sie es sich bequem machten. Das Gespräch lief weiter, und dann hatte sie nicht widerstehen können.

Die Müdigkeit zwang ihren Kopf ins Kissen. Ingrid verabscheute Fieberträume, sie wollte Vidar bei sich behalten. Er hatte sich auch verändert, die Jahre hatten die scharfen Kanten abgeschliffen. Vor ein paar Wochen hatte sie ihn an der Bushaltestelle in Färjestaden abgeholt. Sie waren nach Skarpa Alby gefahren und die knapp drei Kilometer über das schneebedeckte Alvar bis zur Wüstung Dröstorp gewandert. Dort hatten sie belegte Brote gegessen und heiße Schokolade getrunken. Sie lehnte sich an ihn, doch der Schlaf ließ sich nicht länger bekämpfen. Ihr Körper wollte sich ausruhen.

Die Wärme nahm zu, und jetzt stand Ingrid in einem brennenden Haus. Die Flammen schlugen schon bis zur Decke aus, fraßen in ihrer Suche nach Sauerstoff die Tapeten von den

Wänden. Sie brauchte auch Sauerstoff. Musste atmen. Augen und Hals brannten. Im Treppenhaus nur Hitze und Flammen. Ingrid tastete nach dem Fenster. Etwas fiel von der Decke. Ihre Haare fingen Feuer, das schnell auf ihre Kleidung übersprang. Ein schrilles Klingeln riss sie aus der Suche nach dem Fenster.

Ingrid öffnete die Augen, wehrte sich mit den Armen gegen die Flammen, dabei waren sie nicht mehr länger da. Dieser Albtraum plagte sie, seit Hannas Haus abgebrannt war. Allerdings stand sie normalerweise davor, befand sich nie im Inneren.

Als sie verstand, woher das Geräusch kam, verstummte es. Sie griff nach dem Handy, das neben dem Wasserglas lag. Nachdem der Pfleger ihr am Morgen bei dem Anruf geholfen hatte, war es Ingrid ein Anliegen gewesen, ihr eigenes Handy direkt bei sich zu haben. So umging sie eine Wiederholung der Diskussion ums Telefonieren. Ein verpasster Anruf, eine ihr unbekannte Nummer. Ingrid rief solche Nummern aus Prinzip nicht mehr zurück, denn meistens handelte es sich um Leute, die ihr was verkaufen wollten. Eine Nachricht war nicht hinterlassen worden.

Ein Blick auf die Uhr verriet, dass sie fast eine Stunde lang geschlafen hatte, also nahm sie die Tabletten, die in einem kleinen Plastikbecher für sie bereitgestellt worden waren. Ihr Kopf drohte zu platzen, sie konnte fast nicht denken. Zur Sicherheit notierte sie die Uhrzeit, denn sie traute ihrem Gedächtnis gerade nicht – oder darauf, dass das Pflegepersonal Zeit für sie hatte. Erst als der Nebel in ihrem Kopf langsam nachgelassen hatte, konnte sie das Zimmer wahrnehmen, in dem sie lag. Am Eingang gab es eine Schleuse mit zwei Türen, damit keine Viren herein- oder herauskonnten. Seit dem Besuch der Ärztin war niemand bei ihr gewesen. Es war sehr umständlich mit der ganzen Schutzausrüstung, die immer wieder neu angelegt werden musste.

Ihr Handy klingelte erneut, es war dieselbe Nummer.

»Hallo«, sagte Ingrid.

Eigentlich wollte sie noch ihren Namen hinzufügen, aber ihre Stimme streikte.

»Hier spricht Kicki Andrén.«

Es dauerte ein paar Sekunden, bis die Synapsen in ihrem Hirn zur richtigen Info schalteten. Das war die Frau, mit der Vidar zusammen war, als er starb. Warum in aller Welt rief sie bei Ingrid an?

»Hallo«, mehr brachte Ingrid auch diesmal nicht heraus.

»Es tut mir leid, so zu stören«, sagte Kicki in einem Ton, der wenig entschuldigend klang. »Ich weiß einfach nicht, an wen ich mich wenden soll. Es ist so schrecklich, dass Vidar tot ist. Sie kannten ihn ja wesentlich länger als ich.«

»Ja«, sagte Ingrid.

Sie hatte keine Ahnung, worauf dieses Gespräch hinauslaufen würde. Wieso kam Kicki nicht gleich zur Sache, damit Ingrid sich schnell wieder hinlegen und ausruhen konnte? Damit die Tabletten das ihre tun konnten.

»Die Polizei ist bei Esbjörn und stellt da alles auf den Kopf«, sagte Kicki. »Die scheinen zu glauben, dass er Vidar getötet hat. Das ist doch verrückt.«

Ingrid schätzte, sie meinte Esbjörn Fager, den Vorsitzenden von Zittergras. Wie oft sie ihn getroffen hatte, ließ sich an einer Hand abzählen, allerdings hatte Vidar ihr ausgiebig von ihrem Konflikt erzählt – den Ingrid auch Hanna gegenüber erwähnt hatte. Sie war nicht gerade erpicht darauf, dass Kicki davon erfuhr, also summte sie nur zustimmend. Aber offenbar reichte diese minimalistische Äußerung, um sie als zustimmend zu verstehen.

»Ja, eben, das ist doch total verrückt! Wenn Sie wissen, wer Vidar das angetan hat, müssen Sie das der Polizei mitteilen.«

Der anklagende Ton gefiel Ingrid nicht. Es klang fast so, als würde Kicki meinen, sie, Ingrid, wäre irgendwie verwickelt. Vor einer Woche hatte Ingrid nicht mal gewusst, dass Vidar und Kicki überhaupt zusammen waren. Da hatte sie noch davon geträumt, dass sie und Vidar wieder zusammenfinden würden. Sie hätte liebend gern so viel darauf erwidert, aber gerade fehlte ihr die Kapazität, um das alles präzise zu formulieren.

»Das Wenige, was ich weiß, habe ich längst der Polizei erzählt«, sagte Ingrid. »Das sollten Sie ebenfalls tun.«

»Natürlich habe ich das längst. Esbjörn war das nicht. Jemand muss Lügen über ihn verbreitet haben.«

Kickis Wut fühlte sich fehlgeleitet an.

»Wieso liegt Ihnen so viel an Esbjörn?«, fragte Ingrid. »Ich dachte, Sie und Vidar waren ein Paar.«

Kicki keuchte, aber vielleicht war es auch Ingrid selbst.

»Das Einzige, was zwischen Vidar und mir stand, waren Sie! Wie oft haben Sie sich eigentlich getroffen?«

»Nicht sonderlich oft.«

»Das ist gelogen!«, schrie Kicki. »Er hat auch gelogen. Letzte Woche hat er mich Ingrid genannt. Und zwar klar und deutlich. Dennoch hat er die Frechheit besessen, mir zu sagen, ich hätte mich verhört.«

»Ich muss jetzt auflegen«, sagte Ingrid. »Mir geht es nicht gut.«

Sie drückte Kicki weg, ohne auf eine Antwort zu warten. In ihrem Kopf drehte sich alles, als sie wieder aufs Kissen sank. Es dauerte nur wenige Sekunden, da klingelte das Handy erneut. Ingrid ließ es klingeln. Was für ein furchtbarer Mensch! Was hatte Vidar bloß in ihr gesehen? Dabei spielte es eigentlich gar keine Rolle, wie Kicki war. Hätte Ingrid gewusst, dass Vidar in einer Beziehung war, hätte sie ihn nie geküsst und sich auch nicht in Fantasien über eine gemeinsame Zukunft verloren.

Das war eine Grenze, die sie nie wieder überschreiten wollte, das hatte sie sich geschworen. Harald war gestorben, ohne von ihrer Untreue zu wissen. Jener Sommertag hatte ihr Bild von sich selbst beschädigt. Sie war kein Mensch, der so etwas tat. Sie hatte versucht, diesen Tag aus ihrem Gedächtnis zu löschen, und sich entschieden, bei ihrem Mann zu bleiben. Und die Tatsache, dass sie schwanger geworden war, hatte an dieser Entscheidung nichts geändert.

Vielleicht sollte sie sich bei Hanna melden. Ihr die Wahrheit über ihre Beziehung zu Vidar erzählen. Kicki würde sicher die Polizei verständigen und versuchen, ihr die Schuld in die Schuhe zu schieben. Sie reckte sich nach dem Handy, aber erreichte es nicht. Da verlor sie alle Kraft, und ihr Arm sackte herab, blieb schlaff über die Bettkante hängen.

52

»Danke, so viel von mir.«

Sven-Otto Jensens Anwalt nickte der Richterin zu. Sein zufriedenes Grinsen brachte Hanna zur Weißglut. Ihre Hoffnung war nicht komplett dahin, aber hatte einen gehörigen Dämpfer bekommen. Der Verteidiger hatte sich auf die dünne Beweislage konzentriert, hatte behauptet, dass sowohl Kristoffer als auch Sven-Ottos Bruder schwache Zeugen seien, auf deren Aussagen man nichts geben könne. Beide hätten gute Gründe, zu lügen. Am meisten hatte sich der Anwalt über Rebecka und die an Axel Sandsten gezahlten Beträge ausgelassen. Angeblich habe Axel Sandsten für die Umzugsfirma gearbeitet, die Sven-Otto Jensen leitete. Da die Bezahlung unter der Hand erfolgt sei, gäbe es keine Dokumentation. Um über besagte Umzugsfirma zu sprechen, habe Sven-Otto Jensen im Juni 2003 Axel Sandsten aufgesucht. Rebeckas Behauptung, dass das Treffen im Mai stattgefunden habe, sei falscher Erinnerung geschuldet oder schlichtweg komplett erlogen. Dass dieses Plädoyer nicht Hannas gesamte Hoffnung zerstört hatte, lag daran, dass es insgesamt viel schwächer ausgefallen war als das der Staatsanwaltschaft, dabei hatte der Verteidiger wesentlich länger gesprochen.

Die Richterin übergab das Wort nun an Axel Sandstens Anwältin. Hanna wusste nicht, auf wen sie sich konzentrieren sollte. Ihr Blick huschte von der Anwältin zu Axel, zu Axels Mutter, zu Kristoffer. Ihr war vor Nervosität ganz flau. Seit sie schwanger war, brauchte es nicht viel, bis sich Übelkeit regte.

»Wie mein Kollege ja bereits betont hat, ist die Beweislage äußerst dürftig«, setzte die Anwältin an. »Ich werde keine wertvolle Zeit damit verschwenden, seine brillanten Ausführungen zu wiederholen.«

Sven-Otto Jensens Anwalt quittierte das Lob mit einem selbstgefälligen Lächeln und richtete seinen Nadelstreifenanzug. Hanna bekam den Eindruck, dass das Verhältnis der beiden trotz des enormen Altersunterschieds über reine Kollegialität hinausging. Am Prozessanfang hatte Axel Sandstens Anwältin die Haare immer zu einem Dutt zusammengefasst, jetzt trug sie sie offen und hatte die Anzughose gegen einen Rock getauscht.

»Ich möchte mich auf den sogenannten Augenzeugen konzentrieren«, fuhr sie fort. »Kristoffer Baxter behauptet, dass er beim Mord an Ester Jensen anwesend war und dass Axel Sandsten sie zu Tode getreten hat. Der Einzige, der diese Aussage hätte bekräftigen können, ist praktischerweise tot. Der Staatsanwalt betont, Kristoffer habe keinen Grund, zu lügen. Damit hat er an und für sich sogar recht. Kristoffer Baxter braucht keinen Grund. Er ist ein Mann, der kurz vor dem Zusammenbruch steht.«

Hanna starrte die Anwältin an. Gerade konnte sie nicht zu ihrem Bruder sehen.

»Zwei Aufenthalte in der Psychiatrie sprechen für sich. Seine Frau will unter anderem die Scheidung, weil sie nicht länger mit einem Lügner verheiratet sein will. Kristoffers Vater Lars Duncker wurde wegen Mordes verurteilt. Wenn er nun doch nicht schuldig war, so gibt es nur eine andere Erklärung dafür, die Schuld auf sich genommen zu haben: um den tatsächlichen Täter zu schützen. Und der einzige Mensch, den er geschützt hätte, war sein Sohn.«

Hanna wollte protestieren, konnte sich aber gerade noch beherrschen. An sich hatte die Anwältin recht, Kristoffer war der Einzige, den Lars geschützt hätte – abgesehen von ihr selbst vielleicht –, aber er kannte ja die Wahrheit nicht. Sonst hätten Staatsanwalt oder Kristoffer ja Entsprechendes erwähnt. Aber Psychiatrie? Scheidung? Wieso hatte Kristoffer davon nichts erwähnt? Wenn sie seiner Aussage ganz beigewohnt hätte, dann hätte sie das gewusst, hätte ihn unterstützen können. Die Übelkeit überwältigte sie. Hanna stürzte hinaus. Schaffte es gerade noch rechtzeitig zur Toilette und konnte den Mundschutz runterreißen, bevor es ihr hochkam.

Scheiße, scheiße, scheiße. Sie hatte so vielen Plädoyers beigewohnt, die so langweilig gewesen waren, dass Richterin und Schöffen fast eingeschlafen wären. Wieso machte ausgerechnet diese Anwältin ihren Job so gut?

Sie klappte den Klodeckel runter und drückte die Spülung, konnte aber nicht aufstehen. Sie lehnte sich zurück gegen die weiß gekachelte Wand. Schloss die Augen, damit die Welt aufhörte, sich zu drehen. Sie hatte das Gefühl, zu fallen, und dass dieser freie Fall kein Ende fand. Es gab keinen Boden mehr. Keine Aussicht auf ein gutes Ende. Jemand klopfte an die Tür.

»Einen Moment«, sagte sie und stand auf.

»Ich bin's, Henning. Ich wollte nur fragen, ob alles okay ist.«

Hanna wusch sich die Hände und spülte den Mund aus. Schöpfte sich kaltes Wasser ins Gesicht. Suchte in ihrer Tasche nach einem neuen Mundschutz, hatte aber keinen mehr. Also holte sie tief Luft und öffnete die Tür.

»Mit mir ist alles okay«, sagte sie. »Das hier verursacht mir bloß hin und wieder noch etwas Übelkeit.«

Sie deutete auf ihren Bauch.

»Der Prozess ist vorbei«, sagte Henning. »Das Urteil wird in zwei Wochen verkündet.«

Erneut überkam sie Übelkeit, doch es gelang ihr, sie zu unterdrücken.

»Ich muss an die frische Luft«, sagte Hanna und eilte zum Ausgang.

Sie wusste nicht, ob Henning ihr folgte, sie beachtete keinen der anderen Besucher. Gerade wollte sie mit niemandem sprechen. Besonders nicht mit Kristoffer.

Vor dem Gebäude atmete sie tief die kühle Märzluft ein. Sofort klarte ihr Verstand. Gelächter drang von der anderen Straßenseite herüber. Ein paar Jugendliche standen vor der Jenny-Nyström-Schule herum, einige von ihnen rauchten. Hanna fragte sich, was sie dort machen, schließlich fand der Unterricht online statt, aber vielleicht gaben sie sich auch einfach nicht damit zufrieden, den ganzen Tag allein zu Hause zu sitzen. Die Tür hinter ihnen öffnete und schloss sich, woraufhin sich die Gruppe teilte, um Platz zu machen. So gaben sie den Blick frei auf einen Mann, der allein auf der Bank saß und etwas auf seinem Handy tippte. Dass er den ganzen Zigarettenqualm abbekam, schien ihn nicht im Geringsten zu stören. Er wirkte älter, war sicher kein Schüler mehr.

Der Typ hob den Kopf – und als er sie entdeckte, sprang er auf und sprintete los. Erst da erkannte sie ihn. Weißblond, etwas älter. Die Hand hatte sie nicht sehen können, aber das musste er sein: Axels Halbbruder Soffan. Hanna warf einen Blick über die Schulter, aber da war niemand, der ihr helfen konnte, also rannte sie ihm nach. Sie brüllte den Jugendlichen zu, dass sie die Polizei rufen und durchgeben sollten, dass Hanna Duncker den Brandstifter verfolgte. Ob sie der Aufforderung nachkamen, konnte sie nicht sagen.

Der Vorsprung war riesig, Hanna steigerte das Tempo. Rannte fast einen kleinen Jungen um, der plötzlich einen Schritt zur Seite gemacht hatte. Ihm fiel die Tasche aus der Hand, und eine Taucherbrille kullerte heraus. Vermutlich wollte er zum Erlebnisbad. Die Eltern schrien sie an, aber sie konnte nicht anhalten.

Wie viele Meter trennten sie? Zwanzig, dreißig? Nach wenigen Sekunden musste sie das Tempo drosseln – wegen der Stichwunde und des Kindes. Ihre einzige Hoffnung war, dass Soffan in schlechterer Form war als sie. Er rannte die Smålandsgatan entlang in Richtung Stadtzentrum. Wenn er es bis dort schaffte, würde er ihr entwischen. Ihre Narbe ziepte, ihre Lungen brannten, aber Hanna glaubte, Boden wettzumachen.

Ein Wagen hupte, als sie die Fabriksgatan kreuzte. Auf das Hupen folgten Polizeisirenen, aber vielleicht galten sie einem anderen Einsatz. Sollte sie wertvolle Zeit aufs Spiel setzen, indem sie selbst die Kollegen verständigte? Aber sie wollte ihn nicht aus dem Blick verlieren. Als sie ihn vorhin erkannt hatte, war es gewesen, als hätte sie endlich wieder festen Boden unter den Füßen.

Direkt vor ihr trat ein Mann aus einem Hauseingang. Hanna sprang zur Seite. Ihr Fuß landete auf der Bordsteinkante, knickte um. Es fühlte sich wie eine Ewigkeit an, in der sie noch versuchte, die Situation zu retten, und doch handelte es sich nur um wenige Sekunden. Sie stolperte noch ein paar Schritte vorwärts, aber der Asphalt kam unerbittlich näher, und schlussendlich ließ es sich nicht abwenden: Sie stürzte und landete direkt auf dem Bauch. Ihr ging die Luft aus, sie fühlte nur noch Schmerz.

Der letzte Tag

Die Katze streicht Vidar um die Beine, und er verliert fast das Gleichgewicht. Vielleicht will sie nicht, dass er öffnet? Es kostet ihn etwas Mühe, aber er beugt sich hinunter und nimmt sie auf den Arm. Sie reibt den Kopf an seinem Kinn.

»Was bist du doch verschmust«, lacht er.

Er streichelt ihr über den Rücken, und sofort schnurrt sie. Es klingelt erneut an der Tür.

»Ich komme ja schon«, ruft er.

Aber wieso nur? Jetzt hat er sich die Möglichkeit verbaut, so zu tun, als wäre er nicht zu Hause. Und wenn es Danuta ist? Er kann ja schlecht mit der Katze auf dem Arm die Tür aufmachen. Verzweifelt schaut er sich um. Der Garderobenschrank ist am nächsten, aber da will er sie nicht einsperren, weil sie darin sicher fürchterlich mauzen wird. Also muss er mit dem Schlafzimmer vorliebnehmen. Vidar setzt Hjördis aufs Bett, streichelt sie, und sie lässt sich sofort auf die Seite fallen. Als er hinausgeht, folgt sie ihm nicht, hebt nur den Kopf und sieht ihn anklagend an. Er schließt die Tür, durchquert den Flur und öffnet die Wohnungstür.

Davor steht Esbjörn. Wie immer in Lederjacke. Sein Pony ist starr von irgendeinem Pflegeprodukt.

»Was willst du denn hier?«, fragt Vidar.

Das letzte Mal war Esbjörn vor fünf Jahren hier. Er hält eine Cognacflasche hoch.

»Ich habe einen Grönstedts XO.«

»Schön für dich.«

»Nein, nein, der ist für dich. Sieh es als Friedensangebot.«

Widerwillig bittet Vidar ihn herein. Er kommt gut ohne den Cognac klar, aber es interessiert ihn schon, was Esbjörn will. Er geht voran in die Küche und holt zwei Cognacgläser aus dem Schrank. Er stellt sie für Esbjörn auf die Spüle und tritt dann ans Fenster. Unten auf dem Rasen ist niemand. Der Junge hat wohl anderes zu tun, als Fußball zu spielen. Als er sich umdreht, reicht Esbjörn ihm ein Glas. Vidar nimmt es entgegen und hebt es in die Luft.

»Dann mal prost«, sagt er, aber Esbjörn macht nicht mit.

»Wollen wir uns nicht ins Wohnzimmer setzen?«

Esbjörn prahlt gern damit, wie fit er ist, und jetzt kann er nicht mal stehen?

»Der Küchentisch reicht doch.«

Ohne eine Reaktion abzuwarten, zieht Vidar einen Stuhl unterm Tisch heraus und setzt sich. Esbjörn zögert, bevor er gegenüber von Vidar Platz nimmt. Wieder hebt Vidar das Glas, und diesmal macht Esbjörn mit.

»Prost.«

Esbjörn nippt nur, Vidar hingegen trinkt einen ordentlichen Schluck, der Alkohol brennt in der Kehle.

»Was willst du?«, fragt er. »Sicher bist du nicht bloß hier, um mir eine Flasche Cognac zu schenken.«

Esbjörn fährt mit dem Finger über den Rand des Glases. Er wirkt so abwesend, dass Vidar sich kurz fragt, ob er ihn gehört hat, doch da grinst er plötzlich.

»Kicki hat mich angerufen.«

Er schwärmt davon, wie toll Kicki ist, aber Vidar will das gar nicht hören. Deshalb ist dieser selbstgefällige Knilch also hier. Die Wut zwickt ihn, Wut auf Esbjörn, aber ein bisschen auch auf Kicki. Was hat sie Esbjörn denn erzählt? Vidar trinkt noch einen Schluck.

»Und? Was sagt sie über mich?«, fragt er.

»Deine Diagnose hat sie sehr schockiert«, sagt Esbjörn. »Das ist eine wirklich schlimme Krankheit.«

Er versucht nicht mal, bedauernd zu klingen. Seine Stimme bebt praktisch vor Glück.

»Aber mach dir keine Sorgen«, fährt Esbjörn fort. »Ich verspreche dir, mich gut um sie zu kümmern.«

Jetzt lässt sich die Wut nicht länger zügeln. Wieso hat Kicki ausgerechnet bei diesem Kerl Trost gesucht?

»Raus!«, brüllt Vidar.

Esbjörn hebt abwehrend die Hände.

»Immer mit der Ruhe, lieber Himmel. Ich will doch nur nett sein.«

»Als ob! Du kannst Kicki gern ausrichten, dass ich sowieso kein Interesse mehr habe.«

Vidar reißt Esbjörns Glas an sich und schleudert es weg. Es zerschellt an der Wand hinter Esbjörn. Sowohl Cognac als auch Glassplitter prasseln auf Esbjörn.

»Raus!«

»Okay, ich gehe ja schon«, sagt Esbjörn und steht auf.

Er greift nach dem Cognac, doch Vidar ist schneller. Presst die Flasche dicht an seinen Körper und schaut Esbjörn herausfordernd an. Er will Widerstand, damit er der Wut freien Lauf lassen kann, die in ihm tobt. Das alles ist so wahnsinnig ungerecht.

Esbjörn, der alte Feigling, weicht zurück. Er bleibt im Türrahmen stehen und ringt noch eine Weile mit sich, aber bekommt nichts mehr heraus. Dann geht er zur Wohnungstür. Der Anblick von Esbjörns Rücken löst eine bittere Erinnerung bei Vidar aus. An das Monatstreffen, bei dem er die Kontrolle verlor und einen Stuhl hinter Esbjörn herwarf. Dieser Mistkerl hat wirklich ein Talent, ihn zur Weißglut zu bringen. Das eine Mal, als Esbjörn ins Restaurant kam, hat er sich zum Glück beherrschen können.

Gewalt ist keine Lösung. Vidar will einfach nur, dass Esbjörn abhaut. Er folgt ihm, damit Esbjörn nicht auf komische Gedanken kommt. Trinkt einen Schluck direkt aus der Flasche. Hjördis kratzt an der Schlafzimmertür und wimmert. Vidar tut so, als hätte er nichts mitbekommen, aber auch Esbjörn hat es gehört.

»Wen hast du da im Schlafzimmer eingesperrt?«

»Kann dir scheißegal sein«, sagt Vidar. »Hau ab.«

Esbjörn starrt ihn an. Plötzlich sieht er um einiges ängstlicher aus als vorhin in der Küche.

»Du bist ja verrückt«, sagt er.

»Verschwinde!«, brüllt Vidar. »Sofort! Und Kicki kannst du ausrichten, dass ihr beide euch verdient habt.«

53

Nachdem sie Esbjörn Fagers Haus gründlich durchsucht hatten, machte Erik sich auf den Weg. Sie hatten weder Schlaftabletten noch sonst etwas Belastendes gefunden, aber vielleicht war Esbjörn Fager auch einfach vorausschauend genug gewesen und hatte alles bereits entsorgt. Auch sonst schien er kein Mensch zu sein, der an den Dingen hing. Viele Schränke und Kommoden waren leer gewesen. In einem begehbaren Kleiderschrank hatten sie eine umfangreiche Wanderausrüstung gefunden. Ein paar Kollegen würden bleiben und das Wenige aufräumen, was sie durcheinandergebracht hatten.

Auf dem Weg zu Lillemor Nyman versuchte Erik Hanna zu erreichen. Weil sie nicht ans Handy ging, nahm er an, dass sie noch bei Gericht war. Er schickte ihr eine Nachricht und bat sie, sich zu melden, sobald sie fertig war.

Diesmal öffnete Lillemor beim ersten Klingeln, sie trug bereits einen grauen Mantel. Da verstand Erik, wieso Milla sie KGB getauft hatte. Solch graue, formlose Mäntel kannte Erik zur Genüge aus Agentenfilmen über den Kalten Krieg.

»Ich wollte gerade einkaufen gehen«, sagte sie.

»Haben Sie niemanden, der das für Sie erledigen kann?«

»Leider nicht. Machen Sie mir bitte Platz?«

Erik trat einen Schritt zurück und ließ Lillemor durch. Dann folgte er ihr die kurze Treppe hinunter und hielt ihr und ihrem Rollator die Haustür auf.

»Wie ungünstig, dass Sie den Rollator dort unten parken müssen«, sagte er, als sie auf dem Bürgersteig angelangt waren.

»Ich brauche ihn in der Wohnung ja nicht. Nur, wenn ich weitere Strecken gehe. Was wollen Sie?«

»Ich möchte Ihnen gern noch ein paar Fragen stellen.«

»Worüber?«

»Esbjörn Fager. Wieso haben Sie uns verschwiegen, dass er Samstag hier war?«

Lillemor blieb stehen, stellte die Bremse fest und setzte sich auf das schwarze Plastikbänkchen ihres Rollators.

»Wir waren einmal ein Paar, und ich wollte ihm keine Probleme machen. Unsere Beziehung hielt zwar nur zwei Jahre, aber wir waren einander sehr nah.«

»Wann war Esbjörn hier?«

»Gegen drei Uhr nachmittags.«

Lillemor war offensichtlich nicht bereit, ihm mit der kleinsten Information entgegenzukommen. Da Milla erwähnt hatte, wie häufig sie aus ihrer Wohnung kam und sich einmischte, ging Erik davon aus, dass sie wesentlich mehr wusste.

»Haben Sie sich unterhalten?«

»Nein, wir haben uns nur gegrüßt.«

»Schildern Sie mir doch mal, was genau passiert ist.«

»Ich habe gehört, dass die Haustür zugeknallt ist. Da habe ich durch den Spion geschaut, und als Esbjörn vorbeihuschte, habe ich die Tür geöffnet. Aber er hatte es eilig und ist nicht stehen geblieben.«

»Und Sie dachten nicht, dass das vielleicht für die Polizei interessant sein könnte?«

»Es schien mir wie gesagt wenig sinnvoll, es Esbjörn unnötig schwer zu machen. Ich wusste ja, dass er Vidar nicht getötet hat.«

»Und wie können Sie das wissen?«

»Weil ich Vidar eine Stunde später noch gesehen habe. Da zog er gerade die Haustür hinter sich zu und ist dann in seine Wohnung hinaufgegangen. Mir kam das sonderbar vor, ich hatte nicht gesehen, dass er das Haus verlassen hätte, und er trug auch keinen Mantel.«

»War er allein?«

»Vermutlich nicht. Als einzige Erklärung dafür, dass er so unten war, kommt ja wohl nur infrage, dass er jemanden hereingelassen hat, der den Türcode nicht kannte. Wer immer das war, muss vor ihm die Treppe hinaufgegangen sein.«

»Und Sie sind auch ganz sicher, dass Sie nicht gesehen haben, wer Vidar begleitet hat?«

»Selbstverständlich bin ich sicher.«

Lillemor erhob sich, wohl um ihm zu signalisieren, dass sie nicht mehr zu sagen hatte. Aber Erik glaubte nicht, dass sie schon alles erzählt hatte.

»Sie wirken mir wie jemand, der einen guten Überblick hat ...«, setzte er an.

Lillemors Schnauben unterbrach ihn.

»Mir ist schon klar, was die Tratschtanten über mich sagen. Dass ich eine starrköpfige alte Schachtel bin, die sich überall einmischt. Aber die reden viel Unsinn, wenn der Tag lang ist. Sie sollten nicht alles glauben, was Sie hören. Und jetzt muss ich einkaufen.«

Lillemor löste die Bremse und ging los. Erik überlegte, ob er ihr seine Hilfe anbieten sollte. Allerdings hatte er überhaupt keine Zeit, außerdem bezweifelte er, dass sie sich dadurch plötzlich bewogen fühlen würde, sich ihm zu öffnen. Also ließ er sie ziehen und kehrte zu seinem Wagen zurück. Hatte Vidar also gegen vier jemanden hereingelassen? Wusste Lillemor, um wen es sich handelte? Sie waren dem Täter jedenfalls auf der Spur, näherten sich ihm Schritt für Schritt. Im Auto angelangt, startete er seine Playlist und fuhr Richtung Kalmar. Nach etwa zehn Titeln rief Ove an. Erik schaltete auf Lautsprecher.

»Wo bist du?«, fragte sein Chef.

»Gerade von der Brücke runter«, sagte Erik.

»Gut. Dann kannst du uns bei der Suche nach Hanna helfen.«

Alle möglichen Szenarien schossen ihm durch den Kopf. Dass sie einen Zusammenbruch gehabt hatte und abgehauen war. Dass sie von diesem Kerl, der sie niedergestochen hatte, entführt worden war. Das Auto fing an zu brummen, weil er auf den Seitenstreifen gekommen war, und Erik fluchte.

»Was ist passiert?«

»Unklar«, sagte Ove. »Ein Schüler der Jenny-Nyström-Schule hat uns verständigt. Ein Mann saß wohl vorm Schulgebäude, wo sie standen und rauchten. Plötzlich ist er losgerannt, und eine Frau folgte ihm. Sie schrie, sie sollten die Polizei rufen. Dass ihr Name Hanna Duncker sei. Mehr haben die Jugendlichen nicht verstanden. Eine Streife ist da und befragt sie. Warte kurz, die versuchen es gerade bei mir. Ich melde mich gleich wieder.«

Ove legte auf. Erik entschied, erst mal direkt zum Gericht zu fahren. Er war fast da, als Ove wieder anrief.

»Einer der Schüler meint, sie hat geschrien, dass sie den Brandstifter verfolgt.«

»Verdammt.«

»Um nichts Schlimmeres zu sagen. Sie sind in die Smålandsgatan gelaufen. Zurück kam keiner von beiden.«

»Dann fahre ich mal die Smålandsgatan entlang.«

»Gut. Ich schicke noch eine Streife in den Norra Vägen und eine zur Esplanade. Mit etwas Glück können wir sie umzingeln.«

Erik legte auf. Eine Streife stand vorm Gericht, und Erik grüßte, während er vorbeirauschte. Wie viel Zeit war vergangen, seit Hanna losgerannt war? Zehn Minuten? Fünfzehn? Man konnte weit kommen in fünfzehn Minuten. Er versuchte es noch mal bei Hanna, eine männliche Stimme meldete sich.

»Ja?«

Die Angst schnürte ihm fast die Kehle zu.

»Wer sind Sie?«, fragte er mit zitternder Stimme.

»Geben Sie her«, sagte Hanna im Hintergrund. »Erik? Hör zu, er ist vor etwa fünf Minuten in östlicher Richtung in die Esplanade gebogen. Danach hab ich ihn aus den Augen verloren.«

»Und was machst du gerade?«

»Ich warte auf einen Rettungswagen. Ich musste ausweichen und bin gestürzt. Auf den Bauch. Es tut höllisch weh. Was, wenn …«

Ihre Stimme brach.

»Denk gar nicht erst weiter«, sagte Erik. »Ich bin gleich da.«

»Besser, du verfolgst diesen Kerl.«

»Das machen andere. Ich muss das nur eben Ove durchgeben. Oh, ich kann dich schon sehen.«

Hanna saß auf der Bordsteinkante, die eine Hand auf dem Bauch, mit der anderen hielt sie sich das Handy ans Ohr. Ein Herr in Mantel und Hut stand neben ihr. Seine Aufmachung war makellos, seine Körperhaltung nicht ganz so. Hanna hob den Kopf, und Erik blendete auf.

»Wenn der Krankenwagen nicht bald aufkreuzt, musst du mich fahren.«

»Klar.«

Hanna streckte die Hand aus, der Mann ergriff sie, um ihr

aufzuhelfen. Kurz sah es so aus, als würde Hanna ihn stattdessen zu Boden reißen, aber im nächsten Moment standen sie doch beide aufrecht. Erik rief derweil bei Ove an und gab ihm durch, was Hanna gesagt hatte. Er hoffte, dass sie den Mann schnappen würden, dem Hanna gefolgt war. Mit ein bisschen Glück rannte er einfach weiter und war leicht zu entdecken. Mit ein bisschen Pech war er stehen geblieben und irgendwo reingegangen. Dann wäre es so gut wie unmöglich, ihn zu finden.

Ein Rettungswagen bog aus der anderen Richtung in die Smålandsgatan. Sie waren fast zeitgleich bei Hanna.

»Mein Kollege kann mich fahren«, sagte Hanna.

»Kommt nicht infrage«, sagte der Sanitäter. »Sie fahren mit uns, dann kann ich Sie unterwegs schon untersuchen.«

»Fahr mit«, sagte Erik. »Dann schau ich, ob ich die Kollegen unterstützen kann.«

Das würde sie überzeugen, da war er sicher, und, ja, sie nickte.

»Was haben die Hausdurchsuchung bei Esbjörn Fager und das Gespräch mit Lillemor Nyman denn ergeben?«

»Ich melde mich später, fahr jetzt erst mal.«

Kaum war Hanna im Innern des Rettungswagens verschwunden, wandte Erik sich an den Herrn im Mantel, der völlig reglos neben ihm verharrte. Offensichtlich stand er unter Schock.

»Haben Sie den Mann gesehen, den sie verfolgt hat?«

»Nein. Ich kam aus dem Haus und bin fast mit ihr zusammengestoßen. Sie ist zur Seite gesprungen, komisch aufgekommen und dann auf den Bauch gefallen. Ich hoffe wirklich, dass es dem Kind gut geht.«

Der Mann hatte Tränen in den Augen.

»Das hoffe ich auch.«

Bevor Erik weiterfuhr, rief er Isak an und erzählte ihm, dass

Hanna auf dem Weg ins Krankenhaus war. Vielleicht hatte sie ihn ja noch nicht verständigt.

»Danke, dass du anrufst«, sagte Isak. »Aber ich habe gerade mit ihr gesprochen und bin schon unterwegs. Hast du sie gesehen? Was für einen Eindruck hat sie gemacht?«

»Nun, sie konnte stehen, und es war ein bisschen Überzeugungsarbeit nötig, dass sie sich vom Rettungswagen mitnehmen ließ.«

»Ach, gut. Dann kann es ja nicht ganz so schlimm sein, oder?«

»Nein, sicher nicht«, sagte Erik, obwohl er alles andere als sicher war.

54

Die Türen des Rettungswagens wurden geschlossen, und Hanna konnte die Tränen nicht länger unterdrücken. Der Sanitäter kommentierte sie nicht, sondern konzentrierte sich auf seine Aufgabe. Er hatte sein dünnes aschblondes Haar zu einem Pferdeschwanz zusammengefasst. Mit stiller Effizienz maß er ihren Blutdruck und Puls, dann griff er zum Stethoskop und hielt es an ihren Bauch. Hanna wollte ihn schon bitten, damit aufzuhören, zu warten, bis Isak beim Krankenhaus war, aber das konnte dauern, und sie brauchte einfach Gewissheit.

»Das Kind wirkt gestresst«, sagte er. »Der Puls ist erhöht.«

»Aber das Herz schlägt?«

»Ja, es schlägt. Ich würde gern einmal den Bauch abtasten.«

Hanna nickte und schluckte. Vorsichtig drückte der Rettungssanitäter auf ihren Bauch. Er hatte lange, schmale Finger, und sie dachte sofort, dass er mal Klavier gespielt haben musste. Sie hatte gemeint, dass der Schmerz nachgelassen hatte, doch da drückte er an eine andere Stelle, und sie musste laut keuchen.

»Hier tut es also weh?«

»Ja!«, schrie sie.

War er schwer von Begriff, oder was? Er rückte mit der Hand weiter und drückte. Auch dort tat es weh, aber weit weniger.

»Was ist das Schlimmste, was passiert sein könnte?«, fragte sie.

»Dass sich die Plazenta teilweise oder ganz gelöst hat«, sagte er. »Das lässt sich nur mittels Ultraschalls feststellen, aber wir sind ja gleich im Krankenhaus.«

Sie war kurz davor, in Panik zu verfallen, und das schien er ihr anzusehen.

»Ihr Blutdruck sieht gut aus«, sagte er. »Das spricht schon mal gegen eine Ablösung.«

»Aber die Schmerzen?«

Der Wagen hielt, da war er plötzlich damit beschäftigt, sie so schnell wie möglich ins Krankenhaus zu schaffen. Als sie das letzte Mal aus einem Rettungswagen geholt wurde, war sie nicht bei Bewusstsein gewesen. Jetzt schloss sie die Augen. Sie wollte das alles am liebsten gar nicht mitbekommen. Nur die Stimmen ließen sich nicht ausblenden. Der Sanitäter, der ihren Zustand beschrieb. Die Rückfragen des Teams in der Notaufnahme. Das Gemurmel im Hintergrund. Der Aufprall von etwas, das zu Boden fiel, das direkt folgende Rufen. Kurz wurde ihre Schulter gedrückt und alles Gute gewünscht, dann wurde sie weitergeschoben.

Sie ergab sich der Realität und öffnete die Augen. Starrte zu den Neonröhren, die über sie hinweghuschten. Kurz darauf wurde sie auf eine Liege gehoben, und da überwältigten sie dann die Erinnerungen an ihren letzten Krankenhausaufenthalt. An alles, was passiert war, nachdem sie zu sich gekommen war und erst einmal nicht verstanden hatte, wo sie sich befand. Da erst fiel ihr auf, dass sie die Stichverletzung noch gar nicht erwähnt hatte.

»Mir wurde vor drei Monaten mit einem Messer in den Bauch gestochen, kann es …«

»Das sehe ich«, sagte die Frau, die sich als Gynäkologin vorstellte. Sie hatte Hannas Hemd angehoben und schaute die Narbe an. »Da hatten Sie gewaltiges Glück. Also, dass das Kind das überlebt hat.«

Glück? Hanna wollte gerade protestieren, da flog die Tür auf und Isak rauschte herein. Er gab ihr schnell einen Kuss auf den Mund und nahm ihre Hand.

Die Ärztin drückte eine ordentliche Portion Ultraschallgel auf Hannas Bauch und verteilte es. Kurz darauf erschien das kleine, strampelnde Wesen auf dem Bildschirm. Bisher hatte Hanna nur einen Tritt gespürt, jetzt konnte sie das Baby treten und boxen sehen. Wieder kamen ihr die Tränen. Oh, bitte, bitte, lass es weiter zappeln, flehte sie innerlich und wusste nicht, an wen sie sich damit eigentlich wandte. Was machte die Gynäkologin da eigentlich so lange?

»Waren Sie schon bei der Routineuntersuchung?«, fragte sie.

»Der Termin ist erst nächste Woche«, sagte Isak.

»Wollen Sie das Geschlecht wissen?«

»Nein«, sagte Hanna. »Nur, ob alles gut aussieht.«

»Die Plazenta scheint an Ort und Stelle zu sein«, sagte die Ärztin.

Isak umschloss ihre Hand fester.

»Scheint?«, fragte er.

Die Sonde bewegte sich über Hannas Bauch, man sah das Kind immer wieder aus einer neuen Perspektive.

»Soweit ich sehen kann, hat sich die Plazenta nicht gelöst, aber da Sie über Schmerzen klagen, ist es möglich, dass doch irgendwo eine neue Verletzung ist. Oder aber es liegt an der Stichverletzung. Im Normalfall würde ich Sie eine Nacht zur Überwachung hierbehalten, aber im Moment …«

»Wie, im Moment?«, fragte Isak aufgebracht.

»Die Lage ist aufgrund der Pandemie angespannt, wir schicken nach Hause, wen wir können.«

Früher hätte sich Hanna nicht zweimal bitten lassen, nach Hause zu fahren. Doch inzwischen hatten sich die Prioritäten in ihrem Leben ein wenig verschoben:

»Ist das wirklich sicher für das Kind?«

»Ich glaube, ehrlich gesagt, Sie sind zu Hause besser aufgehoben. Falls Blutungen einsetzen oder die Schmerzen sich verstärken, kommen Sie einfach wieder.«

Isak ließ Hannas Hand nicht los, streichelte nur mit der anderen über ihren Arm. Hanna lächelte ihn mit tränenerfüllten Augen an. Dass man gleichzeitig so großes Glück und so große Angst empfinden konnte.

»Okay, ich machen Ihnen noch einen anderen Vorschlag«, sagte die Ärztin. »Sie bleiben erst mal hier, und ich untersuche Sie in einer Stunde noch mal. Klingt das besser?«

Hanna nickte.

»Und Sie wollen sicher nicht das Geschlecht wissen?«, fragte sie jetzt an Isak gerichtet, nachdem Hanna beim ersten Mal geantwortet hatte.

Hanna öffnete den Mund, um zu sagen, dass sie es noch immer nicht wissen wollten, aber Isak war schneller.

»Ich habe es mir anders überlegt«, sagte er. »Ich würde es gern wissen.«

Die Ärztin schaute zu Hanna, die nur ein kleines »Okay« herausbekam.

»Es ist ein Mädchen«, sagte die Ärztin und lächelte.

Wieder flossen Tränen. Nicht, weil es ein Mädchen war, sondern weil es das Ganze noch einmal wirklicher machte. Isak nahm ihre Hand in seine beiden Hände und drückte sie. Brachte sie zum Mund, küsste sie. Er wirkte eher erleichtert als glücklich.

Das Kind, das nie das Licht der Welt erblickt hatte, war ein Junge gewesen.

»Dann lasse ich Sie mal in Frieden«, sagte die Ärztin. »Aber in etwa einer Stunde bin ich zurück.«

Kaum war die Gynäkologin gegangen, löste sich etwas in Isak. Plötzlich sprach er über ihr kleines Mädchen. Darüber, wie sehr er sich darauf freute, Vater zu werden.

»Wie werden wir sie nennen?«, fragte er.

»Die Diskussion hat doch noch Zeit.«

Hanna lächelte Isak an. Sie hatte das Gefühl, aus allem Kummer und allen Sorgen gerissen und mit ihm in einen sicheren Kokon gesetzt worden zu sein. In diesem Moment war sie davon überzeugt, dass das Kind auch diese Sache überstehen würde. Genau wie sie.

»Worüber lächelst du?«, fragte Isak.

»Ich liebe dich«, sagte sie.

Fast eine halbe Stunde lang war Hanna im Kokon vergönnt, doch dann kehrte langsam die Wirklichkeit zurück. Schließlich konnte sie sie nicht länger ignorieren. Sie schickte Isak zum Kiosk, um Schokolade zu kaufen, und griff zu ihrem Handy. Eigentlich hatte sie Erik anrufen und nach Axels Halbbruder fragen wollen, aber als sie sah, dass Ingrid versucht hatte, sie zu erreichen, wählte sie erst mal ihre Nummer.

»Wie geht es dir?«, fragte sie.

»Es geht so«, sagte Ingrid. »Das Fieber kommt und geht, aber wirklich schwer fällt mir das Atmen.«

Hanna erwähnte lieber nicht, dass sie sich selbst gerade im Krankenhaus befand. Wieso hatte sie nicht zuerst Erik angerufen? Sie musste dringend wissen, ob dieser Soffan gefasst worden war.

»Ich bin ziemlich beschäftigt«, sagte sie. »Wolltest du was Bestimmtes?«

Kaum hatte sie das ausgesprochen, wurde ihr bewusst, wie abweisend es klang, aber Ingrid schien es nicht übel aufzunehmen.

»Vidars neue Flamme, Kicki, hat mich angerufen. Sie war ziemlich aufgeregt, weil ihr Esbjörn mitgenommen habt.«

»Ich kann zur laufenden Ermittlung nichts sagen.«

»Nein, natürlich nicht. Ich dachte nur, das solltest du wissen.«

Ein Stich im Bauch. Hanna wartete ab, bis der Schmerz nachließ, und gab sich Mühe, möglichst nett zu klingen.

»Danke dir. Was hat sie sonst noch gesagt?«

»Nichts Besonderes, aber ich bin überzeugt, dass sie irgendwas verheimlicht. Außerdem wollte sie mir die Schuld dafür geben, dass Vidar …«

Ein Hustenanfall unterbrach sie. Hanna erinnerte sich plötzlich, was Ture bei der Befragung über Vidar und Ingrid gesagt hatte.

»Hast du Vidar im Herbst am Hafen in Färjestaden getroffen?«, fragte sie.

»Ja, da sind wir uns doch zum ersten Mal begegnet nach all den Jahren. Wieso?«

»Hat er was von Ture erzählt?«

»Nein, er war bei ihm gewesen, aber wollte nicht darüber sprechen. Er wurde wahnsinnig wütend, wenn man den Namen nur erwähnte.«

»Moment. Er war bei Ture? Die haben sich also im Herbst getroffen?«

Bei ihren Gesprächen mit Ture hatte dieser behauptet, Vidar seit über zehn Jahren nicht gesehen zu haben.

»Ja.«

Hanna beendete schnell das Gespräch und rief Erik an.

»Wahrscheinlich ist alles in Ordnung mit dem Baby«, sagte

sie. »Aber ich bleibe erst mal noch eine Stunde zur Beobachtung. Habt ihr Soffan geschnappt?«

»Leider nicht, aber Ove hat gesagt, dass er vermutlich Axels Halbbruder ist. So sollten wir ihn ja früher oder später ausfindig machen können. Daniel geht gerade alte Ermittlungsakten durch, in der Hoffnung, mehr über ihn herauszufinden, aber die Angaben dazu, wie er den Spitznamen bekam, variieren.«

»Ja, das stimmt. Grüß Daniel von mir und sag mal Danke in meinem Namen.«

Wieder ein Stich, diesmal länger und schlimmer. Hanna suchte den Notfallknopf.

»Ruh dich jetzt erst mal aus«, sagte Erik.

»Moment noch. Ture hat gelogen. Er und Vidar haben sich im Herbst in Färjestaden getroffen.«

»Woher weißt du das?«

»Von Ingrid. Gib das an Ove weiter.«

Da es erneut fürchterlich in ihrem Bauch stach, musste sie sehr abgehackt sprechen. Jetzt schmerzte es auch in der Brust. Hanna beendete das Gespräch und drückte auf den Knopf.

MONTAG, 23. MÄRZ

55

Noch eine halbe Stunde, bis ihr Wecker klingeln würde. Genauso lang, wie Hanna schon wach lag. Zum ersten Mal seit Wochen fühlte sie sich ausgeruht. Freitag nach dem zweiten Ultraschall hatte sie nach Hause fahren dürfen, trotz Stechen im Bauch. Während des Samstags hatten die Schmerzen nachgelassen, und sonntags hatte sie gar keine mehr gehabt.

Übers Wochenende waren die Ermittlungen eher nur Hintergrundrauschen gewesen. Nach dem neuen Hinweis, dass Ture Lagerman sich im Herbst mit Vidar getroffen hatte, hätte Hanna ihn am liebsten direkt wieder ins Revier bestellt, aber Ove hatte beschlossen, dass das warten konnte. Sie hatten keinerlei Beweise, dass Ture an Vidars Todestag in der Nähe seiner Wohnung gewesen war. Esbjörn Fager hingegen war mit einer Flasche Cognac zu Vidar gestiefelt, und heute wollten sie sich den Vorsitzenden des Vereins Zittergras noch einmal vorknöpfen.

Hanna drehte sich so, dass sie Isak betrachten konnte. Er schlief auf dem Bauch, das eine Bein angewinkelt. Seine Augen zuckten, aber es war schwer zu sagen, wovon er träumte.

Während Ture, Esbjörn und die anderen älteren Herrschaften ihr keine schlaflosen Nächte bereitet hatten, bekam sie Axel Sandsten und seinen Halbbruder schwerer aus dem Kopf. Wenn

Axel nicht verurteilt würde, wäre er schon bald wieder auf freiem Fuß, und sein Halbbruder lief ja sowieso noch frei herum – war ihnen einmal mehr entwischt. Gestern hatte sie Kristoffer zu einem langen Spaziergang gezwungen. Über Ester Jensen und den Prozess hatte er nicht sprechen wollen, über die Probleme mit Beth und seine Verfassung immerhin schon. Die Ehe war nicht mehr zu retten, aber eine Scheidung in England war mühsam. Unvernünftiges Verhalten war einer der wenigen Gründe, die akzeptiert wurden, und Beth hatte eine lange Liste darüber erstellen müssen, wieso es ihr unmöglich war, weiter mit Kristoffer zusammenzuleben. Dabei war die Liste nur Formsache. Sie waren sich einig, dass sie weiter gemeinsam für Ella sorgen wollten. Trotzdem war es verletzend gewesen, zu lesen, was Beth alles aufgelistet hatte. *Heirate niemals*, hatte Kristoffer gesagt. *Das ist es nicht wert.* Der Spaziergang hatte in Schweigen geendet.

Isak machte ein leises Geräusch. Seinem Mienenspiel nach zu urteilen, handelte es sich jedenfalls nicht um einen unangenehmen Traum. Vorsichtig rückte Hanna näher an ihn. Endlich war da mal keine schwere Müdigkeit, endlich war da mal wieder Lust. Sie hatten nicht mal übers Heiraten gesprochen, obwohl sie zusammen ein Kind erwarteten. Wollte sie heiraten? Sie konnte es nicht sagen. Das Einzige, was sie sicher wusste, war, dass sie Isak wollte.

Sie streichelte über seinen Oberarm, bis er die Augen öffnete.

»Guten Morgen«, sagte er und lächelte. »Ich hab gerade noch von dir geträumt.«

»Was Schönes, hoffe ich.«

»Absolut.«

Sie rückte noch näher an ihn, streichelte ihm über den Rücken, über den Hintern, fasste fest eine seiner Pobacken.

»Was machst du?«, fragte er, rollte sich auf die Seite und drückte sich an sie.

»Ich nutze es aus, dass ich mich zur Abwechslung mal sexy fühle.«

»Du bist immer sexy«, sagte Isak und küsste sie.

Sie erwiderte den Kuss, leidenschaftlich. Sie spürte, dass er hart wurde, und ließ ihre Hand nach unten wandern.

»Ich glaube nicht, dass wir das sollten …«, sagte er mit belegter Stimme.

»Ich habe keine Schmerzen mehr.«

»Aber wenn …«

Hanna beendete seinen Einwand, indem sie seine Schultern sanft, aber bestimmt auf die Matratze drückte und sich rittlings auf ihn setzte. Sie versuchte, seine Sorge wegzustreicheln, doch seine Erektion verschwand unter ihren Händen. Seufzend rutschte sie von ihm herunter, legte sich auf den Rücken und starrte an die Decke.

»Entschuldige«, sagte er.

»Was denn? Dass es mal umgekehrt ist?«

Schweigend blieben sie nebeneinander liegen, bis der Wecker klingelte. Als Isak ihn ausgestellt hatte, schaute er sie an.

»Stehst du mit mir auf? Dann können wir zusammen frühstücken.«

»Ich werde heute zur Arbeit fahren.«

Isak erstarrte.

»Wolltest du etwa deshalb mit mir schlafen?«

Die Frage erschütterte Hanna so tief, dass sie nicht wusste, was sie antworten sollte. Wie konnte er so was sagen? Gestern hatte sie laut darüber nachgedacht, ob sie noch ein paar Tage zu Hause bleiben sollte, aber jetzt hatte sie sich umentschieden und eine Menge überzeugender Argumente parat. Die Ermittlungen waren am entscheidenden Punkt angelangt, viele waren krank, und außerdem musste sie sich beschäftigen, damit sie nicht über Axel Sandsten und seinen Halbbruder nachdachte. Doch keines dieser Argumente spielte noch eine Rolle. Hielt er sie wirklich für so manipulativ? Gerade war sie noch von Verlangen erfüllt gewesen, jetzt wollte sie am liebsten nur noch weinen.

»Entschuldige«, sagte Isak. »Das war unnötig. Aber du kannst doch nicht … du musst …«

»Was muss ich?«, wollte Hanna wissen.

»Du musst auf dich aufpassen. Auf euch.«

»Ich kann schlecht mein Leben aufgeben, nur weil ich schwanger bin.«

»Das verlange ich ja auch gar nicht«, sagte Isak. »Aber du warst jetzt gerade mal zwei Tage zu Hause.«

»Laut der Ärztin besteht absolut keine Gefahr, und ich kann einfach nicht den ganzen Tag in Jogginghose und Wollsocken rumhängen und grübeln.«

Die Wollsocken hatte Isak ihr zum Einzug geschenkt, weil der Boden in dem alten Steinhaus so kalt war. Isak rückte näher an sie und nahm sie in den Arm.

»Ich könnte mit dir zu Hause bleiben.«

»Nein«, sagte sie.

Sie wusste nicht, wie sie ihm das verständlich machen sollte. Nichts wurde besser, wenn sie sich zu Hause einigelte. Wie sehr sie es verabscheute, dass er ihr das Gefühl gab, klein und egoistisch zu sein. Verdammt noch mal. Da hatte sie ausnahmsweise mal Lust auf Sex gehabt, und dann endete das so. Jetzt kamen ihr auch noch die Tränen.

»Bitte, bleib doch wenigstens noch einen Tag zu Hause«, flehte Isak. »Mir zuliebe.«

»Ich kann nicht«, sagte Hanna.

In ihr wuchs der Widerstand, bis jede einzelne Zelle ihres Körpers schrie, dass sie fortmusste. Sie wand sich aus seiner Umklammerung. Sein Protest folgte ihr bis ins Bad. Sie warf die Tür hinter sich zu, schloss ab. Versuchte durchzuatmen, doch sie bekam einfach keine Luft. Irgendwie gelang es ihr, die Dusche anzustellen. Als das Wasser auf ihre Schultern traf, füllte sich auch ihre Lunge endlich wieder mit Sauerstoff. Sie lehnte sich gegen die Wand und ließ den Tränen freien Lauf.

56

Supriya saß am Küchentisch und las das *Barometern.* Erik beugte sich zu ihr, um ihr einen Kuss zu geben, und sie drehte den Kopf leicht in seine Richtung. Sie hatte sich angewöhnt, die Morgenzeitung zu lesen, als sie angefangen hatte, Schwedisch zu lernen.

»Vielleicht sollten wir das mit dem Küssen auch sein lassen, damit wir uns nicht anstecken«, sagte er.

Er konnte es einfach nicht lassen.

»Haha, sehr witzig«, sagte sie, lächelte aber trotzdem. »Was heißt denn *Gastgewerbe*?«

Sie sprach das Wort langsam und stockend aus. Supriyas Schwedisch war sehr gut, aber sie nutzte es eigentlich nur bei der Arbeit und wenn sie mit seinen Eltern sprach. Sie hatte das Gefühl, sie würde besser behandelt, wenn sie Englisch sprach. Erik warf einen Blick auf den Artikel. Darin ging es um die Sorge, dass massenweise Leute aus Stockholm nach Öland kommen könnten. Die Ansteckungsrate hier war absolut nicht vergleichbar mit der in der Hauptstadt. In ihrem Bezirk gab es gerade mal zwölf bestätigte Fälle, von denen nur zwei im Krankenhaus behandelt wurden. Es gab keine Hinweise auf Infektionsherde. Allerdings konnte das auch daran liegen, dass eigentlich nur das Pflegepersonal und Patienten im Krankenhaus getestet wurden.

»In dem Artikel geht es um Vorsichtsmaßnahmen beim Reisen«, sagte er.

»Tourismus also?«

»Ja, das könnte man so sagen.«

Er gab ihr noch einen Kuss, bevor er die Wohnung verließ. Supriya war nach wie vor nicht froh darüber, dass er noch ins Revier fuhr, aber sie akzeptierte es vorerst, seit sie in ihren Diskussionen eine Art Waffenstillstand erreicht hatten. Supriya selbst blieb bis auf Weiteres zu Hause. Letzte Woche hatte die Regierung Gesetzesentwürfe präsentiert und unter anderem Arbeitgebern Unterstützung zugesagt, die auf Kurzarbeit umstellen mussten. Supriyas Chef hatte bereits ihr und ein paar anderen Kurzarbeit zugesichert, was ihr einen Großteil des Stresses genommen hatte. Sie würde ihren Job nicht verlieren, brauchte aber vorerst nicht mehr hingehen.

Erik schauderte, als er aus dem Haus trat. Zwei Grad über null hatte das Thermometer angezeigt, aber es fühlte sich definitiv kälter an, ganz als läge Schnee in der Luft. Er zog Handschuhe an und holte sein Rad. Nicht geräumte Wege und Platzregen waren das Einzige, was ihn vom Radfahren abhalten konnte. Oder, dass er Nila zur Schule bringen musste. Aber seine Tochter war schon vor einer Weile von Sally und ihrer Mutter mitgenommen worden. Er und Supriya hatten entschieden, dass Nila nur zum Unterricht in die Schule durfte, aber nicht mehr zur Nachmittagsbetreuung blieb. Den Kontakt zu Sally wollten sie ihr nicht verbieten.

Der Wind brauste vom Meer heran, und Erik wandte den Kopf ab in einem sinnlosen Versuch, ihm so zu entkommen. Als er vom Ängöleden in den Lindövägen bog, blies ihm der

Wind in den Rücken, und er kam ordentlich voran. Er wählte immer diesen Weg, weil er so an Nilas Schule vorbeikam. Ein paar vereinzelte Gestalten waren auf dem Schulhof, aber keine davon war Nila.

Keine zehn Minuten später schloss Erik das Rad vorm Polizeirevier an und nahm den Helm ab. Als er ins Büro kam, war nur Daniel schon da.

»Hast du die Niederlage verkraftet?«, begrüßte Daniel ihn lachend.

Am Samstag hatten sie zusammen Discgolf gespielt, und Erik hatte haushoch verloren. Daniel hatte eingangs behauptet, hin und wieder mal Discgolf ausprobiert zu haben, ihm aber wohlweislich verschwiegen, dass er mehrere Jahre lang Ultimate gespielt hatte – wettkampforientierten, professionellen Frisbeesport.

»Doch, doch.«

Eigentlich war Erik kein schlechter Verlierer, aber irgendwas daran, wie Daniel die Frisbees warf, hatte dazu geführt, dass er das Interesse verloren hatte. Egal, wie viel er übte, so geschickt wie Daniel würde er doch niemals werden. Weniger als zwei Wochen – das war selbst für ihn ein neuer Rekord, ein neues Hobby an den Nagel zu hängen.

Carina kam kurz nach ihm herein, eine Kaffeetasse in der Hand. Sofort änderte sich Daniels Körpersprache.

»Wie geht es dir?«, fragte er sanft.

»Es geht so«, sagte sie. »Ich bin froh, dass der Prozess vorbei ist, aber die Beweisführung war nicht ganz so überzeugend, wie ich gehofft hatte. Wenn mein Onkel und Axel Sandsten nicht verurteilt werden …«

Carina warf einen Blick zu Hannas leerem Stuhl und setzte sich dann mit ihrem Kaffee an den Besprechungstisch. Offenbar war sie noch nicht bereit, mit der Arbeit zu beginnen.

»Wie geht es Hanna?«, fragte sie.

»Gut«, sagte Erik. »Sie wurde schon nach einer Stunde wieder aus dem Krankenhaus entlassen, und soweit ich weiß, kommt sie heute.«

Sein Handy klingelte.

»Der Boss«, sagte er und ging zu seinem Arbeitstisch, während er den Anruf annahm.

»Hallo Erik, du brauchst heute nicht zur Morgenbesprechung zu kommen, Hanna auch nicht. Ihr vernehmt bitte gleich Esbjörn Fager. Sein Anwalt wird schon gegen halb neun eintreffen.«

»Was ist passiert?«

»Esbjörn will erzählen, was er tatsächlich Samstagnachmittag gemacht hat.«

»Will er gestehen?«

»Unklar, aber hoffen kann man ja.«

»Weißt du sicher, dass Hanna heute kommt?«, fragte Erik weiter.

»Ja, ich habe ihr geschrieben und nachgefragt. Sie sollte jeden Augenblick eintreffen.«

Im Flur waren Stimmen zu hören, und kurz darauf kamen Amer und Hanna herein. Amer blieb wie angewurzelt stehen, ließ den Blick durchs Büro wandern und riss theatralisch die Hand vor den Mund.

»Es sind ja alle da!«

Zum ersten Mal, seit zwölf Tage zuvor COVID-19 zur Pandemie erklärt worden war.

»Jemand sollte Ove sagen, dass sich heute zur Morgenbesprechung mal wieder Gebäck lohnen würde«, sagte Daniel.

Ove war derjenige, der sich am meisten über etwas Süßes freute.

»Leider müsst ihr ohne Hanna und mich auskommen«, sagte Erik. »Vielleicht haben wir das Vergnügen, Esbjörn Fagers Geständnis entgegenzunehmen.«

57

Was Hanna als Erstes auffiel, als Esbjörn Fager und seine Anwältin ins Vernehmungszimmer kamen, war, dass Esbjörn wirkte, als hätte er seit der Befragung am Freitag kein Auge mehr zugetan. Sein Gesicht hatte einen leicht grauen Ton, und er bewegte sich wie in Zeitlupe. Vermutlich war er ein bequemeres Bett gewöhnt als die harte Pritsche im Untersuchungsgefängnis.

»Wie geht es Ihnen?«, fragte sie.

Er antwortete mit nichts als einem Blick, obwohl ihm das Fokussieren schwerzufallen schien.

»Mein Mandant leidet sehr unter den Umständen«, sagte die Anwältin, es war dieselbe blonde Frau um die dreißig wie beim letzten Mal.

»Das kann ich gut verstehen«, sagte Hanna, mehr an Esbjörn gewandt als an die Anwältin.

Bis zwölf Uhr mussten sie sich entscheiden, ob sie ihn laufen ließen oder dem Haftrichter vorführten. Ove schien überzeugt, dass dieser einer Verhaftung zustimmen würde. Esbjörn war an dem Tag bei Vidar gewesen, an dem dieser ermordet worden war, und hatte den Cognac mitgebracht, in den Zopiclon gemischt war. Der Todeszeitpunkt ließ sich nur eingrenzen, nicht exakt bestimmen. Um drei Uhr wurde Esbjörn von seiner

Ex-Frau Lillemor gesehen, was in etwa der Uhrzeit entsprach, zu der Vidar laut der Rechtsmedizin gestorben war. Abgesehen von der Tatsache, dass er den Besuch bei Vidar erst abgestritten hatte, ließen sich ihm die beiden typischsten Tatmotive zuschreiben: Liebe und Eifersucht. Einerseits war Hanna Oves Meinung, andererseits sprach auch vieles gegen Esbjörn. Besonders, dass Lillemor Vidar gegen vier noch einmal gesehen hatte. Möglicherweise war er zur Haustür gegangen, um jemand Unbekannten hereinzulassen. Bei diesem Unbekannten konnte es sich selbstverständlich auch um Esbjörn handeln, der zurückgekehrt war. Lillemor hatte ja selbst ausgesagt, dass sie Esbjörn das Leben nicht schwer machen wollte, und hatte für ihn bereits einmal Teile des Geschehens einfach verschwiegen. Esbjörn hickste und hielt sich die Hand vor den Mund.

»Ich bitte um Entschuldigung«, sagte er. »Ich bin nervös.«

»Das kann ich gut verstehen«, wiederholte Hanna. »Möchten Sie etwas zu trinken?«

Esbjörn schüttelte den Kopf.

»Ich will das hier so schnell wie möglich hinter mich bringen.«

Hanna rasselte extra schnell die Formalia herunter, damit Esbjörn gar keine Zeit hatte, von diesem Entschluss abzurücken.

»Ist Ihnen noch etwas eingefallen, was am 14. März in Vidar Johanssons Wohnung passiert ist?«, fragte sie.

»Nein, ich habe Ihnen alles erzählt, was ich dort mit dem Cognac gemacht habe. Allerdings habe ich nicht gesagt, wie der Tag noch weiterging.«

»Wie ging der Tag denn weiter?«, erkundigte sich Erik.

Esbjörn seufzte.

»Ich habe ihr versprochen, nichts zu verraten.«

Wimmernd lehnte er sich vor. Im Gesicht der Anwältin regte sich nichts.

»Wem haben Sie das versprochen?«, fragte Hanna, die bereits eine Ahnung hatte.

»Kicki. Nachdem ich bei Vidar war, bin ich auf direktem Weg zu ihr. Ich habe nach Cognac gestunken, und sie wollte natürlich wissen, warum. Es tat so gut, ihr alles zu erzählen. Und endlich verstand sie, endlich erkannte sie, wie Vidar wirklich war. Engstirnig und gemein. So war er schon immer, aber die Krankheit hat da natürlich nichts verbessert.«

Er richtete sich wieder auf, ganz so, als hätte er einen schweren Rucksack abgesetzt, um sich nach einer langen Wanderung zu erholen.

»Was haben Sie gemacht, Sie und Kicki?«, fragte Erik.

»Kaffee getrunken. Geredet. Aber nach einer Stunde wollte ich dringend nach Hause, um mich umzuziehen.«

Kurz senkte sich Stille, die von der Anwältin sogleich wieder unterbrochen wurde.

»Mein Mandant hat erzählt, was er weiß«, sagte sie. »Er weiß nicht, wer Vidar Johansson ermordet hat. Ist es damit nicht angezeigt, ihn freizulassen?«

»Wir sind noch nicht fertig«, sagte Hanna. »Hat Kicki Ingrid Mattsson erwähnt, als Sie bei ihr waren?«

»Nein, hat sie nicht.«

»In welcher Verfassung war Kicki, als Sie sie zurückließen?«, fragte Erik.

Esbjörn betrachtete ihn, als wäre das eine sonderbare Frage, wirkte aber insgesamt etwas munterer. Sein Gesicht war auch weniger blass.

»Sie war gut gelaunt«, sagte er.

»Und warum wollte Sie, dass Sie nicht verraten, dass Sie bei ihr waren?«, fragte Erik weiter.

»Da kann ich nur spekulieren, aber ich glaube, es war ihr

peinlich, wie schnell sie über Vidar hinweg war. Dabei verstehe ich sie nur zu gut. Das Letzte, was Vidar mir hinterherrief, war: *Ihr beide habt euch verdient.* Außerdem hat er gesagt, ich soll Kicki ausrichten, dass er sowieso kein Interesse mehr an ihr hat.«

Esbjörn sah sie an, als würde er Bestätigung suchen, als müssten sie an Kickis statt empört sein. Dies war neu für sie, obwohl er ja gerade erst behauptet hatte, ihnen alles über seinen Besuch bei Vidar erzählt zu haben.

»Haben Sie es ihr ausgerichtet?«, fragte Hanna.

»Ja, selbstverständlich.«

»Haben Sie und Kicki Pläne für die Zukunft gemacht?«, fragte sie weiter.

Esbjörn fuhr sich mit zitternder Hand durchs Haar. Die Erleichterung über seine Aussage hatte nicht lange angehalten.

»Was meinen Sie?«

»Haben Sie sich verabredet?«

»Wir … wir haben darüber gesprochen, mal zusammen essen zu gehen, aber ich weiß nicht, ob daraus jetzt noch was wird.«

Wieder kehrte Stille ein, diese dauerte länger an. Manchmal war es klüger, nicht sofort weitere Fragen zu stellen.

Irgendwann hielt Esbjörn es tatsächlich nicht mehr aus:

»Ich war mir sicher, dass Vidar jemanden im Schlafzimmer eingeschlossen hat. Wahrscheinlich war das die Mörderin.«

Da Esbjörn auf direktem Weg von Vidar zu Kicki gegangen war, konnte es sich bei der Gefangenen wohl kaum um Kicki gehandelt haben. Da ging Hanna plötzlich ein Licht auf, wen er dort versteckt hatte.

»Na ja«, sagte sie. »Ich kann mir kaum vorstellen, dass Vidar von einer Katze ermordet wurde.«

»Einer Katze?«, fragte Esbjörn. »Vidar hat doch keine Katze! Außerdem klang es so, als hätte da eine Frau gewimmert.«

»Wer auch immer nun im Schlafzimmer war«, sagte die Anwältin mit einem angedeuteten Lächeln, »mein Mandant hat jedenfalls nichts mit dem Mord an Vidar Johansson zu tun.«

Davon ging auch Hanna mittlerweile aus. Esbjörn hatte ihnen eine glaubhafte Erklärung dafür geliefert, warum er eingangs verleugnet hatte, bei Vidar gewesen zu sein. Jetzt mussten sie erst mal andere Spuren verfolgen. Und von alldem abgesehen, würden sie keinen Richter finden, der Esbjörn Fager zu diesem Zeitpunkt verhaften würde. Sie beendete die Vernehmung.

»Warten Sie hier«, sagte sie.

Erik und sie gingen ins Besprechungszimmer, wo die gesamte Einheit versammelt war. Ove verstummte mitten im Satz und wandte sich ihnen zu. Der Eifer in seinem Blick erinnerte sie an Isak. Während der gesamten Vernehmung hatte sie ihren kleinen Zusammenbruch am Morgen erfolgreich verdrängen können. Isak hatte sie trösten wollen, als sie aus dem Bad kam, aber sie war einfach so schnell wie möglich aufgebrochen. Zum ersten Mal, seit sie zusammenwohnten, waren sie am Morgen ohne eine Berührung auseinandergegangen. Hanna überließ es Erik, die Vernehmung zusammenzufassen. Schon erlosch der Eifer in Oves Augen.

»Tja, da gibt es wohl nichts zu diskutieren«, sagte er mit einem tiefen Seufzen. »Ich werde mit dem Staatsanwalt sprechen, aber wir können sicher davon ausgehen, dass wir Esbjörn freilassen müssen. Wir sollten uns dringend noch einmal mit Kicki Andrén und Ture Lagerman unterhalten. Vielleicht hat Letzterer in noch mehr Punkten gelogen. Und Kicki hat definitiv ein Motiv: Vidar hat sich wegen einer anderen von ihr getrennt. Wie sieht es aus, können wir Ingrid Mattsson in nächster Zeit befragen, wie genau die Beziehung zwischen ihr und Vidar geartet war?«

58

Was, wenn der Arzt seine Meinung geändert hatte?

Der junge Mann war vor über einer Stunde bei ihr gewesen, hatte ihre Werte geprüft und dann gesagt, sie dürfe nach Hause. Das klang fast zu schön, um wahr zu sein, aber offenbar zog die Klinik es vor, dass ihre COVID-Patientinnen und -Patienten sich daheim isolierten. Zumindest wenn sie keine Krankenhauspflege mehr brauchten, was ja nach Meinung der Ärzte nun auf sie zutraf.

Ingrid setzte sich mit Mühe auf und griff nach dem Wasserglas, obwohl sie gar keinen Durst hatte. Dehydrierung war mit einer der Gründe dafür gewesen, dass es ihr überhaupt so schlecht gegangen war, und die Pflegekräfte hatten ihr mehrfach eingeschärft, wie wichtig es war, dass sie mehr als ausreichend trank. Gesund war sie nicht, aber die Infektion würde sie schon lebend überstehen. Das Fieber war nur noch ein leises Brummen an den Schläfen, und zusätzlichen Sauerstoff hatte sie seit über vierundzwanzig Stunden nicht gebraucht.

Die Tür ging auf, und eine Krankenschwester kam in voller Montur durch die Luftschleuse.

»Wie gut, dass Sie Flüssigkeit zu sich nehmen«, sagte sie.

Sie näherte sich den Apparaten, prüfte die Sauerstoffsättigung und den Puls. Die Werte schienen zufriedenstellend zu sein, denn sie löste das Messgerät von ihrem Finger. Dann maß sie noch Ingrids Körpertemperatur.

»Sie haben großes Glück«, sagte sie. »Die meisten in Ihrem Alter werden sehr ernsthaft krank. Bei Ihnen ist die Infektion allerdings nicht so tief in die Lunge vorgedrungen. Sind Sie bereit, nach Hause zurückzukehren? Ihr Sohn hat gerade angerufen und gesagt, dass er draußen wartet.«

»Mehr als bereit«, sagte Ingrid mit so viel Nachdruck, wie sie aufbringen konnte.

»Wissen Sie, wie Sie sich zu Hause zu verhalten haben?«

»Ja«, sagte Ingrid. »Jeglichen Kontakt meiden, bis ich mindestens zwei Tage symptomfrei bin, und mich melden, falls es mir schlechter geht.«

»Und nicht das Trinken vergessen«, mahnte die Schwester.

Ingrid nickte nur, für mehr war sie zu erschöpft. Vielleicht war es doch keine so gute Idee, sich schon jetzt nach Hause zu begeben? Der Ton der Schwester störte sie. So konnte man auch nur reden, wenn man unter dreißig war und sein Leben noch vor sich hatte. Wobei, jetzt wurde sie ungerecht. Ihr war schon klar, dass diese neue Krankheit eine große Herausforderung für alle bedeutete, die in der Pflege arbeiteten. Und es war unübersehbar, dass auch die Experten noch nicht hundertprozentig wussten, wie sie mit dieser Situation umzugehen hatten.

Die Schwester musterte sie kritisch, und Ingrid rang sich ein Lächeln ab. Das reichte offenbar, um sie zu überzeugen. Die Schwester wandte sich ab, um Ingrids Sachen aus dem Schrank zu holen. Mit etwas Unterstützung schaffte sie es aus dem Bett und in ihre Klamotten. Die Schwester reichte ihr einen Mundschutz.

»Setzen Sie den auf, dann bringe ich Sie zur Tür.«

»Zur Tür?«

»Ja, Sie verlassen uns über den Balkon. Wegen der Ansteckungsgefahr würde ich Sie ungern durch den Krankenhausflur schicken. Ihr Sohn erwartet Sie draußen.«

»Ist das denn wirklich sicher für ihn?«

»Solange Sie den Mundschutz tragen und Sie die Abstände einhalten, schon.«

Ingrid setzte den Mundschutz auf und folgte der Schwester zur Balkontür. Die Schwester trat hinaus und schaute sich um, bevor sie Ingrid vorbeiließ. Wenige Meter entfernt stand Jakob. Er hob die Hand zum Gruß. Wieder überkamen sie Zweifel. Sie war eine Gefahr. Menschen konnten sterben, wenn sie mit ihr in Kontakt kamen. Einen Moment lang hatte sie das Gefühl, sich außerhalb ihres Körpers zu befinden. Als würde sie herumschweben und auf einen nicht identifizierbaren Giftklumpen blicken. Das Letzte, was sie riskieren wollte, war, Jakob anzustecken. Oder Olivia. Sie erschauderte, und schon war sie wieder in ihrem Körper.

»Schaffen Sie es das letzte Stück allein?«, fragte die Schwester.

»Ja«, sagte Ingrid, obwohl sie nicht überzeugt war.

Aber sie wollte auf keinen Fall, dass die Schwester sie zurück ins Zimmer zerrte und dort ins Bett zwang. Dann würde sie hier wahrscheinlich nie wieder lebend herauskommen.

Jakob und sie hielten ein paar Meter Abstand auf dem Weg zum Auto. Der Kies knirschte unter ihren Schuhen, am blauen Himmel waren ein paar weiße Wolken. Sie war nur knapp eine Woche lang nicht draußen gewesen, aber es fühlte sich wesentlich länger an. Zu ihrer großen Erleichterung war Jakob mit dem Zweitwagen gekommen. Nicht mit dem Auto, in dem Olivia fast jeden Tag saß. Ingrid wählte die Rückbank auf der Beifahrerseite, damit sie so weit wie möglich von Jakob entfernt war.

»Ist es in Ordnung, wenn ich das Fenster öffne?«, fragte er.

»Ja, das werde ich schon überleben.«

Sie ließen das Krankenhaus hinter sich, und Ingrid schloss die Augen. Einerseits freute sie sich auf zu Hause, andererseits war da auch Angst, was sie so gar nicht von sich kannte. Sie öffnete die Augen wieder.

»Wie geht es Olivia?«, fragte sie. »Seid ihr noch alle gesund?«

»Niemand hat irgendwelche Symptome«, sagte Jakob. »Mach dir keine Sorgen. Selbst wenn wir krank werden sollten, werden wir das schon überstehen.«

»Spricht sie noch von dem Mann im Bett?«

»Nein, nicht mehr. Sie macht einen viel fröhlicheren Eindruck und will gern bald wieder einen Ausflug mit dir machen.«

»Schön, dass sie wieder fröhlicher ist«, sagte Ingrid.

Es tat ihr noch immer weh, dass ihre Enkelin ihretwegen eine solche Erinnerung hatte, aber sie glaubte Jakob, wenn er sagte, dass Olivia nicht länger davon sprach. Aber eigentlich hatte sie schon immer eher nach vorn geschaut. Ingrid letztlich auch, aber diese schreckliche Krankheit und die Zeit mit Vidar hatten dazu geführt, häufiger zurückzublicken, als ihr lieb war. Das Vergangene war das Einzige, was sich nicht ändern ließ.

Im Rückspiegel trafen sich ihrer und Jakobs Blick. Sie lächelte, und er wandte sich ab, musste sich aufs Fahren konzentrieren.

Als sie die Ölandbrücke passierten, ging ihr das Herz auf. Hin und wieder nahm sie den Bus nach Kalmar, aber seit dem letzten Mal waren ein paar Jahre vergangen. Auf dem Festland geschlafen hatte sie zuletzt in den Neunzigern. Damals hatten sie und Harald ihren Hochzeitstag mit einem Dreigängemenü und Übernachtung im Schlosshotel gefeiert.

Die Sehnsucht nach ihm war so überraschend wie intensiv. Sie hatte sich so sehr daran gewöhnt, dass er nicht mehr da war, doch gerade wünschte sie sich nichts mehr, als ihn an ihrer Seite zu haben. Dass sie den Arm ausstrecken und seine Hand nehmen könnte. Sie schloss die Augen und tastete mit den Fingern über den abgenutzten Sitz. Stellte sich vor, dass Harald neben ihr wäre. Dass sie auf dem Weg zum Hof wären und Eibrote zu Mittag essen würden. Wie vorher drängte Vidar in ihre Vorstellung, lehnte sich zu ihr und flüsterte sanft in ihr Ohr: *Ich hab dir doch gesagt, du hättest dich für mich entscheiden sollen.*

Ingrid riss die Augen auf, wieder beobachtete Jakob sie über den Rückspiegel.

»Wie geht es dir?«, fragte er.

»Okay«, sagte sie. »Ich freue mich auf zu Hause.«

Für den Rest der Fahrt schwiegen sie. Vielleicht stieg ihr Fieber, denn der Luftzug durch das offene Fenster war unangenehm kalt. Sie betrachtete die vorbeifliegende Landschaft, den Hafen von Färjestaden, das große Einkaufszentrum, die Sommerhäuser in Runsbäck, die Bäume und die kleinen Orte Stora Frö und Lilla Frö. Irgendwann hielt Jakob endlich vor dem Haus in Kleva.

»Soll ich dir nach drinnen helfen?«

»Ganz sicher nicht«, sagte Ingrid. »Das schaffe ich allein.«

»Versprich mir, dass du dich meldest, wenn du was brauchst.«

»Versprochen.«

»Kann ich noch was für dich einkaufen?«, fragte Jakob, der sie offenbar noch nicht gehen lassen wollte.

»Das wäre lieb. Ich gebe dir später durch, was ich brauche.«

Jakob wartete im Wagen, bis sie die Haustür hinter sich geschlossen hatte. Durchs Fenster sah sie ihn dann wegfahren. Die Sehnsucht nach Harald kehrte zurück, als sie sich aufs Sofa sinken ließ. Sie streckte die Hand nach ihm aus, aber es war Vidar, der sie nahm. Der sie mit seinen traurigen Hundeaugen ansah. Vidar hatte irgendwas über Ture gesagt. Irgendwas, was mit Degerhamn zu tun hatte. Bloß was?

Ihr Handy klingelte, und Ingrid holte es hervor. Es war Hanna, also ging sie dran.

»Wie geht es dir?«, fragte Hanna.

»Danke, ganz passabel«, sagte sie. »Ich bin gerade zu Hause angekommen.«

»Oh, wie schön, das zu hören.«

»Ja. Ich hatte großes Glück, haben sie gesagt. Viele ältere Menschen werden sehr viel kränker. Aber noch ist es nicht vorbei. Ich werde vielleicht …«

»Hör bitte auf«, unterbrach Hanna sie. »Du bist mein absolutes Vorbild. Mach mir das nicht kaputt.«

Ingrid lachte, doch es mündete in einem Hustenanfall.

»Was für ein schlimmer Husten«, sagte Hanna.

»Klingt schlimmer, als er ist«, erwiderte Ingrid. »Außer natürlich, jetzt geht es richtig bergab.«

Ingrid lachte noch einmal, und diesmal musste sie nicht husten.

»Nein, ab jetzt wird es nur noch besser«, sagte Hanna. »Aber versprich mir bitte, dass du dich meldest, wenn du was brauchst. Egal was.«

»Mach ich«, sagte Ingrid. »Gerade ist Jakob allerdings ungewöhnlich engagiert. Was wolltest du denn?«

»Wenn du kein Corona hättest, würde dies eine etwas formellere Befragung werden, aber jetzt muss es so gehen.«

»Das klingt ernst«, sagte Ingrid. »Was willst du wissen?«

»Waren Vidar und du mehr als befreundet?«

Ingrid schaute zum Regal, in dem das Foto von ihr und Vidar stand. Sie konnte nichts über diesen Sommertag erzählen. Der gehörte nur ihr und Vidar und niemandem sonst.

»Ich hätte es mir gewünscht«, sagte Ingrid. »Aber Vidar hat

sich nicht darauf eingelassen, ohne dass ich wusste, warum. Wir haben uns in seiner Wohnung geküsst, ungefähr eine Woche vor seinem Tod, aber weiter sind wir nicht gegangen.«

»Wusstest du, dass er bereits in einer Beziehung war?«

»Nein, und ich hatte nicht mal den Verdacht. Ich habe erst durch dich erfahren, dass er und Kicki ein Paar waren.«

»Kannst du mir mehr über sie erzählen?«, fragte Hanna weiter.

»Nicht viel mehr«, sagte Ingrid. »Wir sind uns ein paar Mal begegnet. Vielleicht bin ich ja nur eine eifersüchtige alte Frau, aber sie war nicht sehr nett, als sie mich anrief. Nicht der Typ Mensch, für den Vidar sich sonst interessiert hätte, finde ich. Warum fragst du?«

»Darauf darf ich leider nicht antworten«, entgegnete Hanna.

»Natürlich nicht.« Ingrid lachte. »Aber ich dachte, ich versuch's mal.«

»Wie würdest du Kicki beschreiben?«

Himmel, sie ließ ja gar nicht mehr locker. Ingrid tat so, als würde sie über die Frage nachdenken, dabei fragte sie sich, was eigentlich hinter diesem Interesse steckte.

»Oberflächlich. Eine, die alles mitnimmt, was es umsonst gibt.«

»Hat Kicki vielleicht von dir gewusst?«, fragte Hanna.

»Da gab es doch nichts zu wissen. Unsere Beziehung ging vor fast sechzig Jahren zu Ende.«

»Schon klar. Aber könnte sie gedacht haben, dass ihr sie wieder aufgenommen habt, du und Vidar?«

Die Erinnerung an die Umarmung, an seine Zunge in ihrem Mund ließ alles in ihr beben. Selbst damit hatten sie ja eine Grenze überschritten. Wieso hatte Vidar denn nichts von Kicki erzählt? Dann hätte sie ihn doch niemals geküsst. Reue war so ermüdend. Sie hörte ja auch nach Jahren nicht auf. Vielleicht hatte Vidar es nicht ausgehalten und Kicki von dem Kuss erzählt.

»Das weiß ich nicht«, sagte sie. »Das solltest du besser Kicki selbst fragen.«

Allmählich bekam Ingrid schlechte Laune. *Sie kannten ihn ja wesentlich länger als ich.* Ja, was hatte Kicki eigentlich gedacht? Vielleicht wirklich, dass Vidar mit ihr fremdgegangen war – das würde ihr Verhalten am Telefon erklären.

»Hab ich erwähnt, wie wütend sie darüber war, dass Vidar sie mal Ingrid genannt hat?«

»Nein, noch nicht. Fällt dir sonst noch was ein?«

Es half, mit Hanna zu sprechen. Die Gedanken kamen in Gang, bewegten sich flexibler.

»Ich bin davon überzeugt, dass das mit Degerhamn wichtig ist.«

»Ja, das sagtest du schon. Inwiefern denn wichtig?«

»Irgendwas ist dort passiert. Etwas, was Vidar verändert und belastet hat. Und ich bin davon überzeugt, dass Ture verwickelt war. Er hat Vidar immer zu den dümmsten Sachen überredet. Vidar war anders seit Degerhamn, jemand, mit dem ich nicht mehr zusammen sein konnte. Und dieser Satz, den Vidar in den Kalender geschrieben hat – den hat Ture gesagt.«

»Woher weißt du das?«

»Als ich Vidar in Färjestaden traf, da kam er ja gerade von Ture, da habe ich den Satz schon mal gehört. Ich erinnere mich jetzt wieder. Vidar hat gesagt: ›Eine Lüge ist eine Lüge, egal was Ture behauptet.‹«

59

Als Hanna das Telefonat mit Ingrid beendete, fiel ihr Blick auf den Behälter mit Kulis, der auf ihrem Schreibtisch stand. In jeden Kuli war ihr Name graviert. Ein Scherzgeschenk von Isak, weil sie es immer schaffte, ihre Stifte zu verbummeln. Körperlich hatte sie den Sturz vollkommen verwunden. Wieso verstand Isak denn nicht, dass sie gerade Unterstützung brauchte, keine Zweifel? Sie schaute zu Erik.

»Hast du Kicki Andrén erreicht?«, fragte sie.

»Ja«, sagte er. »Und die Freundin, bei der sie eine Stunde nach Esbjörns Aufbruch angerufen hat. Sie haben fast zwei Stunden lang telefoniert. Danach aß sie allein zu Abend und schaute einen Film, an den sie sich nicht weiter erinnerte. Ich glaube nicht, dass sie Vidar getötet hat. Sie ist überzeugt, dass Ingrid irgendwie dahintersteckt. Sie nannte sie ein männermordendes Flittchen.«

»Und Ture Lagerman?«

»Er kommt um elf Uhr her, er wollte ohnehin eins seiner Enkelkinder in Kalmar besuchen. Anfangs behauptete er, keine Zeit zu haben, aber es reichte, ihm damit zu drohen, dass wir ihn sonst holen würden.«

»Gut«, sagte Hanna.

Sie war noch immer skeptisch, ob ihre frühere Nachbarin ihr

die ganze Wahrheit über sich und Vidar erzählt hatte. Sie hatte das Gespräch schnell auf Ture Lagerman gelenkt. Aber Ingrid war keine Mörderin – darauf würde Hanna ihren Job verwetten. Sie mussten definitiv mehr über Degerhamn herausfinden. Hanna schlug erst einmal nach, wann Vidar dort gewohnt hatte, dann suchte sie mit dem Datum nach Verbrechen jeglicher Art in Degerhamn, fand aber nichts. Daniel lugte hinter der Trennwand hervor.

»Ich wollte nur kurz mitteilen, dass ich das ganze Archiv nach diesem Soffan durchkämmt habe, aber das einzige Vergehen, das irgendwie mit einem Sofa zu tun hatte, war, als ein paar Jugendliche eine Couch aus dem McDonald's geschleppt haben. Das ist nur wenige Jahre her, die Täter waren zu dem Zeitpunkt alle achtzehn, das passt also hinten und vorne nicht.«

»Danke«, sagte Hanna. »Weißt du, ob schon jemand mit Axel Sandstens Eltern gesprochen hat?«

»Sie wurden getrennt voneinander befragt. Die Mutter wirkte glaubwürdig schockiert über die Vermutung, dass Axel noch einen Halbbruder haben sollte. Der Vater stritt es ab. Er wäre nie untreu gewesen.«

»Schade.«

»Abwarten. Einer von beiden wird schon noch reden. Vermutlich die Mutter, sobald sie ihm die relevanten Informationen aus den Rippen geleiert hat.«

Hanna blieb vor ihrem Computer sitzen, den Blick auf den Monitor gerichtet, und kämpfte gegen die Enttäuschung an. Dann beschloss sie, die bisherigen Ermittlungsergebnisse noch einmal durchzugehen. Irgendwo hatte sie doch schon mal von Degerhamn gelesen oder gehört. Sie suchte in den Vernehmungsprotokollen, aber das einzige Mal, dass der Ortsname fiel, war bei Ingrids Befragung.

»Ist sonst noch jemandem Degerhamn in den Ermittlungsunterlagen begegnet?«, fragte sie in den Raum.

Ein paar schnelle »Neins«, dann Stille. Hanna seufzte und klickte die Ermittlungsübersicht an. Vielleicht regte das ja ihre Erinnerung an.

»Könnte sein, dass ich davon in einem dieser Zeitungsausschnitte gelesen hab«, sagte Daniel. »Ich schau noch mal.«

Kaum hatte Daniel die Zeitungsausschnitte erwähnt, fiel es ihr wieder ein.

»Vidar hatte doch einen Artikel über einen Selbstmord aufbewahrt«, sagte sie. »Ich bin mir ziemlich sicher, dass da was von Degerhamn stand.«

»Ich suche ihn raus«, sagte Daniel.

Das Baby drückte auf die Blase, also ging Hanna aufs Klo. Sie beeilte sich, weil sie dringend zurück ins Büro wollte. Doch als ihr Blick auf das Toilettenpapier fiel, blieb die Zeit stehen: Blut. Mehrere Sekunden lang saß sie nur da und starrte darauf, dann begann sie zu schluchzen.

»Nein, nein, nein.«

Hastig riss sie mehrere Blätter von der Rolle und legte sie in die Unterhose. Um ihre Panik zu dämpfen, rief sie die Nummer des ärztlichen Notdiensts an. Eine Computerstimme verriet ihr, dass sie an fünfundzwanzigster Stelle war, was ihre Panik leider nur befeuerte. Hier drin konnte sie unmöglich bleiben. Hanna eilte aus der Toilette, und weil sie niemandem begegnen wollte, verließ sie sogar das Polizeigebäude. Sie war viel zu dünn angezogen, trotzdem war ihr nicht kalt. Verwundert betrachtete sie die Schneeflocken, die vom Himmel rieselten und sofort schmolzen, als sie am Boden aufkamen.

Ihr Handy piepste, weil jemand versuchte, sie anzurufen. Doch sie wagte es nicht mal, nachzusehen, wer es war, aus Angst, ihren

Platz in der Warteschleife zu verlieren. Sicher riefen gerade eine Menge Leute mit Fragen zu Corona an, obwohl dafür eine eigene Hotline eingerichtet worden war. Unfassbar langsam schrumpfte die Zahl der Wartenden, bis sie endlich einen Menschen am anderen Ende der Leitung hatte.

»Ich bin in der neunzehnten Woche schwanger und blute.«

»Wie stark ist die Blutung?«, fragte die Frau vom Notdienst.

»Nur wenige Tropfen.«

Sofort fühlte Hanna sich albern. War sie zu panisch?

»Haben Sie Schmerzen?«, fragte die Frau.

»Nein, nicht mehr.«

»Aber Sie hatten Schmerzen?«

Hanna erzählte, dass sie auf den Bauch gestürzt war. Sofort musste sie an alle Untersuchungen denken und versuchte dann mit der freien Hand so auf den Bauch zu drücken, wie es der Sanitäter getan hatte, aber es folgte kein Schmerz, sondern ein Tritt.

»Da Sie keine Schmerzen haben und die Blutung nicht intensiv ist, können Sie noch abwarten. Aber fahren Sie sofort ins Krankenhaus, wenn doch Schmerzen einsetzen oder die Blutung stärker wird.«

»Okay«, sagte Hanna und legte auf.

Das Gespräch hatte sie etwas beruhigt, aber nicht ganz. Was, wenn die Frau sich irrte? Sie kannte Hanna ja nicht. Wusste nicht, wie viele Schmerzen sie aushalten konnte. Hanna legte die Hand auf ihren Bauch. *Du musst bei mir bleiben, hörst du!* Doch jetzt regte sich nichts. Hanna drückte noch einmal von einer anderen Seite, aber auch diesmal wurde nicht getreten.

Isak, Hilfe. Seit Hanna am Morgen aufgebrochen war, hatte sie versucht, nicht an ihn zu denken. Aber das war unmöglich gewesen. Im Moment konnte sie nicht sagen, wo sie standen.

Wenn sie ihn jetzt anrief, würde sie ihm ja nur recht geben. Sie war zur Arbeit gegangen, obwohl er das nicht wollte, und jetzt blutete sie.

Hanna drehte um und ging zurück zum Polizeipräsidium. Erst jetzt schien sie mehr von ihrer Umgebung wahrnehmen zu können als den fallenden Schnee. Sie war fast bis zum Friedhof gekommen. Die Knospen an den Bäumen wirkten überrascht von der niedrigen Temperatur und hatten sich wieder zusammengezogen. Die Kälte drang durch ihren dünnen Pullover. Hanna wurde schneller und überquerte den Parkplatz.

Als sie wieder im Gebäude war, steuerte sie die nächstgelegene Toilette an. Es waren nur wenige Tropfen dazugekommen. Sie tauschte das Papier aus, wusch sich die Hände und desinfizierte sie. Als sie die Toilette verließ, klingelte ihr Handy, und sie wünschte, es wäre Isak, aber auf dem Display stand *Henning Larsson*. Sie wollte ihn gerade wegdrücken, da fiel ihr ein, dass ja vorhin jemand versucht hatte, sie zu erreichen. Vielleicht war das auch er gewesen.

»Ich weiß, wer Soffan ist«, sagte Henning.

Hanna blieb stehen und hielt die Luft an.

»Wer?«

»Markus Bergman heißt er. Leider kann ich keine Adresse bieten, aber das sollte für euch ja nun kein Problem darstellen.«

»Das will ich hoffen«, sagte Hanna. »Wie hast du ihn ausfindig gemacht?«

»Das kann ich leider nicht verraten.«

60

»Alles okay?«, fragte Erik, als Hanna vom Klo kam. Ihr zweiter Toilettenbesuch in gerade mal einer knappen halben Stunde.

Sie zwang sich, ihm in die Augen zu sehen. »Meine Blase ist gerade wohl nicht größer als eine Rosine.« Sie brachte sogar ein Lachen zustande, aber konnte trotzdem offenbar nicht überzeugen. Ihre lange Abwesenheit vorhin hatte sie damit erklärt, dass sie unterzuckert gewesen war und schnell etwas hatte essen müssen.

»Versprich mir, dass du Bescheid sagst, falls was sein sollte.«

»Versprochen«, sagte sie. »Was hab ich verpasst?«

»Markus Bergman war nicht zu Hause, aber Ove lässt seine Wohnung beschatten.«

Die Nachricht beruhigte sie nicht. Im Gegenteil. Gerade schien sie alles zu stressen, sie war absolut nicht so belastbar wie sonst, aber immerhin blutete sie nicht mehr. Vielleicht hatte die Frau vom Notdienst doch recht. Am liebsten wäre sie aufgebrochen, um selbst nach Markus Bergman zu suchen, aber Ture Lagerman konnte jeden Augenblick eintreffen.

Erik reichte ihr einen Ausdruck, die Kopie des Artikels aus Vidar Johanssons Sammlung.

»Darauf müssen wir Ture ansprechen.«

Hanna las den Artikel aus dem Jahr 1974. Darin stand, dass der Mann, den man für den Drahtzieher des Tresorraubs 1963 in Degerhamn hielt, sich das Leben genommen hatte. Obwohl der Mann nie verurteilt worden war, kam darin ein Polizist zu Wort, der bestätigte, dass der Fall als aufgeklärt galt. Der Raub wurde detailliert geschildert. Jemand war unter einen der Schuppen gekrochen und hatte sich durch die Bodendielen Zugang zum Tresorraum verschafft, der voll von Umschlägen mit abgezähltem Lohn gewesen war. Als der Raub entdeckt wurde, war das Geld schon eine unbekannte Zeit verschwunden, was die Ermittlungen erschwerte. Die Polizei ging von Anfang an von einem Insiderjob aus. Der Verdächtige hatte für die Baufirma gearbeitet, der der Schuppen gehörte.

»Wir müssen rausfinden, wie der Mann hieß«, sagte Hanna.

»Schon erledigt«, rief Daniel herüber. »Er hieß Leif Ahlbom. Ich prüfe gerade, ob er noch lebende Verwandte hat.«

»Gut«, sagte Hanna, »aber versuch doch bitte erst mal an eine Liste der Angestellten zu kommen, die zum Zeitpunkt des Raubs für die Baufirma gearbeitet haben.«

»Mache ich. Die Firma hieß Ölands Bygg, es gibt sie nicht mehr. Kann also sein, dass das schwierig wird.«

»Ture Lagerman ist da«, gab Erik Bescheid. »Ich geh ihn holen.«

Hanna steuerte das Vernehmungszimmer an, desinfizierte sich die Hände und holte einen frischen Mundschutz aus der Tasche. Ove hatte sie gebeten, die Vernehmung zu filmen, damit er sie verfolgen konnte. Also schickte sie ihm eine SMS, dass es bald losging. Die Toilettentür übte eine erstaunliche Anziehungskraft auf sie aus, es kostete Hanna ziemlich viel Überwindung, ihrem Sog zu widerstehen. Aber wenn sie jetzt hineinginge, käme sie vielleicht nicht so schnell wieder heraus.

Diesmal hatte Ture auf den Enkel verzichtet. Hanna kam die Galle hoch, als sie die Anwältin sah. Es war die Verteidigerin von Axel Sandsten. So aus der Nähe sah sie viel älter aus. Dem straffen Haarknoten gelang es nicht ganz, ihre Falten zu glätten. Sie nickten sich zur Begrüßung zu. Ture lächelte Hanna an, als er hereinkam, und Hanna wollte sich der Grund dafür nicht erklären. Wollte er freundlich sein oder war das Absicht, weil er wusste, mit wem Hanna verwandt war?

»Na, hier kann man es aushalten«, sagte Ture und setzte sich in einen der Sessel.

Der Vernehmungsraum mit der Videoanlage war anders ausgestattet als die übrigen Vernehmungszimmer. An einem runden Tisch standen zwei Sessel. Hanna wählte den anderen, das hieß, Erik und die Anwältin mussten mit einfachen Stühlen vorliebnehmen.

»Dies ist das dritte Mal, dass Sie das Gespräch mit Ture Lagerman suchen«, sagte die Anwältin, nachdem die Formalitäten geklärt waren. »Worum geht es denn heute?«

Eigentlich hatte Hanna mit ein bisschen Small Talk einsteigen wollen, einfach um Zeit zu vertreiben, damit Daniel mit der Suche vorankam, aber diese Anwältin würde das nicht zulassen. Ture hatte diesmal die Krücke zu Hause gelassen, trug aber dieselbe Anzughose und denselben Pullover wie beim letzten Mal. Wie gern hätte sie darauf hingewiesen, dass, wenn er von Anfang an die ganze Wahrheit gesagt hätte, sie ihn auch nur einmal hätten befragen müssen. Aber sie schob ihnen nur eine Kopie des Zeitungsartikels zu. Die Anwältin riss ihn förmlich an sich und überflog ihn sofort. Hanna wartete etwas ab, bevor sie ihre Frage stellte.

»Was wissen Sie über den Tresorraub in Degerhamn?«

Ture sagte nichts, betrachtete sie einfach nachsichtig. Die Anwältin schaute vom Artikel auf und wirkte ernsthaft überrascht.

»Sie haben meinen Mandanten nicht wirklich wegen eines Raubs herbeizitiert, der 1963 stattgefunden hat?«

Die Anwältin schob das Blatt zu Erik, wohl um ihn aufzufordern, Hannas Vorgehensweise ebenfalls infrage zu stellen. Erik lächelte nur. Offenbar hatte er früher schon Bekanntschaft mit ihr gemacht, was Hanna mal nicht als Nachteil wertete. Sie selbst konnte die Frau mental nicht von Axel Sandsten trennen. Von den Worten über Kristoffer, die aus ihrem Mund gekommen waren.

»Doch, haben wir«, sagte Erik.

»Wozu?«, wollte sie wissen. »Mir ist nicht klar, inwiefern das relevant sein soll.«

»Wenn Sie uns fortfahren lassen, werden Sie es sicher verstehen«, sagte Erik und wandte sich an Ture. »Warum hat Vidar diesen Artikel aufbewahrt?«

»Was weiß ich?«, erwiderte Ture.

Er schlug die Beine übereinander und richtete das Hosenbein, das hochgerutscht war.

»Wir glauben, dass seine Ermordung im Zusammenhang mit diesem Raub steht«, sagte Hanna.

»Das klingt sehr weit hergeholt«, sagte Ture. »Selbst wenn Vidar in diese Straftat verwickelt gewesen sein sollte, so ist die doch längst verjährt.«

»Unsere Geduld ist bald zu Ende«, sagte die Anwältin und sah aus, als würde sie jeden Augenblick gehen.

Bevor Hanna etwas erwidern konnte, vibrierten Eriks und ihr Handy, also schaute Hanna aufs Display. Eine Nachricht von Daniel:

Vidar Johansson hat für Ölands Bygg gearbeitet.
Ture Lagerman ebenfalls.

61

Erik las Daniels Nachricht und legte das Handy weg. Die Anwältin sah ihn auffordernd an. Sie hatten noch nie beruflich miteinander zu tun gehabt, aber sie waren mal eine Weile lang im selben Yogakurs gewesen. Dort hatte sie sich immer ganz vorn platziert und die schwerste Variante der Positionen gewählt. Jetzt ignorierte Erik sie einfach und wandte sich direkt an Ture.

»Sie haben für Ölands Bygg gearbeitet, als der Tresor ausgeraubt wurde.«

»Wenn Sie das sagen.« Ture zuckte mit den Achseln. »Ich habe für viele Firmen gearbeitet, ich erinnere mich sicher nicht mal an die Hälfte der Namen.«

»Vidar hat auch dort gearbeitet.«

»Ach, ja. Wenn ich so drüber nachdenke, fällt mir ein, dass ich ihm den Job damals verschafft habe. Das war schlimm, nachdem die Diebe zu Werke gegangen sind. Wir haben keinen Lohn mehr bekommen.«

»Diebe?«, fragte Hanna.

»*Der* Dieb. Wir waren sehr unzufrieden damit, wie die Firma damit umging, deshalb haben Vidar und ich gekündigt. Wir haben dann immer wieder Hilfsarbeiten angenommen, bis ich das Angebot bekam, zur See zu fahren. Als wir das zweite Mal los sind, habe ich Vidar überredet mitzukommen. Was Besseres hätte ich nicht machen können.«

»Als Vidar zu überreden?«, fragte Erik.

»Nein, als zur See zu fahren. Sie verstehen mich wohl absichtlich falsch.«

»Das tue ich sicher nicht. Mir liegt nur was an der Richtigkeit der Details.«

Erik ließ Ture nicht aus den Augen. Seiner Stimme war nichts anzumerken gewesen, trotzdem gab es Zeichen der Nervosität: Zuckungen im Augenwinkel, Beine, die immer wieder überkreuzt wurden. Die Anwältin schwieg, hatte wohl eingesehen, dass weitere Ausflüchte nichts bringen würden.

»Hatten Sie, Vidar und Leif Ahlbom Kontakt?«, fragte Erik.

»Nein, von dem haben wir uns ferngehalten. Komischer Kerl.«

Ture lehnte sich zurück und legte die Arme auf die Sessellehne. Er wollte wohl den Eindruck erwecken, ganz entspannt zu sein.

»Inwiefern war er denn komisch?«, hakte Erik nach.

»Total verschlossen. Hat kaum ein Wort rausbekommen. Und ein Alkoholproblem hatte er definitiv auch. Vielleicht brauchte er ja deshalb das Geld.«

Ture lächelte Hanna kurz an, und sie erstarrte. Irgendwas war da zwischen den beiden, Erik wusste nur nicht, was. Es herrschte eine ganz andere Stimmung als bei der letzten Vernehmung. Vielleicht weil sich der Verdacht gegen Ture erhärtet hatte?

»Leif Ahlboms Schuld konnte nie bewiesen werden«, sagte Erik.

Damit wagte er sich weit aus dem Fenster. Bisher wusste er nur, was im Artikel stand, aber wenn es Beweise gegeben hätte, wäre sicher Anklage erhoben worden. Er wollte gern wissen, wieso der zitierte Polizist so sicher war. Dies war ein Fall, über den er sich gern mit seinem Vater ausgetauscht hätte, und die Vorstellung, dass es nun vielleicht nie wieder dazu kommen würde, tat weh. Bei seinen letzten Anrufen hatte sein Vater gar nicht mehr mit ihm sprechen wollen. Erik kamen Zweifel, dass sie aus Ture noch etwas Wesentliches herauskitzeln würden, und er wollte dringend vorankommen. Sie mussten Beweise finden.

»Wieso sind Sie zur See gefahren?«, fragte Hanna.

»Es schien klüger, als mich weiter von Aushilfsjob zu Aushilfsjob zu hangeln«, sagte Ture. »Die Zeit auf See brachte die Wende für mich. Nach meiner Rückkehr nach Öland gründete ich meine erste Firma.«

»Ingrid Mattsson ist davon überzeugt, dass Vidar zur See fuhr, um vor etwas wegzulaufen.«

»Aha. Ich nicht«, sagte Ture. »Und ich bin mir ziemlich sicher, dass ich ihn besser kannte als sie. Sie waren nur zwei Jahre zusammen. Wir waren jahrelang befreundet.«

»In einem anderen Gespräch sagten sie, Ingrid war hübsch.«

»Ja, und? Eine Frau kann ja wohl hübsch sein und trotzdem eine sehr lebhafte Fantasie haben. Wenn Vidar vor etwas weggelaufen ist, dann vor ihr. Der arme Kerl war völlig fertig, als sie sich ohne jede Vorwarnung von ihm trennte. Er war überzeugt, sie würden heiraten.«

Ture lehnte sich vor, stützte sich mit den Händen auf die Knie und lächelte wieder. Aber nicht freundlich, eher als wollte er Hanna aufziehen. Was war zwischen den beiden vorgefallen? Es frustrierte Erik immer mehr, dass er nicht wusste, was los war. Vor der Vernehmung hatte Hanna sich sonderbar verhalten. War immer wieder verschwunden und hatte dann so getan, als wäre nichts.

»Wussten Sie, dass Vidar Johansson dement war?«, fragte Hanna.

»Was sollen diese Fragen?«, warf die Anwältin ein.

»Ihren Mandanten dazu bewegen, endlich die Wahrheit zu sagen.«

Die Betonung des Wortes *Mandant* klang unnötig aggressiv. Irgendwas stand da definitiv auch zwischen Hanna und der Anwältin. Erik überlegte, ob er die Vernehmung stoppen und kurz mit Hanna in den Flur gehen sollte, aber er kam nicht dazu.

»Nein, ich wusste nicht, dass Vidar dement war«, sagte Ture.

»Hatten Sie Angst, dass die Wahrheit ans Licht kommt?«

»Welche Wahrheit?«, fragte Ture.

»*Eine Lüge ist keine Lüge, bis die Wahrheit ans Licht kommt.* Was sollte Vidar verheimlichen?«

Erik verabschiedete sich von dem Gedanken, die Vernehmung zu unterbrechen. Ja, Hanna übte mehr Druck aus als üblich, aber vielleicht war das ja nötig.

Ture wirkte, als würde er Hanna gleich eine verpassen.

»Jetzt reicht es«, sagte die Anwältin. »Es klingt so, als würden Sie meinen Mandanten des Mordes an Vidar Johansson verdächtigen. Bisher haben Sie allerdings noch keinerlei Beweise vorgebracht, um diesen Verdacht zu rechtfertigen.«

»Das müssen wir auch nicht, und das wissen Sie sehr gut«, sagte Hanna, ohne Ture aus den Augen zu lassen. »Wann haben Sie Vidar zuletzt gesehen?«

»Ich wiederhole gern die Antwort, die ich Ihnen bereits zweimal auf diese Frage gegeben habe: Das ist über zehn Jahre her.«

»Wir haben eine Zeugin, die ausgesagt hat, dass Vidar Sie im Herbst in Färjestaden besucht hat«, fuhr Hanna fort.

»Eine Zeugin?« Ture schnaubte. »Ich schätze, diese Information kommt von Ingrid. Sie hat mich schon immer gehasst.«

»Die Zeugin wusste noch Teile Ihrer Unterhaltung mit Vidar«, sagte Hanna. »Unter anderem war Vidar nicht der Meinung, dass *eine Lüge keine Lüge ist, bis die Wahrheit ans Licht kommt.*«

»Wie bereits mehrfach betont, hat Ingrid eine lebhafte Fantasie«, sagte Ture.

Hanna starrte ihn wortlos an.

»Ture Lagerman hat bereitwillig geantwortet«, sagte die Anwältin. »Wir sind hier jetzt fertig.«

Hanna warf der Anwältin einen irritierten Blick zu, aber weil sie weder protestierte noch weitere Fragen an Ture stellte, beendete Erik die Vernehmung. Hanna verließ eilig das Zimmer. Sie hatte völlig recht, dass sie keinerlei Beweise vorlegen mussten. Nicht zu diesem Zeitpunkt und schon gar nicht vor Ture Lagerman und seiner Anwältin. Jetzt oblag es der Staatsanwaltschaft, zu entscheiden, ob das, was sie hatten, für eine Festnahme ausreichte. Ture grinste Erik an, der ebenfalls aufstand.

»Bleiben Sie bitte noch hier«, sagte er und folgte Hanna.

62

Ove kam im selben Moment aus dem Mithörraum, in dem Hanna das Vernehmungszimmer verließ. Schon an der zusammengesackten Haltung erkannte sie, was er sagen würde. Das befeuerte ihre Empörung nur. Ture Lagerman war wie eine ältere Version von Axel Sandsten: ein gefühlskalter Narzisst ohne Realitätsbezug. Während der Vernehmung war in ihr die Gewissheit gewachsen, dass er die Anwältin bewusst gewählt hatte. Erik holte sie ein.

»Ich habe schon mit dem Staatsanwalt gesprochen«, sagte Ove. »Er findet, wir haben nicht genug, um Ture Lagerman zu verhaften. Selbst wenn er und Vidar Johansson in den Tresorraub verwickelt waren, bedeutet das nicht automatisch, dass Ture ihn ermordet hat. Wir brauchen Beweise, dass Ture im Tatzeitraum in Borgholm war, im besten Fall in Vidars Wohnung.«

»Wenn wir ihn verhaften und eine Hausdurchsuchung machen, finden wir vielleicht Beweise.«

»So funktioniert das aber leider nicht, und das weißt du auch«, sagte Ove. »Außerdem haben wir gerade erst Esbjörn Fager freigelassen. Das würde den Eindruck erwecken, dass wir nicht wissen, was wir tun. Besonders, wenn wir Ture dann auch nur wieder direkt laufen lassen müssen. Da bin ich einer Meinung mit dem Staatsanwalt. Das, was wir haben, reicht nicht für eine Verhaftung.«

Hanna wollte widersprechen, ließ es aber bleiben. Das würde auch nichts ändern.

»Ich teile Ture mit, dass er gehen kann«, sagte Erik.

Kaum war Erik verschwunden, berührte Ove sie am Arm.

»Wie geht es dir?«

Wieso fragte er das? Fand er, sie hätte die Vernehmung verbockt? Aber aus dem Gesicht ihres Chefs sprach eigentlich nur Sorge. Er hatte die Anwältin natürlich auch erkannt. Da er bei beiden Ermittlungen im Mordfall Ester Jensen zuständig gewesen war, hatte auch er beim neuen Prozess aussagen müssen. Sofort war da ein Gefühl von Erleichterung. Er war ganz klar ebenfalls erschöpft – von den Ermittlungen, dem Prozess, von allen Extraaufgaben, die Corona mit sich brachte –, und doch machte er sich Gedanken um sie.

»Es ist, wie es ist.« Das klang wie etwas, was Ingrid sagen würde, und sofort wurden ihre Wangen heiß. »Vielleicht kann ich mich etwas entspannen, wenn wir Markus Bergman erst mal gefasst haben.«

Das war gar nicht anklagend gemeint, aber scheinbar deutete Ove den Kommentar so, denn seine Gesichtszüge erstarrten ein wenig.

»Da gibt es leider noch nichts Neues.«

»Schade«, sagte Hanna. »Wenn das alles war, würde ich dann jetzt gern weitermachen.«

Sie machte ein paar Schritte Richtung Großraumbüro. Eigentlich wollte sie noch zur Toilette und schauen, ob sie wieder blutete, aber das ging schlecht mit Ove im Schlepptau.

»Gibt es noch was?«, fragte sie und drehte sich wieder zu ihm um.

Ove nickte.

»Was denn?«, fragte sie, weil er nichts sagte.

»Der Holzvogel ist zurückgekommen. Ich habe ihn auf deinen Tisch gelegt.«

»Okay, danke.«

Langsam setzte sie sich wieder in Bewegung. Wieso folgte Ove ihr? Wollte er ihre Reaktion sehen? Auf dem letzten Stück wurde Hanna noch mal schneller. Der Vogel steckte in einem dicken Papierumschlag. Sie öffnete die oberste Schublade des Aktenschranks und legte ihn dort hinein. Erik kam ins Büro, als Ove gerade ging.

»Wir sollten Ture noch mehr Druck machen«, sagte sie.

Der Raub war verjährt, trotzdem wollte Ture Lagerman vielleicht verhindern, dass die Wahrheit ans Licht kam. Besonders, wenn er dafür gesorgt hatte, dass man diesem Leif Ahlbom die Schuld gab. Ture schien jedenfalls wie einer, der viel zu verlieren hatte. Nach einer langen und erfolgreichen Karriere widmete er sich nun seiner Familie. Sorgte dafür, dass seine Kinder und Enkel eine gesicherte Existenz hatten. Fast wie ein altmodischer Patriarch. Seine Verwandten würden ihn nie wieder im selben Licht sehen, wenn er als Räuber entlarvt würde und sich darüber hinaus erweisen sollte, dass er schuld am Tod eines Menschen war.

»Schon, aber wir können ihn schlecht noch mal einbestellen, ohne wirklich konkrete Beweise.«

Hanna setzte sich und startete den Computer. Sie versuchte, nicht zu den Kulis zu gucken, nicht an den Morgen zu denken. Wut keimte in ihr. Auf ihn. Auf sich selbst. Auf alle. *Reiß dich zusammen, verdammt.* Hätten ihre Kollegen gewusst, wie es in ihrem Innern aussah, hätten sie sie vermutlich nach Hause geschickt. Dabei war sie doch nicht verrückt. Wäre sie das, hätte sie sich hingestellt und geschrien. Kulis und Vogel aus dem Fenster geschmissen. Die Lust, das zu tatsächlich zu tun, versiegte langsam. Seufzend öffnete sie die Protokolle der vergangenen Vernehmungen von Ture Lagerman und begann zu lesen. Sie war eine gute Ermittlerin, das konnte ihr niemand nehmen. Es dauerte nicht lange, bis sie etwas fand.

»Ture hat selbst gesagt, dass er am Samstag zu seiner Tochter in Löttorp gefahren ist, Borgholm liegt auf dem Weg. Da kann er sehr gut gehalten haben.«

»Stimmt«, sagte Erik. »Aber um den Staatsanwalt zu überzeugen, brauchen wir etwas, was beweist, dass Ture in der Wohnung oder zumindest in der Nähe der Wohnung war.«

»Okay«, sagte Hanna. »Vielleicht sollten wir uns mal mit seinen Kindern und Enkeln unterhalten.«

Plötzlich traf sie die Erkenntnis, dass es ja jemand in seiner Familie geben könnte, der oder die genauso viel zu verlieren hatte, wenn die Wahrheit herauskam. Familienmitgliedern wurde immer auch ein Teil der Schuld zugesprochen. Mit einem Mal hatten sie eine Reihe neuer, potenzieller Täter.

»Ich glaube nicht, dass das schon begründet ist.«

Erik klang ungewöhnlich pessimistisch. Vielleicht war es zu weit hergeholt, die Schuldigen unter Tures Familienmitgliedern zu suchen. Trotzdem würde es den Druck auf ihn erhöhen, wenn sie mit ihnen sprachen. Schließlich war unmissverständlich, wie viel seine Familie ihm bedeutete. In dem Punkt unterschied er sich dann doch von Axel Sandsten.

63

Nachdem sie ein Glas Wasser geleert hatte, nahm Ingrid das *Barometern* und eine Decke mit und setzte sich vors Haus. Trotz der Decke war es kühl, aber lieber kühl als zu warm. Jakob hatte sich mit dem Lebensmitteleinkauf angekündigt, und sie konnte ja genauso gut hier auf ihn warten.

Sie schlug die Zeitung auf. Der Pandemie war die obere Hälfte der Titelseite gewidmet: *Zwölf Coronafälle. Zwei im Krankenhaus.* War sie da mit eingerechnet, oder lagen noch zwei andere arme Seelen in der Klinik? Sie las alles über die Pandemie, hatte aber nicht das Gefühl, danach schlauer zu sein als vorher. Niemand konnte vorhersagen, wie sich die Lage weiterentwickeln würde. Alle tappten im Dunkeln.

»Da sind Sie ja …«

Der Stockholmer kam die Auffahrt hinauf. Er und seine Frau lebten nun schon seit fast drei Jahren in Kleva. Seinen Schäferhund hatte er nicht dabei. Er trug einen hautengen Sportanzug und eine Zipfelmütze, wirkte aber nicht so, als wäre er schon gelaufen.

»Stopp!«, schrie sie und ließ die Zeitung sinken.

Er blieb stehen und sah sie an, als hätte sie den Verstand verloren. Fast hätte sie ihn in dem Glauben gelassen, dann würde er sie vielleicht endlich in Ruhe lassen.

»Ich habe Corona«, erklärte sie.

Der Mann machte schnell ein paar Schritte zurück.

»Sollten Sie dann wirklich zu Hause sein?«

»Ja, ich wurde heute entlassen. Es ist besser, wenn ich mich hier isoliere.«

Er wirkte nicht überzeugt.

»Wollten Sie was Bestimmtes?«, fragte sie.

»Nein, nur eine Runde laufen. Vom Arzt verordnet. Aber dann hab ich Sie entdeckt und wollte kurz nachhören, wie es geht. Meine Frau war gestern mal hier und hat sich Sorgen gemacht, weil Sie nicht da waren.«

Ingrid begnügte sich mit einem Nicken. Welcher Arzt hielt es denn für eine gute Idee, bei diesen Temperaturen draußen rumzurennen? Es waren wenige Grad über Null, es konnte überall spiegelglatt sein. Vielleicht war es die Frau, die ihn zum Laufen zwang. Sie kam manchmal vorbei und klingelte, und dann bat Ingrid sie für gewöhnlich auf einen Kaffee herein. Dann schwärmte sie meist davon, wie herrlich es in Kleva war, trotzdem klang ganz deutlich durch, wie sehr sie ihre alte Heimat vermisste. Sie hatten in einer Fünfzimmerwohnung am Mariatorget gewohnt. Ingrid hatte keine Ahnung, wo dieser so großartige Platz lag, sie war noch nie in der Hauptstadt gewesen.

»Wie ist es denn?«, fragte der Stockholmer. »Die Pest zu haben, meine ich.«

Er grinste über seinen tollen Witz. So schlimm konnte sie also nicht aussehen, sonst würde er nicht rumscherzen. Sie lächelte nachsichtig.

»Eigentlich wie eine Grippe. Ich habe Gliederschmerzen und Fieber. Bisher hatte ich keines der anderen komischen Symptome, aber die kommen vielleicht noch.«

»Melden Sie sich, wenn Sie was brauchen«, sagte er und machte noch einen Schritt zurück.

Ingrid hob zum Abschied die Hand. Der Stockholmer eilte davon, sicher auf direktem Weg zurück zu seiner Frau, die sofort das Telefon in die Hand nehmen würde. Irgendwie hatte sie das mit der Dorfgemeinschaft missverstanden. Wer nicht aus Fürsorge miteinander sprach, tratschte einfach nur. Trotzdem fragte Ingrid sich, wie die anderen im Ort reagieren würden. Es gab hier einige, die ihr wirklich am Herzen lagen, selbst von den Zugezogenen. Unten am Strandvägen wohnte eine Familie, die kämpfte, um Arbeit und Kind unter einen Hut zu bringen, weil sie keine Verwandtschaft in der Nähe hatte. Ingrid hatte sich schon ein paar Mal als Babysitterin zur Verfügung gestellt. Ihr Fünfjähriger war wesentlich leichter zu betreuen als Olivia, auch wenn die Zeit mit ihrer Enkelin ihr selbstverständlich weitaus mehr bedeutete.

Ingrid schaute zur Zeitung auf ihrem Schoß. Sie schaffte es gerade nicht mal, sie hochzunehmen. Ihr Blick wanderte zum Rasen, der schon grün war. Irgendwann im April musste sie ihn mähen lassen. Ein Junge aus dem Dorf machte das für ein paar Kronen für sie. Ingrid hatte die Eltern gefragt, was sie für eine angemessene Bezahlung hielten, und den Betrag dann verdoppelt. Die Müdigkeit verlangsamte ihre Gedanken. Vielleicht sollte sie wieder reingehen. Aber erst wollte sie noch kurz ausruhen. Ihr Kinn sackte zur Brust.

»Mama!«

Jakobs Stimme riss Ingrid aus dem Fiebertraum. Sie hob den Kopf und betrachtete ihren Sohn, der ein paar Meter entfernt in der Auffahrt stand.

»Wie spät ist es?«, fragte sie.

»Zwei Uhr«, sagte er und hielt die Plastiktüten hoch. »Wieso sitzt du hier draußen? Es ist doch schweinekalt.«

»Bisschen frische Luft hat noch niemandem geschadet. Würdest du die Tüten direkt hinter die Tür stellen?«

Jakob ging zum Haus und tat, worum sie gebeten hatte.

»Du hast Fieber, das seh ich dir doch an«, sagte er, als er wieder zurück war.

»Ja, es ist leider wieder gestiegen. Wahrscheinlich wird es auch Zeit für meine Tabletten. Wie spät ist es?«

»Zwei, hab ich doch gerade gesagt.«

Ingrid suchte nach Verärgerung in Jakobs Gesicht, sah aber nur Sorge. Er war in seinem Overall direkt vom Hof gekommen. Hatte nicht mal die Stiefel ausgezogen. Damit war das Autofahren sicher mühsam. Aber die Uhrzeit erklärte wohl, warum es ihr so schlecht ging, sie hätte die Medikamente schon vor einer Stunde nehmen sollen.

»Wie geht es Olivia?«, fragte sie.

»Noch immer keine Symptome.«

»Schön. Dann nehme ich jetzt die Tabletten und lege mich hin.«

»Kann ich sonst noch helfen?«, fragte Jakob.

Eine Dusche wäre an und für sich angebracht gewesen, aber dabei wollte sie definitiv keine Hilfe von ihrem Sohn. Außerdem war das wegen der Ansteckungsgefahr sowieso ausgeschlossen.

»Nein«, sagte Ingrid.

Bislang war sie ohne externe Hilfe ausgekommen, und sie sah mit mulmigem Gefühl dem Tag entgegen, an dem sie auf einen ambulanten Pflegedienst angewiesen sein würde. Unterstützung beim Kochen und Putzen, okay, aber beim Duschen und Klogang? Sie schauderte, und dann fiel ihr auf, dass Jakob noch immer da war.

»Ich komme schon klar, wirklich«, bekräftigte sie.

»Dann fahre ich nach Hause, aber ich melde mich heute Abend noch mal.«

»Mach das.«

Ingrid wartete, bis Jakob weggefahren war, ehe sie aufstand. Der Boden schien unter ihren Füßen zu schwanken, und sie griff nach dem Stuhl, um nicht umzufallen. Doch der Stuhl war zu leicht, gemeinsam stürzten sie zu Boden. Noch im freien Fall hatte sie nur einen einzigen Gedanken: Wieso hatte sie Jakob fahren lassen?

Dumpf schlug sie auf. Schmerz schoss durch Kopf und Arm, mit denen sie auf dem Stuhl gelandet war. Mehrere Minuten lang lag sie da und starrte die Grashalme an, die über den Rand der kleinen Terrasse ragten. Sie wusste nicht, wie sie sich jemals wieder bewegen sollte. Dieser Körper gehorchte ihr nicht länger. Teile fühlten sich taub an, andere schmerzten auf eine Art, die sie noch nie erlebt hatte. Nach Hilfe konnte sie nicht schreien, weil ihr niemand zu nahe kommen durfte.

Nein, so ging das auch nicht. Sie konnte ja nicht hier liegen bleiben und Staub ansetzen. Mühsam bekam sie den Arm frei. Sie keuchte, als das Blut langsam wieder hineinfloss. Nach einer kurzen Pause rollte sie sich auf die Seite und winkelte die Beine an, setzte sich auf. Hier musste sie länger ausharren. Sie versuchte zu orten, woher der Schmerz kam, aber das war fast unmöglich, weil es überall wehtat. Der Arm schien immerhin nicht gebrochen. Der Schmerz verschlimmerte sich nicht, wenn sie ihn bewegte. Nachdem sie ihr Kinn abgetastet hatte, waren ihre Finger blutig.

Erst nach ein paar Minuten konnte sie den nächsten Schritt wagen: aufzustehen. Unendlich langsam legte sie die kurze Strecke bis zur Haustür zurück, trotzdem war sie am Ende völlig außer Atem.

Das Erste, was Ingrid tat, als sie das Badezimmer erreicht hatte, war, die Schmerztabletten zu nehmen, die ihr mitgegeben worden waren. Dann inspizierte sie ihr Kinn im Spiegel. Es war aufgeschürft und blutete. Sie sollte die Wunde reinigen, doch sie konnte einfach nicht die Kraft dazu aufbringen, starrte nur hilflos in den Spiegel. Schlussendlich verließ sie das Bad. Ein Blick zu den Tüten im Flur reichte, und die Müdigkeit übermannte sie vollends. Also ging sie geradewegs ins Schlafzimmer und ließ sich der Länge nach aufs Bett fallen. Ihr Bewusstsein glitt davon. Irgendwo klingelte ein Telefon, aber ans Antworten war nicht zu denken.

64

Nachdem es sicher zehnmal geklingelt hatte, gab Hanna auf. Sie legte das Handy weg und starrte auf ihren Monitor. Sie fand es besorgniserregend, dass Ingrid nicht ans Telefon gegangen war. Wie konnten die Ärzte eine Patientin entlassen, der es noch so schlecht ging? Heute Morgen war Ingrid allein vom Sprechen außer Atem gewesen und hatte immer wieder Hustenanfälle gehabt. Hanna hatte sie nach dem Raub in Degerhamn fragen wollen. Und danach, ob sie sich an Leif Ahlbom erinnerte. Vielleicht war er ja tatsächlich unschuldig gewesen. Hanna griff noch einmal zum Handy und rief Jakob an.

»Es ist sicher alles in Ordnung«, sagte er. »Ich war gerade erst bei ihr und habe ihr Lebensmittel gebracht. Da wollte sie ihre Medikamente nehmen und sich hinlegen.«

»Danke«, sagte Hanna. »Dann versuche ich es später noch mal.«

Es freute sie, dass Jakob sich so um seine Mutter zu kümmern schien. In dem knappen Jahr, das sie Ingrid nun kannte, hatte ihre ehemalige Nachbarin ihren Frust über und ihre Sorge um den Sohn mit ihr geteilt. Weil er wollte, dass sie umzog. Weil er nicht zuhörte. Weil er fand, dass sie sich zu sehr in die Erziehung der Enkelkinder einmischte.

Ihr Blick wanderte zum Aktenschrank, in dem der Holzvogel lag, dann weiter zu den Kulis. Wieso meldete Isak sich nicht? War er noch immer wütend? Verzweifelt suchte sie nach etwas, was sie als Nächstes tun konnte. Beschäftigung war das Einzige, was das Gedankenkarussell anhielt. Aber sie war bereits alle Gesprächsprotokolle mit Ture Lagerman durchgegangen und hatte nichts weiter gefunden, als dass er an dem Samstag, an dem Vidar ermordet wurde, nach Löttorp gefahren war. Laut Aussage der Tochter war Ture gegen fünf eingetroffen. Es war also durchaus möglich, dass er unterwegs bei Vidar gehalten hatte.

Hanna stand auf und eilte aus dem Büro. Eigentlich wollte sie sich einen Kaffee holen, landete dann aber doch auf der Toilette. Kein Blut, aber irgendwie beruhigte sie das nicht. Sie unterdrückte den Impuls, Isak anzurufen, und verließ die Toilette.

Degerhamn. Wenn Leif Ahlbom unschuldig war, hatten sie den Raub vielleicht völlig falsch eingeordnet. Vielleicht wollte der Täter ja gar nicht verhindern, dass die Wahrheit ans Licht kam, sondern wollte Rache? Hanna pfiff auf den Kaffee und kehrte ins Büro zurück. Daniel schaute gebannt auf seinen Bildschirm, die Augen huschten unentwegt vor und zurück.

»Hast du Angehörige von Leif Ahlbom ausfindig gemacht?«, fragte sie.

Sein Blick huschte noch schneller hin und her, er schaute erst wenige Sekunden später auf.

»Entschuldige, es ist gerade einfach viel. Leif Ahlbom hat einen Sohn namens Niklas. Warte, ich schau mal, ob ich herausfinden kann, wo er jetzt steckt.«

Daniels Finger flogen über die Tastatur und verharrten plötzlich abrupt.

»Das darf doch nicht wahr sein«, sagte er. »Der Sohn hat seinen Namen geändert. Er heißt jetzt Nikola Leko.«

»Albert Johanssons Freund«, sagte Hanna langsam. »Der ihm erst ein Alibi verschafft und es dann wieder zurückgenommen hat.«

Ihr Hirn wehrte sich gegen diese Information. Wieso hatten sie das nicht gewusst? Aber es hatte ihnen einfach niemand erzählt.

»Wann hat er seinen Namen geändert?«, fragte Erik, der ebenfalls auf ihre Seite der Trennwand gekommen war.

»Kurz vor der Jahrtausendwende«, sagte Daniel. »Seine Mutter ist in den Fünfzigern aus dem ehemaligen Jugoslawien nach Schweden gekommen, er hat ihren Namen angenommen.«

»Vielleicht, um sich von Leif zu distanzieren«, sagte Hanna.

So hatte es ihr Bruder gemacht. Hatte den Namen seiner Frau angenommen, damit er nicht länger mit ihrem Vater verknüpft wurde. Dabei war ihr Vater ja nicht mal dabei gewesen, als Ester ermordet wurde, Kristoffer hingegen schon. Konnte auch sein, dass er den Schuldgefühlen entkommen wollte.

»Das klingt ein bisschen weit hergeholt«, sagte Erik.

Ein bisschen stimmte sie ihm zu. Der Raub hatte vor fast sechzig Jahren stattgefunden. Gleichzeitig protestierte etwas in ihr. Solche Geschehnisse gerieten nicht so schnell in Vergessenheit. Besonders nicht in kleinen Orten.

»Wo ist Nikola aufgewachsen?«, fragte sie.

»Er hat in Degerhamn gewohnt, bis er fast dreißig war«, sagte Daniel. »Dann sind er und seine erste Frau nach Kalmar gezogen. Nachdem die Ehe nach sieben Jahren endete, hat er auch noch seinen Vornamen geändert. Aus Niklas wurde Nikola. Irgendwann hat er noch mal geheiratet und ist nach Fjölebro gezogen.«

Fjölebro war ein Neubaugebiet zwischen Kalmar und Lindsdal.

»Wo arbeitet er?«, fragte Erik.

»Im Rathaus«, sagte Daniel. »Er arbeitet für die Stadtverwaltung.«

»Wir müssen Nikola Leko vernehmen«, sagte Erik.

»Ja«, stimmte Hanna zu, »aber vielleicht sollten wir erst noch ein bisschen weitergraben. Ich würde vorschlagen, wir reden noch mal mit Albert Johansson und statten Milla vom Pflegedienst einen weiteren Besuch ab, um ihr neue Fotos zu zeigen.«

»Ist es wirklich so klug, jetzt noch mal mit Albert Johansson zu sprechen?«, fragte Erik. »Vielleicht haben sie ja zusammengearbeitet.«

»Genau das müssen wir ja herausfinden«, sagte Hanna. »Lass uns noch mal zu Milla gehen. Du fährst, und ich rufe von unterwegs Albert an, einverstanden?«

Alle Sorgen waren vergessen. Jetzt hatte ihr Jagdinstinkt übernommen.

65

Hinter der Ölandbrücke bog Erik in südlicher Richtung ab und fuhr an Färjestaden vorbei. Milla Pederson war bei einem Patienten in Mörbylånga, und sie wollten sie dort treffen, denn danach musste sie nur noch weiter in den Süden der Insel. Als Erik von der Polizei in Malmö nach Kalmar gewechselt war, hatte er sich über die vergleichsweise längere Fahrerei aufgeregt. Dabei war es sicher noch wesentlich weniger, als Millas Job voraussetzte. Kleva war an der nächsten Gabelung ausgeschildert, und er schielte zu Hanna, die jedoch das Handy ans Ohr gepresst hatte und stur geradeaus blickte.

»Vielen Dank«, sagte sie und ließ das Telefon sinken.

»Was hat Albert erzählt?«, fragte Erik.

Er hatte ja nur Hannas Teil des Gesprächs mithören können.

»Dass er Nikola erst vor wenigen Monaten kennengelernt hat, und zwar bei einer Weihnachtsfeier im Rathaus. Sie unterhielten sich über Trabrennen und verabredeten sich auf der Rennbahn, wo sie seitdem noch mehrfach waren.«

»Weiß Albert, wer Nikolas Vater war?«

»Nein, davon hatte er angeblich keine Ahnung. Nikola hatte nur seine Mutter erwähnt, die kürzlich verstorben ist.«

»Klingt so, als hätte Nikola das Treffen bewusst eingefädelt«, sagte Erik.

»Finde ich auch.«

Erik musste sich vom Navi leiten lassen, als sie Mörbylånga erreicht hatten. Trotzdem bog er einmal falsch ab. Er parkte das Auto vor einem weiß verklinkerten Haus, das, so schätzte er, in den Siebzigern gebaut worden war. Die Giebel hatten dunkelbraune Holzpanele, Haustür und Fensterrahmen waren ebenfalls braun. Ein Wagen vom Pflegedienst stand in der Auffahrt. Er schickte Milla eine SMS, dass sie da waren, und sie antwortete, dass sie rauskomme, sobald sie fertig wäre.

Eine Minute verstrich, dann ging seine Ungeduld mit ihm durch.

»Sag mal, was war das eigentlich zwischen dir und Ture und seiner Anwältin?«

»Was meinst du?«

Hanna hatte den ganzen Morgen über einen gestressten Eindruck gemacht. Erst als sie herausgefunden hatten, dass es sich bei Nikola Leko um Leif Ahlboms Sohn handelte, war sie wieder mehr sie selbst gewesen. Wieso hatte er nach Ture gefragt? Manchmal war er ein so taktloser Idiot, aber aus der Nummer kam er jetzt auch nicht mehr heraus.

»Irgendwie war die Stimmung komisch«, sagte er.

Hanna schaute so sehnsüchtig zu dem Klinkerhaus, als hoffe sie, Milla käme sofort zu ihrer Rettung, doch die Tür blieb zu.

»Die Anwältin hat auch Axel Sandsten verteidigt, und ich hatte das Gefühl, Ture hätte sie nur aus diesem Grund angeheuert.«

»Ach du Kacke«, sagte Erik.

»Genau. Und mir ist vollkommen bewusst, dass ich die Sache besser hätte handhaben können.«

»Also, so meinte ich das gar nicht. Du hast das besser gemacht, als ich das gekonnt hätte. Ich bereue es, dass ich ihn nach unserer ersten Befragung vernünftig genannt habe.«

»Wie lieb, danke.« Hanna lachte.

Erst nach fast einer Viertelstunde öffnete sich die Haustür. Milla eilte zu ihnen, öffnete die Tür und setzte sich auf die Rückbank.

»Ich hab die Kaffeedose fallen lassen, und das verdammte Pulver hat sich überall in der Küche verteilt. Hat leider megalang gedauert, das alles wegzumachen. Die Trulla da drin hat rumgebrüllt, als hätte ich ihre Küche abgerissen. Absichtlich. Ich hab die Situation nicht verbessert, weil ich Kontra gegeben hab. Mann ey, mir fehlt Vidar echt. Der konnte wenigstens einfallsreich schimpfen. Ich müsste längst beim Nächsten sein, das muss jetzt also leider schnell gehen.«

»Es sollte nur ein paar Minuten dauern«, sagte Erik.

Hanna gab ihr einen Stapel Fotos. Die Aufnahme von Nikola Leko steckte zwischen denen von vierzehn anderen Männern unterschiedlichen Alters.

»Haben Sie einen dieser Männer vor Vidar Johanssons Haus gesehen?«

Milla blätterte sich durch den Stapel, überlegte kurz und hielt dann eins der Fotos hoch.

»Den hier.«

»Sicher?«, fragte Hanna.

»Also, ich würde nicht drauf schwören«, sagte Milla. »Aber ziemlich sicher bin ich mir schon. Darf ich jetzt los?«

Erik nickte, und Milla stieg aus. Kaum hatte sie die Tür zugeschlagen, rief Hanna bei Ove an und stellte auf Lautsprecher.

»Milla hat Nikola Leko eindeutig als den Mann identifiziert, den sie vor Vidar Johanssons Haus gesehen hat.«

Erik wartete, bis Milla in dem Pflegedienstauto vorbeigefahren war, bis er ebenfalls losfuhr.

»Gut«, sagte Ove. »Dann bleibt uns wohl nicht mehr viel anderes übrig, als ihn aufs Präsidium zu bringen. Macht mir bitte keine Szene im Rathaus.«

»Wir geben unser Bestes«, erwiderte Erik.

»Besten Dank.«

Hanna legte auf, und Erik schlug vor, zum Rathaus zu fahren und Nikola Leko anzurufen, wenn sie davorstanden. Es war ja unnötig, dass sie hineingingen und sich als Polizei vorstellten. Gleichzeitig mussten sie dort sein, falls er einen Fluchtversuch starten sollte.

»Ich hab's im Gefühl: Jetzt sind wir endlich auf der richtigen Spur«, sagte Erik.

»Vielleicht«, sagte Hanna.

Trotz dieses Kommentars war auch ihr eine positive Nervosität anzumerken. Die Finger der rechten Hand trommelten auf ihren Oberschenkel. Als sie sich Kleva näherten, wandte sie den Kopf ab zu den Feldern, die sich rechts des Weges aneinanderreihten. Erst knapp zehn Kilometer später, als sie Färjestaden erreicht hatten, schaute sie wieder geradeaus.

»Gibt es was Neues von Markus Bergman?«, fragte er, einfach um etwas zu sagen.

Vielleicht nicht die beste Frage, aber Hanna schien sie ihm nicht übel zu nehmen.

»Leider nicht.«

Mehr sprachen sie nicht auf der Rückfahrt nach Kalmar. Erik parkte auf der Straße vorm Rathaus und warf einen schnellen Blick zum Dom am Stortorget. Es überwältigte ihn jedes Mal wieder, wie schön diese Kirche war: ein mächtiges Barockgebäude mit orangegelben Kalksteinwänden und blaugrünem

Kupferdach. Erik rief im Rathaus an und bat darum, mit Nikola Leko verbunden zu werden.

»Herr Leko ist in einer Besprechung.«

»Darauf kann ich leider keine Rücksicht nehmen. Ich muss ihn sofort sprechen, wie bereits gesagt bin ich von der Polizei.«

Die Frau zögerte.

»Wie kann ich sicher sein, dass Sie wirklich von der Polizei sind?«

»Rufen Sie beim Präsidium an, und lassen Sie sich zu Erik Lindgren durchstellen, dann können wir das Gespräch gleich fortsetzen.«

Das reichte der Frau.

»Er wird nicht ans Telefon gehen«, sagte sie. »Ich hole ihn eben aus der Besprechung.«

Wenige Minuten später fragte eine Männerstimme, was er wolle.

»Guten Tag, Herr Leko. Hier spricht Erik Lindgren von der Kripo Kalmar. Meine Kollegin Hanna Duncker und ich sitzen in unserem Wagen direkt vorm Rathaus und warten auf Sie.«

»Warum?«

»Sie müssen uns aufs Revier begleiten. Wir dachten, es wäre Ihnen vielleicht lieber, wenn wir Sie so herausbitten, als drinnen mit unseren Dienstausweisen rumzuwedeln.«

»Habe ich eine Wahl?«

»Leider nicht«, sagte Erik. »Wenn Sie einen Rechtsbeistand haben, bitten Sie diesen, direkt zum Revier zu kommen. Sonst organisieren wir jemand für Sie.«

»Ich bin unterwegs«, sagte Nikola. »Und eine Anwältin habe ich auch.«

Die Minuten verstrichen, ohne dass etwas geschah. Nach einem kurzen Blickwechsel stiegen Erik und Hanna aus und eilten zur

Rathaustür, die sich jedoch in dem Moment öffnete. Heraus kam Nikola Leko mit Handy am Ohr.

»Ich muss meine Anwältin verständigen«, sagte er. »Das konnte ich da drin nicht.«

Er entfernte sich ein Stück, aber die beiden ließen ihn nicht aus den Augen. Als er aufgelegt hatte, kehrte er zu ihnen zurück. Er schaute sich um. Ein einzelner Mensch bewegte sich über das Kopfsteinpflaster des Stortorget.

»Warum möchten Sie mit mir sprechen?«, fragte er. »Ich kann Ihnen nicht mehr über Albert erzählen.«

»Das erfahren Sie auf dem Revier«, sagte Erik und öffnete ihm die Autotür.

Nikola Leko schaute sich noch einmal um und ließ sich dann auf dem Platz nieder, an dem erst kurz zuvor Milla gesessen hatte.

66

»Wussten Sie, wer Vidar Johansson war, bevor er ermordet wurde?«, fragte Hanna.

Die Vernehmung lief seit ein paar Minuten, und es war an der Zeit, dass Nikola Leko den Ernst der Lage begriff. Er saß zusammengesunken im Sessel und schielte zu seiner Anwältin, einer adretten Frau um die sechzig, die er offensichtlich schon länger kannte. Nach der Begrüßung hatte sie gleich nach Nikolas Sohn gefragt. Sie hatten sich für den Videoraum entschieden, damit Ove und der Rest des Teams die Vernehmung live verfolgen konnten.

»Wussten Sie, wer Vidar Johansson war, bevor er ermordet wurde?«, wiederholte Hanna, weil sie keine Antwort bekommen hatte.

Das Bedürfnis, das Tempo anzuziehen, war zum Teil auch egoistischer Natur, schließlich würde ein Durchbruch ihre Versagensgefühle etwas dämpfen. Vor der Vernehmung war sie noch einmal auf der Toilette verschwunden. Wieder hatte sie kein Blut vorgefunden, aber bei Isak gemeldet hatte sie sich auch noch nicht. Sie waren beide gleich stumm und stur.

»Ja«, sagte Nikola Leko. »Albert sprach oft von seinem Onkel. Er war wütend auf ihn, weil er das Gefühl hatte, Vidar stehe ihm nur im Weg.«

»Das klingt so, als wollten Sie damit sagen, dass Albert seinen Onkel ermordet hat«, fasste Erik zusammen.

Offenbar war ihm Nikolas Versuch, die Schuld von sich zu weisen, ebenfalls nicht entgangen.

»Ich gehe davon aus, dass Sie Albert verdächtigen«, sagte Nikola. »Ich wollte ihn schützen, aber damit ist jetzt Schluss. Ich hätte von Anfang an die Wahrheit sagen sollen.«

»Worüber?«, fragte Hanna.

»Darüber, wie schlecht Albert über seinen Onkel sprach. Natürlich hat es mich misstrauisch gemacht, als er mich bat, zu lügen, wann ich bei ihm war. Aber ich habe mir selbst eingeredet, dass er unschuldig sein musste.«

Nikola Leko atmete langsam aus. Vielleicht sollte es wie ein reuevolles Seufzen klingen, dabei betonte es nur seine Nervosität.

»Vidar hat in den Sechzigern mit Ihrem Vater bei Ölands Bygg gearbeitet«, sagte Hanna.

»Und was hat das mit mir zu tun?«

»Das können Sie uns vielleicht besser erklären«, bat Erik.

»Nein, kann ich nicht.«

»Jetzt müssen Sie uns langsam mal mitteilen, worum es hier geht«, mischte sich nun die Anwältin ein, die sich bisher zurückgehalten hatte.

»Wann waren Sie zuletzt in Borgholm?«, fragte Erik.

»Keine Ahnung«, sagte Nikola. »Ach, doch, im Herbst. Wir waren mit ein paar Kollegen beim Erntefest, um uns Ideen für das Stadtfest in Kalmar zu holen.«

»Wir haben eine Zeugin, die Sie vor Vidar Johanssons Haus gesehen hat«, sagte Hanna. »Vergangenen Freitag, am dreizehnten März. Am Tag vor dem Mord an Vidar. Gegen sieben Uhr abends, und sie hatte den Eindruck, dass Sie sich ins Haus geschlichen hätten, hätte sie Sie nicht vertrieben.«

»Ihre Zeugin irrt sich«, murmelte Nikola.

»Inwiefern?«, fragte Erik.

»Das war nicht ich.«

»Nein, die Zeugin irrt sich nicht«, sagte Hanna. »Und wenn wir erst Ihre Handydaten und die Verkehrskameras auf dem Weg nach Borgholm geprüft haben, werden wir die Bestätigung haben. Sie haben Ihr eigenes Alibi untergraben, als Sie uns erzählt haben, wann Sie wirklich bei Albert eingetroffen sind.«

»Für die Handydaten brauchen Sie einen richterlichen Beschluss«, sagte die Anwältin.

Nikola lehnte sich vor und verbarg das Gesicht in den Händen.

»Den haben wir bereits«, sagte Hanna. »Dafür reichte die Identifizierung durch die Zeugin. Also können Sie, Herr Leko, jetzt mit diesem Theater aufhören. Das überzeugt sowieso niemand mehr, das dürften Sie ja selbst einsehen.«

Fast manisch bewegte Nikola plötzlich den Kopf auf und ab.

»Wieso nicken Sie?«

»Ich war da.«

Die Anwältin legte ihm die Hand auf den Arm. Erst da fiel Hanna auf, dass ihre Nägel pink lackiert und mit Glitzer versehen waren. Vermutlich war das einem Enkelkind geschuldet.

»Ich schlage vor, wir machen eine kleine Pause«, sagte die Anwältin. »Mein Mandant und ich müssen uns kurz beraten. Er steht gerade beruflich ziemlich unter Druck.«

»Ich war da«, wiederholte Nikola und schüttelte die Hand der Anwältin ab.

»Warum waren Sie vor Vidar Johanssons Haus?«, fragte Erik.

»Scheiße, Scheiße, Scheiße«, fluchte Nikola verzweifelt. »Ich wünschte, sie hätte nichts gesagt.«

»Meinem Mandanten geht es offenbar nicht gut«, unterbrach ihn die Anwältin. »Vergangene Woche war er stressbedingt in ärztlicher Behandlung. Ich möchte ihn jetzt ins Krankenhaus bringen.«

»Nein«, sagte Nikola. »Mit mir ist alles in Ordnung.«

»Wer hätte was nicht sagen dürfen?«, fragte Hanna.

»Mama«, sagte Nikola. »Sie bekam letzten Oktober ihre Krebsdiagnose. Der Arzt gab ihr nur noch wenige Wochen. Das hat sie total verändert. Sie hat das Wenige, was sie besaß, verkauft und hat einen Wochenendtrip nach New York gemacht. Aber richtig genießen konnte sie es nicht, weil es ihr so schlecht ging. Im November musste sie ins Krankenhaus und …«

Nikola verfiel in Schweigen und rieb mit den Händen über die Oberschenkel.

»Und?«, hakte Hanna nach.

»Ich habe sie im Krankenhaus besucht, und dann hat sie von Papas Selbstmord gesprochen. Ich wusste ja, warum er sich umgebracht hatte. Sogar die Zeitung hatte davon berichtet, allerdings ohne seinen Namen zu nennen. Zumindest dachte ich, es zu wissen. Mama hat gesagt, dass Papa immer wieder seine Unschuld beteuert hat.«

Nikola hielt sich an seinen Hosenbeinen fest, um seine Hände zur Ruhe zu zwingen.

»Mama hat ihm nicht geglaubt. Nicht mal, als sie den Brief fand.«

»Welchen Brief?«

»Papas Abschiedsbrief. Darin schrieb er von einem Kollegen, der ihn hatte drankriegen wollen, damit er selbst davonkam. Er hat sich das Leben genommen, weil er seine Unschuld nicht beweisen konnte.«

»Wo ist der Brief jetzt?«, fragte Erik.

»Mama hat ihn verbrannt. Sie hat gesagt, all das spiele nun auch keine Rolle mehr. Papa wäre schließlich tot. Aber wieso hat sie es mir dann erzählt?«

»Vielleicht hat sie sich geschämt«, sagte Hanna. »Vielleicht war sie selbst nicht von der Schuld Ihres Vaters überzeugt. Wie hieß der Kollege?«

»Ture Lagerman.«

Wieder schlug er die Hände vors Gesicht, diesmal fing er an zu weinen. Die Anwältin legte ihm eine Hand auf den Rücken, schien die Befragung aber nicht unterbrechen zu wollen. Als das Schluchzen nachgelassen hatte, bat Hanna ihn fortzufahren.

»Ich war so wütend auf Mama. Sie hat ihn ein paar Jahre nach dem Raub vor die Tür gesetzt, weil sie es nicht mehr ertrug, wie sie behandelt wurden. Ich war noch nicht mal auf der Welt, als das Ganze passiert ist, aber selbst ich wurde deswegen in der Schule gemobbt. Kaum war irgendwas verschwunden, bekam ich die Schuld. Ich … ich … Für mich lief es endlich besser. Vor ein paar Jahren hab ich hier bei der Kommune angefangen, und jetzt bin ich schon in der Auswahl für einen Chefposten. Meine Frau hat sich entschieden, mir eine neue Chance zu geben, und mein Sohn … Ich bin fast fünfzig und hatte die Hoffnung schon aufgegeben, noch Vater zu werden. Meine erste Ehe ging in die Brüche, weil meine damalige Frau von einem anderen schwanger wurde.«

»Ich kann mir gut vorstellen, wie schwer das war«, sagte Hanna.

»Ja, das war es. Ich wollte herausfinden, was damals wirklich passiert ist. Quasi um meinen Vater zu rehabilitieren. Ich war bei Ture, aber er hat natürlich alles abgestritten. Dazu hat er noch eine Menge Dreck über meinen Vater erzählt und mir dann gedroht, mir das Leben zur Hölle zu machen, wenn ich weiter solche Lügen verbreite. Und er hat mich gewarnt, mich bloß von Vidar fernzuhalten. Erst da hab ich kapiert, dass sie zu zweit gewesen waren. Ich bekam richtig Angst, dass mein Sohn denselben Scheiß würde durchmachen müssen wie ich, deshalb hab ich erst mal die Füße stillgehalten. Aber ich konnte nicht aufhören. Als ich dann herausbekam, dass Vidars einziger Verwandter auch für die Kommune arbeitete, habe ich mich mit ihm angefreundet. Albert war ein netter Kerl, und so konnte ich das Ganze für eine Weile vergessen.«

»Und dann?«

»Irgendwie konnte ich nicht länger so tun, als wäre nichts. Also beschloss ich, auch mit Vidar zu sprechen. Ich fuhr nach Borgholm und wartete vor der Tür. Als die Frau rauskam, wollte ich reinschlüpfen, aber ... ja ... Sie hat mich weggejagt. Am Samstag wollte ich einen neuen Versuch starten. Ich bin Vidar in ein Café gefolgt, wo er einer Frau erzählte, dass bei ihm Demenz diagnostiziert worden war.«

»Dann waren Sie auch am Samstag in Borgholm?«, fragte Erik.

»Ja«, gab Nikola zu. »Die Frau hat diese Neuigkeit nicht gerade gut aufgenommen, und da tat Vidar mir leid. Sofort hatte ich Zweifel, ob ich wirklich Kontakt aufnehmen sollte. Ich bin ihm mit ein bisschen Abstand gefolgt und habe gesehen, dass Albert vorm Haus auf ihn gewartet hat. Dann bin ich gefahren, aber nach ein paar Kilometern hab ich doch gedreht und mich vorm Haus herumgedrückt. Irgendwann kam Vidar runter und hat die Tür aufgemacht. Er hat eine Katze rausgelassen, aber als ich näher kam, hat er schnell die Tür zugezogen.«

»Dann waren Sie nie bei ihm in der Wohnung?«, fragte Hanna.

»Nein, ich schwöre.«

»Wieso haben Sie das alles nicht gleich erzählt?«

»Weil ich Angst hatte, dass Sie dann glauben, ich hätte ihn getötet. Oder dass Albert es war. Ich wollte unsere Freundschaft nicht aufs Spiel setzen.«

Der letzte Tag

Vidar öffnet die Schlafzimmertür, und sofort schießt die Katze heraus und streicht ihm um die Beine, als wäre sie mehrere Tage lang vernachlässigt worden. Auf dem Boden ist ein großer dunkler Fleck, immerhin hat sie nicht auf den Teppich gepinkelt.

»Ach, du Süße, deshalb wolltest du raus«, sagt Vidar und streichelt sie zärtlich. »Dieses kleine Malheur ist nicht deine Schuld, sondern Esbjörns.«

Esbjörn war so überzeugt davon, dass jemand im Schlafzimmer war, dass Vidar ihm den Weg abschneiden musste, sonst hätte er die Tür aufgerissen. Aber dann ist er ihn doch losgeworden. Ach, verdammt, das zerbrochene Glas liegt noch in der Küche. Kurz überlegt er, Hjördis sicherheitshalber wieder ins Schlafzimmer zu sperren, aber das geht ja auch nicht. Also trägt er sie ins Bad, setzt sie hin und macht schnell die Tür zu. Sie maunzt empört. Es rumst, weil sie sich von innen gegen die Tür wirft.

»Tut mir leid«, flüstert er. »Aber das muss kurz sein.«

Vidar holt den Besen aus der Kammer, fegt die Scherben zusammen und kippt sie mit dem Kehrblech in den Müll. Weil er es nicht schafft, auf dem Boden rumzukrabbeln, um die letzten

Splitter zu finden, holt er den Staubsauger. Hjördis' lautes Miauen stresst ihn so sehr, dass er vergisst, weshalb er den Staubsauger in der Hand hält. Nichts passiert, als er ihn einschaltet. Erst als er ihn zurückstellt, geht ihm auf, dass er das Kabel gar nicht eingesteckt hatte. Aber jetzt will er auch keine weitere Zeit verlieren. Scherben kann er keine mehr sehen, und das größere Problem ist sowieso der Cognac. In der Küche stinkt es richtig danach.

Mit Lappen und Reinigungsspray bewaffnet, nähert Vidar sich den Flecken an der Wand, auf Tisch und Stühlen. Um die Reste vom Boden zu wischen, nimmt er den Mopp. Als er mit dem Ergebnis zufrieden ist, geht er mit dem Spray und einer Rolle Küchenkrepp ins Schlafzimmer. Vorsichtig kniet er sich hin und wischt die Pfütze weg, sprüht dann etwas Putzmittel auf die Stelle und wischt noch einmal darüber. Dann fährt er mit den Fingerspitzen über den Teppich. Er fühlt sich trocken an. Sicherheitshalber prüft er auch noch das Bett, er will ja nicht in Katzenpisse schlafen. Montag kommt Milla, da wird er sie bitten, einmal die Küche und das Schlafzimmer zu wischen. Sie kann das viel besser als er.

Kaum ist er fertig, lässt er die Katze wieder laufen. Gekränkt huscht sie an ihm vorbei und verschwindet unters Sofa. Er will sie vorlocken, doch sie kommt nicht.

»Tut mir leid«, sagt er und hat einen richtigen Kloß im Hals. Vielleicht ist es ja doch ganz gut, wenn er den Rest seines Daseins allein fristet.

»Jetzt reiß dich aber zusammen«, mahnt er sich selbst.

Es sieht ihm gar nicht ähnlich, so leicht aufzugeben. Er holt sein Handy, setzt sich aufs Sofa und sucht Kickis Nummer heraus. Er wünschte, sie würde mit ihrer sanften Stimme sagen, dass sie weitermachen will wie bisher. Dabei ist es eigentlich ganz egal, was sie sagt, er möchte nur ihre Stimme hören. Es tutet ein paar Mal, dann wird er weggedrückt. Er vermutet, das war ein Versehen, also versucht er es gleich noch mal, landet aber sofort auf der Mailbox. Sie will nicht mit ihm sprechen. Er hinterlässt keine Nachricht, weil er nicht weiß, was er sagen soll.

Erst als er aufgelegt hat, fällt ihm wieder ein, was er Esbjörn hinterhergebrüllt hat: *Du kannst Kicki gern ausrichten, dass ich sowieso kein Interesse mehr habe.* Vidar ist so schockiert, dass ihm das Handy aus der Hand fällt. Wie konnte er das vergessen? Esbjörn hat das sicher brühwarm weitergegeben, und jetzt wird Kicki nie wieder mit ihm sprechen. Ihm ist zwar bewusst geworden, dass er sie nie wirklich geliebt hat, aber trotzdem will er nicht, dass ihre Beziehung so endet. Vidar ist kurz davor, Ingrid anzurufen, dabei weiß er nicht mal, was er ihr sagen könnte.

Ingrid ist die Einzige, die er je richtig geliebt hat. Er weiß, dass das gegenseitig war. Wieso hatte sie das aufgegeben? An jenem Sommertag auf der Wiese hatte sie ihm den Kopf auf den Schoß gelegt. Nachdem sie miteinander geschlafen hatten. Die Verzweiflung in ihrem Gesicht tut ihm noch heute weh. Als würde sie sich alles an ihm einprägen. Ein zweites Mal kam sie zu dem Schluss, dass er nicht gut genug war für sie.

Vidar steht auf und geht in die Küche. Viel hat er beim Treffen mit Kicki nicht gegessen. Er schaut in die Vorratskammer, dann in den Kühlschrank. Mehl und Eier, mehr war eigentlich nicht nötig, um Pasta zu machen. Dazu vielleicht Thunfisch. Himmel, wie sehr ihm das Kochen fehlt. Aber er verabschiedet sich gleich wieder von der Idee. Beim letzten Mal glich der Teig einem Stück Beton. Als Ingrid zum Essen da war, hatte er eine Tiefkühllasagne besorgt, aber selbst das Auftauen war ihm missglückt. Er hatte die verbrannten Seiten abschneiden müssen, bevor er sie auftischte. Statt zu kochen, streicht er Leberpastete auf ein Knäckebrot, isst im Stehen und trinkt dazu ein Glas Milch. Die Katze miaut, und es klingt weicher als vorhin. Vielleicht hat wenigstens sie ihm schon verziehen.

Vidar geht ins Wohnzimmer, aber die Katze ist nirgendwo zu sehen. Er folgt dem Maunzen bis in den Flur, wo sie auf der Fußmatte sitzt, direkt vor der Wohnungstür. Deutlicher kann sie eigentlich kaum sagen, dass sie raus will.

»Bleib doch noch ein bisschen«, fleht er.

Er hat fast den Eindruck, sie würde den Kopf schütteln. Aber vielleicht sieht sie sich auch nur nach ihm um. Sie miaut noch einmal. Laut und fordernd.

»Du könntest noch eine Dose Thunfisch bekommen.«

Hjördis stemmt sich mit den Pfoten gegen die Tür.

»Schon gut«, seufzt er.

Vidar nimmt sie auf den Arm und schleicht so schnell er kann die Treppe hinunter. Bei Danuta zu klingeln, ist ausgeschlossen. Sie würde ihm nicht glauben, dass er das Tier gerade vorm Haus gefunden hat. Außerdem kann er sich nicht vorstellen, dass die Katze überhaupt zu ihr will. Sie sehnt sich vermutlich nach draußen.

Bevor er Hjördis auf den Boden setzt, presst er noch mal die Nase in ihr warmes Fell und streichelt sie. Kaum berühren die Pfoten den Boden, ist sie auch schon weg. Sie ist wie ich, denkt er. Die Rastlosigkeit liegt ihr im Blut. Sowieso besser, wenn sie sich einen anderen sucht, der sich um sie kümmern kann. Die Lücken in seinem Gedächtnis werden immer deutlicher. Er ist dabei, sich selbst Stück für Stück zu verlieren, und schon bald ist er sicher genauso schlecht darin, sie zu füttern, wie Danuta.

Ein Mann steht auf dem Bürgersteig. Er kommt ihm vage bekannt vor, aber Vidar kann ihn nicht zuordnen. Sofort wird er wütend, weil das ab jetzt bestimmt immer so sein wird. Er wünschte einfach, er hätte mehr Zeit.

Der Mann sieht sich um und kommt auf ihn zu. Da begreift er, wer das sein muss. Die dicht sitzenden Augen und die Nase sind genau gleich. Das ist Leifs Sohn, und er war es auch, der im Café saß, als er Kicki von seiner Diagnose erzählte. Ganz wie Ture vorhergesagt hat. Schnell schließt Vidar die Tür.

67

Frust brodelte in Hanna, als sie das Vernehmungszimmer verließ. Sie hatte so sehr glauben wollen, dass sie diesmal den Richtigen gefunden hatten, doch Nikola Leko hatte nicht gestanden. Das taten allerdings wenige Täter sofort. Ove Hultmark kam aus dem Beobachtungszimmer.

»Wir behalten ihn über Nacht hier und starten morgen einen neuen Versuch«, sagte er. »Ich habe Weisung vom Staatsanwalt, dass wir ihn verhaften und eine Hausdurchsuchung machen dürfen.«

Ove wirkte eher müde als erleichtert. Diese Ermittlung hatte schon viele Haken geschlagen.

»Fahr nach Hause«, sagte Erik zu ihr. »Ich begleite die Kollegen zur Hausdurchsuchung.«

Hanna nickte. Sie wollte nichts lieber, als zu Isak fahren. Seit sie das Haus in Södra Näsby verlassen hatte, waren über acht Stunden vergangen. Acht Stunden absoluter Stille zwischen ihnen. Sie bezweifelte, dass sie seit Beginn ihrer Beziehung jemals einen ganzen Tag ohne gegenseitige Kontaktaufnahme verbracht hatten. War Isak noch immer wütend? Musste er ja sein, sonst hätte er sich gemeldet.

»Ich sorge dafür, dass Nikola Leko ins Untersuchungsgefängnis kommt«, sagte Erik und kehrte ins Vernehmungszimmer zurück.

Hanna sah ihm nach. Ihr Kopf wollte nach Hause, der Rest des Körpers gehorchte nicht.

»Was ist los?«, fragte Ove.

»Zwei Wochen müssen wir auf das Urteil warten. Das kommt mir so lang vor.«

»Das verstehe ich.«

Weiter hinten im Flur wurde die Tür zum Vernehmungszimmer geöffnet, und Erik kam heraus, dicht gefolgt von Nikola Leko und seiner Anwältin. Sie entfernten sich langsam.

»Selbst wenn er vom Gericht freigesprochen wird«, sagte Ove, »so wird er seine gerechte Strafe bekommen. Ich …«

Ihr Chef schluckte und sah sich um. Der Flur war leer, also setzte er noch mal an.

»Es tut mir leid, wie die erste Ermittlung gelaufen ist. Es war mein erster Mordfall, und ich hab mich verbissen. Ich war so überzeugt, dass ich …«

Weiter kam er nicht. *Es besteht kein Zweifel.* Mal um Mal hatte er dies wiederholt. Sie war die Protokolle durchgegangen und würde gern sagen, dass sie anders gehandelt hätte, aber sicher war sie sich absolut nicht. Lars Duncker hatte gestanden, und es hatte Beweise gegeben, die das Geständnis gestützt hatten.

Dennoch … Gute Polizisten konnten falsche Geständnisse durchschauen. Sie holte Luft. Ihr war gar nicht bewusst gewesen, dass sie auf diese Entschuldigung gewartet hatte.

»Danke«, sagte sie. »Aber dass alles so gelaufen ist, liegt ja hauptsächlich an Kristoffer. Und meinem Vater.«

»Mag sein«, sagte Ove. »Aber ich hätte bei der Vernehmung deines Vaters vieles besser machen können. Er wollte absolut nicht über den Mord sprechen, kam immer wieder auf deine

Mutter zu sprechen. Auf euch. Dabei hat er das getan, weil er keine Ahnung vom Mordgeschehen hatte. Er war überzeugt von Kristoffers Schuld.«

Hanna konnte darauf nichts erwidern. Ja, sie hatte sich nach einer Entschuldigung gesehnt, aber sie änderte wenig. Ihr Vater war gestorben, ohne die Wahrheit zu erfahren.

»Bis morgen«, brachte sie heraus und ging an Ove vorbei, um ihre Jacke zu holen.

Ihr Handy klingelte, als sie bei ihrem Wagen angekommen war. Kristoffer. Sie setzte sich ans Steuer und zog die Tür zu, ehe sie den Anruf annahm.

»Ich habe versucht, einen Flug nach London zu buchen«, sagte er. »Aber es ist unmöglich. Es gibt die nächsten Tage rein gar nichts.«

»Willst du nicht bis zur Urteilsverkündung bleiben?«, fragte sie und überlegte gleichzeitig, ob zwei weitere Wochen mit Kristoffer im Gästezimmer Isaks Geduld nicht überstrapazieren würden. Sie hätte sicher erst mal mit ihm darüber sprechen sollen.

Kristoffer schluchzte.

»Ich weiß nicht, ob ich das aushalte. Ich möchte Ella sehen.«

»Ich mache mich gerade auf den Weg nach Södra Näsby. Soll ich dich irgendwo einsammeln?«

»Nein, ich komme später selbst.« Schon hatte er aufgelegt.

Hanna versuchte es sofort noch mal bei ihm, aber er ging nicht dran. Höchstwahrscheinlich war er unterwegs in die nächstgelegene Bar. Einerseits hätte sie gern so lange nach ihm gesucht, bis sie ihn aufgetrieben hätte oder er zumindest ans Handy ging, aber er war erwachsen. Und gerade war sie nicht in der Verfassung, die Verantwortung für ihn zu übernehmen. Sie musste nach Hause, zu Isak. Musste wissen, ob alles gut war zwischen ihnen. Sie startete den Wagen und fuhr nach Södra Näsby.

Die Tür war nicht abgeschlossen. An jedem anderen Tag hätte Hanna gerufen, dass sie wieder da war, aber sie wusste nicht, wie sie sich jetzt verhalten sollte. Sie wollte ihn einfach nur finden. In der Küche war niemand. Auf der Spüle stand ein halb leeres Wasserglas. Im Wohnzimmer war er auch nicht. Eins der Sofakissen lag am Boden. Sie kehrte zurück in den Flur, um zu schauen, ob irgendwelche Schuhe fehlten. Schnürstiefel, Gummistiefel, Clogs, alle da – genauso die Jacke, die er immer nahm.

»Isak«, rief sie.

Nicht so fröhlich wie sonst, wenn sie nach Hause kam, sondern gellend und verzweifelt.

Keine Reaktion.

Ihr Herz fing an zu rasen. War etwas passiert? Vielleicht war das Sofakissen runtergefallen, weil … Nein, sie unterbrach den Gedanken sofort wieder. In Schlafzimmer und Toilette war er ebenfalls nicht. Sie hastete zur Waschküche. Da kam Isak gerade mit dem Wäschekorb in den Händen heraus. Darin waren gefaltete, saubere Sachen.

»Warum antwortest du nicht?«

Isak tippte mit dem Zeigefinger gegen das rechte Ohr. Erst jetzt sah sie die Ohrhörer.

»Was ist passiert?«, fragte er.

Sofort musste sie weinen. Isak stellte den Wäschekorb ab und eilte zu ihr. Schloss sie lang und fest in die Arme.

»Entschuldige mein Verhalten heute Morgen«, sagte er. »Ich hätte nicht …«

»Das ist es gar nicht. Ich habe das alles einfach so wahnsinnig satt. Kristoffer ist sicher irgendwo da draußen und trinkt sich besinnungslos.«

»Soll ich mich auf den Weg machen und ihn suchen?«

»Nein, ich muss mich hinlegen und mich ausruhen, und ich möchte, dass du mich dabei hältst.«

Hanna legte sich ins Bett, und Isak rückte von hinten an sie heran, schlang seine Arme um sie und legte ihr die Hände auf den Bauch. Sie schloss die Augen und zwang sich, ruhig zu atmen. Wollte nichts lieber, als in den Schlaf abdriften, aber der ließ natürlich auf sich warten.

»Entschuldige, Hanna«, sagte Isak. »Ich habe mich heute Morgen wirklich idiotisch verhalten.«

»Ja, aber ich doch auch. Mir ist klar, warum du dir solche Sorgen machst. Ganz rational weiß ich auch, dass ich einen Gang runterschalten sollte, und doch …«

»Du wärst ja nicht du, wenn du das könntest«, sagte Isak.

Hanna blieb stumm, bekam kein Wort heraus. Das war es ja nicht allein. Isaks Worte hatten dazu geführt, dass sie das Gefühl hatte, sich nicht ausreichend um ihr gemeinsames Kind zu sorgen. Dabei hatte die Ärztin ihr ja gesagt, sie könne sorglos arbeiten. Nichts deutete auf Komplikationen hin. Nicht mal die Blutung. Mehr war nicht gekommen, und seit Samstag hatte sie ja auch keine Schmerzen mehr gehabt. Es hatte sich angefühlt, als wolle Isak sie kontrollieren, und damit war sie nicht klargekommen. Und jetzt fühlte es sich unmöglich an, von der Blutung zu erzählen. Er würde das total falsch deuten, aufblähen, und sie wollte absolut keine Wiederholung vom Geschehen am Morgen.

»Mein Arm schläft ein«, sagte Isak und zog ihn unter ihr heraus.

Sie nahm seine andere Hand und schob sie nach oben, wo ihr Herz unter dem Busen schlug.

»Ich liebe dich«, flüsterte sie.

Das war die Wahrheit, aber manchmal hatte sie Angst, dass das nicht reichen würde. Dass sie nicht für das Beziehungsleben geschaffen war. Dass Isak ihre Rastlosigkeit irgendwann satthatte – und ihre Vergangenheit und alle anderen Probleme.

»Ich liebe dich auch«, sagte Isak. »Mehr als du dir vorstellen kannst.«

Hanna schloss die Augen. Wollte, dass die Wörter ihren Zweifel austrieben, aber sie reichten nicht. Sie musste spüren, dass sie zusammengehörten, dass alles gut werden würde. Sie drehte sich um und presste sich an ihn.

Sie küssten sich. Erst zögerlich, als wäre es ihr allererster Kuss, dann intensiver. Dann zog sie ihm den Pulli aus, und er protestierte nicht. Auch nicht, als sie seine Hose aufknöpfte. Erst als sie die Finger um seine Erektion schloss, kam der Einwand mit belegter Stimme.

»Bist du wirklich sicher?«

»Sei still«, sagte sie nur.

Sie drückte ihn auf den Rücken und übernahm mit dem Mund, bis sie es nicht länger aushielt und sie Isak in sich spüren musste.

DIENSTAG, 24. MÄRZ

68

»Möchtest du noch was?«, fragte Supriya und griff schon nach der Kelle.

Nach einem Blick auf die Uhr hob Erik den Teller. Supriya hatte ein schnelles Kichererbsencurry gemacht und sogar ein Naanbrot gebacken. Am Morgen war ihm aufgefallen, dass er nicht vor zwei im Präsidium sein musste, wenn die nächste Vernehmung von Nikola Leko angesetzt war. Den Vormittag hatte er damit verbracht, Berichte zu schreiben – auf dem Sofa. Ausnahmsweise hatte er fast mal alles aufgearbeitet.

»Daran könnte ich mich gewöhnen«, sagte er.

Supriya schüttelte den Kopf.

»Warten wir mal ab, was du in ein paar Wochen sagst.«

Er hatte keine Ahnung, wie viel seiner Arbeit sich wirklich von zu Hause erledigen lassen würde, aber vermutlich wesentlich weniger, als sie hoffte. Trotzdem hatte sie recht, nach ein paar Wochen hätte er vermutlich genug davon. Oder auch Monaten. Zu diesem Zeitpunkt vermochte noch niemand zu sagen, wie lang die Pandemie sich ziehen würde. Supriya riss ein Stück vom Naan, um die Reste des Currys vom Teller zu wischen.

»Wir sollten einen Schreibtisch für dich organisieren«, sagte sie.

»Und wohin sollen wir den stellen?«

Abgesehen von Wohnzimmer und Küche gab es in ihrer Wohnung nur zwei Zimmer. Nila hatte einen Schreibtisch in ihrem Zimmer, aber der war zu klein für ihn, um lange daran zu arbeiten. An und für sich könnten sie einen größeren kaufen, aber gerade kam Nila oft ja schon um zwei nach Hause.

»Der würde schon ins Wohnzimmer passen, wenn wir ein bisschen umräumen«, sagte Supriya.

»Lass uns mal noch den Sommer abwarten«, sagte Erik.

»War ja nur eine Idee. Ich werde dir keinen Schreibtisch aufzwingen.«

Lächelnd steckte Supriya sich das letzte bisschen Curry mit einem Stück Naan in den Mund.

»Schon klar.«

Erik streckte die Hand aus und drückte ihre. Dank der Kurzarbeit hatte sich ihre Laune erheblich verbessert, sodass es weniger Reibung zwischen ihnen gab. Sie rechnete damit, dass sie nach der Pandemie wieder wie gewohnt in ihren Job einsteigen konnte. Erik schaute noch mal zur Uhr.

»Fahr ruhig«, sagte sie und stand auf. »Ich erledige den Abwasch.«

»Danke«, sagte er. »Dann bleibt mir mehr Zeit hierfür.«

Er ging zu ihr und gab ihr einen Kuss, aber sie löste sich schon nach wenigen Sekunden.

»Lass uns damit heute Abend weitermachen.«

»Ich nehm dich beim Wort«, sagte er und verließ die Wohnung.

Die Vorstellung von dem, was er am Abend machen wollte, beschwingte ihn so sehr, dass er ordentlich in die Pedale trat. Schon nach sieben Minuten war er beim Präsidium. Hanna war vielleicht einen Meter vom Eingang entfernt, als er vom Rad stieg, aber sie hörte ihn nicht, obwohl er nach ihr rief. War – wie so oft – in ihre Welt versunken. Er schloss sein Rad an und eilte ihr nach.

Ove saß am Besprechungstisch und nippte an einem Kaffee.

»Schön«, fing er an, als er Erik sah. »Dann sind ja alle da. Ich muss euch nämlich etwas sagen.«

Irgendetwas an seinem Tonfall ließ alle innehalten. Nach einem Augenblick verwirrten Schweigens versammelten sich alle um den Tisch.

»Jetzt guckt nicht so ernst«, sagte Ove. »Ich habe mich entschieden, ab kommendem Monat etwas kürzerzutreten. Und nach den Sommerferien gehe ich in den Vorruhestand.«

»Warum denn?«, fragte Erik.

Ove war ein deutlich besserer Chef als der konfliktscheue Opportunist, unter dem er in Malmö hatte arbeiten müssen. Die Aussicht, ohne ihn als Chef weitermachen zu müssen, gefiel ihm gar nicht. Besonders nicht, wenn ihnen dann wieder so ein Einfaltspinsel vorgesetzt würde. Sein Handy vibrierte, aber er ignorierte es.

»Die Entscheidung ist in den letzten Monaten gereift«, sagte Ove. »Ich bin nicht etwa krank oder so. Aber ich fühle mich ziemlich erschöpft, und ich möchte gern mehr Zeit mit meiner Frau verbringen. Die Leitung sucht schon nach einem Nachfolger oder einer Nachfolgerin, aber wer es wird, ist noch unklar.«

Klar, manchmal machte Ove einen etwas behäbigen Eindruck, aber das war nur oberflächlich. Er hatte einen scharfen Verstand, war engagiert, und Erik konnte sich kaum vorstellen, dass es ihn glücklich machen würde, nur zu Hause rumzugammeln. Vielleicht war seine Frau ja krank. Sie war recht blass gewesen, als Ove sie an Weihnachten zum Glöggtrinken zu sich eingeladen hatte. Erik unterdrückte erfolgreich den Impuls, direkt nachzufragen. Das konnte er auch später noch unter vier Augen tun.

»Dann mal alles Gute!«, sagte Amer, und die anderen stimmten ein, obwohl es sich nicht wie ein Anlass zum Feiern anfühlte.

Ein Kollege steckte den Kopf zur Tür herein.

»Entschuldigt die Störung«, sagte er. »Aber Nikola Lekos Anwältin wartet unten.«

Hanna und Erik standen gleichzeitig auf.

»Hast du das gewusst?«, fragte er, als sie sich ein bisschen entfernt hatten.

»Nein, ich habe nicht mal was geahnt.«

Sie trennten sich. Hanna war unterwegs, um die Anwältin zu holen, und Erik machte sich auf den Weg zum Untersuchungsgefängnis. Die wenigsten waren unbeeinträchtigt von ihrer ersten Nacht in Gefangenschaft. Nikolas Gesicht zeigte zwar Spuren von wenig Schlaf, und er bewegte sich langsam, dennoch wirkte er sehr gefasst. Wenig später saßen sie alle im Vernehmungszimmer. Die Anwältin lehnte sich zu Nikola Leko und fragte ihn, ob er zuerst mit ihr allein sprechen wolle, doch er schüttelte den Kopf.

»Ich verstehe nicht …«

»Moment«, sagte Erik.

Schnell startete er die Aufnahme und erledigte die Formalitäten.

»Was verstehen Sie nicht?«, fragte er dann.

»Wozu das hier führen soll. Ich habe Ihnen gestern erzählt, was genau passiert ist. Daran wird sich nichts ändern, wenn Sie mir dieselben Fragen noch mal stellen.«

»Das ist gut möglich«, sagte Erik. »Aber wir müssen das trotzdem tun.«

Punkt für Punkt wiederholte Nikola alles, was er am Vortag

geschildert hatte: Was seine Mutter über den Selbstmord des Vaters gesagt hatte, was das in ihm ausgelöst und was er daraufhin getan hatte. Wie er Kontakt zu Ture aufnahm und sich mit Albert anfreundete. Wie er beschloss, auch noch mit Vidar sprechen zu wollen. Eriks Puls beschleunigte sich, als sie sich diesem Teil der Schilderung näherten.

»Sie haben zugegeben, dass Sie auch am Samstag vor Vidar Johanssons Haus standen«, sagte Erik. »Was ist dann passiert?«

Nikola trank einen Schluck Wasser aus dem Glas, das neben ihm stand. So beherrscht war er am Vortag nicht gewesen.

»Vidar erschien mit so einer gefleckten Katze in der Tür, die er auf den Boden setzte. Dann schaute er auf und sah mich.«

»Was haben Sie gemacht?«

»Ich dachte, das wäre meine Chance, mit ihm zu sprechen, also bin ich auf ihn zugegangen. Aber ich war nicht schnell genug. Er hat die Tür zugemacht, bevor ich bei ihm war.«

An diesem Punkt hatten sie am Vortag gestoppt, weil Nikola zusammengebrochen war, nachdem er ihnen versichert hatte, nie in Vidars Wohnung gewesen zu sein.

»Wie haben Sie reagiert, als Vidar Ihnen die Tür vor der Nase zugemacht hat?«, fragte Erik.

»Erst war ich wütend. Ich habe an der Tür geruckelt, aber sie ging nicht auf. Ich wusste nicht, was ich machen sollte. Ob ich aufgeben oder weitermachen sollte, also blieb ich erst mal da.«

»Wann haben Sie sich bei Albert gemeldet und sich bei ihm eingeladen?«, fragte Hanna.

»Nach einer Weile habe ich mich in mein Auto gesetzt und wollte heimfahren. Aber das leere Haus war nicht gerade einladend. Es hat was mit mir gemacht, Vidar so zu sehen. Er wirkte, als hätte er Angst vor mir, und wegen der Demenz tat er mir leid. Ich mag Albert. Mir wurde bewusst, dass mir die Freundschaft mehr wert war als das, was unsere Verwandten einander angetan oder auch nicht angetan haben.«

»Sie sind ihm also nicht gefolgt?«, fragte Erik.

»Nein, ich war nie bei Vidar in der Wohnung. Das habe ich doch schon gesagt.«

Nikola war laut geworden, und die Anwältin legte ihm beruhigend die Hand auf den Arm.

»Sie haben gesagt, dass Sie noch vor dem Haus stehen geblieben sind«, übernahm nun Hanna. »Wie lange ungefähr?«

»Keine Ahnung. Irgendwann hab ich beschlossen, es noch mal zu versuchen. Ich dachte, ich kann vielleicht reinhuschen, wenn jemand reingeht oder rauskommt. Weil ich immer noch mit Vidar sprechen wollte.«

»Und kam jemand?«, fragte Erik.

»Nein. Also, zur Tür jedenfalls nicht.«

»Aber Sie haben jemanden gesehen?«

»Ja. Im Hochparterre ging eine Tür auf, und eine Frau kam heraus. Ich bin schnell zur Seite, aber sie ist nicht zur Eingangstür runtergekommen. Ich vermute, sie ist nach oben gegangen.«

»Hat sie Sie gesehen?«

»Nein, da bin ich mir ziemlich sicher.«

Erik rief sich das Haus in Erinnerung. Die Haustür war aus Glas, und bis zum Hochparterre waren es nur wenige Stufen. Was Nikola erzählte, konnte also stimmen.

»Können Sie sie beschreiben?«, bat Hanna.

»Ältere Frau, schwarze Haare. Klein. Mehr kann ich wirklich nicht sagen, weil das so schnell ging.«

»Wieso glauben Sie, dass sie nach oben gegangen ist?«

Nikola dachte nach.

»Sie trug weder Jacke noch Mantel, und in den Händen hielt sie auch nichts, glaube ich. Also, ich meine, wenn sie auf dem

Weg zur Waschküche oder in den Keller gewesen wäre, hätte sie ja was dabeigehabt, nehme ich an. Außerdem stand ich ja direkt neben der Haustür. Ich hätte ja durch die Scheibe gesehen, wenn sie zum Keller gegangen wäre.«

»Aus welcher Wohnung kam sie?«, fragte Erik.

»Aus der linken«, sagte Nikola. »Sonst hätte ich sie nicht so gut sehen können. Die andere Tür ist ja halb von der Treppe verdeckt.«

Links wohnte Lillemor Nyman.

69

»Ihr wollt mir also sagen, dass Nikola Leko behauptet, gesehen zu haben, wie Lillemor Nyman ihre Wohnung verlassen hat und in eins der oberen Stockwerke gegangen ist?«

»Ja«, sagte Hanna zum zweiten Mal.

Ove nahm die schwarze Brille ab und rieb sich die Nasenwurzel.

»Bald musst du dich mit so was nicht mehr abplagen.« Erik grinste.

Er schien schon akzeptiert zu haben, dass Ove aufhören wollte. Ihr selbst fiel das um einiges schwerer. Sie wusste nicht, wie sie hier ohne Ove bestehen sollte. Mit jemandem an der Spitze, der ihr womöglich wesentlich weniger Spielraum ließ. Hing sein Entschluss, in den Vorruhestand zu gehen, auch irgendwie mit dem Prozess zusammen? Vielleicht hatte das alles ihn mehr beeinflusst, als Hanna bewusst gewesen war. Nein, nein, es war ein bisschen egozentrisch, das überhaupt anzunehmen. Trotzdem war sie überzeugt, dass es einen anderen Grund gab als den Wunsch nach mehr Ruhe und Zeit für seine Frau. Das würde vielleicht ein paar Wochen lang gut gehen, aber länger auch nicht. Sie wollte ihn so gern nach dem wirklichen Grund fragen, wusste aber nicht, wie.

»Fahrt nach Öland und sprecht noch mal mit Lillemor Nyman«, sagte Ove. »Dann sehen wir weiter. Wie alt ist die Frau?«

»Achtzig«, sagte Hanna. »Aber das hat ja noch niemanden gehindert.«

Hanna und Erik verließen Oves Büro. Im Herbst würde er siebenundfünfzig werden, doch das war ja nun wirklich noch kein Alter. Vielleicht hatte er Pläne, die er nicht mit ihnen teilen wollte.

Ihr Handy klingelte. Weil es Jakob war, ging sie dran.

»Wann haben Sie zuletzt mit meiner Mutter gesprochen?«, fragte er direkt, ohne Begrüßung.

»Gestern Abend. Warum?«

»Ich auch, aber jetzt erreiche ich sie nicht mehr.«

»Es ist sicher alles in Ordnung«, sagte Hanna. »Ich bin leider gerade auf der Arbeit, kann also nicht nach ihr sehen.«

»Nein, nein, das war auch gar nicht meine Absicht«, sagte Jakob.

Als sie aufgelegt hatten, versuchte sie es sofort bei Ingrid, aber sie ging nicht dran. Hanna hinterließ eine Nachricht und bat um Rückruf. *Es ist sicher alles in Ordnung*, wiederholte sie, um auch sich selbst zu überzeugen.

Hanna übernahm das Steuer, gerade musste sie sich einfach beschäftigen. Kristoffer hatte sie mitten in der Nacht geweckt, als er ins Haus getaumelt und im Flur gestürzt war. Sie hatte Isak um Hilfe bitten müssen, weil sie ihren Bruder allein nicht ins Gästebett bekam. Offenbar hatte Henning Larsson ihn heimgebracht. *Dieser Mistkerl muss sich immer einmischen*, hatte Kristoffer gelallt und war dann eingeschlafen. Sie hoffte, dass er jetzt erst mal in Södra Näsby blieb, damit sie einmal richtig mit ihm sprechen konnte.

»Ich rufe Esbjörn an«, sagte Erik. »Höre mal nach, wie gut Lillemor und Vidar sich kannten.«

»Gute Idee«, sagte Hanna.

Sie hörte nur mit einem halben Ohr mit, schließlich würde Erik ihr ja sowieso den Inhalt des Gesprächs wiedergeben. Stattdessen konzentrierte sie sich auf die Straße, die anderen Fahrzeuge und die Geschwindigkeitsvorgaben, um zur Abwechslung mal nicht gegen irgendwelche Vorschriften zu verstoßen. Dann schaute sie kurz in den diesigen Himmel über dem Meer. Die Temperaturen waren etwas geklettert, lagen nun ein gutes Stück über null. In ihrem Bauch zuckte es.

»Vielen Dank«, sagte Erik und beendete so das Telefonat. »Was gibt's zu grinsen?«

»Das Baby hat angefangen zu treten.«

»Oh, das ist ja fantastisch!«

»Ja, das ist es. Aber erzähl schon, was hatte Esbjörn zu sagen?«

»Eine ganze Menge. Sie ist wohl ein ziemlicher Kontrollfreak. Wollte, als sie zusammen waren, zum Beispiel nicht mal, dass er überhaupt mit anderen Menschen Kontakt hatte. Er versucht, ihr so gut wie möglich aus dem Weg zu gehen, was in einem Ort wie Borgholm nicht ganz leicht ist. Immer, wenn sie sich sehen, will sie ihn überzeugen, ihr noch eine Chance zu geben. Das hat sie sogar versucht, als sie sich am Samstag bei Vidar im Flur begegnet sind.«

»In welcher Beziehung standen Lillemor und Vidar?«

»Ein paar Jahre nach der Trennung hat Esbjörn sie und Vidar zufällig in einem Restaurant gesehen. Er machte sofort kehrt, aber sie rannte ihm nach und sagte sofort: *Es ist nicht so, wie du denkst.* Wenige Tage später sind sie sich wohl auf der Straße begegnet, sie hat ihn aufgehalten. Er wollte sie loswerden und sagte, wie gut er es fände, dass sie sich endlich neu orientiere. Da ist sie ausgeflippt. Hat gesagt, Vidar bedeute ihr nichts, er sei ein Idiot und so weiter. Kann also sein, dass da mal was lief, aber sicher konnte Esbjörn das nicht sagen.«

»Interessant«, fand Hanna.

»Absolut.«

Eine gute halbe Stunde später parkte Hanna vor dem Haus in Borgholm. Sie war aufgedreht, wie immer vor einer wichtigen Vernehmung. Vielleicht hatte Nikola Leko ja die Wahrheit gesagt und war wirklich nie in Vidars Wohnung gewesen. Bevor sie ausstieg, desinfizierte sie sich die Hände und setzte einen Mundschutz auf.

Nach dem dritten Klingeln öffnete Lillemor. Sie trug dieselbe dunkelbraune Hose wie bei ihrem letzten Besuch, doch die weiße Bluse hatte diesmal einen runderen Kragen.

»Wir müssen mit Ihnen sprechen«, sagte Erik.

Lillemors Blick huschte zwischen ihnen hin und her.

»Worüber?«

»Würden Sie uns hereinlassen?«

»Ungern, wegen dieses Virus.«

»Das tut mir leid«, sagte Erik. »Aber es geht leider nicht anders. Entweder wir sprechen bei Ihnen, unter freiem Himmel oder auf dem Revier.«

Lillemor sagte lange nichts, dann machte sie ein paar Schritte rückwärts und ließ sie herein.

»Wir halten uns auch auf Abstand«, versicherte ihr Hanna.

Ohne etwas zu erwidern, drehte Lillemor sich um und führte sie langsam ins Wohnzimmer. Dort stand ein großer Esstisch, und sie setzte sich ans Kopfende. Alles war mit Teakmöbeln aus den Sechzigern eingerichtet. Das hellgrün gepolsterte Sofa machte einen sehr ungemütlichen Eindruck. Die Sitze waren abgenutzt, der Stoff beinahe löcherig.

»Sind die von Ihnen?«, fragte Erik.

Hanna betrachtete die Fotoabzüge unterschiedlicher Größe, die an den Wänden hingen. Es waren schwarz gerahmte Schwarz-Weiß-Aufnahmen. Alle hatten dasselbe Motiv: Esbjörn Fager.

»Ja, die habe ich gemacht. Setzen Sie sich.«

Sie nahmen am gegenüberliegenden Kopfende Platz, so weit von Lillemor entfernt wie möglich.

»Möchten Sie einen Anwalt anrufen?«, fragte Erik.

»Warum?«

»Weil wir davon ausgehen, dass Sie Vidar Johansson ermordet haben.«

Lillemor schnaubte irritiert und wandte sich Hanna zu. In ihrem Blick lag die Aufforderung, dass sie diesen Quatsch bitteschön sofort unterbinden sollte, aber Hanna nickte nur.

»Sie glauben doch nicht im Ernst, dass ich körperlich in der Lage bin, jemanden zu ermorden?«, fragte Lillemor. »Ohne meinen Rollator komme ich kaum zehn Meter weit.«

»Die Treppen schaffen Sie ohne ihn«, wandte Hanna ein. »Wieso benutzen Sie den?«

»Ich leide unter Schwindel.«

So schlimm konnte der Schwindel jedoch nicht sein, da sie in der Wohnung keinen Rollator hatte. Der von Hannas Großmutter stand direkt an ihrem Bett, und trotzdem stürzte sie manchmal, weil sie aufgrund ihrer Demenz vergaß, ihn zu benutzen.

»Ein Zeuge hat gesehen, dass Sie kurz nach vier Ihre Wohnung verließen, und zwar an dem Samstag, an dem Vidar Johansson getötet wurde.«

»Woher …«, setzte Lillemor an, doch verfiel sofort wieder in Schweigen.

Dann wandte sie das Gesicht ab und betrachtete lange die Fotos.

»Uns entgeht nicht viel«, fuhr Hanna fort. »Es war offensichtlich, dass Vidar die Tabletten nicht freiwillig genommen hat.«

»Was halten Sie davon, wenn wir dieses Gespräch im Präsidium fortführen?«, schlug Erik fort.

»Was haben Sie vor?«, fragte Lillemor. »Sie wollen eine Achtzigjährige ins Gefängnis sperren?«

»Diese Entscheidung liegt nicht bei uns, sondern beim Gericht«, sagte Hanna. »Allerdings wären Sie sicher nicht die erste Achtzigjährige, die verhaftet wird.«

Lillemors Blick löste sich von den Fotos, jetzt schaute sie die beiden direkt an.

»Ich möchte lieber hierbleiben«, sagte sie. »Hier ist es schöner.«

»Möchten Sie einen Anwalt?«, wiederholte Erik.

»Für so was bin ich zu alt.«

»Würden Sie uns dann bitte schildern, was am Samstag passiert ist?«, bat Hanna.

»Das werde ich«, sagte Lillemor, »aber ich möchte nur vorwegschicken, dass Vidar sich das nur selbst zu verdanken hat. Er hat mit mir gespielt. Hat mir hohle Komplimente gemacht und mich zum Essen eingeladen. Aber der Einzige, mit dem ich je glücklich war, ist Esbjörn. Er hat sich um mich bemüht und meine Bedürfnisse über seine gestellt. Ich habe versucht, über ihn hinwegzukommen, nachdem er sich so überstürzt von mir getrennt hatte, aber das war unmöglich. Es war Vidars Schuld, dass Esbjörn mich nicht zurückwollte.«

Ihre Stimme und ihre braunen Augen waren hasserfüllt. Hanna wollte sie nicht durch Widerworte provozieren, sie wollte nur, dass Lillemor weitersprach. Also nickte sie nur aufmunternd.

»Vidar ist nicht wie Esbjörn«, sagte Lillemor. »Er ist egoistisch, und ihm fehlt die Fähigkeit, zu lieben. Nach einem gemeinsamen Abendessen wollte er mich plötzlich nicht wiedersehen. Ich war nur ein Zeitvertreib für ihn. In den letzten Monaten hatte er ein Techtelmechtel mit Kicki und gleichzeitig mit so einem Frauenzimmer aus Kleva.«

»Jetzt sind wir besser im Bilde«, sagte Erik. »Aber was ist nun am Samstag passiert?«

»Vidars ständige Damenbesuche waren entsetzlich«, sagte Lillemor. »Und es war erschütternd, mitanzusehen, wie er mit jeder Einzelnen gespielt hat. Andere Menschen waren ihm völlig egal, ihm ging es immer nur um sich selbst. Esbjörn hat ihn sofort durchschaut, ich leider erst zu spät. Und als Esbjörn plötzlich hier auftauchte …«

Lillemor verfiel in Schweigen und schaute erneut zu den Fotografien.

»Als Esbjörn plötzlich auftauchte?«, wiederholte Hanna auffordernd.

»Ich dachte, er wäre meinetwegen gekommen. Um mit mir zu reden. Eine Lösung zu finden. Er hatte eine Flasche Cognac dabei, guten Cognac, den wir beide schätzen. Aber er ging an meiner Tür vorbei! Ich bin ihm sofort nachgelaufen. Er war unterwegs zu Vidar. Wie alle anderen.«

Lillemor biss so fest die Zähne aufeinander, dass es knirschte. Sie starrte sie herausfordernd an.

»Vidar musste gestoppt werden. Ich habe Imovane in ein leeres Pillenglas gefüllt. Ein paar Tabletten habe ich in Frischhaltefolie gewickelt und zerdrückt. Nach einer Stunde bin ich zu Vidar hochgegangen.«

»Was ist dort passiert?«

»Ich konnte ihn überzeugen, mich reinzulassen«, sagte Lillemor. »In der Küche stand der Cognac, den Esbjörn mitgebracht hatte. Ich habe uns davon eingegossen und die zerdrückten Tabletten in Vidars Glas geschmuggelt.«

»Und dann?«, fragte Hanna.

»Dann hab ich ihn dazu gebracht, den Cognac zu trinken. Als die Tabletten zu wirken anfingen, wollte er sich hinlegen und ausruhen. Ich bin ihm ins Schlafzimmer gefolgt. Er war schon ordentlich mitgenommen, deshalb war es nicht schwer, ihm die restlichen Tabletten zu verabreichen. Ich fand es ganz passend, es nach Selbstmord aussehen zu lassen. Ich bin so lange dageblieben, bis ich sicher war, dass er tot ist. Dann habe ich aufgeräumt, die Cognacflasche abgewischt und die Gläser gespült. Und danach bin ich wieder runtergegangen.«

»Haben Sie *Ich kann nicht mehr* auf den Zettel geschrieben?«, fragte Erik.

»Ja, habe ich.«

»Wollten Sie die Tat Esbjörn in die Schuhe schieben?«, fragte Hanna.

»Natürlich nicht«, sagte Lillemor. »Sonst hätte ich wohl kaum den Zettel geschrieben. Ich habe extra eine Stunde gewartet, bis ich hochgegangen bin, damit Esbjörn nicht verdächtigt wird. Deshalb habe ich auch die Cognacflasche abgewischt. Insgeheim habe ich gehofft, dass Vidars Tod mir Esbjörn zurückbringt, aber noch wichtiger war mir, Vidar zu stoppen.«

Die letzten Minuten

Die Müdigkeit legt sich ihm wie eine nasse Decke um den Kopf. Wenn er als Kind Fieber hatte, versuchte seine Mutter, die Temperatur mit kalten Tüchern zu senken. Vielleicht hat er ja Fieber? Er legt sich die Handfläche an die Stirn, doch sie fühlt sich kühl an. Was hatte Mutter immer gesagt? Irgendwas mit Gras. Nein, das kann nicht sein. Sein Kopf ist so verdammt langsam, die Gedanken flüchtig. Er schaut zu dem leeren Platz auf dem Sofa neben sich. Gerade hat dort noch jemand gesessen, bloß wer?

Morgen muss er es unbedingt ruhiger angehen lassen. Nicht wieder rumrennen wie ein Idiot. Der Kopf kommt nicht mehr mit. Der Gedanke ans Mittagessen schmerzt ihn am meisten. Er hätte nichts sagen sollen. Nicht so. Aus ihnen beiden wird nichts mehr werden, aber er will auch nicht, dass sie wütend auf ihn ist. Das Einzige, was er gerade zuverlässig schafft: andere enttäuschen. Wobei das eigentlich auch nichts Neues ist.

Ihm sackt das Kinn auf die Brust. Ein Rumsen lässt ihn wieder hochschrecken. War das die Kühlschranktür? Er sollte in die Küche gehen und nachsehen, ob die Milch umgekippt ist, denn neulich hat er den Verschluss nicht richtig aufgeschraubt, aber er kann sich nicht aufraffen. Der leere Platz neben ihm zieht wieder seinen Blick an. Wie schön das wäre, sich jetzt einfach hinzulegen, den Schlaf willkommen zu heißen. Sich um nichts von alldem mehr kümmern zu müssen.

Ein Cognacglas wird vor ihm auf den Couchtisch gestellt. Sein Blick folgt der Hand den Arm hinauf zum Gesicht. Verzweiflung schnürt ihm die Luft ab. Er will allein sein, erinnert sich aber nicht an die Wörter, um das auszudrücken.

»Prost«, sagt Lillemor.

Wie ferngesteuert greift er nach dem Glas und führt es zum Mund, nippt am Cognac. Der sonderbare Beigeschmack veranlasst ihn, das Glas wieder auf den Tisch zu stellen.

»Ich möchte, dass du gehst«, bringt er hervor.

»Noch nicht«, sagt Lillemor und trinkt selbst einen großen Schluck Cognac.

Ohne dass er es wirklich will, ahmt sein Körper die Bewegung nach. Er verzieht das Gesicht, wieder der sonderbare Beigeschmack und dazu dieses Gefühl, das sich im Brustkorb ausbreitet. Er verträgt so Hochprozentiges nicht mehr. Mittlerweile hält er sich an Bier. Mit einem Seufzer steht er vom Sofa auf.

»Wohin willst du?«, fragt sie.

»Zum Kühlschrank«, antwortet er.

»Setz dich.«

Die Stimme klingt plötzlich hart, also sinkt er zurück aufs Sofa, will heute nicht mehr streiten.

»Trink«, fährt sie fort. »Trink aus, dann gehe ich.«

Er glaubt nicht daran, trinkt trotzdem. Irgendwas an dieser Situation ist verdammt falsch. Er schaut zu dem aus Holz geschnitzten Kästchen im Regal. Braucht den Halt, den es ihm immer spendet. Doch es steht nicht da. Alle seine Erinnerungen sind fort. Verdammt noch mal. Der Cognac schmeckt überhaupt nicht. Den hat Esbjörn angeschleppt. Sicher hat er irgendeinen Billigfusel in die teure Flasche gekippt, bloß um ihn zu ärgern.

»Ich glaube, du weißt nicht mal, wie sehr du mein Leben zerstört hast«, sagt Lillemor.

»Wie soll ich denn dein Leben zerstört haben? Wir hatten doch nur ein paar Wochen lang näheren Kontakt, weil ich dachte, du bist nett, aber da lag ich eben falsch.«

Eine nur zu bekannte Irritation beschleunigt Vidars Pulsschlag. Während ihrer letzten Verabredung hatte Vidar begriffen, wie psychisch labil Lillemor eigentlich ist. Denn plötzlich stand Esbjörn im Restaurant, und als er sie sah, verließ er fluchtartig das Lokal. Lillemor rannte ihm nach und blieb mehrere Minuten lang weg. Als sie zurückkam, versuchte er, sie damit zu trösten, dass Esbjörn halt ein Idiot war, worüber Lillemor sich wahnsinnig aufregte. Den Rest des Abends vergeudete sie damit, Esbjörn zu verteidigen, was zur Folge hatte, dass Vidar jegliches Interesse verlor.

»Du hast mich ausgenutzt«, sagt sie.

»Das habe ich absolut nicht.«

»Doch. Ich bin mit dir ausgegangen, weil ich dachte, du hast ernsthaftes Interesse an mir. Als ich begriff, wie viel Esbjörn mir bedeutet hat, war es zu spät. Da wollte er mich nicht mehr.«

»Zum Lieben gehören eben immer zwei«, sagt Vidar, aber die Worte rutschen ihm ganz komisch von der Zunge.

Lillemor schwärmt weiter von ihrem fantastischen Esbjörn, gibt Vidar an allem die Schuld. Wieso hat er sie überhaupt reingelassen? Er will kein weiteres Wort von dieser Verrückten hören.

»Ich fühle mich nicht gut«, sagt er. »Ich muss mich hinlegen und ausruhen.«

»Das kannst du immer noch, wenn du ausgetrunken hast.«

Vidar leert das Glas. Irre, wie das Zeugs in der Kehle brennt. Lillemor hilft ihm ins Schlafzimmer, und Vidar sinkt auf die Bettkante. Sie hält ihm ein paar Tabletten hin.

»Hier, nimm das, dann kannst du besser schlafen.«

Vidar wirft sich die Tabletten in den Rachen und schluckt. Auch hier handelt sein Körper schneller, als das Hirn protestieren kann. *Irgendwas stimmt hier nicht*, brüllt es jetzt erst mit Versatz. Lillemor hält ihm weitere zwei Tabletten hin, aber Vidar weigert sich, die zu nehmen.

»Dann nicht. Leg dich hin.«

Der Körper macht, was ihm gesagt wird. Wie schön es ist, endlich den Kopf ins Kissen sinken zu lassen, aber sein Glück währt nicht lange, denn Lillemor drückt ihm weitere Tabletten in den Mund. Vidar will nicht schlucken, aber Lillemor hält ihm Mund und Nase zu. Wie kann sie so stark sein? Aber vielleicht ist er auch einfach nur schwach. Sein Körper gehorcht ihm nicht länger.

»Schluck, dann lasse ich los.«

Vidar kann sich nicht widersetzen. Er schluckt und kann endlich wieder atmen. Schnell hat Lillemor die nächsten Tabletten hervorgezaubert, ihm in den Mund gesteckt, wieder hält sie ihm Mund und Nase zu. Vidar will sie wegstoßen, hat aber keine Kraft mehr, rudert nur unbeholfen mit den Armen. Trotzdem sträubt er sich diesmal länger, aber irgendwann kann er nicht mehr. Sein Kopf scheint zu explodieren, und ihm ist furchtbar schlecht. Er schluckt, und schon verschwinden die Hände.

Ein Keuchen, weitere Tabletten, dieselben Hände. Ihm kommen die Tränen.

»Ja, heul ruhig«, sagt Lillemor. »Dann glauben sie, dass es Selbstmord war. Das wäre doch eine gute Erklärung. Ich will ja nur, dass du niemandem mehr schadest.«

Ich habe niemandem geschadet, will Vidar sagen, aber er kann nicht mehr sprechen. Außerdem stimmt das nicht. Er hat einer ganzen Menge Menschen geschadet, als er den Tresor ausgeräumt hat. Er hat Leif geschadet. Zwar war es Ture, der versucht hatte, ihm die Schuld in die Schuhe zu schieben, aber das hätte Vidar ja schon damals verhindern können, indem er einfach die Wahrheit gesagt hätte. Er sollte mit Leifs Sohn sprechen. Was war er eigentlich für ein Feigling? Hat ihm einfach die Tür vor der Nase zugemacht. Vidar hat immer gewusst, dass er irgendwann für seine Taten bestraft würde. Er muss unbedingt mit Kicki und Ingrid sprechen. Und mit Albert. So vieles ist nicht richtig abgeschlossen. Seit der Diagnose hat er sich in Selbstmitleid gesuhlt. Voller Verbitterung hat er viel wichtige Zeit vergeudet.

Ein weiterer Atemzug, mehr Tabletten, dieselben, leicht schwitzigen Hände.

Lillemors Gesicht ist über ihm, und er versteht nicht, wie er sie je attraktiv finden konnte. Dass er sie hatte kennenlernen wollen. Sie interessierte sich für Literatur und Fotografie. Anfangs glaubte er, die Trennung von Esbjörn sei etwas Gutes gewesen. Weil er dachte, sie hätte ihn verlassen, dabei war es umgekehrt gewesen. Esbjörn hatte es also auch kapiert.

Lillemor setzt sich auf einen Stuhl neben das Bett und beobachtet ihn. Es gelingt ihm, den Mund zu öffnen, aber es kommen keine Worte heraus. Einmal hatte er eine Lungenentzündung, da konnte er auch nicht sprechen. Seine Mutter wachte an seiner Seite, legte ihm feuchte Tücher auf die Stirn, betete leise.

Bleib bei mir, betet Mutter. Eine Tasse wird ihm an die Lippen gesetzt. *Trink das*, sagt Mutter. *Das hilft gegen das Fieber*. Der Tee schmeckt merkwürdig stark. Es brennt, als er schluckt. Wieso gibt Mutter ihm Schnaps? Ach, nein, es ist mehr von diesem furchtbaren Cognac.

Bleib bei mir. Diesmal ist es Ingrids Stimme.

Ja, flüstert er. *Ja, ich bleibe bei dir.*

70

Ihr Mund war so trocken, dass es Ingrid schwerfiel, ihn zu öffnen. Sie streckte sich nach dem Wasserglas auf dem Nachttisch, setzte sich auf und trank ein paar Schlucke. Erst als sie das ganze Glas geleert hatte, fiel ihr auf, wie klar sie im Kopf war. Sie legte die Hand an die Stirn. Kein Fieber mehr.

Ihr Handy vibrierte auf dem Nachttisch, und als sie danach greifen wollte, stieß sie es auf den Boden. Sie lehnte sich über die Bettkante, und die Bewegung erinnerte sie an den gestrigen Tag. Wie sie gestürzt war, als sie versucht hatte, mithilfe des Stuhls das Gleichgewicht wiederzufinden. Mit den Fingerspitzen tastete sie über die Wunde am Kinn, auf der sich nun Wundschorf gebildet hatte. Ihr Körper fühlte sich steif an, aber wirkliche Schmerzen hatte sie keine. Als sie das Handy endlich in die Finger bekam, war der Anrufer schon auf der Mailbox gelandet.

Zwölf verpasste Anrufe. Uff, sie musste eine ganze Weile wie weggetreten gewesen sein. Der jüngste Kontaktversuch stammte von Jakob, sie wählte gleich seine Nummer.

»Mama, endlich«, keuchte er. »Hast du eine Ahnung, was für Sorgen ich mir gemacht habe?«

»Ich kann es mir vorstellen, aber du glaubst ja hoffentlich

nicht, dass ich deine Anrufe mit Absicht ignoriert habe. Ich habe geschlafen.«

Sie hatte erst am Vorabend mit Jakob telefoniert, bevor sie schlafen gegangen war, aber den Sturz wohlweislich nicht erwähnt, um ihn nicht unnötig zu belasten. In der Nacht hatte sie fast kein Auge zugetan, also hatte sie sich nach dem Frühstück gleich wieder hingelegt. Viel mehr gab es für sie gerade auch nicht zu tun.

»Weißt du, wie spät es ist?«

»Nein«, antwortete sie. »Aber verrat es mir gern.«

»Viertel nach vier. Am Nachmittag.«

»Oha. Aber mir geht es jetzt viel besser. Ich habe nicht mal mehr Fieber.«

»Schön«, sagte Jakob.

Endlich beruhigte er sich ein bisschen. Sie sprach nicht gern mit ihm, wenn er so aufgebracht war.

»Ja, und ich habe einen Bärenhunger, ich muss mir erst mal was zu essen machen.«

»Dann hören wir uns später«, sagte Jakob.

»Tun wir.«

Bärenhunger war übertrieben, aber zum ersten Mal seit sicher einer Woche verspürte sie so etwas wie Appetit. Ingrid ging in die Küche und toastete zwei Scheiben Brot, schmierte Butter und Marmelade auf die eine, belegte die andere mit Käse. Sie biss hinein, während sie ins Wohnzimmer ging. Es schmeckte herrlich. Bevor sie sich setzte, warf sie einen Blick auf das Foto von sich und Vidar vorm Strandhotel in Borgholm. Da fiel ihr auf, dass sie vergessen hatte, Jakob zu fragen, wie es Olivia ging. Aber wenn ihre Enkelin krank geworden wäre, hätte Jakob das sicher erwähnt.

Erst nachdem sie aufgegessen hatte und in die Küche zurückgekehrt war, um sich einen Tee zu machen, meldete sie sich bei der anderen Person, die ebenfalls vergeblich versucht hatte, sie zu erreichen: Hanna.

»Wie schön, dass du anrufst«, sagte ihre ehemalige Nachbarin, ohne so vorwurfsvoll zu klingen wie ihr Sohn, aber mit einer Spur von Sorge in der Stimme.

»Ich habe den ganzen Tag geschlafen«, sagte Ingrid. »Offenbar hab ich das gebraucht, denn jetzt geht es mir viel besser.«

»Wie schön zu hören, da bin ich aber erleichtert«, sagte Hanna.

Eine Pause entstand, als würde Hanna nach Worten suchen. Der Wasserkocher klackte, weil er fertig war, und Ingrid reckte sich nach den Teebeuteln.

»Hanna, du hast doch was. Raus mit der Sprache«, bat sie.

»Wir haben jemand für den Mord an Vidar festgenommen und auch schon ein Geständnis.«

Ingrid ließ den Teebeutel fallen, er landete neben der Tasse.

»Wer hat ihn getötet?«, fragte sie.

»Ich beantworte dir die Frage nur, wenn du versprichst, dass du es nicht weitererzählst«, sagte Hanna. »Niemandem. Nicht vor der Pressekonferenz, die morgen Vormittag abgehalten wird.«

»Versprochen.«

»Es war Lillemor Nyman.«

Ingrid musste sich an der Spüle festhalten. Vielleicht war sie doch noch nicht wieder ganz auf dem Damm.

»Das war eine von Vidars Nachbarinnen, oder?«

»Ja.«

»Aber warum?«

»Tut mir leid, ich darf mich wirklich nicht weiter äußern.«

»Aber irgendwas wirst du doch noch verraten können?«, flehte Ingrid.

»Es wird ein rechtspsychiatrisches Gutachten geben. Oh, und noch etwas: Vidar und Ture haben den Tresorraub in Degerhamn im Jahr 1963 zu verantworten.«

»Ach du lieber Gott«, entfuhr es Ingrid.

Vidar war so rastlos gewesen in den Monaten, bevor er zur See ging. Viel reizbarer als am Anfang ihrer Beziehung. Deshalb hatte sie sich von ihm getrennt, weil sie dachte, er wollte etwas anderes als das ruhige Leben, das sie sich wünschte. Vielleicht hatten ihn damals ja vor allem Schuldgefühle belastet? Sie versuchte, sich zu erinnern, was er gesagt und getan hatte, aber die Trauer war im Weg.

»Ich muss jetzt auflegen«, sagte Hanna. »Aber ich wollte, dass du weißt, wer Vidar getötet hat, bevor wir damit an die Öffentlichkeit gehen.«

»Danke dafür, Hanna.«

Nach dem Telefonat presste Ingrid das Telefon gegen die Brust. Sie weinte über die Wahl, die sie damals getroffen hatte. Sie weinte, weil Vidar ihr nicht die Wahrheit hatte erzählen wollen. Weil sie ihm nicht hatte helfen können. Weder damals noch heute. Sie weinte über den Sommertag, den sie zusammen verbracht hatten. Nicht über den Tag an sich, sondern über das, was der Tag mit ihr gemacht hatte. Mit ihrer Beziehung zu Harald und zu Jakob.

Als die Tränen versiegt waren, schob sie die Vergangenheit beiseite, umso überzeugter davon, wie müßig es war, das alles erneut durchzukauen. Harald war in allen Punkten, auf die es ankam, Jakobs Vater gewesen. Sie war so unendlich dankbar für alles, was er ihr geschenkt hatte. Eine Familie und Sicherheit. Und sie war froh über den letzten Kuss, den sie und Vidar noch hatten erleben dürfen.

Dann goss sie endlich den Tee auf und machte sich zwei

weitere Brote. Diesmal stellte sie alles auf ein Tablett und ging ins Wohnzimmer, wo sie den Fernseher einschaltete, um sich ein wenig berieseln zu lassen. Die Beziehung zwischen Jakob und ihr würde wahrscheinlich nie ganz reibungslos sein, aber die ganze Situation hatte sie immerhin einander nähergebracht. Und sie würde sich weiter bemühen, alle, die ihr lieb waren, häufig um sich zu scharen. Wenn sie wieder ganz gesund war, würde sie einen Ausflug mit Olivia nach Ottenby vorschlagen. Olivia liebte es, auf den Leuchtturm zu steigen und nach Robben Ausschau zu halten.

ZWEI WOCHEN SPÄTER
FREITAG, 3. APRIL

71

Hanna starrte auf die Mail, doch die Buchstaben tanzten vor ihren Augen. In der letzten Stunde hatte sie rein gar nichts zustande gebracht. Sie hob den Laptop vom Schoß und legte die Füße auf den Couchtisch, lehnte sich zurück und schloss die Augen.

Noch eine Viertelstunde, dann würde angeblich das Urteil verkündet. Kristoffer kampierte nach wie vor im Gästezimmer, weil er wegen der Coronaverordnungen noch nicht hatte nach Hause zurückkehren können. Seine Laune war entsprechend, was sie aber gut nachvollziehen konnte. Nach dem letzten Videogespräch mit Ella war er zusammengebrochen. Davon abgesehen war gerade endlich Ruhe eingekehrt. Ingrid war wieder gesund, wenn auch noch erschöpft. Für morgen war Vidar Johanssons Beerdigung angesetzt, und laut Ingrid hatte sein Neffe Albert sogar eine kleine Gedenkfeier organisiert. Er würde sich, das war Ingrids Eindruck, als sie mit ihm sprach, an Vidar immer mit großer Dankbarkeit erinnern, zumal er durch das Erbe nun das Haus behalten konnte. Hanna fragte sich, was aus Nikolas und Alberts Freundschaft werden würde. Ob sie sich weiter treffen würden? Von Markus Bergman gab es noch immer kein Lebenszeichen. Es war merkwürdig, jetzt einen Namen zu dem Gesicht zu haben. Zu wissen, dass er Axel Sandstens Halbbruder war. Und das war nicht das Einzige, was sie wusste. Er war fünfundzwanzig und hatte bereits zwei Vorstrafen wegen Körperverletzung.

Hanna öffnete die Augen und schaute zum Bildschirm, auf dem die Ermittlungen zu der Vergewaltigung geöffnet waren, die das Team gerade beschäftigte. Gerade arbeitete sie einen Tag pro Woche von zu Hause. Mehr war nicht möglich, da die Menschen nicht aufhörten, Verbrechen zu begehen, nur weil eine Pandemie herrschte. Eher umgekehrt. Sie fürchtete sich schon ein bisschen vor den Langzeitfolgen dieser verordneten Isolierung. Den Menschen ging es damit ja schon jetzt nicht gut.

Lillemor Nyman war verhaftet worden, wurde gerade jedoch rechtspsychiatrisch untersucht. Als Hanna und Erik mit ihr zum Revier gefahren waren, hatten sie ihren Klageliedern lauschen dürfen. Lillemor hatte sich darüber aufgeregt, dass die Polizei ihren gewohnten Tagesablauf störte – schließlich würde sie jetzt die neue Folge von *Hochzeit auf den ersten Blick* verpassen. Dass sie es überhaupt wagten, eine alte Frau so zu behandeln. Kein einziges Wort der Reue war aus ihrem Mund gekommen.

Bei der Hausdurchsuchung hatten sie ein Notizbuch gefunden. Darin hatte Lillemor jede Regung im Treppenhaus notiert, gespickt mit ausgiebigen Tiraden über das Verhalten der Nachbarinnen und Nachbarn. Besonders Vidar, das Muskelpaket und Danuta mit ihrer Katze Hjördis hatte sie auf dem Kieker gehabt. Lillemor hatte die Katze gehasst, die ständig vor ihrem Fenster stand und miaute. Mehrfach konnte sie beobachten, dass Vidar die Katze mit zu sich nahm. Hjördis' Halsband wurde ebenfalls bei Lillemor gefunden. Just darüber stand nichts im Notizbuch, aber Lillemor hatte den Konflikt merklich genossen, der sich durch das Verschwinden zwischen Vidar und Danuta immer weiter verschärft hatte. Besonders auch seit der Verletzung an der Pfote. Hanna ging davon aus, dass Lillemor sie verursacht hatte. Außerdem waren mehrere an Vidar adressierte Briefe in ihrer Wohnung gefunden worden. Die Theorie, dass Lillemor die Umschläge in Birk Engvalls Briefkasten geschmuggelt hatte, konnte anhand von Fingerabdrücken bestätigt werden. Ein Holzkästchen, das sie aus Vidars Wohnung entwendet haben musste, war ebenfalls bei ihr gewesen, randvoll mit Erinnerungsstücken, unter anderem einem der Lohnumschläge vom Tresorraub. Die Tat war verjährt, aber Henning Larsson arbeitete an einer Reportage, die Leif Ahlboms Unschuld herausstellen würde.

Mit einem Seufzer stand Hanna auf und nahm das Handy mit in die Küche. Isak hatte sich heute krankgemeldet, angeblich wegen Halsschmerzen, aber Hanna ging davon aus, dass er für sie da sein wollte. Er schaute von der Zeitung auf.

»Brauchst du was?«

»Nur Gesellschaft.«

Hanna füllte ein Glas mit Wasser und setzte sich zu ihm an den Küchentisch. Warf einen Blick auf die Uhr. Noch sieben Minuten. Carina Hansson arbeitete heute auch von zu Hause und hatte versprochen, sich zu melden, sofern sie vorab etwas über Maria erfahren sollte.

»Weißt du, wo Kristoffer ist?«, fragte Isak.

»Im Gästezimmer.«

Hanna hatte heute noch nicht viel vom ihm gesehen. Isak hatte definitiv die Nase voll von ihrem Untermieter, aber sie wusste nicht, was sie machen sollte. Sie konnte ihren Bruder ja schlecht auf die Straße setzen.

Noch fünf Minuten.

Isaks Hand suchte ihre über den Tisch hinweg.

»Das wird schon«, sagte er. »Egal, wie das Urteil ausfällt.«

Sie musste gar nichts erwidern, er merkte auch so, wie irritiert sie war.

»Okay, lass uns über was anderes reden. Wusstest du, dass Zinn wieder total in ist?«

»Wie bitte?«

»Ja, das stand letztens im *Barometern.* Vielleicht sollten wir mal die Trödelmärkte abklappern und schauen, ob wir eine schöne Schale für den Couchtisch finden.«

Hanna schnaubte. Ihr war echt nicht nach Scherzen zumute. Weder sie noch Isak interessierten sich für Deko.

Noch zwei Minuten.

Hanna stand so schwungvoll auf, dass der Stuhl umkippte.

»Ich pack das nicht.«

Isak trat zu ihr.

»Klar packst du das.«

Sie hielten sich in den Armen, bis das Handy klingelte. Hanna riss es an sich. Keine Nummer, mit der sie gerechnet hatte: Henning Larsson. Zögernd drückte sie auf den grünen Hörer.

»Ich habe die Pressemitteilung des Kalmarer Gerichts vor mir liegen«, sagte er.

»Und?«

»Axel Sandsten wurde wegen Mordes zu einer Haftstrafe von zwölf Jahren verurteilt, Sven-Otto Jensen bekommt lebenslänglich für Anstiftung zum Mord.«

»Sie wurden tatsächlich verurteilt …« Hanna schaute Isak an.

»Schon, aber die werden sicher in Berufung gehen, dazu muss man kein Hellseher sein«, sagte Henning.

Sie wurden verurteilt. Sie wiederholte den Satz. Mal um Mal. Das war zu krass, sie konnte es nicht begreifen.

»Danke«, sagte sie.

»Hast du einen Kommentar für mich?«, fragte Henning.

»Keinen, den du drucken könntest«, sagte Hanna, beendete das Telefonat und sank wieder in Isaks Arme.

Die Tür vom Gästezimmer flog auf. Schon stand Kristoffer in der Küche.

»Sie wurden verurteilt!«, sagte er. »Damit habe ich echt nicht gerechnet.«

Hanna ließ Isak los, ging zu ihrem Bruder und schloss ihn fest in die Arme. Er schluchzte.

»Verzeih mir«, sagte er. »Verzeih, wie ich mich dir gegenüber verhalten habe.«

»Jetzt übertreibst du aber.«

»Nein. Ich habe so verdammt viel kaputt gemacht. Weil ich nicht die Wahrheit gesagt habe. Weil ich es zugelassen habe, dass Papa die Schuld für den Mord auf sich nimmt. Ich habe es nicht mal über mich gebracht, ihn im Gefängnis zu besuchen.«

Hanna hatte gedacht, er hätte sich nur auf die letzten Wochen bezogen, aber das sagte sie nicht. Sie sagte nichts. Vielleicht gab es ja doch noch Hoffnung für sie und Kristoffer. Sie glaubte nicht länger, dass er gelogen hatte, was die Umstände von Ester Jensens Tod anging. Zumindest nicht, was das Wesentliche betraf. Die Male, die er nicht hier geschlafen hatte, war er bei Henning Larsson gewesen, der ihn mit seinem Alkoholproblem konfrontiert hatte. Anfangs war Kristoffer da wenig zugänglich gewesen. An und für sich war er das immer noch nicht, er spielte das Problem runter.

Kristoffer ließ sie los.

»Dann lass ich euch mal wieder allein. Ich habe einen Flug für Montag, aber ...«

Kristoffer hatte schon mehrere Flüge gebucht, die alle doch wieder ausgefallen waren. Er kehrte ins Gästezimmer zurück, und Hanna umarmte Isak noch einmal.

»Sie wurden verurteilt«, sagte sie. »Sie wurden tatsächlich verurteilt. Mein Vater ist kein Mörder mehr.«

Ihr Handy vibrierte. Hanna las die Nachricht:

Das ist alles deine Schuld, du Fotze!

Sie konnte von niemand anderem kommen als Markus Bergman.

Hanna und Isak saßen einander am Küchentisch gegenüber. Sie hatten gerade Spargelrisotto gegessen. Das mit Geschmack versetzte Mineralwasser war ein erbärmlicher Ersatz für Sekt gewesen. Kristoffer hatte mit ihnen gegessen, war dann aber an die frische Luft gegangen, um den Kopf freizubekommen. Am Nachmittag hatte sie mit Carina, Erik, Ove, Ingrid und Rebecka telefoniert. Sowohl Axel Sandsten als auch Sven-Otto Jensen hatten verkünden lassen, dass sie gegen das Urteil Berufung einlegen würden. Aber erst einmal waren sie verurteilt worden. Wenn das Appellationsgericht einer Prüfung zustimmte, könnten sie erneut verurteilt werden. Hannas Erleichterung wuchs von Stunde zu Stunde. Sie waren tatsächlich verurteilt worden. Axel Sandsten würde nicht freigelassen, sondern von der U-Haft ins Gefängnis überführt werden. Jetzt freute sie sich darauf, es sich mit Isak auf dem Sofa gemütlich zu machen und einen Film zu schauen.

»Möchtest du Kaffee oder Tee?«, fragte er.

»Gern Tee.«

»Du kannst ja schon mal einen Film aussuchen, während ich den mache.«

Hanna ließ sich aufs Sofa fallen und griff nach der Fernbedienung. Aber dann konnte sie sich doch nicht aufraffen, irgendwelche Knöpfe zu drücken. Isak kam mit einem Tablett ins

Wohnzimmer, darauf standen Becher mit Tee und etwas zum Knabbern.

»Und? Wie läuft's mit der Auswahl?« Er lachte.

»Geht so«, sagte sie und schaltete endlich den Fernseher ein. »Worauf hast du Lust?«

»Auf jeden Fall kein Actionfilm. Vielleicht eine Komödie?«

Komödien fand Hanna selten lustig, egal wie gut gelaunt sie war. Am liebsten schaute sie etwas, was in einer anderen Zeit und Welt spielte. Sie wollte gerade ein Historiendrama vorschlagen, als ihr Handy klingelte. Oves Klingelton. Hanna fluchte. Ein neuer, anstrengender Fall war das Letzte, was sie gerade brauchte.

»Geh dran«, sagte Isak. »Vielleicht haben sie Markus Bergman gefasst.«

Widerwillig nahm sie das Gespräch an.

»Hanna«, sagte Ove atemlos. »Alles in Ordnung mit dir?«

»Ja, warum sollte das nicht so sein?«

Sie hatten doch erst vor ein paar Stunden über das Urteil gesprochen.

»Ist Isak bei dir?«

»Ja, ist er. Warum?«

»Hast du eine Waffe im Haus?«

»Meine Dienstwaffe ist da, wo sie hingehört: in ihrem Schrank auf dem Revier. Wir haben nur Küchenmesser und Scheren in Griffnähe.«

Isak sank neben ihr aufs Sofa und starrte sie an.

»Verriegelt das Haus«, sagte Ove. »Bewaffnet euch so gut es geht.«

»Was ist denn los?«

»Ich glaube, Markus Bergman ist unterwegs zu dir.«

»Wie kommst du darauf?«

»Er wollte in seine Wohnung, aber als er kapiert hat, dass er beschattet wird, ist er geflohen. Er hat einer Frau, die gerade geparkt hat, den Wagen geklaut. Die Streife ist ihm gefolgt, kam aber auf der Höhe von Tveta von der Fahrbahn ab. Markus ist in südlicher Richtung weitergefahren. Verstärkung ist vor wenigen Minuten aus Kalmar gestartet.«

Hanna stand auf und rannte zur Tür. Tveta lag zwischen Färjestaden und Södra Näsby. Die Straße führte direkt durch Gårdby.

»Wieso sollte er ausgerechnet zu mir kommen?«, fragte sie.

»Weil er verzweifelt ist«, sagte Ove. »Und sich über das Urteil aufregt. Sonst hätte er dir doch vorhin auch nicht diese Nachricht geschickt. Außerdem wüssten wir nicht, zu wem er sonst im Südosten Ölands wollte.«

Normalerweise brauchte man eine halbe Stunde aus Kalmar. Verstärkung würde somit erst in zwanzig Minuten ankommen. Tveta war gut zehn Minuten entfernt, Markus konnte also jeden Moment eintreffen. Hanna verriegelte die Haustür.

»Was ist los?«, flüsterte Isak, der ihr gefolgt war.

»Ich muss auflegen«, sagte Hanna.

Sie konnte sich nicht konzentrieren, wenn sie gleichzeitig mit Ove sprach. Er rief sofort noch mal an, aber sie drückte ihn weg, schickte ihm nur schnell eine Nachricht:

Schreib mir, wenn ihr ihn habt.

Sie schilderte Isak die Lage, während sie durchs Haus rannten und dafür sorgten, dass alle Fenster und Türen verschlossen waren.

»Hast du irgendwo eine Waffe versteckt?«, fragte sie.

Eigentlich sollte das ein Witz sein, aber Isak nahm die Frage bierernst.

»Wie kommst du auf die Idee? Natürlich nicht«, zischte er.

Sie legte ihm die Hand an die Wange.

»Entschuldige«, sagte er. »Ich weiß nicht, ob ich das schaffe.«

Sie hatte unbändige Angst, dass er das Zusammenleben mit ihr meinte. Trotzdem fragte sie:

»Ob du *was* nicht schaffst?«

»Wenn der jetzt wirklich herkommt – was machen wir denn dann?«

Isak ging hektisch auf und ab und kratzte sich am Bart. Plötzlich rannte er zur Haustür und zog die Holzschuhe an.

»Im Schuppen ist eine Axt.«

»Wir müssen zusammenbleiben«, sagte Hanna.

»Ich bin gleich wieder da«, sagte Isak. »Schließ hinter mir ab.«

Schon war er draußen, und Hanna überlegte, ob sie ihm folgen sollte. Aber dann schloss sie schnell die Tür ab und stellte sich ans Fenster, von wo sie gerade noch sehen konnte, wie er im Schuppen verschwand. Die Minuten zogen sich. Was dauerte denn jetzt so lange? Wenn er da rumwühlte, hörte man das sicher bis auf den Hof. Er würde nur jeden anlocken, der sich da herumtrieb. Sie musste ihm helfen. Hanna rannte zur Tür – und blieb wie angewurzelt stehen, weil jemand von außen mit den Fäusten dagegentrommelte. Das konnte unmöglich Isak sein.

»Lass mich rein!«, brüllte eine Männerstimme. »Ich muss mit dir reden!«

Hanna sagte nichts. Verdammt, verdammt, verdammt. Hoffentlich war Isak klug genug, sich im Schuppen bedeckt zu halten. Sie schickte Ove eine SMS.

Er ist direkt vor der Haustür. Wie lange braucht
die Streife noch?

Die Antwort kam sofort:

Etwa zehn Minuten.

Das war viel zu lang. Isak war nicht so ausgebildet wie sie. Wenn der sich jetzt auf Markus stürzte? Sie hätte liebend gern die Tür aufgerissen, aber gerade war es am klügsten, Zeit zu schinden, bis die Verstärkung eintraf.

»Was wollen Sie?«, fragte sie.

»Du hast alles kaputt gemacht!«

»Und wie soll ich das getan haben?«

Sie gab sich Mühe, so neutral wie möglich zu klingen. Ihr oberstes Ziel war erst einmal, ihn in ein Gespräch zu verwickeln.

»Er ist unschuldig. Das ist alles nur deine Schuld und die von deinem beschissenen Bruder.«

Sie musste Kristoffer warnen. Schnell schrieb sie ihm eine SMS:

Halt dich vom Haus fern!

Sie starrte aufs Display, aber es kam keine Antwort.

»Wenn Axel unschuldig ist …«

»Lass mich rein!«, schrie Markus Bergman noch mal.

Es klang etwas weiter entfernt, als stünde er nicht mehr direkt vor der Haustür. Verdammt. Rausrennen oder nicht? Auf lautes Gebrüll folgte ein ohrenbetäubendes Krachen. Sofort hagelte es Glasscherben auf den Küchenboden. Noch im Herbst wäre Hanna hingerannt und hätte sich auf den Eindringling gestürzt, fest überzeugt, ihn überwältigen zu können. Jetzt wollte sie nur das Kind schützen. Und Isak.

Sich im Bad einzuschließen, war auch keine Idee. Wenn er bewaffnet war, würde ihn die Tür nicht aufhalten. Nein, es gab nur einen Weg. Sie stellte sich vor die Haustür, legte eine Hand auf ihren Bauch.

»Wir packen das«, flüsterte sie.

Sie schloss leise auf. Lauschte gebannt. Als sie hörte, dass jemand in der Küche auf den Scherben landete, öffnete sie die Tür, huschte hinaus und machte sie so leise wie möglich wieder hinter sich zu.

Sie sah zum Schuppen hinüber, erblickte dort Isaks blasses Gesicht. Sie gestikulierte heftig, dass er sich verstecken solle. Dann sprintete sie los. Wieso hatte sie nicht gleich Sportschuhe angezogen, als Ove angerufen hatte? Immerhin war sie nicht barfuß, sondern trug ihre Wollsocken.

Sie war gerade vom Hof, als die Haustür aufflog. Sollte sie sich auch verstecken oder weiterlaufen? Nein, sie musste weiter. Musste Markus Bergman vom Hof locken. Weg von Isak.

Hanna rannte Richtung Gårdby. Von dort würde die Verstärkung kommen. Es war kurz nach sieben, die Sonne war im Begriff unterzugehen. Bei Johanssons brannte Licht in der Küche, aber zu sehen war niemand. Sie kam an vielleicht drei Häusern vorbei. Im ganzen Dorf wohnten gerade mal fünfzehn Erwachsene und vielleicht drei Kinder.

Sie lief in westlicher Richtung weiter. Aus Angst zu stürzen, wagte sie es nicht, sich umzusehen. Es war so schon schwierig genug. Aber sie lauschte nach Geräuschen. Wollte wissen, ob Markus ihr folgte, doch sie hörte nur ihre eigenen Schritte und ihre Atmung. Ihre Lunge brannte, ihre Füße genauso. Auf der Straße lag jede Menge Rollsplitt, der wegen der Glätte gestreut worden war. Ihr Bauch spannte, aber Schmerzen hatte sie keine. Das Adrenalin half beim Durchhalten.

Nach einigen Hundert Metern hörte sie endlich die Sirene. Ausgerechnet in Åby, dem Ort, wo Ester Jensen gewohnt hatte, traf sie mit dem Streifenwagen zusammen. Da erst wagte sie, stehen zu bleiben. Sie war kurz vorm Kotzen von der Anstrengung, trotzdem fuhr sie herum. Aber die schmale, schnurgerade Straße war leer.

Der Beifahrer sprang heraus.

»Was ist passiert?«

»Er hat das Fenster eingeworfen und ist ins Haus gekommen, deshalb bin ich weggerannt. Mein Lebensgefährte Isak hat sich im Schuppen versteckt, ihr müsst ihn sofort retten. Los!«

Der Kollege drehte sich um, und als er eine weitere Streife sah, die sich näherte, folgte er ihrer Aufforderung. Mit durchdrehenden Reifen brausten sie davon. Hanna erbrach sich am Straßenrand, wischte sich über den Mund und eilte dem nächsten Wagen entgegen. Sie durften nicht zu spät kommen. Wieso war sie auch so dumm gewesen und hatte Isak nicht davon abgehalten, zum Schuppen zu rennen? Sie würde es sich nie verzeihen, wenn ihm etwas zugestoßen war. Der Wagen hielt bei ihr, sie riss die Tür auf und ließ sich auf den Rücksitz fallen.

»Zu mir nach Hause«, sagte sie.

Ihre Panik ließ nicht nach: Isak musste einfach okay sein, und sie mussten um jeden Preis diesen Markus Bergman schnappen, damit sie endlich keine Angst mehr haben musste. Sie waren fast da, als das Funkgerät knackte.

»Wir haben ihn.«

»Und Isak?«, fragte sie, aber die Kollegen wussten nichts.

Die Erleichterung darüber, dass Markus Bergman gefasst worden war, währte exakt vierunddreißig Sekunden. Durch die Windschutzscheibe sah Hanna den Mann, den ihre Kollegen zu

Boden gebracht hatten. Er leistete keinen Widerstand, lag nur da, das Gesicht im Schlamm, und schluchzte.

»Verdammt noch mal, das ist er nicht. Das ist mein Bruder Kristoffer!«

DANKSAGUNG

Als ich anfing, diese Reihe zu schreiben, war ich fest entschlossen, sie nur im südlichen Öland spielen zu lassen. Dass ich davon abgerückt bin, ist die Schuld eines ganz bestimmten Buchhändlers: Johan Ericksson. Ich habe schon viele Stunden vor Borgholms Buchhandlung verbracht, Bücher signiert, mit Leserinnen und Lesern gesprochen, die Umgebung genossen. Irgendwie war es einfach selbstverständlich, dass ein Buch zumindest zum Teil dort spielen musste.

In *Nebelstunde* gibt es einen Seniorenverein namens Zittergras. Den habe ich erfunden. Angesichts dessen, wie sich einige meiner Senioren verhalten, wollte ich auf keinen tatsächlich existierenden Verein verweisen, von denen es in Borgholm mehrere gibt. Einer davon heißt SPF Seniorerna Blåelden, und ich möchte mich an dieser Stelle noch einmal ausdrücklich dafür bedanken, dass ich bei euch vorbeischauen durfte, um mit euch über das Borgholm von heute und von früher zu sprechen. Mein besonderer Dank gilt dem Vorsitzenden Per-Einar Tuvesson.

Außerdem möchte ich mich bei den Polizisten Ulf Martinsson, Ulf Einarsson und der Polizistin Maria Forsberg für all eure Hilfe bedanken und dafür, dass ihr mir erzählt habt, wie es wirklich ist, bei der Polizei zu arbeiten. Ulf Einarsson und Maria Forsberg haben sogar das Manuskript gelesen.

Bevor ich mit dem Schreiben dieses Bandes anfing, habe ich einem Mordprozess beim Gericht in Kalmar beigewohnt, und ich möchte mich herzlich bei Richter Robert Knutsson bedanken, der mir meine Fragen zum Prozessablauf an sich und zu allen Anklagepunkten und Urteilssprüchen meines fiktiven Verbrechens beantwortet hat.

Wie all die anderen Male zuvor hat meine Cousine Jessica Mo das Manuskript ordentlich gegen den Strich gelesen und meine teils mangelnden Ortskenntnisse berichtigt.

Weitere Menschen, die Teile oder das gesamte Manuskript gelesen haben, sind Björn Ekenberg, Gunnel Mo, Rebecka Edgren Aldén, Pernilla Ericson, Hanna Lindberg und Sara Mo. Sara ist nicht nur meine Schwester, sondern außerdem Krankenschwester und hat während der Pandemie mit COVID-Patienten gearbeitet.

Abschließend möchte ich noch dem Trupp danken, der mich von Anfang an begleitet hat: Meinem Verlag Romanus & Selling und dort allen voran meiner Verlegerin Åsa Selling und meinem Lektor Jesper Ims. Außerdem meiner Agentin Kaisa Palo und allen anderen bei der Ahlander Agency, die mir dabei geholfen haben, meinen Traum zu erfüllen, vom Schreiben leben zu können.

Johanna Mo
April 2023